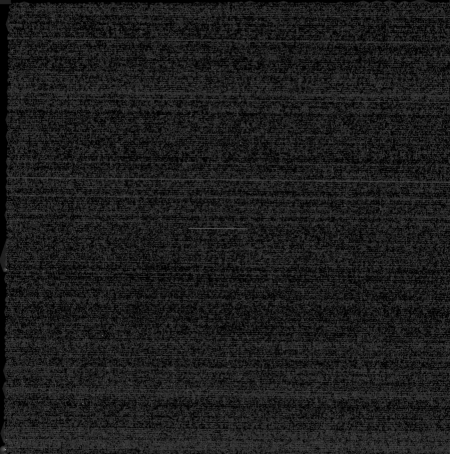

猛《たけ》き朝日

天野純希

中央公論新社

目次

装画・本文イラスト　遠藤拓人
装幀　bookwall

猛き朝日

序章　法師

川のせせらぎが、耳に心地いい。

杖を置き、老僧は大きく息を吸い込んだ。日射しは柔らかいが、山々から吹き下ろす風は冷たく、秋の深まりを感じさせる。

この地を訪れるのは、いったい何年ぶりだろう。三十年、いや、四十年になるのか。今はもう、周囲に広がる景色を目にすることはかなわない。

老僧の目は、十年以上も前に光を失っていた。だが、若かりし頃に目にしたこの地の光景は、はっきりと思い起こすことができる。

四方を囲む山々に、谷間を流れる大きな川。その両岸に点々と建つ民家や寺。狭い平地に広がるわずかな田畑。今頃はきっと、山も紅《あか》く染まりはじめているのだろう。

「法師様」

弟子に呼ばれ、老僧は顔をそちらへ向けた。

「ここからは登りになります。道も険しいとのことなので、お気をつけください」

「年寄り扱いするでないわ。そなたは知るまいが、わしも若い頃は馬に乗って戦場を駆けた身じゃ。こんな山の一つや二つ、どうということもないぞ」

「はいはい、わかりましたよ」

目には見えずとも、若い弟子の呆れ顔が浮かぶ。

目指す庵《いおり》は、この先にある山の頂にあるという。さして高い山ではないというが、古稀《こき》をとうに過ぎた盲目の老人とあって、弟子も気が気でないのだろう。

弟子たちの迷惑も顧みず旅に出たのは、ある噂が耳に入ったからだ。

あの女人が、今も生きている。それを聞いた途端、居ても立ってもいられなくなった。

思えば、不義理な別れ方をしてしまった。己が若かったことを差し引いても、あの日々は悔やまれることの方が多い。なぜあの時、皆と袂《たもと》を分かったのか。なぜ、最期まで共にあろうとしなかったのか。なぜ、己は無様に生き延びてしまったのか。

長きにわたる苦悩の末に、老僧は一つの答えにたどり着いた。

物語。あの時代を生きた人々から話を聞き、音曲に乗せて語る。そして、はるか先の世にまで、彼らが生きた証を語り継ぐのだ。

それがほんの少しでも、戦乱で命を散らした人々の鎮魂になるならば、生き長らえたこの身にも、いくばくかの意味が生まれるかもしれない。

今にして思えば、その答えが正しいか否かなど、問題ではなかった。残された、あまりにも長い余生。そこに、生きる甲斐《かい》が欲しかっただけなのだろう。

そして老僧は、物語を編むことにこの数十年を費やしてきた。

だが、まだ足りない。〝あの御方〟を間近で見てきた者の声が、もっと欲しい。あの御方が何を目指して戦い、何を思って散っていったのか。だがそれを知る者は、この世に数えるほども残ってはいない。

だからこそ、あの女人に会わねばならなかった。会って話を聞くことで、自分の編む物語は深みを増し、より多くの人々の心に残るものとなる。老僧は、そう確信していた。

会ったところで、何も話してはくれないかもしれない。それどころか、顔を合わせた途端、「裏切り者」と斬り捨てられることもありうる。それでも、会わなければならない。

「では、まいろうか」

杖を手に、老僧は歩き出す。

第一章　駒王

一

一際《ひときわ》強い風が吹き、草木が戦《そよ》いだ。

森は深く、いつ果てるとも知れない。

険しい山道を幾度も上り下りしたせいで、駒王丸《こまおうまる》の息は上がりかけている。秋も深まり風は冷たいが、直垂《ひたたれ》の下は汗に濡れていた。

川沿いの道を行くべきだったたか。思ったが、それではすぐに見つかってしまう。館《やかた》へ連れ戻されれば、こっぴどく叱られるに違いない。兼遠《かねとお》の怒った顔を想像して、駒王丸は怖気《おぞけ》をふるった。

せめて国境を越えるまでは、山の中を進もう。

狩りや山菜採りで山へ入ることはあったが、これほど遠くまで来たことはない。見知った場所から遠く離れたことに、かすかな心細さを覚える。

臆するな。駒王丸は自らに言い聞かせる。このまま歩き続けていれば、いつか目指す場所に行き着く。山を越え、里に出れば、後はどうとでもなる。

年が明ければ、駒王丸は十三歳になる。元服してもおかしくはない歳だ。元服すれば、周囲からは一人前の武士として扱われる。頼み込めば、遠くへ旅に出ることも許されるかもしれない。

しかし、それまで待てなかった。

駒王丸の暮らす地は、四方を山に囲まれ、冬はすべてが雪に閉ざされる。穏やかで美しい土地だが、同時に、檻《おり》の中にでも閉じ込められたかのような息苦しさも感じる。

あの山々の向こうには、何があるのだろう。どんな景色が広がり、どんな人々が暮らしているのだろう。

いつの頃からか、毎日そんなことを考えるようになった。一生をこの狭い谷の中で終えるのか。そう思うと、居ても立っても居られない。外の世界がどんなものなのか、己が目で確かめたい。行くとしたらやはり、話に聞く京の都だ。

だが、京の都を見てみたいと何度頼んでも、兼遠は首を縦に振ってはくれなかった。ならば、自分一人の力で京へ上ってやる。

腹の虫が鳴いた。明け方に館を抜け出して、もう二刻《ふたとき》は歩き続けている。少しだけ休むか。駒王丸は、手近な倒木に腰掛けた。

竹筒の水を二口だけ飲む。帯に結びつけた袋から、館の台所でくすねた鹿の干し肉を取り出した。今頃、館の者たちはどうしているだろう。

「京へ行く」と書置きは残してきたが、次郎《じろう》たちはきっと、怒りながら自分を探しているはずだ。侍女の小枝《さえ》は、駒王丸の身を案じて泣いているだろう。

少し胸が痛んだが、かぶりを振って己を奮い立たせた。

決めたことだ。この目で京の都を見るまで、館には戻らない。改めて決意し、干し肉を口へ運んだ刹那、近くの草むらががさりと揺れた。

狼《おおかみ》。しかも、かなり大きい。思わず、頬が引《ひ》き攣《つ》った。距離は三間《けん》足らず。飛びかかられれば、喉笛を食いちぎられかねない。

喉を鳴らし、狼は駒王丸が手にした干し肉をじっと睨んでいる。

「こ、これか。これが欲しいのだな」

なだめるような口ぶりで言って、狼の足元に干し肉を投げる。よほど腹が減っていたのか、狼は脇目も振らず、肉に喰らいついた。

よし、この隙に。そろりそろりと腰を上げ、後退《あとずさ》る。

だが、瞬く間に干し肉を腹へ収めた狼は顔を上げ、駒王丸に向かって走り出した。

なけなしの肉をくれてやったのに、恩知らずな！

心の中で悪態をつきながら、駒王丸は身を翻し、地面を蹴った。駆けながら帯に差した短刀を抜き、立ち止まっては振り回す。

「ほら、あっち行け！　しっ、しっ！」

だが、駒王丸がよほど美味《うま》そうに見えるのか、まるで諦める様子が無い。倒木を飛び越え、草むらを掻き分け、がむしゃらに走ってもまだ追ってくる。

藪《やぶ》の中に飛び込んだ。細い枝が全身を打つが、構わず前へ進む。

しかし、藪を抜けた先は急な斜面だった。

「わわっ……！」

ばたばたと両手を動かすが、どうにもならない。天地が回り、駒王丸は斜面を転げ落ちた。

幸い、それほどの高さではなかった。あちこち痛むが、たぶん、骨が折れたりはしていない。

荒い息を吐きながら、立ち上がる。さすがにもう追ってはこないだろうと顔を上げると、斜面の上からこちらを見下ろす狼と目が合った。

一声唸り、狼が飛びかかってきた。逃げる間もなく、そのまま地面に押し倒される。

喉元に喰らいつこうとする狼の頭を、両手で必死に押さえた。

生臭い息と涎《よだれ》が、顔にかかる。転げ落ちた時に手放したのか、短刀は見当たらない。狼の爪が腕に食い込む。皮が破れ、血が流れ、激痛が走る。

こんなところで死ぬのか。口惜しさと情けなさに視界が滲む。

その直後、狼が悲鳴を上げ、駒王丸から離れた。そのまま、一目散に逃げていく。

「駒王！」

「おい、大事は無いか！」

聞き慣れた声。足音。二人の若い男が駆け寄ってくる。

差し伸べられた手を握り、立ち上がった。

「爪でやられたか。まあ、大したことはないな」

言うや、次郎兼光《かねみつ》は駒王丸の頭に拳骨《げんこつ》を落とした。思わず「ぎゃっ！」と声を上げ、頭を抱えて蹲《うずくま》る。

「まったく人騒がせな。京の都は隣村とは違う。お前が思っているよりも、ずっとずっと遠いのだぞ！」

「そんなことはわかっておる。でも……」

「口答え無用！」

もう一発喰らった。六つ年上の兼光の拳骨は、一発でも涙が出るほど痛い。

「ともかく、無事でよかった」

膝をつき、駒王丸を抱く。もう子供ではないのだぞ。言いかけたが、拳骨はもらいたくないので口を噤《つぐ》んだ。

「さて、駒王も見つかったことだし、帰るとしましょう」

落ち着いた声音は、四郎兼平《しろうかねひら》のものだ。兼光の弟で、駒王丸より二つ年上になる。

「礼を言っておけよ。四郎が見つけて礫《つぶて》を打たなければ、今頃お前は狼の腹の中だ」

「そうか。恩に着るぞ」

「何の。駒王に何かあれば、父上にどんな目に遭わされるかわからんからな」

兼平は穏やかな笑みを浮かべ、手をひらひらとさせる。

二人は駒王丸の育ての父、中原《なかはら》兼遠の子だ。兼遠の長男、太郎《たろう》と三男の三郎《さぶろう》は元服前に夭折《ようせつ》してしまったが、二人の下には五郎《ごろう》という弟もいる。

兼遠の息子たちとは、物心ついた頃から共に暮らし、遊び、武芸や学問に励んできた。幼い頃には、実の兄弟だと思い込んでいたほどだ。

だが、次郎たちと駒王丸は、父も母も違う。

実の父と母は、駒王丸が幼い頃に流行《はや》り病《やまい》で亡くなっていた。そして駒王丸は生前、父と親しかった兼遠のもとへ引き取られたのだ。

兼遠は実の父と母について、「わけあって、今は名を明かすことはできぬ」と言う。

ゆえに駒王丸は、父と母の名も、自分が何者なのかも、いまだ知らずにいた。

駒王丸が暮らす中原兼遠の館は、木曾谷《きそだに》の山下《やました》と呼ばれる在所にあった。

彼方に御岳《おんたけ》を望むこの地は、春には桜が咲き乱れ、夏には新緑が視界いっぱいに広がり、秋には紅葉《もみじ》、冬には雪がすべてを覆う。

谷を貫く木曾川で獲れる魚は身が引き締まり、山で採れる平茸《ひらたけ》も絶品だ。平地は狭く田畑も少ないが、木曾川と山々の実りで、民は飢えることなく冬を越すことができた。

次郎や四郎以下、中原の郎党たち十名ほどに連れられて山下の館に戻った時には、すでに日が落ちていた。

「駒王さまがお戻りじゃ！」

「いやはや、無事でようござった」

「あまり無茶はなさいますな！」

民たちが、次々と声をかけてくる。駒王丸が館を飛び出して京へ上ろうとしたことは、すでに知れ渡っていたらしい。狭い里のことだ。誰もが顔見知りで、噂話の類はあっという間に広まる。

「駒王さまももう十二。やんちゃもたいがいになされませ」

腕の傷を手当てしながら、侍女の小枝が言った。

「ともあれ、ご無事でようございました。小枝がどれほど心配いたしたか……」

「うん。すまぬと思うておる」

小枝は三十路《みそじ》手前で、物心ついた頃から駒王丸の身の回りの世話をしている。駒王丸が素直に頭を下げられる、数少ない相手だ。

「終わりました。さあ、お行きくださ い」

「気が重いなあ」

「なりません。さあ、お早く！」

追い立てられるように向かった兼遠の居室で待っていたのはやはり、嵐のような叱責だった。

兼遠を当主とする中原家は、木曾谷を本拠とする豪族で、信濃国《しなののくに》でも屈指の勢力を誇っていた。兼遠も、かつては国司に次ぐ地位の信濃権守《ごんのかみ》に任じられ、松本平《まつもとだいら》にある信濃国府で政務に携わっていたという。内裏《だいり》や院御所の警固を請け負う大番役《おおばんやく》で、京に上ったこともあるらしい。

兼遠の政《まつりごと》はおおらかなもので、民から無理やり年貢を取り立てたりはしない。そのため、木曾谷で暮らす者は皆、兼遠を心から慕っている。

とはいえ、おおらかなのは民に対してだけで、駒王丸や息子たちにとっては厳しく、恐ろしい存在である。

さんざん叱り飛ばした後で、兼遠は嘆息した。

「何ということじゃ。都がどれほど遠いかも、わかっておらなんだとは」

兼遠はまだ四十をいくつか過ぎたばかりだが、髪にはだいぶ白いものが増えてきた。何かと気苦労が多いのだろう。気の毒なことだと、駒王丸は思う。

「もうよい、下がれ。罰として、夕餉《ゆうげ》は抜きじゃ」

「何と、それはあんまりじゃ！」

「黙れ！　そなたの身勝手で、皆にどれほどの迷惑がかかったと思うておる！」

そう言われると、返す言葉が無い。項垂《うなだ》れて部屋を出ようとすると、呼び止められた。

「年が明ければ、そなたは十三。雪が解けたら、京でそなたの元服式を行う」

「義父上《ちちうえ》、まことですか！」

「また館を抜け出して、狼に食われてはたまらんからな」

どこか諦めたような顔で、兼遠は言った。

翌朝、駒王丸は次郎兼光に叩き起こされた。

「剣の稽古だ。身勝手で向こう見ずなその性根、叩き直してくれようぞ」

そんなことよりも早く朝餉《あさげ》を掻き込みたかったが、有無を言わさず外に連れ出された。庭には、四郎兼平と五郎の姿もある。

「お前が勝ったら、俺の分の朝餉も食っていい。俺が勝てば、朝餉は抜きだ」

「そういうことなら、いざ」

木刀を手に取り、二、三度素振りをする。

「では、始め」

四郎兼平の合図で、構えを取った。兼光は、どちらかというと小柄な駒王丸より頭二つは大きい。向き合うだけで、気圧《けお》されそうになる。

勝敗は、どちらかが「まいった」と言うことで決まる。兼平には十回のうち四、五回は勝てるが、兼光が相手となると、一回勝てるかどうかだ。

だが、朝餉がかかっているとなれば負けるわけにいかない。裂帛《れっぱく》の気合いと共に、駒王丸は地面を蹴った。

勢いに任せて立て続けに放った斬撃《ざんげき》を、兼光は的確にさばいていく。

兼光が最初は受けに回るのは、いつものことだ。そして、こちらの攻めが緩んだ隙をついて、狙いすました一撃を放ってくる。

ならば、攻めを緩めないことだ。上下左右、さらに突き。ひたすらに攻め立てる。

兼光はたまらず間合いを取ったが、追いすがって攻め続けた。防戦一方の兼光に、わずかずつだが隙が生じている。

駒王丸の放った上段からの一撃を受け止めた直後、兼光の胴に大きな隙ができた。駒王丸はすかさず木刀を引き、兼光の胴を薙《な》ぎにいく。

しかし、入ったと思った木刀は虚しく空を斬った。兼光は軽やかに後ろへ跳んでその一撃をかわすと、再び前へ踏み込んでくる。

反撃が来る。わかってはいたが、攻め疲れと空腹で、反応がわずかに遅れた。次の刹那、手首に衝撃が走り、駒王丸は木刀を取り落とした。

「まだまだ！」

すぐに木刀を拾い、攻めかかった。

またしても勢いのまま攻め続ける駒王丸の斬撃を、兼光は呆れたような顔で防いでいる。

不意に、息が詰まった。腹に突きを喰らったのだ。落としかけた木刀を握り直して反撃に出るが、あっさりとかわされ、足を打たれて地面に転がされた。

それから二度、手首を打たれて木刀を落とし、三度、足を払われ倒された。

「いい加減、攻め以外の剣も覚えよ。前に出るばかりでは、いつまで経っても俺には勝てんぞ」

そう言う兼光も、肩で息をしている。

「……俺はまだ、まいったとは言ってないぞ」

「諦めろ。今日は終《しま》いだ」

「うるさい。朝餉まで抜かれてたまるか！」

「むう、何という食い意地か……」

空腹で、足に力が入らない。何度も打たれた両の手首は腫れ上がり、木刀を支えるのがやっとだ。業《ごう》を煮やしたように、兼光が下から木刀を撥《は》ね上げた。駒王丸の木刀が宙を舞う。

駒王丸は、これで終わりだというように身を翻した兼光の背中に飛びかかった。おぶさるような形で両腕を首に回し、渾身の力で締め上げる。これなら、いくら鋭い斬撃も届かない。

「おのれ、卑怯な……！」

「勝負の途中で背を向けた次郎が悪い！」

もがく兼光が、駒王丸の両腕を摑み、引きはがそうとする。力では敵わない。駒王丸は大きく口を開け、兼光の耳たぶに嚙みついた。

「ぎゃあぁ、いだだだ……！」

「まいったか！」

訊ねると、兼光はぶんぶんと首を振る。

「ふざけるな、これしきで……」

ならばと、さらに強い力で嚙みつく。

「まいった、まいりました……！」

口を離し、兼光の背中から飛び降りた。

「勝負あり。駒王の勝ち！」

兼平が、高らかに駒王丸の勝利を宣言した。五郎は耳を押さえて膝をついた兼光を指差し、けらけらと笑っている。

とりあえず、朝餉抜きは避けられた。安堵すると力が抜け、駒王丸は地面に尻餅をついた。

二

晴れ渡った空の下、疾駆する馬の足音と矢が的を割る音が心地よく響いていた。

諏訪大社《すわたいしゃ》秋宮に隣接する霞ヶ城《かすみじょう》に二十人ほどの若い武士が集まり、騎射の稽古に励んでいた。秋もだいぶ深まっているが、城の馬場には熱気が溢れている。

霞ヶ城は、諏訪大社の神官で、このあたりを束ねる豪族でもある金刺盛澄《かなさしもりずみ》の居城である。良く言えば質実剛健《しつじつごうけん》、悪く言えば貧相な中原の館よりずっと大きく豪壮で、馬場も広い。

集まっているのは、信濃の豪族の子弟たちだ。金刺盛澄は藤原秀郷《ふじわらのひでさと》流弓術の名手で、騎射にかけても信濃一と言われている。その教えを請いに、はるばる坂東《ばんどう》や北国から足を運んでくる武者もいるという。

駒王丸たちもしばしば、稽古のためにこの霞ヶ城を訪れていた。盛澄と兼遠は古くからの知己で、親交も深い。

「次、木曾の駒王丸殿」

「はい！」

馬に跨《またが》り、弓を構えた。

剣に弓、相撲、馬術に水練、読み書きや諸々の学問。一人前の武者になるには、鍛錬しなければならないものが山のようにある。

書を開いただけで眠くなる学問はともかく、駒王丸は武芸全般にそこそこ自信があった。六つ年長の兼光にはなかなか勝てないものの、同年輩の者たちには、剣も弓も相撲も、負けたことがない。

「はじめ！」

矢を番《つが》え、馬を前へ進めた。速歩から駆歩へ。〝立ち透かし〟と呼ばれる尻を軽く浮かせた乗り方で振動を抑え、上体をしっかりと安定させる。

風が全身を打った。景色が凄まじい勢いで後ろへ流れていく。木曾馬は小柄だが頑健で、全力で駆ければかなりの速さが出せる。馬と一体になったかのようなこの感覚が、駒王丸は好きだった。

弦《つる》を引き絞り、左側に並ぶ的の一つ目に向け、矢を放つ。

小気味いい音を立て、的が割れた。居並ぶ武士たちから歓声が上がる。

二射目。狙いがわずかに逸れ、的には当たったものの割れはしなかった。駆けながら狙いを修正する。三射目。矢は見事に的を割った。

「あの若さで皆中《かいちゅう》とは、見事なものよ」

「さすがは兼遠殿の秘蔵っ子じゃ」

口々に褒めそやされ、気分が良かった。

ほとんどが駒王丸よりも年長だが、皆中した者は数えるほどしかいない。兼光は皆中したものの、兼平は二つ、五郎にいたっては一つも的に当てることができなかった。

「駒王丸殿、ちとよろしいかな。貴殿に一つ、頼みたきことがあるのだが」

稽古が終わり汗を拭いていると、金刺盛澄が声をかけてきた。

盛澄は神官らしく物腰が柔らかで、教え方も懇切丁寧だった。その人柄から、近隣の武士や民たちの信望が篤い。

頼みというのは、盛澄の娘の稽古の相手を務めることだった。駒王丸と同い年の盛澄の娘は、体が弱く、少しでも鍛えるために長刀《なぎなた》の稽古をさせているのだという。

「はあ、女子《おなご》の相手ですか……」

長刀を教えられる者などいくらでもいるだろうに、なぜ自分なのか。訝《いぶか》っていると、横で聞いていた兼光が口を挟んできた。

「よいではないか。ぜひ、お受けいたせ。人に教えるのもまた、修業のうちじゃ。さあ、行ってまいれ！」

そう言って背中をばしばしと叩くので、やむなく引き受けることにした。

館の庭に通されると、袴《はかま》を着けた三人の女子が、木で作った長刀を振っていた。盛澄の娘と侍女たちだろう。

「盛澄が娘、山吹《やまぶき》と申します」

最も若い娘が頭を下げた。色白で華奢《きゃしゃ》だが、よく整った顔立ちの娘だ。

「父がご無理を言って、申し訳ございませぬ」

「お、お初にお目にかかります、駒王丸と申します」

「私は駒王丸様のお姿を、幾度も拝見しております。見事な騎射の腕前、この御方はたいそう立派な武士におなりになるのだろうと思うておりました」

微笑を向けられ、なぜか頬が熱くなるのを感じた。

同じ年頃の娘に面と向かって褒められたことなど、記憶に無い。思えば、身近にいる女子は小枝くらいで、年の近い娘と話したことはほとんどなかった。

「で、ではまず、素振りから見せていただけますか」

しどろもどろになりながら言って、稽古を眺めた。時折、「足はもっと開いて」「握りが甘い」などと口を出す。

しばらくすると、広間の方から男たちの笑い声が聞こえてきた。

弓馬の稽古が終わると、広間で宴をするのが恒例だった。広大かつ山がちな信濃では、豪族たちが互いの所領を行き来するのも難しい。いずれはそれぞれの家を継ぐ若者たちが集まるこの宴は、親交を深める貴重な機会だった。

まだ習いはじめたばかりというだけあって、山吹はすぐにへたり込んでしまった。

「こちらから頼んでおきながら、申し訳ありません」

縁に腰を下ろした山吹が、汗を拭いながら詫びた。

「まあ、初めのうちは仕方ないでしょう。毎日素振りをして、まずは体力をつけることです」

「また、稽古を見ていただけますか？」

「ええと、俺でよろしければ……」

「そうですか。よかった」

上目遣いで言われ思わず目を逸らすと、一人の武士が庭に入ってくるのが見えた。

駒王丸より少し年長だろう。えらの張った顎《あご》に、太く逞《たくま》しい四肢。若いが、いかにも荒武者といった風貌だ。ここへ弓馬を学びに来る者はだいたい知っているが、見たことのない顔だ。

「ほう。姿が見えぬと思ったら、駒王丸殿はこんなところで女子相手におままごとか」

嫌な笑みを浮かべながら、絡むような口調で武士が言う。まだ宴は始まったばかりだが、もう酔っているようだ。風貌に似合わず、酒は弱いらしい。

「女子は女子らしゅう、歌だの舞だの浮ついた芸をやっておればよいのだ。盛澄殿も、何を考えておられるのやら」

「おい、あんた」

遮ると、武士は眉間に皺《しわ》を寄せた。

「女子が長刀を学んで、何かいけないのか？」

「ほう。この根井六郎親忠《ねのいろくろうちかただ》をあんた呼ばわりとは、いい度胸だ」

駒王丸は、親忠と名乗った武士の顔をじっと見る。

「……知らん。誰？」

「おのれ、愚弄いたすか！」

いきなり親忠が喚いた。山吹が、怯えたように身を竦《すく》める。

「中原家の秘蔵っ子か何か知らんが、大方、兼遠殿がどこぞの遊女にでも産ませた子であろう。こうやってぬかりなく盛澄殿の娘に取り入るあたり、血は争え……」

親忠が言い終わる前に、駒王丸は地面を蹴っていた。

高く跳躍し、右足を伸ばす。親忠の横面に、我ながら見事な蹴りが入った。

「んぎゃっ！」

親忠が派手に倒れ、女たちから悲鳴が上がる。

「どこの誰か知らんが、人の親を悪しざまに言うなら、足蹴にされる覚悟くらいしておけ」

直後、猛然と立ち上がった親忠の拳が、駒王丸の頬を捉えた。凄まじい膂力《りょりょく》に、頭の中で火花が散る。

膝をつきかけたが何とか堪《こら》え、親忠の腰に組みついて押し倒す。

「このぉ！」

「くそ餓鬼が！」

子供じみた取っ組み合いになった。互いの襟元《えりもと》を摑み合い、ごろごろと地面を転がる。

「やめて！　私のために争わないで！」

別にそなたのためではない！　思ったが、訂正している暇《いとま》もない。

殴り殴られ、蹴飛ばし蹴飛ばされ、互いに顔が腫れ上がり、鼻と口からは血が流れている。

やがて、騒ぎを聞いた兼光たちが駆けつけてきた。

「馬鹿者、何をやっておるのだ。離れよ！」

羽交い絞めにされ、引きはがされる。

「運が良かったな。酒さえ飲んでおらねば、お前など一捻りだったぞ！」

「うるさい、先の悪口を取り消せ！」

「二人とも、いい加減にせぬか！」

兼光に襟首を摑まれ、猫のように引きずられていく。

山吹が心配そうにこちらを見ているが、無様な姿を見られたくなくて、駒王丸は顔を背けた。

永遠に続くかと思われた兼光の説教は、盛澄の「まあ、血気盛んな若者のことゆえ、大目に見てやりなされ」という一言でようやく終わった。

聞けば、親忠の根井家は信濃の名門望月《もちづき》家の傍流で、信濃東部の佐久《さく》郡に大きな勢力を誇る家だという。

その根井家の当主である行親《ゆきちか》が木曾の中原館を訪ねてきたのは、喧嘩《けんか》から三日後のことだった。

「このたびは愚息親忠が駒王丸殿に対し、無礼を働いたとのこと。まことにもって、面目次第もござらぬ」

行親は両手を床につき、深々と頭を下げた。その隣では、親忠が決まり悪そうに、父親に倣《なら》っている。

「まあまあ、頭を上げられよ、行親殿。先に手、いや足を出したは駒王丸の方じゃ。こちらの方こそ、お詫びに出向かねばと思うておったところです」

「いいや、己が父母を愚弄されたとあらば、聞き捨てにいたすは武士にあらず。親忠は煮るなり焼くなり、どうぞご随意に」

行親は文武共に優れ、佐久での声望は相当なものだという。生真面目な性格らしく、心の底から詫びているのは言葉の端々から感じられた。

二人のやり取りを聞きながら、駒王丸は違和感が拭えなかった。

根井と中原の家格は、ほぼ同等といっていい。しかし行親の口ぶりはまるで、親忠よりも駒王丸の方が、立場が上であるかのように聞こえる。

「では、本日をもって、この件は水に流すということにいたそう。二人共、ゆくゆくは両家のため、信濃のため、共に手を携えてゆくように。よいな、駒王丸」

「は、はい」

「親忠。そなたも異議はあるまいな」

「はい、ございませぬ」

親忠はまだ腫れの引かない顔で、弱々しく答える。この豹変ぶりが、ただ単に酒癖が悪いせいなのか、それとも何か別の理由があるのか、駒王丸にはわからない。

「よし、固めの盃《さかずき》じゃ。小枝、酒を持て。行親殿、親忠殿。今宵《こよい》は泊まってゆかれるがよい」

すぐに始まった賑やかな酒宴に、駒王丸の疑念は掻き消された。


その夜、駒王丸は珍しく、床に入っても寝付くことができずにいた。

自分の父と母について訊ねても、兼遠がまともに答えてくれたことはない。

「そなたの父上と母上は、そなたが生まれて間もなく黄泉路《よみじ》へと旅立たれた。わしはそなたの父上と親交があり、そなたの養育を頼まれたのだ。わけあって、いずれ時が来るまで、父上の名を明かすわけにはいかぬ」

幾度訊ねても、判で捺《お》したように同じ答えが返ってくる。いつしか、訊ねることもなくなった。

だが、自分が何者なのかわからないという思いは、常に心のどこかにわだかまっている。この館で自分が大切にされていることはわかるが、それがなぜなのか、いまだに釈然としない。

十の歳を過ぎたあたりから、時々無性に血が騒ぎ、抑えきれなくなることがあった。

館を抜け出して京を目指したのも、親忠に飛びかかったのも、そのせいだ。自分の中に、もう一人の自分がいる。普段は眠っているそれが目を覚ますと、自分でも手に負えないほど暴れたがる。そんな感じだった。

この体を流れる血の中に、凶暴な何かがいる。それが、本当の親から受け継がれたものなのか。それとも自分が生み出したものなのか。いくら考えても、答えは出ない。

翌朝、親忠が駒王丸の部屋を訪《おとな》ってきた。

「酔っていたとはいえ、知りもしないお前の母を悪しざまに言ったことは謝る。すまなかった」

口を尖らせながらぶっきらぼうに言う親忠に、駒王丸は苦笑した。

「もういい。俺も、いきなり蹴飛ばしたのはやり過ぎた。お互いさまだろう」

「だがな、俺はまだ、お前が信濃一国を束ねる大将だなんて、認めてはいないからな。弓馬も剣も相撲も、何一つ俺はお前に負けちゃいない」

「ちょっと待て。何の話だ？」

遮って訊ねると、親忠は「何だ、お前も聞かされていないのか」と怪訝な顔をした。

「父上が仰《おっしゃ》っていた。駒王丸殿はいずれ、信濃を束ねる御大将となられる御方。我ら信濃武士は、ゆくゆくは駒王丸殿の旗の下に集わねばならん、とな」

「おい、何を言っている。わけがわからないぞ」

「俺だってわからん。父上はお前の生まれについて、詳しいことは教えてくれんのだ」

信濃を束ねる大将になる。兼遠にそんなことを言われたことは、これまで一度もない。

「とにかく、これだけは言っておく。俺の上に立ちたければ、俺より強くなれ。でなければ、俺はお前の下になどつかんからな」

そう言い残し、親忠は部屋を出ていく。

根井父子が館を辞すと、駒王丸は意を決し、兼遠の居室に向かった。

「何じゃ、騒々しい」

「義父上。教えていただきたいことがあります」

駒王丸のただならぬ様子に、兼遠は居住まいを正す。

「そなたの、父上と母上のことだな？」

「はい」

兼遠はしばし腕組みし、瞑目《めいもく》する。

「そろそろ、時が来たのやもしれんな」

呟き、目を開く。

「聞けば、後には戻れんぞ。このまま何も知らず、平穏な生を送るも一つの道じゃ」

目を開いた兼遠の視線は、いつになく鋭い。臆しかけたが、駒王丸は頭を振った。

「俺は、己が何者か知りたい。己のことも知らずして、生き方を決めることなどできません」

「よかろう」

兼遠は手を叩いて郎党を呼び、なぜか小枝と兼光ら息子たちを連れてくるよう命じた。

「そなたの父上については、小枝の口から聞くがよい」

三

武蔵国《むさしのくに》比企《ひき》郡の大蔵館《おおくら》には、宴の喧噪が満ちておりました。

男たちの笑い声。管弦の音。白拍子《しらびょうし》たちの唄声。館は近隣でも指折りの大きさだそうですが、私のいる奥の寝所にまで、騒々しく響いてまいります。

息子が目を覚ましはしないだろうか。そればかりを、私は気にしておりました。この子は一度目を覚ますと火が点いたように泣き出し、再び寝かしつけるのにひどく手間がかかるのです。

夜はすっかり更けておりました。八月も半ばを過ぎたとあって、この刻限になればいくらか冷えます。

私は、寝床の息子が撥ねのけた夜着を掛け直し、寝顔を眺めました。

癇《かん》の強い赤子です。歩き出すのも言葉を発するのも遅かったけれど、気性は激しく、気に入らないことがあると泣き叫んで手がつけられません。

これまで、二人の乳母《めのと》が暇を乞い、三人目はまだ見つかっておりません。この日も、私は朝から息子の世話に疲れ、眠気と戦っていました。息子が眠っているうちに自分も寝よう。そう思っても、こう騒々しくてはそれもままなりません。

苛立ちを紛らわそうと、白拍子の唄声に耳を傾けました。

いざ寝なむ　夜も明け方になりにけり　鐘も打つ　宵より寝たるだにも飽かぬ心を　やいかにせむ

唄われているのは、都で流行りの今様《いまよう》です。逢瀬の時が瞬く間に過ぎてしまうことを嘆く、恋の唄。

いい気なものだと、私は思いました。都育ちの夫はともかく、客の坂東武者たちが、唄の内容を理解できるとも思えません。

思えばほんの二年前まで、私も白拍子をしておりました。

実の父母の顔は存じません。物心ついた時には、白拍子の館で小間使いをしていたのです。後に聞いた話では、父母は貧しく、わずかな食べ物を得るため、娘を館に置いていったのだとか。唄と舞を厳しく仕込まれ、公家《くげ》や武家の館で舞い唄う。心の底では白拍子を蔑《さげす》む男たちに満面の笑みを向け、酌をして回る。胸が膨らみ初めての月の障りが訪れると、春をひさぐようにもなりました。

仕方ない。そう自分に言い聞かせて、私はすべてを受け入れました。

巷《ちまた》には、今日食べる物さえ無い貧しい民が、掃いて捨てるほどおります。賀茂の河原を歩けば、飢えや疫病で死んだ者の骸《むくろ》がごろごろ転がっています。それに比べれば、食べる物、着る物、寝る場所が与えられた今の暮らしは、どれほど恵まれていることでしょう。

やがて、私を見初《みそ》め、妻にと請う者が現れました。

源義賢《よしかた》様。都で平氏と並び立つ武門である源氏《げんじ》の棟梁、為義《ためよし》様の次男です。かつては帯刀先生《たちはきせんじょう》――東宮の警固を務める武官の長――という要職にも就いておりました。

義賢様は私より一回りも年長でしたが、高位の公家と男色の間柄にあるとまことしやかに噂されるほどの美男でした。都育ちで、他の武士たちのように粗暴なところもありません。

かつての権勢を失ったとはいえ、朝廷の要職を占める藤原摂関《せっかん》家の方々や、西国で勢威を誇り伸張著しい平氏とは違い、源氏は今や鳴かず飛ばず、落ち目にあると見做《みな》されておりました。

とはいえ、一介の白拍子にすぎない私からすれば、殿上人《てんじょうびと》にも等しい御方。周囲の女たちの羨望と嫉妬の視線を浴びながら、私は育った白拍子の館を出て、義賢様に与えられた洛中の家へ移りました。

義賢様には無論、正室がおり、男子も生まれておりました。正室とはついぞ顔を合わせることはありませんでしたが、藤原氏の公家の娘だそうです。それでも義賢様は私のもとへ足繁く通い、私はすぐに子を身籠もりました。

「東国へ下る。仕度せよ」

義賢様がそう告げたのは、私の腹の膨らみがかなり目立つようになった頃でした。

「父上の命だ。坂東で兄者が勢力を伸ばしておる。これに対抗するため、武蔵国へ移る」

その頃、源氏の内情、そして義賢様の立場は複雑なものでした。

為義様のご長男である義朝《よしとも》殿は、お父君と不和で、嫡男《ちゃくなん》の座から追われておりました。代わって次の棟梁と目されていたのは義賢様でしたが、務めで不手際があったため、嫡男の座はさらに下の弟君に与えられています。

一方、お父君と袂を分かった義朝殿は東国へ下り、鎌倉《かまくら》を拠点に独自の勢力を築き上げつつありました。これに危機感を覚えた為義様は、義賢様を東国へ下し、義朝殿を牽制させようとお考えになったのです。

「この役目を成し遂げれば、わしはいま一度、上に行ける。兄も弟も蹴落とし、嫡男の地位を取り戻す。源氏の棟梁となれば、殿上人も夢ではない」

平素は穏やかで私にも何くれとなく気を遣ってくださる義賢様でしたが、胸の奥底では野心を滾《たぎ》らせていたのです。初めて垣間見る夫のどす黒い部分に、私はかすかな恐怖の念を抱きました。

ともあれ、義賢様がご正室ではなく私を東国下向に連れていってくださったことは、率直に嬉しく思っていました。義賢様が武蔵の有力豪族、秩父《ちちぶ》重隆《しげたか》殿の娘を側室に迎えると知っても、私はまた「仕方がない」と自分を納得させたのです。

都で生まれ育った私の目から見れば、草深い坂東は異国にも等しいものでした。どれほど恐ろしい土地なのだろう。鬼のような坂東武者たちが襲ってくるのではないか。そんな考えは幸い、杞憂に終わりました。坂東武者たちは、源氏の血を引く義賢様を崇め、少しでも覚えを良くしようとすり寄ってまいります。彼らが義賢様のために建てた大蔵の館は、実に立派なものでした。

大蔵館で息子を産むと、義賢様は「この子は手も足も大きい。立派な武者になるぞ」と大層お喜びくださったものです。

「いかなる荒馬も乗りこなせるよう、駒王丸と名付けよ」

しかしそれも長くは続かず、義賢様は次第に私の寝所から遠ざかり、秩父館の新たな奥方様のもとへばかり足を向けるようになりました。そして奥方様は、駒王丸が生まれた翌年、宮菊《みやぎく》という姫をお生みになります。

慣れ親しんだ都から遠く離れた坂東の地で、知己もおらず、夫の寵までも失う。それでも私は、不平一つ漏らしませんでした。白拍子とは名ばかりの、遊女の境遇から救い出してくれたのは、他ならぬ義賢様。文句など言っては、罰が当たるというものです。

そして、武蔵へ下って二年、駒王丸が生まれて一年半が過ぎた時、とうとうあの日がやってまいりました。

久寿二年八月十六日。後に、大蔵合戦と呼ばれる戦です。

東国下向以来、義賢様は武蔵、上野《こうずけ》と、順調に勢力を伸ばされておりました。これを面白く思わなかったのは、〝悪源太《あくげんた》〟の異名を取る義朝殿の長男、義平《よしひら》殿でした。この頃、義朝殿は都へ戻り、鎌倉を義平殿に預けていたのです。義平殿は相模から房総《ぼうそう》、南武蔵にかけて勢力を拡げ、さらに北上を目論んでいました。

その夜、私は延々と続く宴に苛立ちながら、寝そべって駒王丸の寝顔を眺めておりました。客人は、秩父重隆殿とその一族郎党です。

気づくとうつらうつらしていた私は、ふと地面が揺れたような心地がして顔を上げました。気のせいかとも思いましたが、床に置かれた駒王丸の玩具が、かたかたと小さく震えています。地震だろうか。恐怖が頭をもたげた時、どこかから喊声《かんせい》と馬の嘶《いなな》きが聞こえました。

駒王丸が目覚めて泣き出した直後、主殿の方で誰かが叫びました。

「夜討ちぞ、出合え！」

男たちの喚き声と、白拍子の悲鳴。無数の足音と、刃を打ち合う甲高い音。私はどうしたらいいのかわからず、泣き続ける駒王丸をあやすことしかできません。

「小枝、小枝はおるか！」

抜き身の太刀《たち》を提げて寝所に飛び込んできたのは、義賢様でした。

「悪源太義平が攻め寄せて来おった。数は、五百は下らぬ」

背筋が震えました。この館にいる郎党は、五十名にも満たないのです。

「敵は北と東から来ておる。そなたは駒王丸を連れ、南へ逃れよ。しばしの間、比企の山々に身を隠し、敵が去ったら都の父上のもとへ逃げ込むのじゃ」

「殿は、いかがなされるのです？」

震える声で訊ねると、義賢様は笑みを浮かべました。憤怒《ふんぬ》と憎しみに満ちた、ぞっとするような笑み。

「わしは源氏の男ぞ、逃げるわけにはまいらぬ。刺し違えてでも、義平が首を刎《は》ねてくれよう」

駒王丸の頭を撫で、義賢様は仰いました。

「この子を頼む。強きもののふに育ててくれ」

ああ、この御方の目にはもう、自分は映っていないのだ。なぜか、そんなことを思いました。

義賢様が出ていくと、私は駒王丸を抱いて庭に出ました。

およそ二町四方、周囲に土塁と空堀を巡らし物見櫓《ものみやぐら》も備えた大蔵館は、堅固な城砦だと言われております。しかし多勢に無勢、しかも宴の最中を襲われては、為す術もないでしょう。

私は護身用の懐剣一振りだけを持ち、着の身着のままで、南の木戸から館を抜けました。義賢様が仰った通り、この方角に敵の姿はありません。

鎌形八幡《かまがたはちまん》を右手に見ながら、さらに南へ向かいました。月明かりを頼りに畦道を進み、生い茂る草を掻き分け、比企の山々へ。このあたりは小高い山が幾重にも連なり、その中に潜んでいれば追手の目も欺《あざむ》けるはずです。

どれほど駆けたのか、駒王丸は泣き疲れて眠っています。木々の合間から、大蔵館の方角に火の手が上がっているのが見えました。

あの炎の中に、義賢様がいる。そう思っても、自分でも不思議なほど悲しみは湧いてきません。駒王丸と共に生き延びる。頭の中にあるのは、その一念だけです。

足は萎え、息も絶え絶えでしたが、私は歩き続けました。追手だけではなく、山には恐ろしい獣もおります。どこか安全な場所を見つけなければ。

やがて見つけた大きな木の洞《ほら》に、二人で身を隠しました。これで、少しは休める。安堵すると同時に、涙が込み上げてきます。

なぜこんな目に遭うのだろう。前世の宿縁か。それとも、これまでの生が出来すぎていたのか。

「仕方ない」

呟き、私は無理やり己を納得させました。

これが、武士の妻になるということなのだ。あの場で駒王丸と共に首を刎ねられなかっただけでも、僥倖《ぎょうこう》ではないか。命のありがたさを確かめるように、私は駒王丸を抱き寄せました。

気づくと、外は明るくなっていました。いつの間にか、寝入ってしまっていたようです。胸に抱いた駒王丸がむずかっていました。襁褓《おしめ》が、ゆばりで濡れています。私は外の様子を窺ってから、駒王丸を抱えて洞から出ました。襁褓を洗い、乳も与えなければ。

近くを流れる都幾川《ときがわ》に向かって歩き出したその時、背後でがさりと音がしました。振り返ると、数人の軍兵が藪を掻き分けながら進んできます。

「いたぞ！」

私は己の迂闊さを呪いながら、必死に駆けました。しかし女の足、しかも赤子を抱えていては、坂東の武者たちから逃げきれるはずもありません。一町も進まぬうちに捕まり、懐剣も奪われてしまいました。

縄を打たれ連れていかれたのは、大蔵館の焼け跡でした。そこここに骸《むくろ》が転がり、焦げ臭さと血の臭いが入り混じっています。私は込み上げる吐き気を何とか堪えました。

大半の兵は引き上げたのか、ここにいるのは数十人といったところでしょうか。

「義賢殿の奥方と御子だな？」

私たちを引見したのは、まだ若い武者でした。私と駒王丸の名も知らないようです。

「畠山庄司重能《はたけやましょうじしげよし》である」

その名には聞き覚えがありました。秩父重隆殿の甥に当たる方ですが、重隆殿とは対立関係にあり、義平殿に従っております。

「義賢様は？」

「我が叔父、重隆と共にご自害めされた。天晴《あっぱ》れ、見事な武者ぶりであった」

「さようにございますか」

後ろ手に縛られた私は、心の中で手を合わせました。

「悪源太義平殿は、ここにはおられぬのですか？」

「すでに引き上げられた。鎌倉に戻った後、戦の報告のため上洛なさるとのことだ。後のことは、私に託されておる」

「この子を、お斬りになるのですか？」

「母子ともども斬れとの仰せだ。赤子を斬るは気が進まぬが、これも弓矢の家に生まれし者の定めと思《おぼ》し召されよ」

仕方ない。これが定めなのだ。再び己に言い聞かせた刹那、私は胸の奥底で何かが煮え立つのを感じました。

「……仕方なくなど……ない」

気づけば、呟きが口から洩れていました。

「何が定めか。身内同士で殺し合い、赤子まで手にかけ、勝った勝ったと喜ぶ。それが、武士というものなのですか。ならば、野の獣にも劣る、悪鬼のごとき所業ではないか！」

私は驚きの表情を浮かべる重能殿を睨みつけ、嚙みつくように猛然と続けます。

「それほど斬りたければ、斬るがよい。されど、我が子を殺された母の恨みは、決して消えはせぬ。いつの日か必ず、そなたを呪い殺して進ぜよう。さあ、早う斬れ。坂東武者は、死霊など恐れはすまい！」

湧き上がる言葉をすべて出し尽くし、私は荒い息を吐きました。重能殿をはじめ、武者たちは静《しず》まり返っています。

思案顔で俯いていた重能殿が、床几《しょうぎ》から腰を上げました。

これで最期か。どこか醒めた思いで項垂れた時、「縄を解け」との声が降ってきました。

「坂東武者は、獣でも鬼でもない。赤子など、誰が進んで斬りたいと思うものか」

重能殿は顔を上げた私に頷いて見せ、軍兵たちに告げました。

「義平殿のお下知に逆らうは心苦しいが、私は女子供の首を刎ねるを潔しとせぬ。このこと、誓って他言無用ぞ」

どうにか命拾いした私と駒王丸でしたが、重能殿は私たちを手元に置いておくことは危険と判断し、数日の後、大番役から戻ったばかりの武蔵国長井庄《ながいのしょう》の領主、斎藤実盛《さいとうさねもり》殿に私たちを預けることにしました。

実盛殿は四十代半ば。武勇に秀で、人望厚い御方との評判です。義賢様と親しく、我らを憐れと思し召し、快く受け入れてくださいました。

「辛き目に遭われたな、小枝殿。まずは我が館にて、ゆるりと休まれるがよい」

穏やかで優しげな声音。私はあの日以来初めて、心からの安堵を覚えました。

しかし、義賢様が討たれた今や、武蔵全土は義朝殿の掌中にあると言っても過言ではありません。ほどなくして、実盛殿はこの長井庄もやはり危険だと、かねてから親交のある信濃権守の中原兼遠殿に、私たちを託すことといたしたのです。

「たらい回しのような真似をして、相すまぬ。わしに力が無いばかりに……」

「よいのです、実盛殿。ここまでしていただき、御礼のしようもございませぬ」

「兼遠殿は信義に篤いもののふ。必ずや、駒王丸殿の身が立つよう取り計らってくれよう」

実盛殿は、私の隣に座る駒王丸の頭を優しく撫でました。

「小枝殿も身に沁みておろうが、源氏は身内同士の争いが絶えぬ家。この子の小さな体にも、源氏の猛々しき血が流れておる。その血が、駒王丸殿にさらなる不幸をもたらさねばよいのだが」

「母としては、できることなら仇討《かたきう》ちなど考えず、穏やかな生を送ってほしいと願っております」

「それがよい。一時なりとも預かった子が修羅の道に堕ちるは、見るに忍びないゆえな」

実盛殿はそう言って笑い、「では、まいろうか」と腰を上げました。

「木曾谷への道のりは、長く険しい。覚悟なされ」

「覚悟なら、とうにできております」

都から坂東へ、そしてさらに、山深い木曾谷の地へ。いかなる宿縁か、流転こそが私の定めのようです。

しかしもう、「仕方がない」と己に言い聞かせ、諦めることはしません。

これから先にいかなることが待ち受けていようと、この子を守る。

決意を新たにして、私はまだ見ぬ木曾谷へ向け、足を踏み出しました。

四

兼遠は小枝が語る間、口を挟むことなくじっと耳を傾けていた。

あれからもう、十年が過ぎようとしていた。実盛に伴われた小枝と駒王丸に初めて会った日のことを、兼遠は今も昨日のことのように覚えている。

長い冬の訪れを間近にした、夕暮れ時。木曾谷を囲む山々が、紅く鮮やかに染まっていた。深々と頭を下げる小枝の隣で、沈みゆく日輪を背にしたその童《わらべ》は、じっと兼遠を見上げている。

二歳の童とは思えない強い視線に、なぜか心が震えた。

父が討たれたことも、己の命が風前の灯であることも、理解してはいないだろう。だがそれを差し引いても、物怖じする様子は見えない。生来、豪胆な気質を持ち合わせているようだった。

義賢という男に会ったことはない。その遺児を匿《かくま》うことがいかに危険かも、重々承知している。

だが、兄とも慕う実盛の頼みを無碍《むげ》にすることはできなかった。

亡父兼経《かねつね》から家督を継いで七年。兼遠は三十三歳になっていた。

中原家は、諏訪氏を中心とした〝諏訪神党〟と呼ばれる武士たちの一団に属している。代を重ねるうち、開墾や婚姻で徐々に勢力を伸ばし、兼経は都の貴族とも繋がりを持ち、ついには正《しょう》六位《ろくい》の官位を得るまでにいたった。

兼遠も、父が遺したものを受け継ぎ、一族の安泰と繁栄に心を砕いてきた。三年に及ぶ大番役の務めを果たし、年貢が滞らないよう取り計らい、土地を巡る争いがあれば仲裁に奔走した。父の代よりも所領は増え、権守として信濃各地の豪族からも信頼を得ている。

このままつつがなく歳月を送り、やがて息子に家督を譲って隠居し、穏やかな日々の中で死んでいくのだろう。それでいい。それが自分の定めであり、今生《こんじょう》で果たすべき役割だ。

そう己に言い聞かせても、常に心のどこかで、新しい何かを望んでいた。それが今ようやく、形となって現れた。わけもなく、そう感じる。

義朝や義平に知られれば、厄介なことになる。そんな憂鬱は、きれいに消えている。気づくと、兼遠は言っていた。

「実盛殿、小枝殿。この御子は必ず、我が手で立派な武士に育ててみせましょう」

それから兼遠は、木曾谷の地でじっと息を潜め、世の動きを見つめた。

駒王丸を迎えた翌年には、都で後に保元《ほうげん》の乱と呼ばれることになる戦があった。

天皇と上皇の対立に摂関家内部の権力争いが絡んだこの戦で、義朝は平家《へいけ》の棟梁平清盛《たいらのきよもり》と共に天皇方に与《くみ》し、上皇方に味方する為義を討った。

その三年後、恩賞に差をつけられた義朝は清盛打倒の兵を挙げるが、天皇の身柄を清盛に押さえられたため賊軍となり、敗北。義朝、義平父子をはじめ、源氏の主立った者は討たれるか、遠国に流罪となった。平治《へいじ》の乱と呼ばれる合戦である。

義朝を倒した清盛は、武士として初めて公卿《くぎょう》となり、一門の者たちも昇進を重ねていく。平家は日ノ本第一の武家として隆盛に向かいつつある。

駒王丸が世に出る機会はあるのか。それとも、このまま木曾谷に隠れて一生を終えるのか。答えはまだ、兼遠にも見えない。

長い長い話を語り終え、小枝が大きく息を吐いた。

兼光、兼平、五郎は押し黙り、床の一点を見つめている。

「小枝が、俺の母上……」

黙していた駒王丸が、ぽつりと漏らした。

この少年にとっては、己が源氏の棟梁に連なる血筋であったことよりも、母が身近にいたことの方が大きいのだろう。

出自を明かさなかったのは無論、噂が広まるのを恐れたためだ。幸い、義平らは小枝と駒王丸の名も把握してはいない。それでも念を入れ、駒王丸には父と母は死んだと伝えてあった。

息子たちには、「さる高貴な御方の落胤《らくいん》」とだけ言ってある。駒王丸の出自を知るのは、信濃では根井行親や金刺盛澄ら、信頼できるごくごく一部の者だけだ。

だがそれ以上に、駒王丸の器量を見極めるためでもある。義朝一党は六年前の平治の乱で滅びたが、権勢を握った平家が義賢の遺児を放置しておくとは思えない。

平家に不満を抱く者は多いが、将器《しょうき》を持たない者が血筋だけで担ぎ上げられれば、待つのは哀れな末路だけだ。大将の器でないとわかれば、父母の名前は適当にでっち上げ、木曾谷で平穏な一生を送らせるつもりでいた。

「これで、己が何者かわかったか」

駒王丸は小さく頷いたが、受け止めるまでには時がかかるだろうと、兼遠は思った。

正直なところ、兼遠は駒王丸の器量を計りかねていた。

血の為せるわざか、武芸には非凡なものがある。まだ小柄だが手足は大きく、これから背丈も伸びるだろう。そして何より、負けん気が強い。相手に嚙みついてでも勝利をもぎ取ろうとする性根は、きわめて武者らしいとも言える。

しかし、あまりにも無謀で向こう見ずだった。一朝事あった時に、それが致命的な事態を招きかねない。

「俺が源氏の血を引くからといって……」

いつになく重い口ぶりで、駒王丸が言った。

「それで、これまでと何が変わるというのです?」

「それはお前の心持ち次第じゃ。何も変わらぬことを望むなら、我らもそのように振る舞おう」

「俺はいずれ、信濃一国を束ねる大将となる。親忠はそう言った。だけど、大将となって何と戦えと言うのです?」

「お前はまだ、世を知らぬ。今は多くのことを学び、見聞を広めるのだ。その上で、己はどう生きるのか、己の役割とは何なのか、決めるがよい」

「父上」

声を上げたのは五郎だった。

「我ら兄弟と駒王兄者はこれから、主従の間柄となるのですか？」

五郎は兼平の四つ下で、まだ十一歳だ。いくらか軽率なところもあるが、駒王丸を実の兄と変わらず慕っている。

「それも、お前たち次第だ。もしも事が起これば、お前たち兄弟は郎党として戦場に立ち、駒王の馬前で死ね。何も起こらなければ、友として生きるがよい」

戦場、死という言葉に、五郎の顔が強張《こわば》った。信濃では、大きな戦は絶えて久しい。兼光、兼平にしても、戦など絵巻物の中でしか知らない。

だが、繁栄に向かう平家を妬み、隙あらば引きずり下ろそうと狙う者も少なくない。平治の乱のような戦がいつまた起こっても、おかしくはなかった。

兼遠には、予感のようなものがある。

平家の絶頂が長く続かず、瓦解するようなことがあれば、必ず源氏再興の動きが生まれる。

主立った者はほとんどが平治の乱で討たれたが、源氏の血はわずかながら各地に残っていた。ある者は流罪となって鄙《ひな》に埋もれ、ある者は幼くして寺に入れられ、俗世から引き離されている。それら源氏の生き残りが起てば、駒王丸も一方の旗頭となり得る。信濃の武士たちを糾合《きゅうごう》し、京へ打って出ることとさえ、夢ではない。

あらゆる事態に備え、兼遠は布石を打っていた。

人を雇い、都の動静はすぐに木曾へ届くようにしてある。近隣の諸豪族と親交を深め、いざという時には駒王丸の下へ馳せ参じるという言質《げんち》も取った。暮らしぶりを切り詰め、武具兵糧《ひょうろう》も蓄えてある。その勢力に比して中原館が質素なのは、そのためだ。

「かねて伝えてある通り、年が明け、雪が解けたら京へ上る。この国の都がいかなるものか、その目でしかと確かめよ」

「わかりました」

あの日と同じ強い目で、駒王丸が頷く。

京の都を見て、駒王丸は何を思うのか。兼遠はそれが不安でもあり、楽しみでもあった。

五

年が明け、雪が解けるまでの間、駒王丸は兼遠の教えのもと、ひたすら学問に明け暮れた。雪深い木曾では冬の間、狩りや遠乗りはおろか、外で剣の稽古や相撲を取ることもままならない。そうした事情もあったが、兼遠から「京へ上るなら、世の仕組みを知っておけ」と散々言われたからでもある。

書を開くたびに襲ってくる眠気に耐え、頭から湯気が出るほど学問に打ち込むうち、ようやく雪が解けてきた。

一行は駒王丸と兼遠、次郎兼光、四郎兼平の四人。出発前に風邪を引いて留守を命じられた五郎は、恨めしそうに駒王丸たちを見送っていた。

行商人の父子という体《てい》で木曾を発って七日。広大な琵琶湖《びわこ》も比叡《ひえい》の山並みも、見る物すべてが珍しかったが、都を目にした驚きはその比ではなかった。

初めて目にする都は、何もかもが駒王丸の目を引いた。

広大な寺社。天に向かってそびえる仏塔。道は広く真っ直ぐで、家々が整然と建ち並んでいる。そして通りには、数えきれないほどの人が行き交っていた。

「凄いなあ。人というのは、こんなにもいるのか」

思ったままを口にすると、兼遠が苦笑を漏らした。兼光と兼平も都は初めてで、駒王丸と同じように呆気に取られている。

嘘かまことか、この都で暮らす人の数は、五万とも十万とも言われていた。木曾谷どころか、信濃で最も栄えていると言われる諏訪の町でさえ、足元にも及ばない。

市には、諸国の産物が溢れていた。米や魚、味噌といった食べ物や、桶や鍋、草鞋《わらじ》のような生きるのに必要な物だけでなく、鮮やかな反物に扇、髪飾り、化粧箱といった品々まで並んでいる。

「義父上、あれは何です？」

品を手にした裕福そうな客が、商人《あきんど》に何か手渡している。じゃらじゃらと音がする、丸くて小さな何かだ。

「あれは銭という、宋《そう》の国で使われている物じゃ。銅でできておってな、あれで、欲しい物と交換できる」

「何であんな物が？」

「銭には、米や馬と同じ価値がある。あれをたくさん持っておれば、わざわざ重かったりかさばったりする別の物を運んできて交換せずとも、楽に取引ができるのだ」

「米や馬無しで、欲しい物が手に入るのか！」

駒王丸が知る商いとは、こちらが欲しい物と相手の欲しい物を交換するというものだった。まずは相手と欲しい物の価値について交渉しなければならないし、話し合いがまとまっても、相手が欲しい物が米や馬であれば、苦労して運ばなければならない。あの小さな銭という物がそれだけの価値を持つのなら、商いはずいぶんと楽になる。

「もっとも、宋銭はまだ数が少なく、ごくごく一部の富裕な者たちが持っているだけじゃ。国中に行き渡るには、何年、何十年という時がかかるだろうな」

木曾を発ってからというもの、驚きの連続だった。信濃の外はこんなにも広く、様々な物が溢れているのか。

ふと見ると、前方の人々が通りの左右に分かれていく。

その向こうから進んでくるのは、牛が曳く車だった。一台だけではなく、何台も連なっている。車の周囲は弓を手にした徒歩《かち》の従者が固め、騎乗の士までいる。

「兵部卿《ひょうぶきょう》兼権大納言《ごんだいなごん》様のお通りである。道を開けよ！」

鞭《むち》を手に、先触れの者が叫んだ。左右に分かれた群衆は地面に跪《ひざまず》き、行列に向かって頭を垂れている。

「兵部卿？」

訝る駒王丸に、兼遠が耳元で囁いた。

「教えたであろう。平清盛殿のことじゃ」

平清盛。父を討った義朝、義平を滅ぼし、旭日昇天の勢いにある平家の棟梁。山深い木曾谷までも、その名は鳴り響いていた。

この国の武士の頂点に立つ男が、すぐ近くにいる。どんな男なのか見てみたいという誘惑に、駒王丸は駆られた。

「跪き、顔を伏せよ。通り過ぎるまで、大人しくしておれ」

兼遠が、強く袖を引く。なぜそこまでしなければならないのか釈然としないが、言われた通りにした。京にいる間は言うことを聞けと、出発前からしつこく念を押されている。

それまでの賑わいがぴたりとやみ、行列がゆっくりと近づいてくる。

「おい、下がらぬか！」

喚き声に、駒王丸は顔を上げた。

行列が止まっている。見ると、駒王丸の数間先、小さな犬を抱えた女童《めのわらわ》が、先頭を進む牛車《ぎっしゃ》の前で震えていた。女童を怒鳴りつけたのは、その傍らに立つ先触れの者だろう。

「ご、ごめんなさい、この子が急に飛び出して……」

「うるさい、下がれと言うに！」

先触れが鞭を振るった。悲鳴を上げて倒れた女童へ、さらに二度、三度と叩きつける。

かっと、腹の底が熱くなった。

「おい、駒王。ここは我慢だ」

袖を摑む兼平の手を振り払い、駒王丸は立ち上がった。

「馬鹿、よせ！」

兼光の制止を無視し、先触れが振り上げた鞭を摑む。

「な、何だ、そなたは……離せ！」

「子供のしたことだろう。勘弁してやれよ」

力を籠めると、鞭が音を立ててへし折れた。

「おのれ、平家に仇《あだ》なすか！」

近くにいた数人の従者が、太刀を抜いて駒王丸を取り囲む。

「やめよ！」

鋭い声が響き、騎乗の士が一人、馬を進めてきた。下級の武官が着る褐衣《かちえ》に身を包んでいるが、馬の扱いは巧みで、周囲を圧する風格をまとっている。

「これは、盛俊《もりとし》様」

「童相手に太刀を抜くなど、武士の恥ぞ。平家一門の名を貶《おとし》めたいのか！」

一喝され、従者たちが太刀を納めた。

盛俊と呼ばれた武士が、こちらに顔を向けた。鼻の下と顎に鬚《ひげ》を蓄えた、精悍《せいかん》な顔立ち。歳は、駒王丸より一回りほど上か。

「も、申し訳ございませぬ！」

駆けつけた兼遠が、盛俊の馬前に跪いた。追ってきた兼光、兼平が駒王丸を押さえつけ、平伏させる。

「この者は初めて京へ上った我が息子にて、まるで世間を知りませぬ。ご無礼のほど、ひらにご容赦を……」

「よい、面《おもて》を上げよ。その者の勇と義、見事なものであった。褒めてやるがよい」

「ははっ」

「すまぬな。我らは公卿の家柄となって日が浅く、郎党たちのしつけが行き届いておらんのだ。当家の者どもの乱暴、許せ」

打って変わって穏やかな声音で言い、盛俊は懐から小ぶりな袋を取り出し、女童の前に放った。

「それで、傷に効く薬を購《あがな》うとよい」

そう言うと、盛俊は行列に出立を命じた。

「……ありがとう」

行列が遠ざかると、女童がぽつりと言った。衣は粗末で、一見して貧しいことがわかる。

「気にするな。あの先触れに、腹が立っただけだ」

答えた途端、頭に兼光の拳骨を喰らった。

「何が気にするなだ。命があったからよかったものの、斬り捨てられても文句は言えんぞ！」

「何だよ、黙って見てろって言うのか？」

「口答えするな！」

再び、頭に拳が落ちてきた。駒王丸が源氏の血を引くと知っても、控える気は無いらしい。

頭を押さえて呻《うめ》く駒王丸を見て、女童がくすくすと笑った。

その館は、想像していたよりも小さく、質素なものだった。

都の南東、六波羅《ろくはら》に建ち並ぶ平家一門の館はどれも豪奢かつ広大なものだというが、この館は木曾の中原館と大差ない。

館の主の官位は、従五位上《じゅごいのじょう》、兵庫頭《ひょうごのかみ》。知行国として伊豆《いず》を与えられている。鄙の武士がどれほど望んでも、これほどの地位には就けないだろう。とはいえ、隆盛に向かう平家と比べれば雲泥の差があった。邸内に華やいだところは無く、むしろ息を潜めているかのような印象を受ける。

館の主を待つ間、駒王丸はいつになく緊張を覚えていた。

足音が響き、駒王丸は兼遠らと共に頭を下げた。

広間に現れたのは、還暦は過ぎたと見える老武士と、二十歳くらいの若い武士だ。

「兼遠殿以外は初めてじゃな。わしが、兵庫頭頼政《よりまさ》じゃ」

老武士の方が名乗った。

源頼政。摂津国多田《せっつのくにただ》を本拠とする摂津源氏の一員だ。これに対し、義賢、義朝らは河内《かわち》源氏と呼ばれている。その河内源氏が没落した今、平治の乱で清盛に味方した頼政は、源氏の長老と言ってもいい立場にあった。

兼遠は以前、大番役で京に上った際に頼政の知遇を得たという。それからもしばしば書状をやり取りし、駒王丸を庇護するようになってからはさらに頻繁に連絡を取り合ってきたという。

「久方ぶりの都はいかがかな、兼遠殿」

「平家の勢い、ますます盛んといったところですかな。先ほど清盛殿の行列を見ましたが、摂関家にも勝る権勢と見受け申した」

「さよう。宮中では、遠からず清盛殿が大臣の座に就くとも噂されておる。一門にも次々と知行国が与えられ、その数は摂関家をも超えた。平家の隆盛は、当分続こう」

知行国とは、特定の者に一国の支配権を与え、その国にある公領から上がる租税を与えるという仕組みだった。荘園の増加によって官吏に与える俸給が不足した朝廷が作った、苦肉の策ともいえる制度である。

「源氏にとって、今は苦しき時ですな」

「とはいえ清盛殿は今のところ、我ら摂津源氏を重んじてくれておる。今は平家一門と事を構えることなく、手を携えていくしかあるまい」

話が一区切りつくと、頼政は駒王丸に顔を向けた。

「そなたが義賢殿の御子か」

「お初にお目にかかります。帯刀先生義賢が次男、駒王丸にございます」

「ふむ」

歌人としても知られるだけあって、その物腰はやわらかい。声音も深い皺の奥に見える小さな目も、柔和で優しげだった。

「なかなかによき面構えをしておる。わしは人相も見るのでな。しかと鍛えれば、ゆくゆくは立派な大将となろう。のう、仲家《なかいえ》」

隣に座る若い武士が、微笑を湛えて頷く。

「あなたが……」

覚えず、声が震えた。

「そうだ。会えて嬉しいぞ、駒王」

初めて会う、兄だった。

父が討たれた時、仲家は義賢の正室と共に、京にいた。幼い母子を憐れんだ頼政は二人を匿い、仲家を養子としたのだ。

仲家は膝を進め、駒王丸の手を取った。

「父上がおらず、さぞ孤独であったろう。だが、そなたは独りではない。京と木曾。遠く離れていても、同じ血を分けた兄と弟だ。何かあれば、いつでも頼ってくれ」

視界が滲んだ。木曾にいて、孤独を感じたことなどない。それでも、父の名さえ知らず、己が何者なのかもわからなかった日々は、少しずつ駒王丸の心のどこかを傷つけていたのだと、今になればわかる。

「俺には、中原の父や兄弟たちがおります。孤独だと思ったことはありません。しかし、兄上がいると知ってからは、会える日を心待ちにしておりました」

「そうか。良きところで育ったのだな。方々、礼を申します」

仲家が、兼遠たちに向かって頭を下げる。

「私は頼政様と共に、再び源氏の家運を盛り上げ、平家と並び立つほどの武門にしたいと望んでいる。そうなれば、いつかそなたも大手を振って都を歩ける時がまいろう」

駒王丸の中で、自分が源氏の一員であるという思いはそれほど強くない。だが、兄の心遣いは嬉しかった。

「我らは心を一つに、この苦しい時を乗り切らねばならん。まずは、固めの盃とまいろうか」

頼政が手を叩き、酒肴《しゅこう》が運ばれてきた。膳に並ぶのは、木曾谷で見たことのないような物ばかりだ。腹の虫が盛大に鳴き、仲家が声を上げて笑った。

翌朝、駒王丸たちは都の南西にある石清水八幡宮《いわしみずはちまんぐう》へ向かった。

天皇家、貴族、武士と幅広く尊崇を集める石清水八幡宮は、源氏の氏神でもある。駒王丸の高祖父で、河内源氏の武名を大いに高めた源義家《よしいえ》も、ここで元服の儀を行ったという。

「駒王丸も、とうとう元服か」

往来を歩きながら、兼光が感慨深げに言う。

「これからはお前も、一人前の武士となる。これまでのような軽々しい振る舞いは改めて……」

兼光の説教を聞き流しながら、駒王丸はあたりを見回した。

都の中心からはだいぶ離れたためか、建ち並ぶ家々は粗末なものが多く、道も狭い。

行き交う人々の着物は継ぎ接ぎだらけで、通りには汗と土埃が混じったような、独特の臭気が漂っている。道端には筵《むしろ》を敷いて座り込み、生気の失せた目で宙を眺めるだけの、痩せこけた男女の姿も目についた。

「気づいたか、駒王」

声を潜め、兼遠が言った。

「華やかなばかりではない。都には家も着る物も、今日食べる物すら無い人々が数え切れぬほどいる。病になっても薬など手に入れられず、冬になれば寒さで凍え死ぬ者が後を絶たん」

「あの者たちは、どこから……」

「様々だが、多くは厳しい年貢の取り立てに耐えきれず、村を捨てて流れてきた者たちだろう」

駒王丸には、貧しさというものが上手く想像できない。食べる物や寝る場所が無いなど、考えたこともなかった。それだけ、自分は恵まれた境遇にいるということだ。

泣き声が聞こえた。見ると、筵に座る母が、襤褸《ぼろ》のような産着《うぶぎ》にくるまった赤子を虚ろな目であやしている。何かが一つ違っていれば、自分と母もああなっていたかもしれない。

「政を行う朝廷の方々は、何をしておるのです？」

兼平が訊ねた。その表情は、いつになく険しい。

「貴族連中の政というのは、いかに己の身を保ち、上の官位を手に入れるかじゃ。そうした輩は、民から吸い上げた年貢を己の保身と出世のためにしか使わん。民の暮らしをよくしようなどと考えている者は、数えるほどもおるまい」

「では、平清盛という御方は？」

「それはわしも見極めかねておるのだ、兼平。何かを目指して権勢を求めておるのか、それとも、己と一門の繁栄のみを望んでおるのか」

政とは、経世済民――すなわち、世をよく治め、民を救うためのものだと、兼遠からは教わった。だが少なくとも、今の貴族たちが行っている政に民を救う意志など無いのは、この光景を見てよくわかった。

「よく見ておけ、駒王。貧しき民たちの姿を、その目にしかと焼きつけておくのだ。人の上に立つ者は、常に民の苦しみに思いをいたさねばならん」

駒王丸は頷いた。

人の上に立ちたいなどとは思わない。だがせめて、木曾に暮らす民たちには、ここにいる人々のような苦難を味わわせたくはなかった。

第二章　巴

一

紅く染まった晩秋の森を、巴《ともえ》は息を潜めて進んでいた。

獲物の足跡を、もう半刻近くも追っている。こちらは風下なので、匂いで気づかれることはないだろう。この半刻で、距離はだいぶ縮めたはずだ。

着古した水干《すいかん》に、動きやすいよう膝のあたりで括った袴。髪は後ろで束ね、手には弓、背には矢筒。

夜が明けきらないうちに村を出て、もう午《うま》の刻を過ぎていた。今日の収獲はまだ、帯に結わえつけた兎《うさぎ》一羽のみだ。冬が来る前に、少しでも多くの獣を獲って、肉を蓄えておきたい。

見えた。十間ほど先。雄の鹿だ。やはり、かなり大きい。あれを仕留めれば。息子の喜ぶ顔が目に浮かび、巴は頬を緩めた。

鹿は地面に落ちた木の実を食《は》んでいて、こちらに気づく気配はない。

巴は矢筒から一本引き抜き、番えた。弓の腕には自信がある。いや、弓だけでなく、剣も薙刀も相撲も、巴に敵う者は、村にはいない。

弦を引き絞り、狙いをつける。風を読み、心気を研ぎ澄ます。

次の刹那、鹿がびくりと体を震わせた。巴がいるのとは反対の方向に走り出す。慌てて矢を放ったが、狙いは外れ、矢は木の幹に突き立った。

舌打ちし、駆け出す。幹に刺さった矢を引き抜き、再び矢筒に収めた。矢を無駄にできるほど、村は裕福ではない。

不意に、どこかから荒い息遣いが聞こえてきた。木の向こうは急な下りになっていて、その下には細い道が通っている。

その道を、一人の男がこちらへ向かってくるのが見えた。立烏帽子《たてえぼし》に上等そうな仕立ての狩衣《かりぎぬ》。足に履いているのは、靴という物だろう。帯には扇を差しているが、太刀は佩《は》いていない。見たところ、都の貴族のような出で立ちだった。鹿は、あの男を見て逃げたのだろう。

木の陰に隠れ、様子を窺った。

男はかなり憔悴《しょうすい》しているように見えた。覚束《おぼつか》ない足取りで、喘ぎながら歩いている。男が膝をつき、前のめりに倒れた。立ち上がろうとするが果たせず、再び地面に突っ伏す。見かねて、巴は斜面を滑り下りた。

「おい、大丈夫か？」

訊ねたが、答えはない。

息はあるが、声を発することもできないようだ。体を仰向けにさせる。鼻と顎の下に髭を蓄えているが、年の頃は二十代半ばといったところか。

「そなたは……」

竹筒の水を飲ませると、ようやく男が口を開いた。その目からは、明らかな怯えが見て取れる。

「近くの村の者だ」

答えると、男はかすかな安堵を浮かべ、そのまま気を失ってしまった。

この男のせいで鹿に逃げられたのは腹立たしいが、捨て置くのも気が引ける。巴は男を背負い、村へ向かった。

谷間に隠れるような、小さな村だ。名も無く、家はたったの十数軒。村人はここで、互いに身を寄せ合うようにして暮らしている。

この村に来て、じきに十一年が経つ。

八歳の童だった巴は、ここで育ち、夫と出会い、子を産んだ。わずかな畑しかない貧しい村だが、豊かな山の恵みのおかげで、どうにか食い繋ぐことはできている。

家に戻ると、夫の三郎《さぶろう》は鎌を研いでいるところだった。

「おい巴、何だそいつは？」

巴におぶさった見知らぬ男に、三郎が素っ頓狂な声を上げる。

「山道で行き倒れていた。捨て置くわけにもいかないから、連れてきた」

「だからって、お前……」

三郎が頭を掻く。その横で三歳になる息子の力丸《りきまる》が、珍しい物でも見るように、しげしげと男を眺めていた。

「おっかあ、このひと、だれ？」

「さあねえ。おっかあにもわかんないよ」

とりあえず床に寝かせ、村長《むらおさ》の証安《しょうあん》に知らせに行った。

証安は、巴の母の叔父に当たる。元々比叡山延暦寺《えんりゃくじ》の僧侶だったが、腐敗しきった寺に嫌気が差し、行き場の無い者たちを集めてこの村を一から築き上げたのだという。母が幼い巴を連れてこの村に移ったのも、その縁を頼ってのことだ。

「貴族風の出で立ちの男か。災いを招くようなことにならねばよいが」

証安は、普段は飄々《ひょうひょう》とした好々爺《こうこうや》だが、外の者への警戒心は強い。荘園にも公領にも属さないこの小さな村を守るには、外との接触を少なくするにこしたことはないのだ。

これまでにも幾度か、村は野盗の襲撃を受けている。領主のいないこの村では、自分たちの身は自分たちで守るしかない。巴や村の男たちが武芸の稽古に熱心なのは、そのためだ。

「では、歩けるようになったら出ていってもらいましょう」

「気の毒じゃが、そうする他あるまいな。もしかすると、都で何かあったのやもしれん。男が目を覚ましたら、すぐに呼んでくれ」

「わかりました」

この村から都まで、歩いて二日もかからない。だが、深い山の中で孤立した村では、都など遠い異国にも等しかった。

家に戻り、夕餉の仕度にかかった。男は当分、目を覚ましそうにない。

夕餉は、稗《ひえ》と山菜がわずかに入っただけの雑炊《ぞうすい》だ。今年は天候が悪く不作で、どの家も苦しい。

「山歩きに出かけた貴族が、お付きの者とはぐれた。そんなところかな」

椀を啜《すす》りながら、三郎が言った。

「貴族が、山歩きなんてするのか？」

「さあな。都の貴族様のやることなんて、俺たち鄙の百姓にはわかりゃしねえよ」

「そうだね」

この村に来る前、巴は都で暮らしていた。

父の市若《いちわか》は鍛冶職人、母の千津《ちづ》は野菜を売って、何とか生計を立てていた。父は体が大きく力も強いが、職人としての腕はさほどでもなく、しかも人が好《よ》すぎて代価を取りはぐれることもしばしばある。そんな父を、母は怒るでもなく、呆れ顔をしながらもしっかりと支えていた。

貧しさからは、いつまで経っても抜け出せない。巴はいつも腹を空かせていたが、それでも親子三人で仲睦まじく暮らしたあの日々は、かけがえのない宝物だった。

父と母のことを思い出したからか、あの日の夢を見た。

あれは、真夜中のことだった。母に起こされた巴の鼻を、焦げくさい臭いが衝いた。外が騒がしい。悲鳴のようなものも聞こえる。

「急げ。鴨川《かもがわ》の向こうまで逃げるぞ！」

父の、いつになく切迫した声。母に手を引かれ、家を出る。

外は、なぜか明るかった。二月の強い風が吹き荒れているが、不思議と寒さは感じない。

北の空を見上げた瞬間、巴の全身が強張った。

空が、赤く染まっている。火事。それも、とてつもなく大きい。この風では、瞬く間にこのあたりまで達しそうだった。

夥《おびただ》しい数の人が、通りにひしめいている。母の手を強く握り、倒れないよう足を動かす。何度も足を踏まれ、肘をぶつけられたが、必死に耐えた。

すぐ近くで、女童が倒れた。それに気づいた父が、助けようと駆け寄る。しかし、人々の足は止まらない。母と巴は見る見る押し流され、父が遠ざかっていく。

「すぐに追いつく。先に行け！」

「おっ父《とう》、嫌だ！」

「心配するな、巴。すぐにまた会える！」

それが、最後に聞いた父の声だった。

五条橋《ごじょうはし》の手前まで来たところで突然、人の流れが止まった。橋の向こうは六波羅。平家の大きな屋敷がいくつも建ち並んでいる。そこまで逃げれば助かるはずだと、誰もが思っていた。

「おい、早く行け！」

「子供がいるの、押さないで！」

怒号と悲鳴が入り混じる。炎は、容赦なく迫ってくる。巴は、不安と恐怖で泣き出しそうになるのを、唇を嚙んで堪えた。

橋の東側に平家の武者たちが陣取り、誰も通そうとしない。そんな話が聞こえてきた。小競り合いも起こっているらしい。

「ここにいたら、焼け死ぬ」

母が、己に言い聞かせるように呟いた。

「行くよ」

母は巴の手を引き、走り出した。人ごみを掻き分けて河原へ下り、鴨川に飛び込む。

雪解け水で水量の増した鴨川は、身を切るように冷たい。鼻と口に水が流れ込み、何度も溺れかけた。心の臓が張り裂けそうになる。死にたくない。その一念で、ひたすら手足を動かした。

その後のことは、ほとんど記憶が無い。

一面に広がる焼け野原を眺めながら、しばらく河原で暮らしたこと。どこかの寺が行ったわずかな施粥《せがゆ》で、どうにか食い繋いだこと。母と二人でどれほど探し回っても、父には会えなかったこと。覚えているのは、その程度だった。

後に聞いた話では、あの日の大火で、洛中の家々が三千軒も焼けたという。どれほどの人が命を落としたのかは、誰にもわからない。確かなのは、五条橋の向こうにある平家の館は、一つとして焼けなかったということだ。

大火から半月ほどが経ち、心身共に憔悴しきった母は、都を離れることを選んだ。その頃には巴も、父がもうこの世にいないことを受け入れていた。そして連れて来られたのが、証安の村だった。

母の話を聞いた証安は、怒りを滲ませながら言った。

「平家の横暴は、この村にも伝わっておる。禿童《かむろ》などという者どもの話も聞いた。しかし、火事から逃れてきた民を助けるどころか、追い払うとはな」

禿童のことは、巴もよく知っていた。

髪を童形《どうぎょう》に切り揃えた、赤い直垂の少年たち。二百人とも三百人とも言われる彼らは、市中で平家を悪しざまに言う者を取り締まるのが役目だった。

目をつけられた者は、家を襲われ家財を根こそぎ奪い取られ、六波羅へと連行される。顔を腫らした男女を引き立てていく禿童の一団を、巴は何度も目にしていた。

都に住まう老若男女は禿童、ひいては平家を恐れ、誰もが口を噤んだ。嘘かまことか、平家に連なるある公卿は、「平家にあらざる者は人にあらず」とまでのたまったという。

巴自身も、平家の者に痛めつけられたことがあった。あの時の痛みと恐怖は、今もはっきりと覚えている。

「平家のことは、まあよい。この村にいる限り、関わり合うこともあるまい」

証安が、母子に微笑みかけた。

「これからは、我が家で暮らすがよい。何も無い貧しい村だが、苦しんでおる者を見捨てるような村人はおらぬ」

母子の境遇を聞いた村人たちに快く迎えられ、二人は証安の家で厄介になることになった。ようやく屋根のあるところで眠れるようにはなったが、安心してばかりもいられない。働きもしない者を食わせていけるほど、この村は豊かではなかった。畑仕事に炊事洗濯、山菜採りに魚釣り。覚えなければならないことは、山のようにある。

都での暮らしと違い、ここには市も立たなければ、行商人もほとんど訪れない。着物が欲しければ、麻から糸を縒《よ》り、布を織るところから始めなければならないのだ。かつての自分がどれほど恵まれていたのか、巴は身に沁みて思い知らされた。

村へ移って三年が過ぎた頃、母が病に倒れ、黄泉路へと旅立った。

武芸に打ち込むようになったのは、それからだ。悲しみを紛らわせるため。自分たちを受け入れてくれた村を守るため。そして、独りで生きていける強さを手に入れるためだった。

村の男衆に剣や弓を教えるのは、かつて僧兵だった越前坊《えちぜんぼう》という男だ。以前は強訴《ごうそ》に参加し、平家の武者と渡り合ったこともあるという。

巴は筋がいいらしく、弓はすぐにこつを摑んだ。剣も、一通りの型を覚えると、一年ほどで村のほとんどの男衆に勝てるようになった。父に似たのか、巴は女子にしては長身で、力も強い。

それが嫌だと思ったこともあるが、武芸を身につけるには好都合だ。

「どういうわけか、お前には武の天稟《てんぴん》が備わっているらしい」

指南役の越前坊も、巴の上達ぶりには舌を巻いていた。

自分が強くなるというのは、思いがけず楽しいものだった。腕も足も、硬く逞しくなっていく。強い相手に勝てば誇らしく、負ければ悔しい。女子らしくないことをしているという思いはあったが、それで陰口を叩くような者は、村にはいない。

ある日、巴は越前坊から一本の長刀を与えられた。五尺の柄に、一尺三寸ほどの刃。柄と刃を合わせれば、巴の身の丈よりも長い。

「世には、お前よりも力の強い武者はいくらでもおる。だが、太刀よりも間合いの取れる長刀ならば、技量次第でそうした者とも対等に戦える」

ずっしりと重い長刀を受け取った瞬間、なぜか目の前が開けたような気がした。父と母の命を奪った理不尽と戦うための武器。それを、自分は手に入れたのだ。

鈍く光る長刀の刃に、巴はしばし見惚れていた。


三郎と夫婦《めおと》になったのは、自然な流れだった。

四つ年上の三郎は、巴と同じく、この村の生まれではない。父と共に山を彷徨《さまよ》い歩くうち、ここに迷い込んだのだ。三郎の父は丹波《たんば》の村で百姓をしていたが、度重なる大水と重い年貢に耐えかねて、田畑を捨てて逃げてきたのだという。

村に来たばかりで右も左もわからない巴に、畑仕事や山菜の見分け方、山の歩き方を教えてくれたのが、三郎だった。からりとした気のいい男で、村の子供たちもよく懐いている。武芸の稽古にも熱心で、巴にこそ敵わないが、村の男たちの中では越前坊に次ぐ腕だ。

十六の時、どちらからともなく体を合わせ、次の年には力丸を身籠もった。三郎の父はすでに亡くなっていたが、村人たちを招いてささやかな祝言《しゅうげん》を挙げ、巴は三郎の家に移った。

自分に子を産み、育てることなどできるのか。不安はあったが、三郎や村人たちの手助けもあり、今のところ力丸は健やかに育っている。

あの大火が無ければ。以前はそう思っていたが、今は、これでよかったのだと思える。

父や母には悪いが、あのまま都で暮らしていれば、三郎にも力丸にも出会えなかった。作物の実りの喜びや、自分で手に入れた山菜や肉の美味《おい》しさを知ることもなかった。

このまま、この土地で生きる。力丸の成長を見届け、三郎と共に老い、この村の土に還る。

それが、巴のささやかな望みだった。

二

朝餉の仕度をしていると、男がようやく目を覚ました。

重湯を口にした男は居住まいを正し、「かたじけない」と礼を言った。

「この村の長、証安と申しまする。ご無礼ながら、御名をお聞かせ願えましょうか」

駆けつけた証安が訊ねた。

「麿《まろ》は従五位下《じゅごいのげ》、藤原成高《なりたか》と申す。ありがたくも、院のお側にてお仕えいたしておる」

院、すなわち、治天《ちてん》の君である法皇のことだ。

今の法皇の噂は、村にも届いていた。平家と結んで治天の君たる立場を固めたものの、今様狂いで、政を執る器ではないと言われているらしい。

「もっとも、麿の家は摂関家の傍流のそのまた傍流で、近臣たちの中でもさしたる地位ではないのだが」

成高と名乗った男が自嘲の笑みを浮かべる。とはいえ、巴たちにとっては雲の上にも等しい存在だ。三郎は、驚きのあまり目を丸くしている。

「院にお仕えなさるほどの御方が、何ゆえこのような山深いところへ」

証安が問いを重ねると、成高は唇を噛んで俯き、絞り出すように言った。

「すべては、平家のせいじゃ。あの者どもさえおらねば……」

十日ほど前、成高は自邸で開いた宴で強《したた》かに酔い、権勢を極める平家を悪しざまに罵った。それを宴に参加したうちの一人が平家に密告し、禿童に屋敷を襲われたのだという。それが、今から四日前のことだった。

「麿は必死の思いで屋敷を抜けた。こう見えても、蹴鞠《けまり》の腕前を見込まれて院にお仕えしておるのだ。足には自信がある」

成高は、縁者がいるという丹波国府《たんばこくふ》を目指し、身一つで逃げ出した。

だが、どうにか都を抜け、山をいくつか越えはしたものの、成高には自力で食糧を得ることもできない。森の中を彷徨い歩くうちに力尽き、巴に助けられたということだった。

「鄙には、そなたのような男じみた女子がおるのだな。そなたに出会えたは、神仏のご加護のおかげであろう。そなたにも、礼を言うぞ」

尊大な口ぶりに顔を顰《しか》めるが、成高は気にも留めない。これが、貴族というものなのだろう。

「麿はしばし、この村に隠れる。ほとぼりが冷めた頃に、丹波国府まで案内いたせ。褒美を取らせよう」

眉間に皺を寄せて何か言いかけた三郎を制し、証安が頭を振った。

「申し訳ございませぬが、それはできかねます。歩けるようになったら、すぐに村をお発ちください。国府までの道は、お教えいたします。食べる物も用意いたしましょう」

「何じゃと？　何を申しておる」

成高の白いこめかみに、青筋が浮かんだ。

「麿の言いつけに従わぬは、法皇様に逆らうも同じぞ！」

「今は平家全盛の世。あなた様を匿えば、村にいかなる災いが降りかかるか。長として、村人を危険に晒すわけにはまいりませぬ」

「ならぬ。まだ、どこに平家の追手がおるやもわからんのじゃ。麿が捕らえられ、首を刎ねられてもよいと申すか！」

「元はと言えば、あなた様の不用意な発言が原因。この村が巻き込まれる謂われは……」

巴は不意に、肌が粟立《あわだ》つのを感じた。直後、無数の足音が響く。村にはいないはずの馬の嘶《いなな》きまで聞こえた。

「ま、まさか……」

成高が体を震わせる。巴は三郎と顔を見合わせると、それぞれの得物《えもの》を手に、外へ飛び出した。

見えたのは、赤い旗を掲げる軍兵の一団だった。谷の北側の入口。騎乗の武者が五人。徒歩の兵は、二十人はいるだろう。

異変に気づいた村人たちが固唾《かたず》を呑んで見守る中、一騎が進み出た。一際きらびやかな大鎧をまとった武者だ。色白細面《ほそおもて》の美男で、顔には薄っすらと化粧をしている。まだ二十歳にもなっていないように見えるが、この武者が大将らしい。

「我らは、平相国入道《へいしょうこくにゅうどう》様の軍勢である。この村の長はおるか！」

若武者が甲高い声で呼ばわった。

こんな山奥に相国入道、すなわち清盛の軍勢が現れるはずがない。目的は、成高の捕縛以外に考えられなかった。

「拙僧が、長の証安にございます」

いつの間にか外に出てきていた証安が、前に進む。

「ここは、何処の荘園に属しておる。領主は誰か」

「ここは二十年ほど前に我らが切り拓き、細々と耕してまいった土地にございます。名も無ければ、領主もおりませぬ」

「ほう、それは聞き捨てならぬな」

若武者の眉間に皺が寄る。

「荘園に属さぬ土地はすべて公領、すなわち国家の財である。それを勝手に耕し、あまつさえ年貢も納めぬとは」

「申し訳ございませぬ。今後は平家に年貢を納めますゆえ、何卒ご寛恕《かんじょ》を」

「よかろう。では今年から、取り立てにまいるとしよう。無論、これまでの分までしかと納めてもらうぞ」

村人がざわついた。年貢を納めることになれば、ただでさえ貧しい村の暮らしは、より苦しいものになる。

「お待ちくだされ！」

声を上げたのは、越前坊だ。

「この村は、行く当てを失った者たちが互いに助け合い、どうにかやってきました。見ての通り田畑は狭く、加えて今年は、近年まれに見る不作。この上年貢を取られては、飢えて死ぬ者も出るでしょう」

「ふむ、それで？」

「せめて、今年の年貢はお許しを。さもなくば、我らは冬を越せませせぬ」

「ならぬ」

にべもなく、若武者は首を振った。

「そもそも、法を犯したはその方らであろう。どうあっても年貢を納めぬと申すなら、村ごと焼き払ってもよいのだぞ」

「しかし……」

「よさぬか、越前坊！」

証安の叱声に、越前坊は口を噤んだ。だが、皆の怒りは巴にもひしひしと伝わってくる。

「まあよい。それより本題に入るぞ」

若武者が、証安に顔を向けた。

「この村に、藤原成高なる者が来ておらぬか。その者は、平家に仇なす逆賊である。隠し立ていたすと、ためにならぬぞ」

「隠すつもりなどございませぬ。成高なる御仁は、行き倒れていたところを村の者が助け、今はあの家におりまする」

あっさりと認め、証安は三郎と巴の家を指し示した。

「よし。捕らえよ」

まずい。家の中には力丸もいる。慌てて駆け出そうとした刹那、成高が外へ出てきた。

思わず、巴は息を呑んだ。成高に抱えられた力丸の喉元に、鎌の切っ先が突きつけられている。

「何の真似じゃ、成高」

「黙れ！　今すぐ兵を引け。引かねば、何の関わりも無いこの童が死ぬことになるぞ！」

「あの野郎！」

飛び出しかけた三郎を、巴は必死に抱き止めた。成高の顔つきは尋常ではない。下手な真似をすれば、力丸が危ない。

やはりあの男は、災いを招く者だったのだ。巴は唇を嚙み、激しく後悔した。

「三郎とか申したな。我が子を助けたくば、あの武者を斬れ！　村人ども、平家の連中を皆殺しにせよ。我が意向はすなわち、院のご意向ぞ！」

引き攣った笑みを浮かべ、成高が喚いた。追い詰められ、明らかに正気を失っている。切っ先が触れたのか、力丸が泣き声を上げる。

「畏れ多くも、院のご威光を騙《かた》るとはな」

冷ややかに言い、若武者が右手を掲げた。

矢を番えた数人の兵が前に進み、成高に鏃《やじり》を向ける。心の臓が、激しく胸を叩いた。

「やめろ……やめてくれ！」

巴の叫びも虚しく、大将の手が振り下ろされる。

放たれた何本もの矢が、成高と力丸に向かって飛んだ。声も無く、二人が倒れる。

「力丸！」

長刀を放り出し、三郎と共に駆け寄った。

成高は全身を射貫《いぬ》かれ、死んでいる。そして力丸の左胸にも、矢が深々と突き立っていた。

息をしていない。どれほど揺さぶっても、声を上げない。

頭の中が、真っ白だった。声が出せない。涙も出ない。

抜き身の太刀を提げた二人の武者が、巴と三郎を乱暴に押しのけた。成高の首を獲りにきたのだろう。

武者の一人が、成高の上に倒れた力丸の体を足でどける。

その瞬間、巴は頭の中で何かが外れる音を聞いた。

落ちていた鎌を摑み、飛びかかる。刃を首筋に叩きつけた。血が噴き出し、武者が倒れる。

「何を……！」

喚いたもう一人の喉を、三郎の太刀が斬り裂く。巴は武者の太刀を拾い、若武者を見据えた。

あの男だけは、殺さなければならない。

「下郎、平家に弓引くか！」

若武者が叫んだ。雑兵《ぞうひょう》たちが、再び矢を番える。そこに、越前坊ら村の男たちが襲いかかった。

「おのれ、皆殺しにいたせ！」

方々で悲鳴と怒号が沸き起こった。

越前坊が、奪った長刀で雑兵を斬り伏せる。平家の武者が、太刀で若衆の腕を斬り飛ばす。流れ矢が、村の女子供の胸に突き立つ。混乱の中、若武者の太刀が証安を貫くのが見えた。

長刀を持った騎馬武者が一人、こちらへ向かって駆けてくる。

巴も太刀を手に、地面を蹴った。意味をなさない叫び声が、腹の底から溢れてくる。

馳せ違う。重い手応えと共に、騎馬武者の両腕が飛んだ。落ちた長刀を拾ってさらに駆け出そうとしたところで、三郎が組みついてきた。

「もういい、ここまでだ。お前まで死ぬぞ！」

見ると、男たちのほとんどが、すでに討たれていた。立って戦っているのは、ほんの数人だ。

長刀を振り回す越前坊の体には、幾本もの矢が突き立っている。

「離せ。死んだっていい、あいつさえ殺せれば！」

「今は無理だ。俺は越前坊たちと、奴らの足を止める。お前は生き延びて、機会を狙え」

「嫌だ、三郎。お前も一緒に……」

「南の炭焼き小屋で待て。俺も、後から必ず行く」

小屋は、谷を抜け、山を一つ越えた深い森の中にある。あそこなら、追手も来ないだろう。

「心配するな、巴。すぐにまた会える」

穏やかな笑みを浮かべ、三郎が言う。その姿が、父と重なって見えた。

「さあ、行け！」

巴を突き飛ばし、三郎が踵《きびす》を返した。その背中が、涙で滲む。

振り返り、巴は走り出した。

「逃がすな。射殺せ！」

矢が唸りを上げ、耳元を掠《かす》めていく。右肩に熱を感じた。それはすぐに激痛へと変わり、巴は足を折りかけた。

歯を食い縛って堪え、駆け続ける。山の中へ飛び込み、険しい斜面を這うようにして上った。

どれほど走ったのか。息が上がり、足がもつれる。藪の中に分け入り、膝をついた。

右肩の傷の具合を確かめる。骨は折れていないものの、鏃は肉に深く刺さっている。傷が塞がるまで、しばらく右腕は使えそうもない。

木々の合間、村の方角に、黒煙が立ち上っている。平家の軍勢が火を放ったのだろう。三郎は、村の皆は。力丸の笑った顔が脳裏に浮かび、嗚咽《おえつ》が込み上げる。

手の甲を強く嚙み、泣くのを堪えた。歯が肉に食い込み、口の中に血の味が広がっていく。

自分にはまだ、為すべきことがある。泣くのは、それを果たしてからだ。

「……いいだろう」

平家でない者が人ではないと言うのなら、私は鬼にも物《もの》の怪《け》にもなってみせよう。

そして平家に連なる者たちを、一人残らず食い殺してやる。

三

都は、年の瀬と思えないほど静まり返っていた。

市は立っているものの、以前のような賑わいはなく、誰もが言葉少なに欲しい物だけを購い、そそくさと家路についている。通りを行き交う男女はみな足早で、やはり言葉数は少ない。

静まり返るというよりも、何かに怯え、息を潜めていると言った方が近かった。

義仲《よしなか》にとっては二度目の上洛だが、都の様子は前回とずいぶん違っている。

石清水八幡宮で元服し、駒王丸から木曾次郎義仲と改めたのが、今から十三年前。義仲は、二十六歳になっていた。

今回の供は兼光、兼平の弟の、五郎兼行《かねゆき》だけだ。兼遠の息子たちは今、木曾谷から離れた別の場所に、それぞれ屋敷を構えていた。それぞれの屋敷がある場所の名を取って、今は樋口《ひぐち》兼光、今井《いまい》兼平、落合《おちあい》兼行と名乗っている。義仲自身も、元服してからは中原館にほど近い宮《みや》ノ越《こし》に建てた館に移っていた。

「静かすぎて、何やら気味が悪いですね」

兼行があたりを見回しながら、声を潜めて言った。

「それほど、平家が恐いのでしょうか」

「声が高い。禿童に聞かれたらどうする」

二人は、都見物に来た田舎武士を装い、偽名も用意してある。禿童の姿は幾度か目にしたが、今のところ目はつけられていない。万が一の場合は、源頼政の名を出すつもりだった。

危険を承知で上洛を決めたのは先月、大きな事件が起きていたからだ。

治承《じしょう》三年十一月十四日、摂津国福原《ふくはら》で隠居していた平清盛は、突如大軍を上洛させた。都が騒然とする中、清盛は大軍の圧力を背景に、反平家派貴族三十九名を解官《げかん》した。さらには法皇を幽閉し、要職を親平家派で独占する。

曲がりなりにも治天の君が担ってきた天下の政の大権を、臣下である武士が武力によって奪取したのだ。まさに、前代未聞の大事件だった。

元々、貴族たちの中には成り上がりの平家に対する反発が根強くあった。一昨年には鹿ヶ谷《ししたに》で話し合われた平家打倒の謀《はかりごと》が露見し、首謀者たちは配流《はいる》、あるいは死罪となっている。

今回の事件の発端は、法皇が清盛の亡き嫡男、重盛《しげもり》の知行国である越前を没収したことにあった。清盛はこの機に、反平家派の貴族を一掃しようと決意したのだろう。

今後、世はどう動くのか。これで、平家の地盤はさらに強固なものとなるのか、それとも反平家の気運が高まり、何か事が起きるのか。それを見定めるための上洛だった。

頼政邸で旅装を解いて風呂を使い、ようやく人心地ついた。

ここへ来るのも十三年ぶりだが、兄がいるという思いからか、どことなく落ち着きを感じる。

頼政とその嫡男仲綱《なかつな》は公家たちの歌会に出ているというので、まずは仲家に挨拶した。

「立派になったな、駒王……いや、義仲であったな」

広間で向き合うと、仲家はあの時と変わらぬ穏やかな声音で、感慨深げに微笑んだ。

「息子の仲光《なかみつ》と、仲賢《なかかた》だ」

仲家の脇に並んで座る二人の若者が、頭を下げた。仲光は十七歳、仲賢は十五歳になったという。二人とも父に似て、利発そうに見えた。

「お前も、木曾で妻を迎えたそうだな」

「はい。息子も生まれ、年が明ければ七歳となります」

妻帯したのは八年前、相手は義仲がしばしば長刀を教えていた金刺盛澄の娘、山吹だ。祝言の席には、信濃中から集まった親交のある武士たちだけでなく、木曾谷の民百姓が詰めかけ、大変な賑わいだった。

山吹との縁組は、今思えば最初から仕組まれていたような気もするが、それももう笑い話だ。働き者で気遣いもできる山吹は、郎党や侍女、木曾谷の民からもよく慕われている。

「して、久方ぶりの都はいかがであった?」

笑みを消し、仲家が訊ねた。

「貴族も民も、誰もが怯えておりますな。何やら、嵐の前の静けさのようにも感じました」

「先月の変事も、大変な嵐ではあったのだがな。それより大きな嵐となると、我ら源氏の命運にも関わってくるやもしれん」

頼政ら摂津源氏は今も、平家と歩調を合わせていた。昨年には、頼政が清盛の推挙により、源氏としては異例の従三位《じゆさんみ》に叙《じよ》せられている。鹿ヶ谷の陰謀を清盛に密告したのも、摂津源氏の多田行綱《ゆきつな》だと囁かれていた。

「兄上は、平家の政をどう見ておられるのです?」

訊ねると、仲家は腕組みし、複雑な表情を浮かべた。

「相国入道様が目指されているのは、貴族に代わり武士が政を行う世だ。長く、朝廷や貴族の番犬として扱われ、彼らのためにどれほど血を流しても、ろくに報われることがない。相国入道様は、そんな世の仕組みを変えようとなさり、実際に変えられた」

義仲は頷いた。保元、平治の乱以後、政の争いは武力で決するようになっている。実際に戦って血を流す武士が、相応の地位を望むようになるのは当然の流れだ。

「福原に拠点を構えられたのも、新しい世を作ろうという思いの表れだろう。大輪田泊《おおわだのとまり》を改修して宋船を呼び込み、大量の銭を国中に行き渡らせる。それは、前例しか頭に無い貴族たちにはできないことだ」

「そうですね。今では、信濃でもしばしば銭を目にするようになりました。十年前に比べて、商いはずいぶんと活発になったように見えます」

「それはよいのだ。だが、それで利を得られるのは結局、最初から財力を持っている一部の者たちだけだ。力の無い武士や民は、富を手にするどころか、ますます貧しくなっていく」

「なるほど。確かに」

「平家はあまりにも増長しすぎた。禿童のような者どもを放って貴族や民の恨みを買うばかりか、諸国に重税を課して、武士たちまで苦しめておる」

平家が権勢を強めて以降、信濃でも臨時の徴税が幾度かあった。集めた税は福原、大輪田泊の普請や朝廷の儀式、宋との交易などに充てられたという。

「相国入道殿が作ろうとしていたのは、武士の世ではなく、平家の世だったのではないのか。信濃から都を見ていると、そう思えてなりません」

「確かにな。平家一門の暮らしぶりは、今や貴族どもと何ら変わらぬ。国中から集めた年貢で贅を尽くし、遊興に耽る。かつての摂関家と同じ……いや、強大な武力を持つだけに、さらに手に負えん」

仲家が言うには、平家の横暴は貴族や民ばかりでなく、同じ武士である摂津源氏にも向けられているという。

つい先日には、清盛の三男宗盛《むねもり》が仲綱に対し、その愛馬〝木の下〟を貸すよう強引に迫った。そして宗盛は木の下を返そうとしないばかりか、馬の名を〝仲綱〟と改めたという。

「これほどの侮辱を受けても、我らは耐えるしかないのだ」

この兄にしては珍しく、憤りに満ちた口ぶりだった。平家に近いと見られている摂津源氏でも、不満は高まっているのだろう。

「このところ京童《きょうわらべ》の間に、ある噂が広まっていてな。黄昏時《たそがれ》になると、洛中に平家を喰らう鬼が出るというのだ」

「それはまた、突飛な」

「だが、根も葉もない噂話ではないのだ。実際、一月ほど前から都のあちこちで、禿童や平家の郎党が相次いで斬られている」

「まことですか」

「平家も検非違使《けびいし》も血眼《ちまなこ》になって探しているが、いまだ捕まってはおらん。鬼の正体は、保元の乱で敗れた崇徳院《すとくいん》の怨霊だの、源氏の残党だのと言われている。そなたも市中に出る時は、あらぬ疑いをかけられぬよう、気をつけた方がいい」

やがて、頼政と仲綱が帰ってきた。頼政はつい先日出家し、家督を仲綱に譲っている。

「見違えたぞ、義仲殿。あの頃は小柄だったが、今や堂々たる偉丈夫ではないか」

「あれから急に背が伸びて、今や五尺八寸の大男にございます」

「さようか。時が経つのは、じつに速いものよ」

頼政の姿が、今はずいぶんと小さく見えた。だがそれも無理はなかった。年が明ければ、頼政は七十七歳になるのだ。

「公家どもの相手はほとほとくたびれるわ。義仲殿、憂さ晴らしと言うては何じゃが、今宵は武士同士、とことん呑み明かそうぞ」

「喜んで」

頼政が嬉しそうに笑い、手を叩いて酒を命じる。ひどく老人じみた仕草だった。

次に京へ上るのがいつになるかわからない。たぶん、頼政に会うのはこれで最後になるだろう。

義仲は一抹の寂しさを覚えながら、酒肴が運ばれてくるのを待った。


翌日、義仲は福原まで足を延ばした。京からは、馬を飛ばせば一日で着く。

清盛が出家して福原の別荘に移ったのは、今から十一年前のことだ。すぐ南に位置する大輪田泊の改修を進めると同時に、一門の屋敷や寺社、職人や人足たちが暮らす長屋が次々と建てられ、今では一つの町のようになっている。

清盛が移り住む前は古びた寒村だったというが、今は人の数も家屋も、木曾谷よりはるかに多い。大輪田泊には大小無数の船が停泊し、船着場は荷の揚げ降ろしで活況を呈していた。

「これが、平家の力か」

建ち並ぶ壮麗な屋敷の数々を眺め、兼行が呆気に取られたように呟いた。

何も無かった場所に、町を丸ごと一つ築き、異国と交易する。そんな途方もない事業を思いつき、ほぼ実現しかけている。清盛という男の目は何を見据えているのか、海を見るのも初めての義仲には、推し測ることさえできなかった。

「兼行、この町の地形を見てみろ」

「地形、ですか？」

「そうだ。福原は、北にそびえる六甲《ろっこう》の山々と、南の海に挟まれている。陸から攻めるとすれば、攻め口は東の生田《いくた》の森と、西の一の谷しかない。その二つの口を閉ざされれば、ここを落とすのは容易ではない。しかも、平家は強大な水軍を持っている」

「つまり、ここはただの交易のための町ではなく、難攻不落の要害でもあると？」

「そういうことだ」

清盛がどこまで先を見据えているのかはわからない。だがこの町を見る限り、戦にも備えているのは間違いなさそうだ。戦ということだけを考えれば、攻めるに易く守るに難い京の都よりも、この福原の方が、本拠とするに都合がいい。

「平家の世は、まだまだ続くのでしょうか」

「それはどうだろうな」

確かに、平家の力にはこの国の誰も及ばない。だがここ数年で、人々の平家への恨みが高まっているのは、肌で感じる。重い年貢に賦役《ふえき》。京から福原への道中でも、屋敷や泊の普請に男手を取られ、困窮する村をいくつも目にした。

一見華やかな福原の町も、行き交う人々の表情は暗い。手当がろくに払われないのか、職人や人足は疲れきり、身なりも粗末なものだった。大手を振って歩くのは、着飾った貴族や武士、裕福そうな商人ばかりだ。

平家の世とはつまり、平家とそれに連なる人々のためのものでしかないのだろう。

「見るべきものは見たな。そろそろ、木曾に帰るとしよう」

言うと、兼行は「えー」と不服そうな声を上げた。

「俺は、白拍子というのが見てみたいのです。摂津の江口《えぐち》というところには、そりゃあもう多くの白拍子が……」

「行きたければ、一人で行ってこい。俺は先に帰るぞ」

「そんなぁ。せっかく都まで来たのに」

曰く、殿は奥方を迎えられてつまらなくなった。昔はもっと無茶をやる御方だった。そんな兼行の愚痴を聞き流しつつ、西国街道を東へ進んだ。

東寺口《とうじぐち》から京へ入った頃には、西の空が赤く染まりかけていた。

炊煙が方々で立ち上り、行き交う人々の足は速い。相変わらず、京はひっそりと息を潜めているようだった。東寺の五重塔を横目に見ながら、近衛河原《このえがわら》の頼政邸へ馬を進める。

「そこの者、待て！」

居丈高な声を投げてきたのは、三人の少年たちだった。うなじのあたりで切り揃えた髪に、赤い直垂。禿童だ。

「いずこの家中か。下馬し、姓名を名乗られよ」

「それ、下馬せぬか！」

声変わり前の甲高い声で、禿童たちが喚き立てた。行き交う人々が面倒を恐れ、足早に過ぎ去っていく。

青筋を立てて何か言いかける兼行を目で制し、義仲は大人しく馬を下りた。

「それがしは源三位《さんみ》頼政卿が郎党、池田《いけだ》の次郎と申す者。これなるは、弟の五郎。主命により摂津へ使いし、その帰りにござる」

懐から、あらかじめ用意していた頼政の書付を取り出し、手渡した。

「ふむ。確かに」

書付に目を通した首領格が、義仲と兼行の身なりを無遠慮に眺め回す。

「これは失礼いたした。ずいぶんとみすぼらしい直垂ゆえ、どこぞの盗賊かと思うたぞ」

「無理もない。頼政卿は、相国入道様に頼み込んでようやく公卿になれた御方。その郎党ともなれば、さぞや貧しい暮らしをなさっておろう」

「笑《わろ》うては気の毒じゃ。頼政卿は家の子郎党のため、必死で平家にすり寄っておられるのだぞ。奪われた馬に〝仲綱〟と名付けられても、怒ることさえできぬのだ」

これが、悪名高い禿童か。確かに、民の恨みを買うのもわかる。

腹に据えかねるものはあったが、ここで騒ぎを起こせば頼政に迷惑がかかる。兼行も拳を握りしめ、唇を噛んで堪えている。

「おや、いかがなされた。何か言いたいことがおありなら、聞いて進ぜるが？」

「これ、そのように虐《いじ》めるものではないぞ。今や、平家あっての源氏。思ったことを口にいたせば、塵芥《じんかい》のごとく吹き飛ばされてしまおう」

嘲笑《あざわら》う禿童を見据え、義仲は訊ねた。

「そろそろよろしいかな。屋敷にて、主が待っておりますゆえ」

殺気が伝わったのか、禿童たちが息を呑む。

その時、禿童たちの向こうから、人影が一つ、足早に近づいてくるのが見えた。

切り揃えた髪に、赤い直垂。身なりこそ禿童たちと同じだが、十四、五の童にしては大柄で、長刀を手にしている。

足音に気づいた首領格が振り返った。

「見ぬ顔だな。いずこの……」

いきなり、白刃が閃《ひらめ》いた。首から血を噴き出し、首領格が倒れる。

凄まじい速さだった。斬られた首領格は、何が起きたかもわからなかっただろう。

「なっ……こいつ！」

太刀に手をかけた禿童の腕が斬り飛ばされ、二撃目で首筋を斬り裂かれた。悲鳴を上げて逃げ出そうとした最後の一人が背中を斬られ、地面に倒れる。

「た、頼む、助けてくれ。まだ、死にたくない……」

大柄な禿童が無言のまま歩み寄り、長刀を一閃させた。胴から離れた首が転がる。

「貴様、何者だ！」

太刀を抜き、兼行が喚いた。大柄な禿童が振り返る。

「源三位頼政の郎党と言ったな。ならばそなたたちも、平家の狗《いぬ》ということか」

女の声のようだった。昏《くら》く冷たく、どこか悲しげな声音。

切れ長の目に、整った鼻と唇。よく見ると、直垂の胸のあたりが膨らんでいる。女であることは、間違いなさそうだ。

仲家の言っていた、平家を喰らう鬼。たぶん、この者がそうなのだろう。美しいと言ってもいいその容貌に、義仲は束の間、惹き込まれそうになる。

女の口元に、酷薄な笑みが浮かんだ。ぞくりと、義仲の肌が粟立つ。

「平家の者は皆、死ね」

「待て、我らは……」

兼行が言い終えるより早く、女が地面を蹴った。兼行の腕では敵わない。義仲は咄嗟《とっさ》に太刀を抜き、二人の間に割って入った。

長刀の柄を、太刀で受け止めた。両腕が痺れるほどの力。速さだけではない。膂力も凄まじいものがある。

「兼行、離れていろ！」

間髪容れず襲ってきた柄の一撃を、仰《の》け反《ぞ》ってかわした。速く、強く、一切の迷いが無い。立て続けに放たれる斬撃をかろうじて弾き返し、足を狙った攻撃を跳んでかわす。直後、斜め下から刃が跳ね上がってきた。両腕を引き、後ろへ跳ぶ。

直垂の胸元が裂け、胸板を薄く斬られた。瞬き一つ分遅れていれば、確実に死んでいる。

間合いを取った。あれだけの攻撃を繰り出しながら、女の息はまるで乱れていない。

「聞け。俺たちは、平家とは縁もゆかりも無い。頼政殿には世話になっているが、平家には……」

答えの代わりに、鋭い刺突《しとつ》が来た。ぎりぎりのところで太刀で弾き、さらに後退る。

殺気さえ感じない。肌を打つのは、静かな狂気だけだ。

言葉を尽くしても、通じそうになかった。女と平家の間に何があったのかはわからないが、この憎悪は尋常なものではない。

覚悟を決めた。こんなところで、わけもわからないまま殺されるわけにはいかない。

技量と膂力はこちらの方がわずかに勝るが、間合いでは長刀の方が圧倒的に有利だ。長刀の刃をかわし、懐へ飛び込めるか否か。勝負はそこで決まる。

大きく足を開き、低く構えを取った。

女が地面を蹴った。刺突。太刀を振って弾くと同時に、前へ出る。女はすかさず、長刀を横に薙ぐ。義仲は地面に飛び込むように前へ転がりながら、太刀を振った。

剣先にわずかな手応え。膝頭を浅く斬った。振り返り、立ち上がる。女は何事も無かったかのように、踏み込んできた。

刃と刃がぶつかる。火花と同時に、義仲の太刀が中ほどから折れた。

勝ちを確信した女に、ほんの一瞬の隙が生じる。義仲は身を低くして、前に出た。女も素早く反応して長刀を振り上げるが、懐に飛び込んだ義仲を捉えられない。

太刀の柄頭を、女の鳩尾《みぞおち》に叩きつけた。

短く呻き、女が膝を折りかける。なおも長刀を振るおうとする女の肩口を、太刀の峰で打った。

女がくずおれた。気を失ったらしい。義仲は大きく息を吐き、折れた太刀を鞘《さや》に戻した。

「殿、とどめを」

駆け寄ってきた兼行が、女に太刀を向ける。

「よせ。殺すこともあるまい」

「しかし」

「ここに置いておけば、平家に捕らえられる。連れて帰るぞ」

女の体を抱え上げ、馬の鞍《くら》に乗せる。

この女は、死なせてはならない。なぜか、そんな気がした。

四

深い闇の中に、長刀を握りしめて立っていた。

周囲には、烏帽子を着けた武士や赤い衣の童たちが、太刀を手にひしめいている。

ここがどこなのか、自分が何者かもわからない。だが、為すべきことだけはわかる。

叫び声を上げ、長刀を振るって一人、二人と斬り伏せていく。返り血が全身を染め上げる。憎しみも悲しみも、悦びに変わっていく。気づくと、声を上げて笑っていた。

周囲の敵をすべて片付けると、闇の向こうに薄っすらと、二つの影が浮かんでいた。

三郎。力丸。二人は悲しそうな顔でこちらを見つめ、次第に遠ざかっていく。

「待ってくれ……！」

自分の叫び声で、巴は目を覚ました。

見知らぬ場所。どこかの屋敷の中らしい。広く、天井も高い。掛けられた夜着は上等な物で、柔らかく暖かだ。着替えさせられたらしく、着ているのは禿童の装束ではなく、白い帷子《かたびら》だった。

部屋は板張りだが、巴が寝ている場所にだけ、何かが敷かれている。たぶん、畳という物だろう。だとすると、庶民の家ではない。

なぜ、こんなところに寝かされているのか。まさか、平家に捕らえられたのか。思い至り、起き上がろうとすると、左の肩口に激痛が走った。

痛みと同時に、記憶が蘇ってきた。

三人の禿童を斬り、一緒にいた二人の男に襲いかかった。しかしそのうちの一人に敗れ、気を失ったのか。腕はほぼ互角だったはずだが、なぜ敗れたのか、そのあたりがうまく思い出せない。

武士たちは確か、源三位頼政の郎党だと言っていた。だとすると、ここは頼政の屋敷だろうか。平家に引き渡されたのなら、今頃は牢の中にいるはずだ。

体の具合を確かめた。斬られた膝には、膏薬が貼りつけてある。肩口はひどく痛むが、骨は折れていないようだ。

上体を起こす。部屋に、武器になりそうな物は何も無い。立ち上がってわずかに戸を開くと、外は明るかった。

縁に出ると、庭で男が一人、諸肌脱《もろはだ》ぎで木刀を振っていた。

長身で、よく整った顔立ちは美男と言っていいが、体つきは引き締まり、無駄な肉が一切ついていない。

「おお、目が覚めたか。だが、まだ無理をするなよ」

こちらに気づき、男が笑顔を見せた。間違いない。巴が戦った武士だ。巴は身構えた。

「おい、ここはどこだ。私はどれだけ眠っていた？」

「ここは近衛河原の源三位頼政殿の屋敷で、お前と戦ったのは昨日の黄昏時だ」

「なぜ、私を助けた。平家に引き渡して恩を売ろうというのか？」

「そんなつもりはない。ただ、何となくだ」

手拭いで汗を拭きながら、男があっけらかんと言った。

「何となく？　お前、阿呆《あほう》なのか？」

思ったことを口にすると、男は声を上げて笑う。

「まあ、確かにその通りかもな」

「お前、何者だ。本当に源三位頼政の郎党なのか？」

「俺は、木曾次郎義仲。頼政殿の世話にはなっているが、郎党ではない。信濃国の豪族、中原家の縁者だ」

信濃。確か、都のずっと東にある国だ。

「都に上ったついでに福原も見物してきたら、その帰りに禿童どもに絡まれてな。面倒を避けるために頼政殿の郎党と名乗ったが、そこへお前が襲いかかってきた。俺は平家に何の義理も無いので、ここへ連れてきた、というわけだ」

「お前が平家に義理が無くとも、頼政はそうではないだろう」

「案ずるな。頼政殿をはじめ、この家の者たちは皆、平家の横暴を苦々しく思っている。お前のことを話すと、頼政殿は〝大した女子じゃ〟と笑っておったぞ」

嘘をついているようには見えないし、弁の立つ男でもないだろう。どうやら今のところ、身の危険は無さそうだ。かすかに安堵すると、腹の虫が盛大に鳴いた。

「次はお前の話を聞こうと思ったが、まずは腹ごしらえだな」

向けられた笑顔に邪気は見えない。思わず、巴は頷いていた。


義仲が運んできたのは、もう何年も口にしていない、米の入った粥だった。

無言のまま平らげ、息を吐く。温かいまともな食事など、いつ以来だろう。

「そういえば、まだ名も聞いていなかったな」

「……巴」

「では巴。何ゆえ、平家を恨む。このところ、都のあちこちで禿童や平家の郎党を襲っていたというのは、お前だろう」

「平家は……仇だ」

あの日のことは、今も瞼の裏に焼きついて離れない。

力丸を貫いた矢。平家の武者。殺されていく村人たち。立ち上る黒煙。思い出すたび、生きたまま全身を焼かれるような心地がする。

「あの日から、私は人であることをやめた。いや、平家の連中にとって、私や村人たちは、最初から人ではなかったのだ」

山へ逃れ、炭焼き小屋で三日待ったが、三郎が現れることはなかった。

気づくと長刀を手に、京の都へ向かっていた。最初に殺した禿童に化け、髪も切った。河原や社の森で眠り、黄昏時になると町に出て、平家に連なる者たちを斬った。

いったい何人を殺したのか、自分でももうわからない。禿童に武士、その従者たち。合わせて、二十人か三十人といったところだろう。一月ほどが経った頃から、「平家を喰らう鬼」の噂を耳にするようになった。

殺すたびに、自分の中のどこかが壊れていく。心の裡《うち》に潜む鬼が、少しずつ大きくなっていく。

それがわかっていても、やめようなどとは微塵も思わなかった。いっそ、感情など無くなってしまえばいい。鬼に、人の心など必要ない。

その鬼はいずれ、巴自身も呑み込むだろう。

「これが、私と平家との因縁だ」

来し方を語り終えるとなぜか、胸の中でつかえていたものが、少しだけ軽くなったような気がした。同時に、なぜ問われるままに答えてしまったのかと疑問が湧く。

死ぬ前に、語っておきたかったのかもしれない。自分という人間がいたこと。それを、誰かに知ってほしかったのだろうか。

埒もない。自嘲し、巴は頭を振る。

「世話になったな。着替えたら、すぐに出ていく。直垂と、私の長刀を返せ」

「やめておけ」

それまで無言で巴の話に耳を傾けていた義仲が、口を開いた。

「昨日お前が斬ったのは、禿童の中でも高位の者だったそうだ。平家は禿童だけでなく、在京の武者たちまで都中に放ち、お前を探し回っている。今出ていけば、殺されるだけだぞ」

「なぜ止める。まさか、〝お前の夫も息子も、仇討ちなど望んではいない〟などと言うのではあるまいな」

言われずとも、そんなことはわかっていた。この仇討ちは、誰のためでもない。ひとえに、自分自身のためだ。

「別に、仇討ちを止めるつもりはないぞ。受けた痛みを相手にも味わわせてやりたいと思うのは、当たり前のことだ。だが、お前のやり方では無理だと言っている」

「何だと？」

「平家は強い。お前の想像が及ばないほどにな。禿童を何十人斬ったところで、平家の者たちは痛くも痒くもないぞ」

「だったらどうしろと言うのだ。六波羅に乗り込んで、平家の公達《きんだち》を斬りまくるか？」

睨みつけて言うと、義仲は「それは痛快だ」とけらけら笑う。

「だがせいぜい、雑兵を何人か斬って終わるだけだろうな。お前の刃は、平家の者には届かん。ただの犬死にだ」

義仲は身を乗り出すと、悪戯《いたずら》の相談でもするように声を潜めて言う。

「いいか。お前は平家と戦をはじめたんだ。だったら、勝てる算段をしろ」

戦。この男は何を言っているのだと、巴は思った。

「今、お前一人で平家と戦っても、勝てるわけがない。奴らに隙が生じるのを待つんだ。お前と同じように平家を恨む者たちが、この国にはいくらでもいる。遠からず、どこかで平家打倒の旗が掲げられるだろう。その時まで、息を潜めて待っていろ」

平家とは、それほどまでに恨みを買っているのか。山深い村で生きてきた巴には、世の動きなどわからない。この男の言葉が信じられるか否かも、判断がつかなかった。

だが、もしも本当にそうなるのなら、悪くはない。一人で戦い続けるよりも、あの平家の若武者の首に近づけそうだ。

「しかし私には、身を隠す場所など無い。この世に、私がいられるところなどどこにも……」

「木曾へ来い」

巴の言葉を遮り、義仲が言う。

「俺と木曾の皆が、お前を匿ってやる。約束だ」

この男はいったい何者なのか。なぜ、自分のために骨を折ろうとするのか。

理解できないまま、巴はなぜか頷きを返していた。

五

ようやくたどり着いた木曾谷は、降り積もった雪にすっかり覆われていた。

それでも、巴が思い描いていた山奥の小さな村とはまるで違うことがわかる。谷を貫くように大きな川が流れ、その両側には、多くの家々と寺や神社が建っていた。証安の村などよりずっと大きく、豊かそうに見えた。

「何とか、正月には間に合ったな。これで、山吹に怒られずにすんだぞ」

宮ノ越という在所へ続く道を馬を曳いて歩きながら、義仲が笑った。妻の山吹には、年が改まる前に帰ると言ってあったらしい。

「巴。雪が解けたら、馬を教えてやる」

予定よりも遅くなったのは、巴が馬に乗れず、しかも義仲との斬り合いで膝に傷を負っていたからだ。

「馬など、乗れなくても困りはしない」

「そう言うな。木曾駒はいいぞ。頑丈で我慢強いし、駆ければなかなかに速い。そして何より、愛嬌がある」

そう言って、義仲は愛馬の首を撫でる。

「それより殿、今のうちに言い訳を考えておいた方がいいんじゃないですか？」

落合兼行が、眉を顰《ひそ》めて言った。

京からの旅の間で、義仲と兼行が主従の間柄であることはわかった。だが、義仲がどういう家柄なのかは聞かされていない。

「言い訳？」

「巴のことに決まっているでしょう。都から若い女子を連れ帰ったとなると、山吹殿が怒るんじゃないですか？」

「まあ、大丈夫だろう。別に、妾《めかけ》を連れてきたわけじゃないんだ。あれは物分かりのいい女子だからな、話せばわかってくれる」

「だといいんですがね」

不貞腐《ふてくさ》れたように、兼行が横を向く。巴を木曾へ連れ帰ることに、兼行は反対していた。

「おお、義仲様のお帰りじゃ！」

雪掻きに出ていた百姓たちが、義仲を見つけて声を上げた。

「えらいことじゃ。女子を連れておられるぞ！」

「都で見初められたのかのう」

「奥方様にどやされねばよいが……」

案じられているところを見ると、義仲はそれなりに慕われているらしい。

「見えたぞ。あれが、俺の屋敷だ」

義仲が前方を指した。木曾川の東側、周囲よりもいくらか高い台地の上に、屋敷が見える。立派な門に築地塀《ついじべい》。母屋《おもや》の屋根は高く、他にもいくつもの建物が並んでいる。平家や高位の貴族の物とは比ぶべくもないが、想像していたよりもずっと大きな屋敷だった。

「お帰りなさいませ、殿」

義仲が帰ったことはすでに伝わっていたのか、数人の家来たちが出迎えた。

「遅くなってすまなかったな。留守中、何事も無かったか？」

「はい、殿。ところで、そちらの女人は……」

長刀を担いだ巴に、家来たちが恐る恐る顔を向ける。

「巴という。色々とわけがあってな、しばらく屋敷で匿うことになった。面倒見てやってくれ」

「は、はあ」

困惑する家来をよそに、義仲は買い込んだ京土産を手に、さっさと屋敷へ入っていく。

「では巴殿、こちらへ。蒸し風呂をご用意いたしますゆえ、しばしお待ちを」

案内された部屋で旅装を解き、風呂を使った。初めての蒸し風呂に戸惑ったが、慣れれば心地よく、旅の疲れがじんわりと溶けていくような気がした。

巴は立ち込める湯気を眺めながら、自分はなぜ、こんなところにいるのだろうと考えた。

ほんの半月前には、平家に連なる者たちを殺すことしか頭に無かった。三月前には、この冬をどう乗り切るか、どうすれば力丸を飢えさせずにすむかばかり考えていた。三年前は、腹の中でどんどん大きくなる赤子をちゃんと産んでやれるかと、不安でいっぱいだった。

栓が外れたかのように、様々なものが頭に浮かぶ。もう帰れない村の景色。もう見ることのできない、力丸と三郎の顔。

込み上げかけた嗚咽を、唇を嚙んで堪えた。巴はまだ、泣くことを自分に許していない。

湯殿《ゆどの》を出て用意された小袖《こそで》に着替えると、広間に通された。

広間には義仲と兼行の他に、美しい女人がいた。義仲の妻の、山吹だろう。

「さっき話した巴だ。よろしく頼む」

「義仲の妻の、山吹と申します。旦那様と御子のこと、さぞやお辛かったでしょう」

慌てて、巴は頭を下げた。

「巴と申します。何卒、よしなにお頼み申します」

義仲がどこまで話したのかはわからない。だが山吹の様子からすると、京で平家の家来を斬り殺していたことは黙っておいたのだろう。

「炊事でも洗濯でも薪《まき》割りでも、何でもお申しつけください。力には、自信がありますので」

「そのようなこと、お気になさらず。どうぞ、ここを我が家だと思って、存分に身と心を休めてくださいね」

「はい。ありがとうございます」

素直に礼の言葉を言えたことに、安堵と意外な思いが同時に込み上げた。

自分はまだ、人らしさを完全に失ってはいないらしい。


木曾谷へ来て数日で年が明け、巴は二十歳になった。

宮ノ越での新年の祝いは、木曾谷だけでなく近隣の武士たちも集まる盛大なものだった。山吹の実家である諏訪の金刺家の人々をはじめ、遠くからはるばるやってきた厳《いか》めしい顔つきの武士たちが、義仲とその父である中原兼遠に、恭《うやうや》しく挨拶を述べていく。やはり義仲の一族は、相当な家柄らしい。

宴の席での話題はもっぱら、義仲が京から女を連れ帰ったという話だった。信濃は広いが、こうした俗っぽい噂は瞬く間に広まるものらしい。

とはいえ、盛り上がっているのは男ばかりで、女たちが立ち働く厨《くりや》は、宴の間ずっと大わらわだった。

屋敷には山吹の他に下働きの女が二人いるが、酒と肴をひっきりなしに運ばなければ間に合わない。巴も瓶子《とっくり》に酒を満たし、厨と広間を何度も往復した。

「ごめんなさいね、巴さん。ここへ来てまだ間もないのに、こんなに手伝ってもらって」

肴を盛りつけながら、山吹が言う。

料理は大根や蕪《かぶ》の膾《なます》、里芋と牛蒡《ごぼう》、塩漬けした蕨《わらび》の入った雑煮《ぞうに》、干魚や猪、鹿の干し肉を焼いた物など、豪勢で手のかかるものばかりだ。

「いいえ。何もしていない方が落ち着かないので」

過去の一部を隠して、普通の女としてこの屋敷にいる。その後ろめたさもあった。

義仲は、京の往来で腹を空かせ、行き倒れていた巴を助けたのだと、山吹たちに説明していた。いくらか心苦しくはあるが、正直に明かすわけにもいかない。

「ところで、義仲様も兼遠様も、ずいぶんと敬われておられるのですね」

「義父上はかつて、信濃権守まで務めた御方なので、お顔が広いのですよ。もちろんそれだけでなく、公明正大な政を心掛け、信濃中の武士や民たちから、信頼を得られたそうです」

兼遠は物腰の柔らかい穏やかな好々爺だが、それだけではないような気がする。初めて挨拶した時、巴の手にできた胼胝を見て一瞬鋭い目つきになったのを、巴は見逃さなかった。

義仲の一族のことが、巴にはいまいちよくわからない。

中原兼遠には、義仲の他に樋口兼光、今井兼平、落合兼行という息子たちがいる。兼光、兼平の方が義仲より年長だが、その間柄はやはり、兄弟というより主従のように見えた。母親の身分が違うのだろうと思ったが、訊ねるのもはばかられる。

「殿も、ああ見えてなかなか人気があるのですよ。敬われているかどうかはわかりませんが」

悪戯っぽく笑う山吹に、巴も久方ぶりに頬を緩めた。

広間から聞こえてくる声は、笑いが絶えない。

雪の解けた木曾谷は、まるで違う印象だった。

冬の間ずっと頭上を覆っていた雲が去り、山々に縁どられた真っ青な空が広がっている。時には幾日も吹雪が続く木曾の冬は、京や証安の村とは比べ物にならないほど厳しい。それを乗り越えた喜びからか、山野の木々や草花も、獣たちも、この上なく生を謳歌《おうか》しているように思えた。

雪が解けると、義仲は勝手に約束していた通り、巴に熱心に馬を勧めた。

「いつかお前が戦に加わるとしても、馬に乗れなければ話にならないぞ」

巴は最初渋ったものの、言われてみればその通りだ。自分が戦に出るところなどまるで想像できないが、戦場で仇を見つけたとしても、馬が無ければ逃げられてしまうかもしれない。

義仲が厩から曳いてきたのは、「千早《ちはや》」という名の牝馬だった。

間近で見てみると、ずんぐりした体つきもやや短い脚も、どことなく愛嬌がある。その目は優しげで、人を嫌がる素振りもない。

軍馬にするような馬は気性の激しいものが多いが、千早は人に慣れていて、言うこともよく聞くらしい。

結局、言われるまま鞍に跨った。義仲が轡《くつわ》を取って、歩き出す。

馬の背に乗っただけで、見える景色がずいぶんと違った。視界が広がり、空が近くなったような気さえする。

初めの数日は屋敷の回りを歩くだけだったが、慣れてくるともっと駆けさせてみたくなった。

「よし、もっと広い所へ行くぞ」

巧みに馬を操り山へ分け入っていく義仲を追っていくと、広大な原野に出た。駒ヶ岳《こまがたけ》という山の麓《ふもと》で、戦稽古に使っている場所らしい。

「さあ、駆けさせてみろ」

頷き、軽く馬腹を蹴った。

一声嘶き、千早が駆け出す。風が頬を撫で、景色が流れ出した。

「うむ。やはり筋は悪くないぞ。尻がどっしりしているのがいいのだろう」

真面目くさった顔で失礼な事を言う義仲を無視して、馬を操ることに集中する。

千早は太い四肢でしっかりと地面を踏みしめながらも、飛ぶように野原を駆ける。振動はかなりのもので、しっかりと腿を締めていなければ、振り落とされそうだ。思うさまに駆けられるという千早の喜びが、鞍を通して伝わってくる。

そうか、嬉しいか。心の中で、千早に語りかけた。

確かに、馬は悪くない。こうして駆けている間は、苦しみも憎しみも忘れていられる。

「もういいぞ、千早」

声に出して伝え、手綱に力を入れる。

「大したもんだ。兼行よりもよほど才があるぞ」

褒められると、悪い気はしない。何かを心から楽しいと思ったのは久しぶりだった。

木曾での日々は、穏やかに過ぎていった。

炊事に掃除、洗濯。その合間に馬に乗り、時には義仲の若い郎党たちに、弓や長刀の稽古をつけてやることもあった。

山々を覆う雪があらかた解け、新緑が芽吹きはじめた頃、義仲に連れ出された。

行先は、木曾川の対岸にある柏原寺《はくげんじ》。十年ほど前に義仲と兼遠が建立した寺だというが、詳しい由来などは聞いたことがなかった。

境内《けいだい》には、静寂が満ちていた。普段は何かと騒々しい義仲も、いつになく言葉数が少ない。

義仲は無言のまま境内の奥へ進むと、一際立派な墓の前で立ち止まり、手を合わせた。墓石には銘が刻まれているが、巴は文字が読めない。

「誰の墓だ？」

合掌を解いた義仲に訊ねた。

「小枝御前。俺の母上だ」

それから、義仲は静かに己の出自を語った。

源義賢。悪源太義平。武蔵大蔵。聞いたことのない名前や地名ばかりだが、義仲がただの田舎武士ではないということはわかった。世事に疎い巴でも、かつての源氏が、平家と並ぶほどの武士だったことは知っている。

「小枝御前という人は十年以上も、自分が母親だということを黙っていたのか」

さぞ苦しかっただろう。だが我が子を守るためなら、己の苦しみには耐えられる。耐えられないのは、我が子を守れなかったという思いを抱えて生き続けることだ。

「義父上や中原の兄弟たち、金刺の舅《しゅうと》殿は、俺が信濃武士の旗頭として立つことを、どこかで望んでいる。それが、俺には昔から重荷でな」

どこか寂しげに、義仲が言った。巴には察しようもないが、貴種に生まれた孤独というものもあるのだろうか。

「源氏の再興に、興味など無い。平家の行いには腹の立つこともあるが、取って代わろうという野心も無い。昔は、この木曾谷を出て広い世を見たいと思っていたが、今はここで、親しい者たちと共に生きていきたいと思っている」

「ならばなぜ、私を匿った。もしも平家に知られれば、まずいことになるのではないか？」

「さあな。自分でも、よくわからん」

墓石に刻まれた名にちょっと目をやり、義仲は続けた。

「もしかすると、お前の姿が、母上と重なったのかな」

もしも幼い義仲が悪源太義平に殺されていれば、小枝御前は自分のようになっていたかもしれない。そう言っているのだろう。

「そうだ、そんな話がしたかったんじゃない」

義仲が歩き出した。少し離れた場所にある、小さな墓の前で足を止める。墓はまだ新しく、墓石には何も刻まれていない。

「これは？」

「お前の夫と子、そして村人たちの墓だ」

思わず、義仲の横顔をまじまじと見つめた。

不意に、頭の中で何かがかちりと嵌《は》まった気がした。その正体を確かめる前に、義仲が言う。

「お前がこれからどうするかは、お前が自分で決めればいい。だがその前に一度くらい、夫と子のために泣いてやってもいいんじゃないか？」

義仲の顔が、滲んで見えた。ごまかすように、そっと墓石を撫でる。さして大きくも立派でもない、ただの石だ。この下に、誰が眠っているわけでもない。それでもなぜか、温かみのようなものを感じる。

膝をついた。我が子を抱くように、墓石を抱く。三郎と力丸の温もりが蘇る。込み上げた嗚咽は、もう抑えることができない。

何のために、泣くことを禁じていたのだろう。今となっては、意味があるように思えない。ひとしきり声を放って泣くと、胸の奥底に凝り固まっていた何かが、ほんの少しだけ和らいだような気がした。

袖で涙を拭い、立ち上がる。今度来る時は、花でも摘んで供えようと思った。

「思い出したぞ、義仲殿」

「何をだ？」

「十五年くらい前のことだ。義仲殿は京で、平家の家来に鞭打たれている女童を助けたことがないか？」

「十五年前……」

呟き、義仲は腕組みして考え込む。

「ああ、そういえばそんなことがあったような気がするな。だが、なぜそれを？」

「あの時の女童は、私だ」

ぽかんと口を開けて唖然とする義仲に、巴は思わず噴き出した。

第三章

戦雲

一

熊野三山《くまのさんざん》に戦の兆候あり。

その報せが福原の平相国入道清盛のもとに届いたのは、治承四年五月初めのことだった。

熊野三山とは、本宮《ほんぐう》、新宮《しんぐう》、那智《なち》の三つの社の総称であり、神代の昔から多くの尊崇を集める神道の聖地である。

上皇、法皇の参詣も頻繁に行われ、清盛自身も幾度か足を運んでいた。二十年余り前の平治の乱でも、源義朝が京で兵を挙げたのは、清盛が熊野参詣に出向いている隙を衝いてのことだ。

その熊野で、本宮と新宮の間に諍《いさか》いが起こり、合戦に発展しかねない様相だという。熊野は他の大寺社の例に漏れず、鄙の豪族など遠く及ばない武力を保持していた。

一報を受け、清盛は露骨に顔を顰めた。

「またぞろ、面倒なことよ」

この年、清盛は齢《よわい》六十三。加えて隠居の身である。煩わしい政からは身を引き、日に日に大きくなる福原の町を眺めながら余生を送りたいというのが、偽らざる本音だった。

無論、気がかりなことはいくつもある。一枚岩とはとても言えない一門の行く末。いまだ平家に敵意を抱き続ける今上法皇や貴族、寺社。清盛の孫に当たり、先月即位したばかりの今上帝言《とき》仁《ひと》はまだ三歳という幼さで、その地位は甚だ心許ない。

頂点に平家の血を引く帝を戴き、その下で平家一門が政を執り行う。その形が整うまで死ぬことはできないと、清盛は思い定めている。

「どうせ、土地だの地位だのを巡るいざこざであろう。放っておけばよいではないか」

あくまで、熊野の内輪揉めにすぎない。そんなところへ迂闊に手を突っ込めば、思わぬ痛手を蒙りかねなかった。

「しかし、そうもまいらぬのです」

言ったのは、郎党の平盛国《もりくに》である。清盛よりさらに五つも年長だが、いまだ平家の執事として家政を取り仕切っている。

「この一件、源氏の残党が絡んでおりますれば」

「何だと？」

「亡き左馬頭《さまのかみ》義朝が弟に、十郎義盛《じゅうろうよしもり》なる者がおりまする。ご存じにございましょうか」

少し考え、「知らん」と首を振った。義朝の父為義には多くの男子がおり、いちいち覚えてなどいられない。

「その十郎が、いかがした」

「平治の乱の後、縁戚を頼って新宮に匿われていたようです」

「二十年以上もか」

「はい。ところが先頃、その十郎が新宮行家《ゆきいえ》と名乗りを改め、八条院《はちじょういん》の蔵人《くろうど》に任じられたとの由」

清盛は眉を顰《ひそ》めた。

八条院暲子内親王《しょうしないしんのう》。鳥羽《とば》法皇の皇女で、二百数十ヶ所に及ぶ膨大な荘園を譲与されていた。

そのため、八条院は皇族、貴族の中でも屈指の財力を誇り、朝廷内で隠然たる勢力を持っている。

蔵人とは、家政を取り仕切る役人であり、主従関係を結ぶに等しい。八条院が源氏の残党を蔵人に任じたとなると、話はきな臭くなってくる。

平家寄りの熊野本宮はこのことを知り、新宮を咎《とが》めた。本来ならば罪人として罰せられるはずの十郎を匿っていたばかりか、官人として都へ送り出すとは何事か。だが、新宮はこれに反発、対立は日に日に高まっているという。

「熊野本宮からは、何か言ってきたのか？」

「はい。新宮を討つため、兵を出していただきたいと」

「ならん。本宮には、事を荒立てず、自重せよと伝えておけ」

熊野の争いなど、些事に過ぎない。この件は、もっと大きな獲物を釣り上げるのに使える。

「明日、わしは京へ上る。盛俊に兵を集めさせよ。二千もおればよかろう」

盛国の子の盛俊は、保元、平治の乱にも活躍し、平家一の勇士とも称されている。清盛の警固役は、主にこの盛俊が務めていた。

「二千とはまた。都が騒がしゅうなりましょうな」

「構わん。しばしば我が軍勢を見せつけてやらねば、平家に逆らう者は後を絶たぬ」

「では、動かれますか」

「帝の足元を固めるに、よき機会ゆえな」

盛国も同じことを考えていたのだろう。我が意を得たりというように、盛国は笑みを見せた。

五月十日、清盛は二千の軍兵を従え上洛した。

牛車の物見窓を開けると、海に近い福原とは違う、京の臭いが流れ込んでくる。土埃と抹香、人々の体臭、寺や家々に使われる古びた木の香が入り混じった、独特の臭い。

清盛は顔を顰めた。自身が生まれ育ち、生涯の大半を過ごした京の町を、清盛は嫌っている。憎んでいると言ってもいい。

武士は長らく、王家の狗として生きてきた。争い事の矢面に立たされ、血の穢《けが》れを背負わされ、どれほど手柄を立てようと、政に加わることは許されない。

祖父も父も、宮中で出世するために和歌を詠み、舞いを磨き、貴族たちに莫大な財物を贈ってきた。仏罰を覚悟で叡山の僧兵に矢を放ち、貴族の優雅な暮らしを守るため、瀬戸内の海賊と命を懸けて戦った。

そして清盛は、保元、平治の乱を経て、ようやく政を動かせる地位にまで上り詰めている。叔父を斬り、源氏を叩き潰し、法皇も幽閉した。自らの孫を帝に立て、朝廷の要職は平家一門に担わせている。かつて狗と蔑まれた平家が、この国を動かしているのだ。

窓の外に目をやった。道の両端では市が開かれ、諸国から集まった様々な品が並んでいる。

「盛俊」

牛車と並んで馬を進める盛俊に声をかけた。

「京は栄えておるな」

「はっ」

父に似ず、口数の少ない男だ。だが、高位に上り武士の本分を忘れた者も多い一門の中にあって、いかにも武人然とした盛俊は貴重な人材とも言える。

「この繁栄は、わしがもたらしたものよ」

清盛が進めてきた宋との交易でもたらされた銭が、体の中を流れる血のように、国中を巡りつつある。その銭が、京を潤わせているのだ。商いはこれまでと比べ物にならないほど楽になり、貴族や寺社、武士たちに富をもたらしていた。前例がすべての貴族の政が続いていれば、京はこれほど栄えていなかっただろう。

「だがわしはいずれ、都を福原に遷《うつ》す。王家や貴族どもが何百年もしがみついてきたこの地は、日ノ本の中心ではなくなるのだ」

あの恩知らずどもめ、いい気味じゃ。清盛は心中で毒づいた。

王家も貴族も、もはや平家抜きでは己の暮らしさえ立ち行かないことを理解せず、隙あらば平家を追い落とそうと企てる。八条院が義朝の弟を取り立てたのも、平家憎しの一念からだろう。

八条院の猶子《ゆうし》である以仁王《もちひとおう》は、今上法皇の子でありながら、三十歳となった今も親王宣下を受けられずにいた。

幼少の頃から英明で、学問や諸芸に秀でた以仁王は、清盛の孫である今上帝にとっては脅威となり得る。この機会に、以仁王の皇位継承の芽を完全に摘み取っておくべきだった。

平家の世は、誰にも覆させせぬ。たとえそれが王家の血を享《う》けた者であろうと、容赦はしない。

二

清盛の不意の上洛に、都は戦々恐々としていた。

人々の脳裏によぎるのは、昨年起きた政変の記憶だった。治承三年十一月、清盛は突如大軍を率いて上洛し、法皇を幽閉して院政を停止した上、四十名近い廷臣《ていしん》を処罰したのだ。都の貴族や武士たちは、今回もまた同じようなことが起こるのではないかと不安に駆られている。

源頼政は、にわかに騒がしくなった近衛河原の自邸で、必死に思案を巡らせていた。

以仁王、御謀叛《ごむほん》。その報せに、頼政は耳を疑った。

歌会で顔を合わせる程度だが、以仁王は温厚で争い事を好まず、謀叛を企てるような人物とは思えなかった。王の庇護者《ひごしゃ》である八条院に仕える仲家も、謀叛などあり得ないと言っている。

恐らく、後々の脅威となりかねない以仁王を排除するため、清盛が画策したのだろう。そこまでするのかという怒りが、ふつふつと腹の中で滾る。

だが、今の都で平家に逆らって生きることなどできない。

頼政はすでに、七十七歳になっていた。ようやく念願の三位に昇り、これから心置きなく余生を過ごすつもりだったのだ。ここで家の存続を危うくするような真似など、できるはずもない。

十五日、朝廷は以仁王から皇族の資格を剝奪し、土佐《とさ》へ流罪とすることを決定する。併せて、検非違使別当《べっとう》の平時忠《ときただ》を追捕使《ついぶし》に任じ、三条高倉《さんじょうたかくら》にある以仁王の屋敷へ派遣することが決まった。追捕の軍勢には、頼政の甥で養子の兼綱《かねつな》も加わることになっている。

「追捕使が出立する前に、高倉へ密使を送れ」

頼政は居室に仲家を呼び、声を潜めて言った。

「高倉へ、ですか？」

「さよう。以仁様に事と次第をお報せし、決して追捕使に抗わぬよう説くのだ」

「承知いたしました。しかし、よろしいのですか？」

平家の心証を害することを言っているのだろう。

「構わん。いきなり兵を率いた追捕使が押し寄せれば、不慮の事態が出来《しゅったい》しかねん。わしはあの御方に、命を落としてほしゅうはないのだ」

以仁王の詠む歌が、頼政は好きだった。

穏やかさの中にも、どこか悲しみを湛えた静かな歌だ。王家に生まれながら何者にもなれず、木陰に咲く小さな花のように生涯を終えるであろう我が身。それを、高らかに訴えるでも嘆き悲しむでもなく、ほのかに三十一文字の中へ織り込む。そんな人柄を、頼政は好ましく思っていた。

謀叛の濡れ衣を着せられ、雅を解さぬ武者たちに斬られるなど、あってはならない。

「仮にも王家に連なる御方だ。手向かいさえいたさねば、平家も手荒な真似はすまい。急げ」

「では、私が」

「いや、それはならん。洛中では、どこに禿童の目があるかわからぬ」

「しかし……」

「そなたが出向いたと知られれば、謀叛の疑いが我らにも降りかかりかねん。誰か心利きたる者を選び、使いさせよ」

しばし無言で頼政を見つめ、仲家が口を開いた。

「一つだけ、お訊ねすることをお許しください」

「申してみよ」

「義父上はこの先も、平家の下で生きるおつもりですか」

以仁王のため、兵を挙げる気は無いのか。そう、仲家は言っている。

「一族郎党を守るためじゃ、致し方あるまい。臆病と思うか？」

「いえ、お察しいたします。では、すぐに使いの者を差し向けまする」

一礼し、仲家が出ていった。

これでいい。救って差し上げられないのは心が痛むが、人々の欲望が渦巻く都で政争の具となるよりも、遠く離れた鄙の地で歌を詠み、笛を吹いて心穏やかに生きる方が、あの御方にとっては幸福なのだ。

暮らしの糧は自分が支援し、ほとぼりが冷めたら京に戻るよう取り計らうこともできるだろう。

「これしきのことしか、できぬとはな」

一人になると、頼政は自嘲した。

若い頃は、源氏随一の勇士、都一の武者よと讃えられ、貴族どもにすり寄る平家一門を蔑みの目で見ていた。だが、平治の乱では義朝を裏切り、清盛の下風《かふう》に立つことを選んだ。

一族郎党のためと言えば聞こえはいいが、実際は平家と事を構える胆力がなかっただけだ。そして、臆病な己への嫌悪から目を背けるように、歌を詠み、官位の昇進に血道を上げた。

「何が、都一の武者じゃ」

吐き出した呟きは、己の生き方への呪詛に思えた。

その日の夜、平時忠率いる三百の軍勢が出立、高倉邸を取り囲んだ。

時忠に同行した兼綱からの使いが駆け込んできたのは、夜半を過ぎた頃だった。

「馬鹿な。捕縛に失敗しただと？」

使者の口上に、頼政は思わず声を荒らげた。

兼綱によると、以仁王の身柄差し出しを求める検非違使の軍勢に対し、王に仕える武士が激しく抵抗、十数人の死傷者が出た。

斬り合いの末に屋敷は制圧されたものの、以仁王はすでに脱出していた。時忠らは周辺の捜索に当たっているが、いまだ行方は摑めていないという。

洛中を不穏な気が包んだまま数日が過ぎた十九日、以仁王の居場所が判明した。三千の僧兵を抱えると称する園城寺《おんじょうじ》が、京から逃れてきた以仁王を受け入れたばかりか、延暦寺や興福寺《こうふくじ》に挙兵を呼びかけているらしい。

二十一日、平家は園城寺攻めを決定し、出家の身である頼政にも参陣を命じてきた。

「我ら源氏も、侮られたものよ」

頼政の腹は煮えていた。この期に及んでもなお、平家は頼政が逆らうことは無いと見ている。出家した頼政に寺社を攻めさせても、唯々諾々《いいだくだく》と従うと考えているのだ。

それでも、平家に抗って家を滅ぼすことはできない。一門を率いる身で、情に流されるわけにはいかないのだ。

「兵を集めよ。園城寺攻めに加わる」

集まった一族郎党は応えず、腰を上げようとしない。

「どうした。存念があるならば申せ」

「では、申し上げます」

仲綱が顔を上げた。

「清盛入道は以仁様に謀叛の濡れ衣を着せ、己が地位を安泰ならしめようとしていることはもはや明らか。それでも父上は、平家に与すると仰せですか？」

「入道の思惑は問題ではない。平家に逆らうは、朝廷に逆らうと同じことぞ。そなたは我らに、朝敵になれと申すか？」

「法皇様を幽閉し奉り、己が血を引く孫を強引に皇位に即け、罪無き御方を謀叛人に仕立てて討たんとする。朝敵とは、そうした者たちを指す言葉でございましょう」

搾り出すような声音で、仲綱が言う。

宗盛に愛馬を奪われた怒りだけではない。平治の乱から二十余年分の鬱屈が、その声音からは滲み出ていた。

「そなたの思いは、痛いほどわかる。だが、ここは堪えてくれ。我らまで平家に滅ぼされれば、この国の源氏は死に絶える。亡き義朝殿のためにも、我らは滅ぶわけにはいかんのだ」

「たとえ我らが滅びたとしても」

静かに言ったのは、仲家だった。

「源氏は滅びませぬ。伊豆には義朝殿の御嫡男、頼朝《よりとも》殿が。そして木曾には、義仲がおりまする」

「まさか……」

「はい。以仁様に進言し、諸国の源氏に平家討伐を命ずる令旨《りょうじ》を出していただきましょう。国中に満ち満ちた平家への恨みは巨大なうねりとなり、必ずや全国に巻き起こりまする」

「待て、そなたは日ノ本全土を乱に巻き込むつもりか。そもそも、親王宣下を受けていない以仁様に、令旨を出すことはできぬ」

「国中の武士が起たねば、平家を倒すことはかないませぬ。それに、勝てば以仁様は帝となられます。令旨云々など、些末なこと」

その言いように、頼政は慄然とした。

仲家は以仁王に、武力で皇位を奪わせると言ってのけたのだ。敗れれば、以仁王も頼政の一族も未来永劫、逆賊の汚名を着せられ続けることになるだろう。

「何と畏れ多いことを……」

「義父上。武士は、勝つことこそ本分。後の世の評価を恐れ、起つべき時に起たぬは、武士にあるまじき怯懦《きょうだ》の振る舞いにございましょう」

頼政は驚きと共に、仲家の顔を見つめた。

義賢が討たれ、京に取り残された仲家母子を匿った時のことを、頼政は今も昨日の出来事のように覚えている。

あれから二十五年。父を亡くした悲しみと不安を必死に押し殺していた童は、文武に秀でた立派な武士に育ってくれた。だが、内にこれほどの激しさを秘めていたことに、頼政は今さらながら戸惑いを覚える。

「父上があくまで平家に従われると仰せになるならば」

硬い面持ちで、仲綱が言った。

「私と仲家は暇をいただき、以仁様のもとへ馳せ参じる所存にございます。戦場で相見《あいまみ》えることになるやもしれませぬが、何卒、お赦しを」

仲綱と仲家、そして二人の息子たちが、揃って床に手をつき平伏した。すでに、話し合いはついているのだろう。

これが、血を分けた父子兄弟でも殺し合うことを厭《いと》わない、源氏の血というものなのか。

頼政は腕を組み、瞑目した。

源氏は代々、一族同士で相争い、勢力をすり減らしてきた。頼政はその轍《てつ》を踏まぬよう、身寄りを失った源氏の子を養子に迎え、結束を保つことで家を守ろうと努めてきた。今思えば、和歌に没頭したのも、同族殺しで穢れた源氏の血を、少しでも浄《きよ》めたかったからなのだろう。

ここで父と子が袂を分かてば、源氏の血の宿運に屈することになる。

大きく息を吐き、頼政は口を開いた。

「よかろう。この家の主は仲綱、そなたじゃ。そなたの思うまま、やってみよ。ただし、家を割ることだけは許さぬ。我ら一門は、最後まで一蓮托生ぞ」

「では、父上」

「わしも、平家の狗であることに嫌気が差しておった。最後の最後に咬みついてやるのも、また一興というものよ」

三

宇治川《うじがわ》に架かる橋を渡ると、目の前が宇治平等院《びょうどういん》だった。

源仲家は安堵の息を吐き、摂関家の栄華を偲ばせる壮大な伽藍《がらん》を見上げた。

園城寺から逢坂山《おうさかやま》を越える、夜を徹しての行軍である。馬に慣れていない以仁王はもとより、雑兵や園城寺の僧兵たちも疲労の色を隠しきれずにいた。

「ひとまず、ここで休息しましょう。以仁様も、かなりお疲れのご様子」

仲家が言うと、轡を並べる仲綱が頷いた。

「わかった。半刻だけ休止する」

平家に弓引くと決したその日のうちに、頼政は屋敷に火を放ち、一族郎党を率いて京を出立、翌二十二日の朝に園城寺へ入った。

頼政の参陣に園城寺は沸き立ったが、その直後、比叡山延暦寺が園城寺の協力要請を拒み、平家の軍に加わるとの報せが届く。

僧兵三千と称する園城寺も、平家と延暦寺の大軍に抗する術は無い。二十五日夜、以仁王は頼政の進言を容れ、園城寺から奈良興福寺へ向けて出立した。

頼政の一族郎党を中心に、摂津源氏の渡辺党《わたなべとう》、下野国足利《しもつけのくにあしかが》の豪族矢田義清《やだよしきよ》とその一党、そして八条院に仕える武士たちを合わせ、味方はわずか五十余騎。徒歩《かち》の雑兵や僧兵を含めても、三百程度でしかない。だが、反平家の色が強い興福寺までたどり着けば、かなりの数の味方が集まるはずだと仲家は踏んでいた。

平等院の山門を潜り境内に入った。馬を下り、以仁王の前に片膝をつく。

「長い道中、お疲れ様にございました。しばしの間ではございますが、体をお休めください」

「すまぬ。私が馬に慣れぬばかりに、皆に迷惑をかけた」

疲労の色をありありと浮かべながらも、以仁王が詫びた。八条院蔵人である仲家と以仁王は顔を合わせる機会も多く、互いに気心が知れている。

「平家の軍は、すでに都を発しておろう。追いつかれれば、一千足らずの兵では防げぬのではあるまいか」

「ご案じめされますな。その時は我ら源氏が楯《たて》となり、宮様をお守りいたしまする。興福寺に入れば、平家の軍も迂闊には攻められません。その間に、諸国の源氏が立ち上がりましょう」

「そうか、わかった。深く恃《たの》みにしている」

園城寺に入った直後、頼政の進言により、以仁王は諸国の源氏に向けて令旨を発していた。法皇を幽閉し、万民を苦しめる平家を追討せよ。以仁王が帝位に即いた暁には、必ず恩賞を与えて報いる、という内容である。正式には令旨とは呼べないその文書は今、新宮十郎行家に託され、東へと向かっていた。

仲家は周囲に物見を放ち、残りの兵には休息を命じた。以仁王の馬に合わせたので、予定よりもいくらか遅れている。それでも、追いつかれる前に奈良へ入れるはずだと、仲家は見ていた。

興福寺に立て籠もり、源氏の蜂起を待つ。それが、仲家の立てた平家打倒の策だった。興福寺が落とされれば吉野《よしの》へ。吉野が落ちればさらに別の場所へ逃れ、ひたすら時を稼ぐ。以仁王さえ討たれなければ、勝機は必ず訪れる。場合によっては木曾へ落ち延び、義仲と合流することまで考えていた。

遠く木曾の地にいる弟を、仲家は思った。

自分に弟がいると知ったのは、元服前の義仲が初めて上洛してくる直前のことだ。

仲家の母は義賢の正室だが、義仲の母は元白拍子だという。そうした違いはあっても、この世に残されたたった一人の弟だ。鄙で伸びやかに育った義仲の屈託のなさに触れるうち、頼政の養子になってからも拭いきれなかった孤独が癒やされていくのを、仲家は感じた。

そのかけがえのない弟を、戦に巻き込もうとしている。いや、弟だけではない。戦乱が全国に拡がれば、多くの無辜《むこ》の民まで巻き添えになるだろう。

そのことに、後ろめたさが無いわけではない。

「だが、我らは源氏だ」

虐げられ、平家の狗と侮られたまま、生きていくことなどできない。受けた屈辱は、相手を討ち果たすことでしか晴らすことはできないのだ。

不意に、外が騒がしくなった。物見が駆け戻り、声を張り上げる。

「北に平家軍、およそ三百余騎。こちらへ向かってまいります！」

その報せに、諸将がざわついた。以仁王の近臣たちは浮足立ち、逃げ仕度をはじめている。

三百余騎ならば、総勢で千五百にはなる。こちらの五倍の兵力だった。

「いかがいたす。仲綱、仲家」

頼政が、落ち着いた声音で問う。

「敵の動きを読みそこなったは、私の不明」

　仲家は床に手をついて言った。

「ここは私が手勢を率い、宇治川を楯に敵を防ぎます。その間に、義父上は残りの軍勢で宮様をお守りし、奈良へお急ぎください」

「ならん」

　仲家の献策を一蹴し、頼政は以仁王に向き直った。

「宮様は、近臣方と共に逃れられませ。南へ進めばすぐに、興福寺の迎えの軍勢と合流できましょう。我らはこの地で敵を防ぎ、時を稼ぎまする」

「しかし、父上」

「黙れ、仲綱。我ら一門は、一蓮托生と言ったはず。それに、そなたたち若造に任せて宮様の御身にもしものことがあったら、いかがいたす」

　頼政はここで死ぬつもりなのだと、はっきりとわかった。ならば、自分は付き従うまでだ。

「承知いたしました。では、防戦の仕度にかかります」

「急げ。平家の武者どもに、源氏の恐ろしさを思い出させてやろうではないか」

　覇気を滲ませた頼政の顔からは、平家の下にいた頃の卑屈さは微塵も窺えない。

四

　前衛を受け持つ園城寺の僧兵たちは、果敢に平家軍の進攻を食い止めていた。

仲家は、頼政、仲綱らと共に後方に控え、戦況を見守っている。盗賊の追捕や寺社の強訴に駆り出されたことはあったが、戦らしい戦は初めてだ。腹の奥底に、重苦しい何かがある。それが恐怖なのかどうかは、判然としない。

戦は今のところ、仲家の思い描いた通りに進んでいる。

敵は橋桁《はしげた》を外された宇治橋の突破に手間取り、武士とは違う僧兵たちの戦い方にも戸惑っていた。すでに、かなりの犠牲を出してもいる。別の場所から渡河しようにも、宇治川は広く、流れも速い。

川を楯にすれば、武者たちが得意とする騎馬戦を封じられる。敵に馬を下りさせれば、僧兵でも武者と互角に渡り合うことができる。仲家のその目論みは、図に当たっていた。

「父上。このまま防ぎ続ければ、敵は疲れて退いていくのでは？」

言ったのは、長男の仲光だ。次男の仲賢には母を守るよう命じ、京から落ち延びさせていた。

「甘く考えるな。敵将は、あの伊藤忠清《いとうただきよ》だ。簡単に退くような相手ではない」

「はっ、申し訳ありません」

伊藤忠清は保元、平治の乱でも活躍した、平家の武の柱と目される歴戦の兵《つわもの》だ。このまま何の策もなく、漫然と攻め続けるようなことはしないだろう。

開戦から半刻が過ぎようとしていた頃、対岸の敵に新たな動きがあった。一隊が敵陣を離れ、戦場を離脱していく。

平家軍には、たまたま大番役で京にいたところを追討軍に加えられた地方の武士も少なくない。それを不満に思っての戦場離脱ならば、あり得なくもない話だ。

「光明が見えてきたぞ。一兵たりとも川を渡らせるな！」

疲れを見せはじめていた味方から喊声が上がり、矢の勢いが増した。矢田義清と渡辺党が橋の中ほどまで進み、斬り立てられた平家の武者たちが次々と川へ落ちていく。

このまま押し続ければ勝てる。思った刹那、馬蹄《ばてい》の響きが聞こえてきた。

はるか下流の方角から、騎馬を中心とした数百の敵が、こちらへ向かってくる。先刻、戦場を離れた隊だ。

「まんまとたばかられたな」

苦笑混じりに、頼政が言った。

「坂東には、馬筏《うまいかだ》という渡河の方法があると聞いたことがある。数頭の馬を繋ぎ合わせて河を渡るというやり方だ」

言うや、頼政は床几から立ち上がる。

「敵の別働隊は、我らで食い止める。馬曳け！」

齢七十を超えているとは思えない身軽さで馬に跨り、頼政が駆け出す。仲家らも遅るまじと騎乗し、後を追った。

敵味方の矢が飛び交い、馬群が入り乱れる。たちまち、激しいぶつかり合いになった。仲家も馬上で続けざまに矢を放ち、敵を射落としていく。

すぐに、弓を番える暇も無くなった。弓を捨て、太刀を抜き放つ。向かってきた敵の太刀を弾き、喉元を抉る。降り注ぐ返り血を浴びた直後、脇腹に矢が突き立った。一瞬息が詰まり、馬から落ちそうになるが、何とか堪える。

「父上！」

こちらへ馬を寄せようとした仲光が敵に組みつかれ、落馬する。敵味方が密集し、仲光の姿はもう見えない。

馬が足を折り、地面に投げ出された。すぐに立ち上がり、太刀を振る。重い手応えと同時に、悲鳴が上がる。

あたりを見回す。敵の武者と組み討ちする仲光の姿が見えた。駆け寄り、仲光に馬乗りになった敵を斬り伏せる。仲光はあちこちに傷を負っているが、深手ではなさそうだ。

「父上、申し訳ありません」

「詫びる暇があったら、立って戦え！」

乗り手を失くした馬に飛び乗り、戦況を眺めた。

ここで敗れれば後が無い味方の方が、士気は勝っている。死に物狂いの味方に押され、敵の別働隊は当初の勢いを失いつつあった。

だが、宇治橋の向こうでは敵の増援が駆けつけ、対岸に夥しい数の赤い旗が翻っている。恐らく、追討軍の本隊だろう。数は数千、いや、万を超えそうだ。

増援を受け、敵は犠牲を顧みず宇治川に飛び込み、押し流されつつもこちらへ迫っている。渡辺党の武者や僧兵たちは次々と倒れ、突破されるのも時間の問題だった。

「仲家！」

群がる敵を薙ぎ払いながら、仲綱が馬を寄せてきた。

「兼綱が討たれ、父上も負傷なされた。もはや支えきれん。ここは退くぞ」

頷き、味方をまとめて平等院まで後退した。敵も、深追いはしてこない。

逃げ込んだ不動堂は、血と汗の臭いに満ちていた。

「矢田殿、ご無事でしたか」

「おお、仲家殿。京武者のゆるい矢など、屁でもござらぬ」

鎧に幾本も矢を突き立てながら、矢田義清が笑う。源氏に連なる足利一族の出だが、母の身分が低いため家督は弟が継ぎ、自身は京に上って法皇の姉に当たる上西門院《じょうさいもんいん》に仕えていた。以仁王の挙兵を聞いて馳せ参じてきた、数少ない味方の一人である。

「とはいえ、この地での戦はこれまでにござろうな」

義清は笑みを消し、周囲に目をやった。

残った味方は半数にも満たない。残りは討たれるか、逃亡したのだろう。生き残った者たちも皆、方々に傷を受けている。仲家が受けた脇腹の矢傷は、深くはないが今も血が流れ続けていた。

「わしは東国へ下って戦を続けるつもりだが、仲家殿もいかがかな？」

「お誘いはありがたいが、養父は老い、手傷も負いました。最後まで、共にありたいと思います」

「そうか。源三位殿はよき息子に恵まれたな」

「急がれませ。敵はすぐにも、境内へ押し入ってまいりましょう」

「わかった」

数人の郎党を従え、義清は去っていった。東国まで落ち延びられるかどうかは、運次第だろう。

「どうやら、ここまでのようじゃな」

よく響く声で、頼政が言った。矢を受けた膝に巻きつけた晒しには、血が滲んでいる。

「方々、よくぞここまで戦ってくれた。以仁様はすでに奈良へ逃れられたはず。もはや、思い残すことは無い」

助けが無ければ歩くこともままならないほどの深手だが、その表情は痛みに歪むでもなく、むしろ晴れやかですらある。

ほどなくして、喊声と地鳴りのような足音が聞こえてきた。

「火を出すでないぞ。源三位頼政は、生け捕りにして我が面前に引き立てよとの、入道様の命である！」

敵将の声。頼政は口元に笑みを浮かべ、「そうはいくか」と呟く。

「わしは自害いたす。すまんが、手伝ってくれぬか？」

「承知いたしました」

頼政に肩を貸し、立ち上がった。

「父上。私はここで」

仲綱が言った。楯となり、時を稼ぐつもりだろう。

「平治の乱以来、私は源氏の誇りを捨て、平家に付き従う父上を恥じておりました。しかし今は、父上の子として生まれたことが、誇らしゅうてなりませぬ」

「そうか。そなたにも、苦しき思いをさせたな。すまぬ」

「何の。では、これにて」

頼政が頷くと、仲綱は踵を返して太刀を抜き放った。

仲家は頼政を支えながら、奥の釣殿《つりどの》へ向かった。従うのは仲光をはじめ、数名の郎党だけだ。

「よく狙え。源三位に当てるでないぞ！」

後ろから声がした。放たれた矢が唸りを上げ、回廊の柱に突き立つ。

直後、仲家は仰け反った。思わず、床に膝をつく。

背中に矢を受けた。厚い鎧を貫いた鏃は、体の深いところにまで食い込んでいる。

「仲家！」「父上！」

頼政と仲光が叫ぶ。歯を食い縛り、立ち上がった。頼政が果てるまで、死ぬわけにはいかない。

「殿、ここは我らが！」

数人の郎党が引き返し、敵に襲いかかった。その間に、歩を進める。視界はおぼろげで、喊声がやけに遠くに聞こえた。

また、義仲の顔が浮かんだ。

そうか。俺の遺志を継ぐのは、弟か。

俺たちは敗けた。だが、あの弟ならば。

ただの鄙育ちの猪武者などではない。義仲は武門の棟梁として必要な、人を惹きつけてやまない何かを持っていた。禿童狩りをしていた得体の知れない女を引き取るなど、保身に汲々とする京武者には、到底真似できない。

大軍を引き連れ、都大路《みやこおおじ》を進む弟の姿を夢想して、仲家は微笑した。

「埋もれ木の……」

頼政の声が、仲家を現《うつつ》に引き戻した。

「花咲くこともなかりしに、身のなる果てぞ、悲しかりける」

足を引きずって歩きながら、頼政が呟くように歌を詠む。辞世の歌だろう。

「前もって詠んでおいたのだが、思いの外、悲しくはないものじゃな」

「義父上は武者として、見事に戦われました。悲しむことなど、何もありますまい」

「残された歳月は歌人として生きるつもりであったが、戦の場で武者として果てることになるとはのう。人の一生とは、わからぬものよ」

頼政は愉快そうに笑い、釣殿の床に腰を下ろした。兜《かぶと》を脱ぎ、抜いた太刀の切っ先を喉元にあてがう。

「そなたたちのおかげで、最期に己が何者であったかを思い出すことができた。礼を申す」

さらば。小さく呟き、頼政は己の喉を貫いた。

束の間、仲家は瞑目し、すぐに顔を上げた。

足音。不動堂を突破した敵が向かってくる。すすり泣く郎党に頼政の首を隠すよう命じ、太刀を抜く。

「私もお供いたします」

父に倣って抜刀した仲光に、微笑を向ける。

「では、共に最期のひと戦《いくさ》とまいろうぞ」

数えきれないほどの敵が、釣殿に押し寄せてきた。かなりの血を失ったせいか、寒気と吐き気が襲ってくる。

だが、まだ戦える。自分が倒れても、後に続く者がいる。

俺たちは敗けたが、源氏はまだ、終わってはいない。

再び、源氏の白旗を都に。お前なら、できるはずだ。

遠く離れた弟に心の中で呼びかけ、仲家は太刀を振り上げた。

五

今井四郎兼平は、宮ノ越の義仲館へと駆けていた。

松本平にある兼平の館を父、中原兼遠からの使いが訪れたのは、つい先刻のことだ。至急、宮ノ越へ参上せよという使者の口上を聞くや、兼平は取る物も取りあえず、供の郎党を置き去りにする勢いで馬を飛ばしている。

都で変事が起こったことは、兼遠の手の者の報せですでに知っていた。以仁王なる皇子と源頼政が、反平家の兵を挙げ、園城寺へ立て籠もったという。恐らく、また何か大きな動きがあったのだろう。

木曾谷へ続く峠道を駆けながら、兼平は頼政挙兵を知った時の義仲の様子を思い起こす。

「兄上、何という無謀な……」

報せを受け、義仲は呟いた。その声は、かすかに震えを帯びている。

義仲は明らかに動揺していた。あるいは、恐怖していたのか。いずれにしても、兼平が見たことの無い顔だった。

皇子を担ぎ、園城寺が味方についたとしても、頼政が抱えるわずかな兵力では、平家に勝てるはずがない。頼政が敗れ、たった一人の兄である仲家も命を落とす。それを、義仲は恐れたのだ。物心つく前に父を失い、母も失くした義仲にとって、血の繋がりはかけがえのないものなのだろう。それは育ての親である兼遠や、共に育ってきた兼平たちにも代わることができない。

仲家にもしものことがあった場合、義仲は何をしでかすかわからなかった。

木曾谷に入ったところで、兄の樋口次郎兼光と行き合った。兄も報せを受け、馬を飛ばしてきたのだろう。

二人で義仲の館に入り、広間に上がった。義仲の姿は無く、兼遠と末弟の落合五郎兼行が座している。兼行は、木曾谷の西の入口に当たる美濃国《みののくに》落合の地に館を構えていた。

他にもう一人、見知らぬ武士がいる。

年の頃は三十半ばか。身に着けた鎧は、落ち武者のように汚れきっている。

「来たか、兼光、兼平」

上座に座る兼遠が言った。

「こちらは、下野の矢田義清殿じゃ」

武士が床に手をつき、頭を下げた。下野の雄族足利家の一族で、挙兵した頼政の下に馳せ参じたらしい。そして昨日、落合に現れ、兼行の館を訪ねてきたという。

義清が語った戦の顚末は、ほぼ予想通りだった。

去る五月二十六日、宇治平等院で両軍がぶつかり、頼政は大敗を喫した。頼政は自害し、仲綱、仲家らは討死に。以仁王の一行も追手に捕捉され、王は討ち取られたという。

「それは、まことにござろうか」

「恐らく。それがしは戦から数日、近江《おうみ》に潜伏しておりましたが、頼政殿らの首が都に届けられたという話を耳にいたしました」

「それで、義仲は？」

兼遠に訊ねると、小さく首を振る。

「話を聞くと、押し黙ったまま部屋へ戻りおった。それきり、出てこようともせぬ」

「そうですか」

頼政が起ったと聞いても、義仲は動かなかった。

軽々に兵を挙げれば、木曾谷が平家の軍勢に蹂躙《じゅうりん》されかねないと、義仲もわかっている。だが、何もできなかったという自責の思いも拭いきれないのだろう。

「父上は、いかがなさるべきとお考えなのです？」

兼光が訊ねた。

「すべては、義仲次第じゃ。それに、令旨もいまだ届いてはおらぬ」

以仁王が発した令旨は、新宮十郎行家なる人物に託され、東国へ向かったという。

「何ゆえ、令旨がいまだ届かぬのです。先月都を発ったなら、もうとうに届いていてもおかしくはありませぬ」

怒気を滲ませ、兼光が言った。

「十郎行家殿は、先に伊豆の頼朝殿へ届けるつもりなのであろう。何といっても、頼朝殿は義朝殿の嫡男じゃ。源氏が再び起つとなれば、旗頭は頼朝殿と思い定めておろう」

頼朝の名は、木曾にも伝わっていた。平治の乱の後に捕らえられたが、清盛の母の取り成しで死罪を免じられ、伊豆へ流罪となったのだという。その後、弓矢を捨てて読経三昧の日々を送っているという話だった。

「しかし父上、義朝殿の嫡男とはいえ、頼朝殿はろくに郎党もおらぬ流人《るにん》ではありませぬか。我らを後回しにしてまで、そのような御仁に先に令旨を届けるとは……」

「義仲の御父上は、義朝殿の命で討たれたのだ。義朝殿に付き従っていた行家殿が警戒するのも、無理からぬ話ではある」

元より、源氏は肉親同士で幾度も殺し合いを繰り返してきた。一枚岩にはほど遠く、同じ一族という思いすら薄いのだろう。

「ともかく、まだ何かを決めるというわけにはいかん。そなたたちはしばらく、この地にとどまれ。矢田殿も、しばし戦の疲れを癒やされるがよい」

「かたじけない」

義清が頭を下げた。

兼平は広間を出て、義仲の居室に向かった。

何か大きなものが、動き出そうとしている。そして、その動きに自分たちも無縁ではいられないという確信めいたものを、兼平ははっきりと感じている。

「俺だ、義仲。入るぞ」

返事も待たず、部屋に入った。すでに日が沈みかけているが、中は薄暗いままだ。義仲はこちらに背を向け、胡坐《あぐら》を掻いて項垂れている。

「どうした、籠もりきりとはお前らしくもないな。いつもは平茸だの鰻《うなぎ》だの、嫌というほど食べさせようとしてくるくせに……」

軽口を叩きながら腰を下ろすと、義仲がじっと何かに見入っていることに気づいた。床に広げた絵図だった。信濃全域と、その周辺の城や主な街道が詳しく描き込まれている。

「おい……」

「おお、兼平か。いつ来た？」

顔も上げず、義仲がぼそぼそと言う。

「お前こそ、何をしている」

「考えていた。どう戦えば、平家に勝てるのか」

思わず、義仲の顔をまじまじと見つめた。

面にこそ出していないものの、義仲の総身からは、怒りと憎しみが滲んでいる。触れれば弾けてしまいそうな危うさを、兼平は感じた。

「それで、見えたか？」

義仲は「いや」と小さく首を振る。

「信濃の武士が挙《こぞ》って立ち上がっても、平家には勝てん。敗ければ木曾谷は焼かれ、山吹も太郎も殺される」

「だったらどうする。諦めるのか？」

「俺の仇討ちのために、木曾の皆を苦しめることはできん」

兄の仇を討とうにも、相手はあまりにも大きすぎる。その口惜しさが、押し殺した声音から伝わってきた。

己の決断一つで、身近な者たちどころか、この国の歴史さえ左右しかねないのだ。その重さは、兼平の想像の及ぶところではないだろう。しかしこればかりは、代わってやることもできない。

「令旨も届かぬうちに、結論を急ぐこともない。考え続けろ。それが、お前が背負った宿運だ」

聞いているのかいないのか、義仲は無言で絵図を見つめている。

兼平は立ち上がり、暗い部屋を後にした。


翌日は、久方ぶりに父子揃っての朝餉だった。

義仲はまだ、自室に籠もっている。妻の山吹が言うには、昨夜は握り飯を食べたきり、眠ったかどうかもわからないらしい。

「放っておけ。悩むのも、棟梁たる者の務めだ」

何かと気を揉む兼光と兼行を、父はそう窘《たしな》めた。

都の騒動が嘘のように、木曾は平穏だった。民は田畑や山に出て生業《なりわい》に勤《いそ》しみ、武士たちは武芸の鍛錬に精を出している。兼平も木曾にいた頃は、義仲や中原の一族郎党たちと弓や馬、相撲に水練と、何かと忙しくしていたものだ。

館の庭では、義仲の息子の太郎が剣の稽古をしていた。まだ八歳だが、筋は悪くない。長刀で相手をしているのは、侍女の巴だ。無論、二人とも木剣と木の棒である。

兼平は縁に腰掛け、二人の稽古を眺めた。なかなかに熱が入っている。特に巴は、童相手とは思えないほどの気魄《きはく》が漲《みなぎ》っていた。

兼平は、巴の出自を知る数少ない中の一人だった。平家に恨みを持つ者として、都での戦騒ぎには、何か感じるところもあるだろう。

ふと興味が湧き、兼平は腰を上げた。

「巴殿。お手合わせ願えるかな」

「今井様。わたくしのような女子と、よろしいのですか？」

「なに、武芸に男も女もあるまい」

太郎から木剣を受け取り、向き合った。戸惑っていた巴も構えを取る。

やはり、この女子は強い。禿童や平家の武者を何人も斬ったというのは、嘘ではなさそうだ。打ち込む隙が、まるで見えなかった。向き合っているだけで肌がひりつき、息が詰まってくる。人を斬った経験の無い兼平とは、何かが違った。

覚悟を決めて踏み出しかけた刹那、「兄上！」と兼行の声がした。

「何だ、騒々しい」

「武装した平家の武者どもが向かってきます。数は七騎、徒武者《かちむしゃ》十五！」

兼行が言うや、巴の全身から殺気が滲み出した。

「まずいな」

義仲の存在はまだ、平家には知られていないはずだ。となると、目的は以仁王に与した者たちの残党狩りだろう。矢田義清を匿っていることが知られれば、厄介なことになる。

「父上は何と？」

「館の外で出迎え、その間に矢田殿を山へ逃がすと。念のため、義仲様も」

それがいいと、兼平は思った。残党狩りが目的ならば、このまま素通りするということはないだろう。それに、今の義仲が平家の武者を目にすれば、何をするかわかったものではない。

「巴殿」

声を潜め、耳打ちした。

「万が一にも、京でそなたを見知った者がいるかもしれん。義仲と共に山へ隠れてくれ」

束の間逡巡し、頷いた巴が館の中へ駆けていく。

兼行を残し、兼遠、兼光、兼平の三人で館を出た。無用な諍いを避けるため、全員が平服である。

木曾川沿いの街道を、平家の赤旗をこれ見よがしに掲げながら、武者たちが進んできた。田畑に出ていた民が、慌てて家の中へと逃げ込んでいく。

「平家の御家来衆とお見受けいたします」

兼遠が、声を張り上げた。十間ほどの距離を置き、武者たちが足を止める。

「それがしは、この地を治める中原兼遠と申す者。かくも物々しく街道を進まれては、民が怯えまする。何用あってのお越しか、お教え願いたい」

「そなたが、中原兼遠か」

口を開いたのは、烏帽子を被った将らしき男だ。頬や顎に、たっぷりと無駄な肉が付いている。

「我らは平相国入道様直々の命により、矢田義清なる逆賊を探しておる。その者は、美濃から木曾路を東へ向かったという。よもや、匿うてなどおるまいな」

男は名乗りもせず、馬を下りる素振りもない。汗ばんだ顔を扇子であおぐ様子からは、武士らしさをまるで感じなかった。

「ご覧の通りの狭い在所にございます。そのような者がいれば必ずわかりますが、そうした報せは受けておりませぬ。何かの間違いでは？」

「さようか。念のため、館を改める。異存あるまいな」

「無論、ございませぬ」

「よかろう。案内いたせ」

仮にも、信濃権守を務めた人物に対する態度ではない。平家の増長ぶりは耳にしていたが、これほどとは思わなかった。

「ところで、我らは急いで京を出立したゆえ、兵糧にも事欠いておる。米二十俵に、それを運ぶ人夫と馬を至急用立てよ」

「それは。今年は雨が少なく、凶作は免れませぬ。加えて、ここ数年は臨時の租税が多く……」

「ほう、入道様の政に異を唱えるか。ならば、其の方も逆賊ということになるが、それでもよいのか？」

眉間に皺を寄せ、何か言いかけた兼光の袖を引いた。ここで騒ぎを起こすわけにはいかない。

「承知いたしました。何とか用立てまする」

「わかればよいのじゃ」

満足そうに、男が笑う。

「気が変わった。今日はこの館に泊まる。すぐに酒を運ばせよ。それと、見目《みめ》良き女子を呼んでおけ。たまには、鄙の女子を抱くのも一興よ」

武者たちが、下卑《げび》た笑みを浮かべた。握りしめた兼光の拳が、かすかに震えている。

「そうじゃ。木曾は良馬の産地と聞く。何頭か貰っていくぞ。逆賊の追捕に馬は欠かせぬゆえな」

太刀に手をかけそうになるのを、必死に堪えた。今は、耐える時だ。唇を噛み、己に言い聞かせる。

「何ともみすぼらしい館よのう。都が恋しいわ」

馬を下りて館の門をくぐった男が、大仰に嘆く。

「ならば、さっさと帰られよ」

いきなり、声が響いた。

義仲。庭に立ち、弓に矢を番えている。

「我らは平家の下僕にあらず。貴殿らに差し出す米など、一粒たりとも無い」

敢然と言い放った義仲に、男の頬が震えた。

「兼遠、こ奴は何者ぞ！」

「こ、これは、それがしの愚息にて……」

言い終わる前に、義仲が矢を放った。射貫かれた男の烏帽子が、庭の欅《けやき》の木に縫いつけられる。

「すぐに立ち去れ。ここは、そなたのような蛆虫《うじむし》が居る場所ではない」

「おのれ、斬り捨てよ！　平家に弓引く逆賊ぞ！」

平家の武者たちが、方々から放たれた矢を受け、次々と倒れた。館の四方の物陰から、人影が現れる。矢田義清に巴、兼行の姿もあった。

「やむを得ん。全員討ち果たせ！」

兼遠が叫び、兼光と兼平も太刀を抜いた。

「門を閉ざせ。一人も逃がすな！」

叫んで、兼平は武者の一人に斬りかかった。

体を寄せ、首筋にあてがった刃を引く。血飛沫《ちしぶき》が上がり、頬を濡らした。その間にも、義仲たちの放った矢が雑兵たちを射倒していく。

「こ、このような狼藉、許されると思うておるのか。平家に盾突けば、待つのは滅びだけぞ！」

閉ざされた門扉《もんぴ》を背に、肥えた男が喚いた。

義仲が太刀を手に、男に歩み寄る。

「平家の世は、じきに終わる」

口元に薄い笑みを浮かべ、義仲が言う。静かだが、研ぎ澄ました刃のような冷たい殺気。兼平は肌が粟立つのを感じた。

次の刹那、刃が一閃し、男の首が落ちた。

生き残った敵は、一人もいない。こちらは、一人の手負いも出していなかった。

初めて、人を斬った。いつかはと覚悟していたので、後悔は無い。しかし、込み上げる吐き気は止めようがなかった。

「何ということを」

庭に降りた重苦しい沈黙を、兼遠が破った。

「このような真似をしでかして、もしも平家に知られれば……」

「骸はすべて埋める。近隣の民が口を閉ざしていれば、平家に知られることはない。都から何か言ってきたら、知らぬ存ぜぬで押し通してくれ」

「だが、それですべて終わるわけではあるまい」

さすがの兼光も、声音から動揺が滲み出ている。

「令旨の件は、すぐに平家の耳に入るぞ。お前の名も、知られることになるのだ。そうなれば、木曾に平家軍が押し寄せてくるやもしれん」

「案ずるな、兼光兄者」

太刀を鞘に納め、義仲は言った。

「考えならある。怒りに駆られてやったわけじゃない」

低く、どこか重苦しい声音で言うと、義仲は踵を返し、居室へ戻っていった。

六

その数日後、都から届いた新たな報せに、兼平は啞然とした。

「今この時期に都を遷すなど、清盛もとうとう焼きが回ったか」

呆れたように、兼光が言う。

去る六月二日、今上帝とその父に当たる上皇、そして多くの公卿が京を出て、清盛の居る福原へ行幸した。およそ四百年ぶりとなる、事実上の遷都である。

「いや、そうとも言い切れん」

言ったのは、父の兼遠だった。

「京の都を見限り、守りの固い場所へ本拠を移したのだ。福原ならば、瀬戸内を押さえるのも容易《たやす》く、平家の地盤たる西国との連絡も確保できる。耄碌《もうろく》した年寄りに、この決断はできまい」

以仁王の乱の後、朝廷では園城寺と興福寺の討伐が話し合われていた。清盛はその案を潰すような形で、多くの反対を押し切って強引に遷都を進めたという。

「俺は、実際に福原を見ています。四方を山と海に守られ、容易なことでは落とせぬと、義仲様も仰っていました」

兼行が言うと、兼光も腕組みして考え込んだ。清盛の判断力がいまだ鈍っていない。それはすなわち、平家の全盛はまだ続くということだ。

肝心の義仲は、今も居室に籠もったまま、絵図を睨んでいる。山吹によれば、ほとんど口も利かず、食事を運ぶ時以外、顔を見ることもないらしい。平家の郎党を斬った後で言っていた考えというのも、まだ誰も聞かされてはいなかった。

「兼遠様、お客人がお見えです」

縁に膝をつき、郎党が言った。

「以仁王様からの使者と言っておられますが、いかがいたしましょう」

息子たちと顔を見合わせ、父が「ようやく来たか」と呟く。

「しばしお待ちいただけ。兼平、お前は義仲を連れてまいれ。しかと衣服も改めさせるのだぞ」

「はっ」

郎党に案内されて広間へ入ったその男は、至極当然といった顔で上座に就いた。

薄汚れた山伏装束。歳の頃は、四十前後か。特に腕が立つようにも見えない、どこにでもいそうな中年の男だ。

「新宮十郎行家じゃ。都にて、八条院蔵人を務めておる」

〝都にて〟の部分を、行家は強調した。

京での官職を持ち出せば、田舎武士など意のままに動かせると思っているか。それとも、義仲を警戒し、虚勢を張っているのか。いずれにしろ、さしたる器量の持ち主とは思えなかった。

尊大とも言える振る舞いに兼光、兼行は眉を顰めたが、義仲は表情を変えず、床に手をつく。

「帯刀先生義賢が次男、次郎義仲にござる。これに並ぶは、養父の中原兼遠とその子らにございます」

「ふむ。義仲、そなたは源三位頼政殿の養子、仲家殿の弟に当たると聞いた。先月、都にて変事があったことは、存じておるか？」

「はい。すでに聞き及んでおりまする。兄も以仁様に従い、討死にを遂げたと」

その答えが意外だったのか、行家は一瞬、驚いたような顔をした。

「ほう、思うていたよりも耳が早いようじゃ。では早速、以仁様の令旨を伝えて進ぜる」

懐から取り出した令旨を開き、朗々とした声で読み上げる。

清盛一党の悪行を並べ立て、諸国の武士に決起を促し、平家討伐の暁には必ず報いると約束している。だが、その以仁王は恐らくもう、この世の者ではない。故人の発した、令旨とも呼べない命令にどれだけの武士が応じるのか、兼平には疑問だった。

「伊豆の頼朝、甲斐の武田信義《たけだのぶよし》、他にも多くの源氏が、近く兵を挙げると明言いたした」

令旨を懐にしまい、行家は義仲を見据える。

「仲家殿は平家討滅の先駆けとして、見事なる最期を遂げられた。無論、そなたも後に続くであろうな」

義仲の顔が、かすかに歪んだ。

その場にいなかった行家が兄の最期を語ることに、腹を立てたのだろう。だが、義仲は怒りを押し殺し、恭しく平伏した。

「以仁様のご下命、この義仲、謹んでお受けいたしまする」

「さようか、よくぞ申した。それでこそ、我が甥じゃ！」

行家が喜色満面で言った。大役を果たしたという安堵が、顔に滲んでいる。思ったよりも単純な男のようだ。

「酒宴の用意をさせております。しばしこの館にとどまり、旅の疲れを癒やされませ」

「うむ。では、叔父と甥の固めの盃とまいろう。そなたが加わるとなれば千人力じゃ。以仁様も、さぞやお喜びになろうぞ！」

「もったいなきお言葉にございます」

軽く頭を下げた義仲の横顔は、どこか冷ややかなものに見えた。

宴もたけなわになった頃、兼平は庭で夜風に当たる義仲を捕まえた。

「本当に、兵を挙げるつもりか？」

義仲は庭に立ち、ぼんやりと月を見上げている。

「俺はあの行家殿が、どうにも信用できん。頼朝殿や他の源氏が挙兵を約束したというのも、怪しいと思っている」

「目の前で令旨を読み上げられれば、兵を挙げないとは言えんだろう」

「それはそうなのだろうが」

「お前は、挙兵に反対なのか？」

「いつかこうなるかもしれないとは思っていた。だが俺はまだ、お前の口からはっきりとは聞いていない。源氏の棟梁として起ち、平家を討つという志があるのか否か」

「志か」

　呟き、義仲は続けた。

「俺は、顔も知らない父が殺されたと知っても、何の感慨も湧かなかった。そんな俺が、兄上を討った平家は心底憎いと思う。はじめて、巴の気持ちがわかった」

　義仲は、兼平ではなく、自分自身に語っている。

「だが、誰かの仇を討つために兵を挙げることはしない。殺されたから殺す。それでは、永遠に堂々巡りだ」

「ならば、どうする。ここで殺した平家の家人《けにん》のような、腐った連中が上に立つ世が、ずっと続いてもいいのか？」

「俺は、都で平家に虐げられた人々を見てきた。平家にあらざれば人にあらず。そんな世は、さっさと終わらせるべきだ」

　月に向けていた視線をようやく下げ、義仲は兼平に向き直る。

「俺は、貴族の世でも武士の世でもない、新しい世を創りたい」

「新しい世？」

「人が、人として生きられる。誰からも虐げられず、奪われることも殺されることも無い。そんな世を創るために、俺は平家を討つ」

はっきりと、義仲は口にした。平家を討つ。それまで曖昧《あいまい》だった何かが、初めて形を得た。いや、平家を討つよりももっと大きなものを、義仲は目指している。

月明かりを受けて立つ義仲が、兼平がよく知る乳母子《めのとご》とはまるで別人のように見えた。

「俺は近く、木曾を出る」

「何だと？　木曾谷で兵を挙げるのではないのか？」

「平家の世が崩れるとすれば、坂東からだ。だがここからでは、坂東の動きはよく見えん。だから、ここより東の佐久あたりに居を移し、坂東の動きを見極めてから、兵を挙げる」

佐久ならば、中原一族と親交の深い根井行親もいる。義仲が新たな拠点を構えることに、異を唱えはしないだろう。

「俺も行くぞ、義仲」

「ああ、もちろんだ。お前たち兄弟がいてくれなければ、俺の力など無いに等しいからな」

胸の奥に何か、熱いものが生じていた。片膝をつき、義仲を見上げる。

「俺は義仲、いえ、殿のために、この命を捧げましょう。何があろうと、あなたを裏切らない。もしも敗れ、滅びることになったとしても、同じ場所で死ぬことを誓いまする」

「そうか。ならば兼平、お前が俺の、一の郎党だ」

月光を背に、義仲が笑う。

今日、この夜から新しい何かが始まるのだと、兼平は思った。

第四章
決起

一

治承四年八月十七日、伊豆の頼朝が挙兵、目代山木《もくだいやまき》判官兼隆《ほうがんかねたか》を殺害。

二十三日、相模国石橋山《さがみのくにいしばしやま》において、頼朝と大庭景親《おおばかげちか》率いる坂東の平家方諸豪族が激突。頼朝は大敗し、逃亡。

二十五日、頼朝と機を同じくして挙兵した甲斐源氏が、駿河波志田山《するがはしたやま》で平家方の軍を破る。

そうした報せを、義仲は東信濃《ひがししなの》の滋野《しげの》に築いた館で聞いていた。

報せを運んでくるのは、商人や山伏に化けて坂東に散った郎党たちである。相模、伊豆の噂を集めさせてはいるが、頼朝の行方は杳《よう》として知れない。

「甲斐源氏が勝利したとはいえ、聞いた限りでは小競り合い程度。全体としては、平家の優位は動きませんな」

評定《ひょうじょう》の席で、兼光が呻くように言った。他の面々も、顔つきは一様に険しい。

評定と言っても、この場にいるのは義仲、樋口兼光、今井兼平の他、ほんの数名の信頼の置ける者たちだけだ。

中原兼遠は木曾谷、落合兼行は美濃国落合の地に、それぞれ残っていた。都の方面で何か動きがあれば、すぐに早馬で報せが届くことになっている。矢田義清も領地の下野に戻り、義仲が挙兵すれば、郎党を率いて駆けつけると約束していた。

「頼朝殿の挙兵はいかにも、追い詰められた者が破れかぶれで牙を剝いたという様相でした」

落ち着いた声音で、兼平が言う。

「令旨を受け取った者たちを討てという清盛の命を知り、身の危険を感じ、兵を挙げた。しかし、入念に準備している暇は無く、態勢を整える前に平家方の大軍とぶつかってしまった。そんなところでしょう」

「我らはその轍を踏まぬよう、心してかからねばなりますまい」

髭を撫でながら言ったのは、根井行親だった。

その隣では、行親の息子親忠が腕を組んで考え込んでいる。かつて義仲と取っ組み合いの喧嘩をした相手だが、今は近隣に館を構えて楯《たて》親忠と名乗り、郎党を抱える身だ。

「頼朝が行方知れずになったなら、むしろ俺たちにとっては好機じゃねえか」

腕組みを解き、親忠が言った。

「こっちから坂東に攻め入って、その大庭景親って奴をぶち殺せばいい。そうすりゃ、坂東八ヶ国は丸ごと俺たちのもんになる」

「たわけ。それほど簡単にいけば、誰も頭を悩ませぬわ」

「何でだよ、父上。義仲殿が景親を討てば、坂東武者は挙ってこっちに靡《なび》くぜ。そうなれば、平家なんて目じゃねえ」

「かつての義朝殿の家人さえ、頼朝殿ではなく、平家に味方したのだぞ。よそ者の我らが乗り込んだところで、袋叩きに遭うだけよ」

「行親殿の申される通りだ。我らが今やるべきは、足元をしかと固めること。一度兵を挙げれば、後には戻れぬのだ。慎重の上にも慎重を期すべきであろう」

行親と兼光に諭され、親忠は項垂れる。

「しかし、親忠殿の考えにも一理はあります」

親忠を慰めるように、兼平が言った。

「頼朝殿が没落した今こそ、信濃に源義仲ありと、天下に示すべきかと。信濃一国を平らげた後は、坂東に討ち入ることも考えておくべきでしょう」

平家追討の戦は同時に、源氏の棟梁を決める争いでもある。新しい世を創るにはまず、国中の源氏を義仲の名の下に結集しなければならない。頼朝も甲斐源氏も、最終的には従えるべき相手なのだ。滋野に移ってから、兼平は常々そう口にしていた。

血筋としては義朝嫡男の頼朝が抜きん出てはいるが、結局ものを言うのは実力だ。源氏の武者たちは、敗者を棟梁とは決して認めない。ならば、傍流の義仲にも機会は巡ってくるはずだ。

「とはいえ、今はまだ迂闊に動くことはできません。息を潜めながら武具と兵糧を蓄え、信濃の武士に味方に付くよう働きかける。同時に、諸国の動きに目を光らせておく。それを続けるしかありますまい」

兼平がまとめて、評定は散会となった。

義仲は、評定の席であまり意見を言わない。配下の者たちの考えをすべて吐き出させることの方が、今は大事だと思っていた。

広間を出ると、縁に腰を下ろした。彼方に見える浅間山《あさまやま》を、ぼんやりと眺める。

雄大だが、幼い頃から慣れ親しんだ御嶽《おんたけ》にはあまり似ていない。同じ信濃とはいえ、やはり異郷の地だ。

何が起きるかわからないので、山吹と太郎は宮ノ越の館に残してきた。木曾谷を出てから、すでに三月近い。これほど妻子のもとを離れるのは初めてだった。

「殿はまた、ぼんやりとしておられる」

巴が湯を運んできた。滋野に移ってから、身の回りの世話は、巴ら数人の侍女に任せている。

「ぼんやりなどしていないぞ。太郎は元気かな。冬仕度はちゃんと進んでいるかな。そんなことを考えていたのだ」

「それを、ぼんやりと言うのです」

呆れたように嘆息し、縁に椀を置く。

「そんなことでは、先が思いやられます。殿は平家を討ち破って、京へ上られるのでしょう？」

「京か」

覚悟は決めたつもりだったが、どこか実感が湧かない。

京や福原で目にした平家の力は、絶大なものだった。兄も頼政も討たれ、義朝嫡男の頼朝でさえ、呆気なく打ち破られた。そんな相手に、自分は本当に太刀打ちできるのだろうか。

「あの時の言葉、よもやお忘れではありますまい？」

宮ノ越で、平家の家人たちを皆殺しにすると決めた時のことだ。あの時、義仲は巴に向かって言った。

――お前の仇討ちに、俺も加わることにする。

「もちろん、忘れてなどおらん」

「ならば、しゃんとなさいませ。でなければ、私は一人で京に上って、仇を探します」

巴の後ろ姿を見送りながら、義仲は苦笑する。

木曾に来た頃と比べると、ずいぶん喋るようになった。感情も、表に出すようになっている。平家への憎しみは消えるはずもないが、それで自分を見失うようなことは、もう無いだろう。

確かに、ぼんやりしている暇など無い。そろそろ、起つべき時だ。

二

その日も、葵《あおい》は朝から栗田寺《くりたでら》の文庫に籠もり、書物の海に耽溺《たんでき》していた。

さして広くもない文庫には、古今東西の書物が所狭しと積まれていた。紙と墨の入り混じった独特な匂いは、葵の心をいつも落ち着かせてくれる。

寺の文庫ではあるが、書物好きな別当が八方手を尽くした結果、ここには仏典のみならず様々な類の書物が揃っていた。

『古事記』や『日本書紀』から、『枕草子』、『伊勢《いせ》物語』、『源氏物語』、さらには『論語』や『孟子』といった四書五経。他にも、誰がいつ書いたのかもわからない軍記物語や旅日記、薬草や星の動きについて書かれた書物も置かれている。

信濃の北端に近い鄙の地で、こんなにもたくさんの書物に囲まれている。それだけで、葵は得も言われぬ幸福を感じることができた。

偉大な先人の知恵に触れ、雅《みやび》やかな歌物語に胸を焦がし、遠い異国の歴史に思いを馳せる。そのすべてを、この場に居ながらにして味わうことができるのだ。これほど贅沢《ぜいたく》なことは無い。

周りの男たちが武芸ばかりを磨き、誰も書物を読もうとしないことが、葵には理解し難かった。そのくせ、男たちのほとんどは、女子が書物を読むことを嫌がるのだ。

曰く、女子に学問など必要ない。そんなものよりも、笛や舞でも身につけろ。

書見台から顔を上げ、盛大に嘆息を漏らす。

葵は十八歳になっていた。とうに婿《むこ》をもらい、子の一人や二人いてもおかしくはない年頃だ。現に、父の村山義直《むらやまよしなお》は何かにつけ、「少しは年頃の女子らしゅうしろ」、「身だしなみにも気を遣え。善光寺《ぜんこうじ》の市で、仕立てのいい衣を買ってきてやろうか」などと、うるさいことこの上ない。ここに籠もる時が日に日に長くなっているのは、そのせいでもある。

義直は北信濃の須坂《すざか》周辺に古くから根を張る、清和源氏の血を引く豪族だった。村山家の館からほど近い、この栗田寺の別当職を務める範覚法師《はんがくほうし》も、同じ一族だ。両者の交流は古く、葵も幼い頃からよくこの寺を訪れていた。範覚だけは、この歳になっても文庫に入り浸る葵を咎めるでもなく、温かく見守ってくれている。

できることなら婿など迎えず、ずっとこのままでいたい。そしていつか、清少納言《せいしょうなごん》や紫式部《むらさきしきぶ》のように、この手で一冊の書物を著してみたい。それが、葵が胸に秘めた願いだった。

叶えられそうもない夢を思ってまた嘆息を漏らし、書見に戻る。

近頃読み耽っているのは、司馬遷《しばせん》の『史記』。千年以上も前に、唐土《もろこし》で編まれた歴史書だ。葵は歌物語と同じくらい、英雄や豪傑が活躍する歴史書が好きだった。

このところの世の中の動きは、葵の耳にも届いている。都で戦騒ぎがあったかと思うと、坂東で源氏の生き残りが兵を挙げたとか、どこそこで合戦があったとか、何かと騒がしい。

強大な秦《しん》も、項羽《こうう》や劉邦《りゅうほう》に倒されたのだ。平家も、倒れることが無いとは言えない。読みながら、葵はそんなことを思った。

今開いている丁は、有名な項羽の〝四面楚歌《しめんそか》〟のくだりだ。

四方を敵に囲まれた項羽が、最後の宴を開く。傍らに侍る寵姫《ちょうき》の虞美人《ぐびじん》に向けて詩を詠む場面で、葵は思わず涙ぐむ。そして項羽は虞美人と別れ、わずかな軍勢で戦いに挑むのだ。

胸が締めつけられるような思いで丁を捲《めく》った刹那、廊下からどたどたと足音がした。

「葵様！　葵様はおられるか！」

この声は、茂七《もしち》だろう。村山家に仕える、中年の郎党だ。

「いいところだったのに！」

顔を上げて喚くと、文庫に茂七が飛び込んできた。

「やはりここにおられたか！」

「何か用？　今、項羽様の虞美人への思いに浸ってたところなんだけど」

「またわけのわからぬことを。それより、一大事じゃ！」

唾を飛ばしながら、茂七がまくし立てる。

「戦じゃ、戦。笠原《かさはら》めが軍勢を集め、出陣してまいったのじゃ！」

笠原家は須坂の北、飯山《いいやま》周辺を領する豪族だ。村山家とは何十年も前から、領地を巡って争いを繰り返している。

両家の均衡が崩れたのは、平治の乱で源氏が壊滅してからだ。笠原家当主の頼直《よりなお》は平家に取り入り、村山家への圧力を年々強めている。五月の以仁王の乱の際にも、大番役として京にいた頼直は平家軍に加わり、源頼政の軍と戦ったという。

その頼直が京から戻ったのは、つい先日のことだ。堂々と軍勢を催して攻め入ってくるからには、平家からも許しを得ているはずだ。事態はこれまでの小競り合いより、ずっと深刻だった。

敵の狙いは、ここからほど近い善光寺だろう。

信濃と越後《えちご》を結ぶ交通の要衝にあり、その門前は多くの参拝者で賑わう、人と物と銭の集まる大きな町だ。宗派を問わず誰でも参拝でき、女人救済《にょにんきゅうさい》を謳《うた》う珍しい寺でもある。昨年、失火により寺の大部分が焼けてしまったものの、その賑わいは何ら変わりがない。

夕刻、茂七を追うように父の率いる軍勢が到着し、栗田寺は瞬く間に物々しい雰囲気に包まれた。寺で抱える僧兵も集められ、普段は穏やかな範覚も、袈裟《けさ》の下に鎧をまとっている。

味方の数は、およそ三十騎。徒の兵は百二十。僧兵は三十人ほどだ。

「笠原め、平家が後ろ盾についているのをいいことに、好き勝手しおって!」

父義直が、馬を下りるなり喚いた。

「父上!」

葵は武者たちを掻き分け、父の前に出る。

「まだこんなところにおったのか。茂七と共に、すぐにここを離れよ!」

「敵の数は?　大軍なのですか?」

「わからん。百騎近くはいるようじゃ。近隣の武士たちにも声を掛けたのやもしれん」

物見も放っていないのか。敵の数もわからないまま合戦に臨むなど、愚の骨頂だ。この場に孫子がいたら、父を怒鳴りつけるに違いない。

仮に敵が百騎とすると、総勢で三百から四百。対する味方は、二百にも満たない。もしも味方が敗れたら。想像して、葵は怖気をふるった。

勢いに乗った敵は栗田寺に雪崩《なだ》れ込み、火を放ちかねない。文庫にある大量の書物が、価値をまるで解さない武者たちの手で、灰燼《かいじん》に帰すのだ。

それだけは、絶対に認められない。自分や父が死ぬのも嫌だが、それ以上に、あの文庫だけは何としても守らなければ。

「敵は、明日にもここへ到着しよう。だが、案ずるな。我らは犀川《さいがわ》の南に陣を布き、川を楯に迎え撃つ。いくら数が多かろうと、一兵たりとも川を渡らせぬわ！」

父の根拠の無い楽観が、ますます不安を掻き立てる。

「さあ、葵様。戦の場に女子がいてはなりませぬ。お守りいたしますゆえ、ここを離れましょう」

宥めるように言う茂七の後に従い、愛馬に跨った。

葵は村山の館からここまで、いつも馬で通っていた。馬に乗りやすいよう袴を着け、髪も後ろでまとめている。弓だの長刀だのには縁が無いが、馬術だけは自信があった。

「茂七、付いてきて！」

馬腹を蹴り、馬を飛ばした。

「あ、葵様！　何処へ……！」

茂七の声が遠くなるが、構わず駆ける。

兵法をまるで知らない父が、倍する敵に勝てるはずがない。援軍が必要だ。

笠原を上回る兵力を持ち、平家にも臆さない人物。この信濃で、心当たりは一人しかいない。

ほとんど休むことなく必死で駆け続け、目指す場所に着いた時には、沈んだ日が再び昇ろうとしていた。犀川では、すでに戦端が開かれているかもしれない。

「何奴《なにやつ》か？」

館の門前で、誰何《すいか》された。腹巻《はらまき》を着け、長刀を手にした門番が二人。思った通り、常に戦に備えているようだ。

「村山義直が娘、葵と申します。源次郎義仲様に、お目通り願いたい」

門番はなおも訝しんだが、事情を告げると中へ通された。

何の飾り気も無い小さな館だが、その割に蔵が多い。厳重に見張られているので、中身は武具や兵糧だろう。

村山の館を義仲の使者が訪ねてきたのは、今から三日前のことだった。近く、以仁王の令旨に応え、平家追討の兵を挙げる。願わくは、義直殿にも参加してもらいたい。そう告げてきたのだ。

葵はその時初めて、源氏の御曹司が信濃にいることを知った。

笠原家と直接向き合う父は返答を先延ばしにしたものの、義仲にとって、父は味方に引き入れておきたいはずだ。援軍を頼めば、必ず応じてくれる。

「葵様、主がお会いになるそうです。こちらへ」

案内に立ったのは、大柄な女子だった。葵よりも、頭一つ分は大きい。源氏の御曹司ともなると、侍女も屈強なのだろうか。

　不安げな茂七を縁に残し、広間へ入った。

「よう参られた。俺が、次郎義仲だ」

　上座の男が、よく通る声で言った。居並んだ数人の武士たちも、それぞれに名乗る。

　義仲は、案内の侍女よりもさらに背が高そうだ。よく見ると、顔立ちは精悍で、美丈夫と言ってもいい。濃紺《のうこん》の直垂がよく似合っている。想像していた厳めしい武者とは、まるで違っていた。もしかするとかの項羽も、こんな見目だったのかもしれない。

　いや、そんなことを考えている場合ではなかった。気を取り直して、義仲に一礼する。

「お初にお目にかかります。此度《こたび》は、お願いの儀があって参上いたしました」

「聞いた。笠原が攻めて来るそうだな」

「はい。敵は少なくとも四百。あるいは、五百か六百になるやも。笠原家の独力でそれだけの軍を催すことは考え難く、近隣の平家方豪族が合力しているものと思われます。対する味方は、栗田寺の僧兵を合わせても二百足らず。何卒、援軍をお出しください」

　一息に語ると、男たちが軽く驚いたような顔をした。女子が詳細に戦を語るのが、意外だったのだろう。

「葵殿。言いにくいが、ここから栗田寺まで、十里はある。我らが到着した時、御父上はすでに敗れている恐れもある。その場合、我らは敵地で孤立し、窮地に陥ることになるのだ」

　樋口兼光と名乗った武士が言った。そちらへ向き直り、答える。

「その恐れは、杞憂かと」

「根拠は？」

「他家からも兵を借りているため、頼直は無理押しできません。今日のところは矢戦程度で、本腰を入れて攻めてくるのは明日以降かと思われます」

「つまり、今日のうちに出陣すれば間に合うということだな」

口元に笑みを浮かべ、義仲が言った。

「しかし殿、我らがすぐに動かせる兵は、せいぜい三百。真正面からぶつかり合うとなると、いささか苦しいのでは」

「我らの真の敵は平家だぞ、兼光。笠原ごときを打ち破れずして、平家が討てるものか」

決然と言い放ち、義仲が立ち上がる。

「兼平、お前はすぐに諏訪へ駆け、金刺盛澄殿、手塚光盛《てづかみつもり》殿に兵を出すよう頼んでまいれ。他の者は、出陣の仕度にかかれ。半刻後には出るぞ」

その声音からは、迷いも恐れもまるで感じない。

「葵殿。そなたも疲れておるだろうが、どうする。共に参るか？」

自分が戦場に出ることなど、想像したことも無かった。だがなぜか、この人が大将なら敗けるわけがないという気がする。

「参ります」

深く考えるより先に、葵は答えていた。

半刻後、葵は再び騎乗し、義仲の軍勢に加わった。

「葵殿は俺の近くにいてくれ。たぶん、激しい戦にはならん」

こうなっては、その言葉を信じるしかない。栗田寺の文庫が守られても、自分が死んでしまっては元も子もないのだ。

驚いたことに、巴というあの背の高い侍女も鎧を着け、白馬に乗って出陣していた。緋色《ひいろ》の鎧直垂に、萌黄縅《もえぎおどし》の鎧。額には金色《こんじき》の鉢金《はちがね》が付いた鉢巻。色は白く黒髪は豊かで、鎧を着けることで逆に、優れた容貌が引き立つような気がする。

義仲は、赤地の錦の直垂に、唐綾縅《からあやおどし》の鎧。兜には金の鍬形《くわがた》が打ってある。長身も相まって、見事な大将姿だった。

「すまんな、葵殿。女物の鎧は、巴の物しか無いのだ。まあ、そなたが戦うようなことにはならんから、勘弁してくれ」

葵は雑兵用の腹巻に、烏帽子を着けている。初めてまとう鎧も太刀も、ひどく重い。こんな物を身に着けて平然と馬を操る巴は、いったいどんな鍛え方をしているのか。

「では、参るとしようか」

義仲が出陣を命じる。まるで遠乗りにでも出るかのように、気負いの無い声だった。

だが、そんな義仲の様子とは裏腹に、行軍は厳しいものだった。

こんな速さで進むのかと唖然としたが、徒の兵も誰一人遅れることなくついてくる。毎日のように山を駆けさせているらしいが、葵は信じられないものを見る思いだった。

馬の背にしがみつくようにして必死についていくうちに日が沈み、夜営が命じられる。泥のような眠りから目覚めると、支給された糒《ほしいい》を水で流し込み、すぐに出発した。

行軍の間にも、味方は徐々に増えていく。

兼平が連れてきた諏訪の金刺盛澄、手塚光盛の軍に加え、海野《うんの》や望月の一族も加わってきた。いずれも、信濃では知られた有力な武士たちだ。軍勢は五百を超え、六百に達しようとしている。

やがて、義仲が停止を命じた。犀川と千曲《ちくま》川に挟まれた、川中島《かわなかじま》と呼ばれる広大な平地だ。

九月七日、巳《み》の刻。彼方では村山と笠原の軍勢が、犀川の市原の渡しを挟んで睨み合っている。距離は十町ほどだろう。父はまだ、何とか持ちこたえているらしい。

戦がはじまる。目前に迫って初めて、葵は恐怖を覚えた。矢を射掛け合い、斬り合い、首を獲り合う。想像しただけで、手足が震え出す。

なぜ自分は、そんな場にしゃしゃり出てしまったのか。今までは文庫を守ることに必死で、恐怖はどこかへ置き忘れていた。

「はじめよ!」

義仲の下知を受け、味方が大きく左右に展開していく。兵法書に言う、鶴翼《かくよく》の陣というやつだろうか。自分が知らない間に話し合っていたのか、軍勢の動きに迷いは無い。

だが、わずか六百の軍でこれほど拡がっては、陣の厚みが失われる。ぶつかれば、すぐに破れてしまうのではないか。葵は不安に襲われた。

「よし、合図を出せ!」

巴が鏑矢《かぶらや》を放った。甲高い音を立てながら、信じられないほどの高さまで飛んでいく。

その直後、一斉に旗が掲げられた。

夥しい数の、白い旗。源氏の旗印だ。行軍の時から気になってはいたが、兵力に比して、旗の数が異様なほど多い。

「よし。拡がったまま進め。ゆっくりでいい。ただし、喊声と鳴り物は絶やすな」

地を揺るがすような喊声と共に、鉦《かね》や太鼓を打ち鳴らしながら、全軍が緩やかに動き出す。

五町ほど進んだところで、村山の軍勢から歓呼の声が上がった。

葵は、馬上から目を凝らした。笠原軍の陣が、徐々に後方へ移動していく。

いや、違う。移動ではなく、退却だ。

「村山勢に伝令。追い討ちは無用。このまま我が軍に合流されよ、とな」

義仲の命を受け、騎馬武者が駆けていく。

勝った。しかも、鏑矢を一本放っただけで。葵は横目で、義仲を窺った。もしかすると自分は今、この国の歴史に名を残す英雄の隣にいるのかもしれない。

視線に気づいたのか、義仲がこちらに顔を向けた。

「旗揚げの初戦としては歯応えが無かったが、まあよしとしよう。何より、一人の兵も失わずにすんだからな」

「義仲様」

「うん？」

「鶴翼の陣と夥しい数の旗は、こちらの兵力を実際よりも大きく見せるためですね。考えてみれば、このあたりの地形は平坦で、遠目からは陣の薄さは見破れません。そして、敢えて軍をゆっくりと進めることで、敵の恐怖心を煽る。まこと、お見事な戦にございました！」

「あ、ああ、そこまで深く考えてはいなかったのだが、まあそういうことになるのかな」

義仲は困り顔で、助けを求めるように郎党たちの顔を見る。

しまった、喋りすぎた。感情が昂ぶると、相手のことも考えずにまくし立ててしまうのが、自分の悪い癖だ。顔が赤くなるのを感じ、葵は俯いた。

「葵殿は、兵法にお詳しいですな。ひょっとして、誰か高名な御方の下で学ばれたとか？」

訊ねてきたのは、今井兼平だ。

「あ、いえ。実は……」

幼い頃から書物ばかり読んでいたこと。とりわけ、歴史書が好きなこと。独断で援軍を求めたのも、寺の文庫を守るためだったことを、包み隠さず白状した。

「なるほど」

束の間考えるような顔をして、兼平は義仲に向かって言った。

「殿。葵殿を我が軍に迎えてはいかがです？」

「そうか。それはいいな」

「……はい？」

思わず声が出た。この人たちは涼やかな顔で、いったい何を言い出すのか。

「我が軍は、腕の立つ者こそ多いが、知恵者の数が足りておらんのだ。特に殿は、学問が殊《こと》の外《ほか》苦手であられる」

「うるさいぞ、兼平」

「というわけなので、書物で得た知恵を活かして殿に助言してもらえると、我らとしてもありがたいのだが……」

「いやいや、ちょっと待ってください！」

「何も、弓や長刀を持って戦えというのではない。しばしの間、そなたの知恵を我らに貸してもらいたいのだ」

眉目《びもく》秀麗な顔に穏やかな笑みを湛え、兼平が言う。

「で、ですが、私は見ての通り女子で……」

「それが、何故いかんのだ？」

義仲に問われて、葵は答えに詰まった。

女子が書物を読んで知恵を付けたところで、意味など無い。女子が政に口を挟むな。駄目なものは駄目だ。

そう言われ続けて、自分でもいつしかそういうものだと思い込んでいた。だがよくよく考えてみれば、駄目な理由など一つも無い。

圧政を布く王莽《おうもう》に対して最初に叛乱を起こしたのは、呂母《りょぼ》という商家の女子だ。日ノ本でも、かの神功皇后《じんぐうこうごう》は夫の仲哀《ちゅうあい》天皇の死後、自ら政を行い、兵を率いて朝鮮まで親征したという。

「もっとも、まずは御父上に伺いを立てねばならんが……」

「やります。やらせてください」

兼平の言葉を遮り、言っていた。

女子、しかもまだ十八歳の娘が、歴史が動く場に立ち会う。そんな機会は、どれほど願っても訪れるものではない。

「そうか。では、共に義直殿に頼んでみよう」

自分が物語の中に入ったような気分で、葵は「はい」と答えた。

三

笠原軍を撃退した義仲は、数日善光寺の周辺にとどまった後、信濃国府へと軍を進めた。

平家に任命された信濃目代や国衙《こくが》の官人たちは逃亡し、一本の矢を放つこともなく、国府は木曾軍の手に落ちている。

平将門《まさかど》の昔から、国府を武力で制圧することはすなわち、朝廷への叛逆を意味した。だが今の朝廷は、平家の飾り物に等しい。義仲は名実共に、平家追討の意志を示したことになる。

国府には、義仲の呼びかけに応じて、信濃中から多くの武士たちが集まった。

すでに木曾軍に加わっている諏訪の金刺盛澄、手塚光盛兄弟、海野幸広《ゆきひろ》、東信濃の名族、望月家当主の望月重義《しげよし》に加え、北信濃の村山義直、井上光基《いのうえみつもと》などなど。笠原頼直は合戦の後、領地を捨てて逃亡したため、信濃一国は義仲が掌握したと言っていい。

義仲は、国府の制圧と同時に落合兼行に命じて、木曾桟《かけはし》を落とさせた。

木曾桟は、美濃から木曾谷へ続く険しい山道に架かる橋だ。これを落としておけば、美濃から信濃へ攻め入ることはほぼ不可能になる。京との連絡も難しくなるが、義仲が不在の隙に木曾谷を攻められることは避けたかった。

「念のため、道も岩や倒木で塞いでおきました」

国府に駆けつけた兼行が、得意げに報告した。

参集した信濃の武士たちから麾下《きか》に参じるという言質を取ると、義仲はひとまず軍を解散し、十月上旬に滋野の館へ戻った。

「問題は、次の一手だな」

主立った者たちを集め、東国全体が描かれた絵図を睨んだ。

西から木曾谷を攻められる心配は無くなった。南の甲斐源氏を束ねる武田信義とは使者をやり取りし、協調を約束してある。

「葵、坂東の動きはどうなっている？」

諸方に放った間者の報告はまず、葵のもとに集めることにしていた。

「頼朝殿は、房総の武士たちを麾下に加えながら、依然北上を続けております。遠からず、武蔵国に入るものと思われます」

石橋山で大敗した頼朝は、安房《あわ》で再挙していた。これに、平家に不満を持つ房総の豪族たちが雪崩を打ったように馳せ参じ、今や数万の軍を抱える大勢力になりつつある。

「負け犬の頼朝が、何だってこんなに大きくなったんだ？」

楯親忠が、腕組みして首を傾げた。他の面々も、理解できないといったように頷いている。

「やはり、上総介広常《かずさのすけひろつね》殿を麾下に加えたことが大きかったかと」

葵が答えた。広常は、房総で最大の勢力を持つ上総家の棟梁である。

真偽は定かでないが、頼朝は大軍を率いて参上した広常に対し、怒りを露わにして遅参を咎めたという。これを受けて、広常は詫びを入れ、頼朝に忠誠を誓ったらしい。

「恐らく、頼朝殿にとっては大きな賭けだったのではないでしょうか」

広常の参陣を喜んで歓待すれば、頼朝の権威は大きく落ちる。自身が坂東に根を張る武士たちよりはるかに上の存在であることを、頼朝は命懸けで示したのだ。そして、頼朝は賭けに勝ち、広常ほどの武士が忠誠を誓うならばと、他の武士たちも挙って頼朝の麾下に参じた。

「いずれにしても、南坂東は遠からず頼朝殿が制するでしょう。大庭景親程度の者では太刀打ちできないほど、今の頼朝殿は大きくなっております」

どんな男なのだろうと、義仲は思った。

粘り強く、人心掌握に長けているのは間違いない。だが、それだけではない何かがある。遅参を咎められた広常が激怒すれば、頼朝はその場で殺されていただろう。必要とあらば、己の命をいとも容易く賭けられる。そこに、義仲は空恐ろしいものを感じた。

平治の乱で多くの親兄弟を殺され、流人として辛酸を舐めさせられた。伊豆では、平家に近い豪族の娘に産ませた息子を、生まれてすぐに殺されたという。平家への恨みは、義仲よりもはるかに大きいはずだ。その憎悪が、頼朝を衝き動かしているのだろうか。

「上野《こうずけ》に行く」

言うと、一同が一斉にこちらを見た。

「上野には亡き父義賢の配下だった者たちが少なからずいる。その者たちを、麾下に加えたい」

「しかし、坂東に進出するとなると、頼朝殿がどう出るかわかりませんぞ」

「そうだ、兼光。どう出るかわからぬゆえ、確かめに行く」

「よきお考えかと」

葵が賛意を示した。

「手を組むにしろいずれぶつかるにしろ、頼朝殿が坂東八ヶ国のすべてを制すれば、こちらの立場は弱くなります。上野、あわよくば北武蔵や下野《しもつけ》も我らに靡かせることができれば、殿は大きく飛躍できまする」

「だが、頼朝殿が我らを敵と見做し、すぐに攻めかかってきたらいかがする？」

「それは無いでしょう、兼光様。頼朝殿は我らと同じく、以仁王様の令旨を奉じて挙兵したのです。今、頼朝殿が我らと戦う大義名分は存在しません」

「なるほどな」

「加えて、平家が大軍を東に向けるという噂も、京で囁かれています。我らと戦って兵力を磨り減らし、平家に漁夫の利をさらわれる愚はおかしますまい」

書物ばかり読んできたせいか、葵の言葉は理路整然としている。兼光も、反論の言葉が無いようだった。

「では、決まりだな。仕度ができ次第、上野へ出立する。葵、父上に縁のある者たちに使いを立てておいてくれ」

「承知いたしました。多胡《たご》、那波《なわ》、高山《たかやま》の三家ですね」

「うん、任せる」

木曾軍に加わって以来、葵は寝る間も惜しんで諸国の武士たちについて調べ上げ、今では郎党たちの誰よりも、情勢を正確に把握している。まだほんの一月ほどだが、葵はすでに、木曾軍の中で代え難い存在になっていた。

陣容は、次第に整いつつある。信濃一国も制した。まだ小さいが、確かに手応えはある。

だが、近くやってくるという平家の大軍に勝てるかどうか、まだわからない。そこで敗ければ、義仲も頼朝も武田信義も、ことごとく討ち果たされる。そして、平家の世はこの先百年、二百年と続くことになるのだ。

治承四年十月十三日、義仲は五百騎、総勢二千の軍を率いて碓氷峠《うすいとうげ》を越え、上野国多胡庄に入った。その七日前、頼朝は亡父義朝が居館を構えた相模の鎌倉に入っている。

義仲を出迎えたのは、多胡、那波、高山といった近隣の豪族たちだ。兵力は三家合わせても一千足らずだが、いずれも亡き義賢をいまだに慕い、歓喜の面持ちで迎えてくれた。

「まこと、亡き帯刀先生義賢様の生き写しのようじゃ」

多胡家の館に入った義仲を拝むように言ったのは、この館の主、多胡家包《いえかね》だった。

「義賢様も、我ら坂東の田舎者とはまるで違う美丈夫にござった。その義賢様の御子に再びお会いできるとは、長生きはするものよ」

齢は、六十をいくつか過ぎているだろう。他の面々も大方、初老から還暦といったところだ。家包は、義賢が武蔵大蔵館に移ってくると、真っ先に参じてその郎党になったのだという。

「方々、よく参ってくれた。亡き父の話など、聞かせてくれ」

「無論、そのつもりにございます。されどその前に」

家包が手を叩くと、一人の女人が縁に現れた。歳の頃は、義仲よりも一つか二つ下くらいだろう。

女人は床に手をつき、深く頭を垂れた。

「宮菊と申しまする」

その名に、思わず目を瞠《みは》った。

「義賢様の御子にございます。大蔵館で悪源太義平の手を逃れたところをそれがしが見つけ、我が娘として育ててまいりました」

父が坂東の豪族の娘に産ませた、義仲の妹。今この時まで、生きているとは知らなかった。

「すまぬ。生きていると知っていれば、手を尽くして探し出し、我が館に迎えたものを」

「申し訳ございませぬ、義仲様。それがしが平家の追及を恐れ、隠し立てしてまいったのです。我らは、義仲様が生きておられたことを知ったのも、つい先日のことでございますゆえ」

「そうか。宮菊は今、どのように暮らしているのだ？」

「家包様のご嫡男、賢家《かたいえ》様の妻に迎えていただきました。二人の子にも恵まれ、幸福に暮らしております」

家包の隣に座る賢家が、頭を下げた。二人の穏やかな表情を見る限り、幸福というのは嘘ではなさそうだ。

「兄の仲家殿が宇治で討死にし、俺にはもう血を分けた肉親はいないのだと思っていた。そなたが生きていてくれただけで、望外の悦びだ」

嘘偽り無く、義仲は語った。家包と賢家に向かい、頭を下げる。

「妹が世話になった。礼を申す。そして、これからも妹をよろしく頼む」

「そのような、もったいのうございます」

家包が鼻を啜り、這いつくばるように平伏した。

それから、宮菊も交えての酒宴となった。老武士たちが語るのは、もっぱら義賢の昔話だ。

今思えば、母の小枝は、義賢のことをどこか醒めた目で見ていたような気がする。父のことを一度しか語らなかったのも、たぶんそのせいだろう。

義仲の中でどこかあやふやだった父の姿が、ここに来たことではっきりと見えたような気がする。当たり前のことだが、父は確かに存在し、この地の人々と交わってきたのだ。そして、今なお慕われている。その思いはきっと、無駄にしてはならないものだ。

数日後、多胡館に緊張が走った。

京を出陣した平家の追討軍七万が駿河に入り、富士川《ふじがわ》の西岸に陣を布いたという。東岸には武田信義の軍が布陣し、頼朝も二万の軍を率いて鎌倉を出陣したらしい。

平家軍の総大将は、清盛嫡孫の平維盛《これもり》。今は亡き重盛の嫡男だ。まだ二十歳そこそこの若さだが、副将には平家の武の柱と言われる伊藤忠清がついている。

「殿、いかがなさいます？」

兼光が問い、義仲は思案を巡らせた。

「俺たちも駿河に出陣して、平家と戦おう。うかうかしてたら、頼朝や武田の連中に手柄を奪われちまうぞ。ここで維盛とかいうやつの首を挙げれば、一番手柄は殿のものだ」

楯親忠が、勇ましく言う。笠原軍との合戦で手柄を挙げる機会が無かったことを、いまだに口惜しく思っているのだ。

「ここから駿河までは、あまりにも遠すぎます。今から向かったところで、戦は終わっておりましょう。ここは、続報を待つ他ありません」

葵の言葉に一同が頷くと、親忠は膨れ面を作って横を向いた。

その翌日に届いた報せは、実に拍子抜けするようなものだった。

十月二十日夜、平家軍は戦わずして撤退した。平家軍では脱走が相次ぎ、七万と号していた軍勢はこの時、四千ほどしか残っていなかったという。

「よかったな、親忠。誰にも手柄を奪われずにすんだぞ」

後方の黄瀬川《きせがわ》にいた頼朝はもとより、富士川を挟んで向かい合っていた武田軍も、何一つ手柄を立ててはいない。

「そりゃあまあ、そうなんですけど、何だか複雑な気分ですよ」

問題はこの後、頼朝がどう動くかだ。

逃げた平家軍を追って、武田軍と共に京へ上るのか。頼朝が平家軍を打ち破って上洛すれば、義仲は頼朝の後塵を拝する他ない。

それからほどなくして、頼朝が兵を引き、鎌倉へ戻ったという報せが入った。頼朝は軍を解散することなく、常陸《ひたち》の平家方である佐竹《さたけ》家討伐を号令しているという。

「恐らく、性急に上洛するよりも、坂東に地盤を築くことを選んだのでしょう。もっとも、頼朝殿のもとに馳せ参じた坂東武者たちの意向が大きいのでしょうが」

葵の見立てでは、上総介広常ら坂東に領地を持つ豪族たちが望むのは、平家の討滅ではなく、坂東を自分たちの手で治めることだ。何の恩恵も与えることなく租税だけを搾取する朝廷の支配から、坂東を独立させようというのだ。

自らの手で開墾し、守り抜いてきた己の土地から、租税だけがむしり取られる。多大な出費を強いられる大番役を務めても、見返りはほとんど無い。ならばいっそ、朝廷の支配から脱してしまえばいい。そのために担ぐ御輿《みこし》として、頼朝という貴種はうってつけの存在だった。

「となると、俺が上野に居座っているのは、面白くないだろうな」

「すでに、新田《にった》一族は頼朝殿に恭順を誓う使者を送ったようです」

源氏に連なる、上野の有力豪族だ。隣国下野の足利一族も、頼朝に付いている。常陸の佐竹《さたけ》家が討たれれば、坂東で義仲に味方するのは、多胡、那波、高山の他、郎党を引き連れて参陣してきた矢田義清くらいのものだった。

「このまま上野にとどまれば、頼朝殿は、木曾軍は坂東に野心ありと判断するでしょう。そうなれば、頼朝殿と正面からぶつかることにもなりかねません」

「その場合、我らに勝ち目は？」

「ありません」

はっきりと、葵が言った。

「ほとんどの坂東武者にとって、我らは信濃のよそ者。己の領地を守るため、彼らは死に物狂いで攻めかかってまいりましょう。数で劣る我らに、勝ち目はございません」

「そうだな。そもそも、同じ源氏で争う必要は無い。我らの敵は、平家のみだ」

「その平家ですが」

「何だ？」

「越後の城《じょう》家に対し、信濃攻めを命じたとの由。来春、雪が解ければ信濃へ攻めてまいりましょう」

平家と同族の城家は、北越後に数多くの荘園を領する、北国きっての大豪族だった。清盛の信頼は篤く、いわば平家の北国における旗頭といっていい家だ。

「城家が総力を挙げれば、軍勢は一万にも達します。ここは信濃に戻り、城家への備えに集中すべきかと」

「わかった」

頼朝は競争相手ではあるが、敵ではない。ここは、坂東と縁の薄いこちらが身を引くべきだ。

十二月二十四日、義仲は二月半とどまった上野国を離れ、信濃へ帰還した。

この間、頼朝は佐竹軍の籠もる常陸国金砂城《かなさじょう》を攻め落とし、常陸を制している。また、美濃や近江でも源氏が挙兵し、平家の屋台骨はさらに揺らいでいる。清盛は福原遷都を諦め、帝は京へと戻った。

情勢はいまだ混沌としている。戦乱は日ノ本全土を巻き込み、長く続きそうだった。

四

治承五年二月、越後から思わぬ報せがもたらされた。

越後国府で軍勢を集め、出陣の仕度をしていた城資永《すけなが》が、急死したのだ。越後では、平家が東大寺大仏殿を焼いた祟りだと、まことしやかに囁かれているらしい。間者によれば、実際は急な病によるものだったた。

その報せに、義仲は胸を撫で下ろした。ひとまず、北からの脅威は去った。資永の跡を継いだのは弟の長茂《ながもち》だが、家中を掌握し、軍勢を集め直すまでには、しばらく時がかかるだろう。

上野から戻った義仲は、東信濃小県郡《ちいさがたぐん》の金峰山《きんぷさん》に築かれた依田城《よだじょう》を本拠としていた。城は小さく、さしたる要害でもないが、信濃と上野両国に睨みをきかせ、越後の軍が南下してきても、すぐに対処できる位置にある。

依田城での日々は、多忙の一言だった。

豪族たちの所領を安堵し、領地争いを仲介し、租税を朝廷ではなく義仲に納めさせる仕組みを模索する。その間にも、兵を鍛え、武具や兵糧、銭を蓄えておかねばならない。そうした合間を縫って、義仲は信濃国内を回り、民に訴えることがあればできる限り耳を傾けた。

葵曰く、城軍が信濃へ攻め寄せてくるのは、五月か六月。それまでに信濃で地盤を固め、一兵でも多く集められるようにしておきたかった。

だが、人手はまるで足りていない。葵にいたっては、ずっと目の下にくまを貼りつけている。髪は常にぼさぼさで、周囲から「頼むから風呂に入ってくれ」と懇願される始末だった。

「義父上がいてくれればなあ」

義仲はぼやいたが、兼遠は腰を痛め、伏せっているらしい。兼遠ももう歳だ。あまり無理はさせたくない。

そんな依田城に救い主が現れたのは、閏《うるう》二月に入ったある日のことだった。

「信救得業《しんぎゅうとくぎょう》改め、大夫房覚明《たゆうぼうかくみょう》と申します」

面会を求めてきたのは、三十代半ばくらいの僧侶だった。居並ぶ諸将を前にしても、いささかの緊張も見えない。

「義仲様のお噂を聞き、微力ながら幕下に加えていただきたく、参上いたしました次第」

いかにも知恵者然とした柔和な顔つきと、低く落ち着きのある、穏やかな声音。だが、顔の左半分は、醜い火傷《やけど》跡に覆われていた。

生まれは藤原氏の庶流で、京の勧学院《かんがくいん》で学んだ後、奈良興福寺に入ったという。その後、挙兵を促す以仁王への返書を認《したた》め、その中で覚明は「清盛は平家の糟糠《そうこう》、武家の塵芥」などと評し、これを知った清盛の怒りを買っている。

平家が奈良を攻めたのは、興福寺が以仁王に加担し、近江源氏の叛乱に僧兵を参加させたことが原因だった。

昨年の十二月二十五日、清盛は五男の重衡《しげひら》を総大将とする大軍を奈良へ派遣し、興福寺の僧兵と激戦を展開する。そして二十八日夜、平家軍の放った火が折からの強風に乗って燃え広がり、奈良の町と興福寺、さらには東大寺大仏殿までを焼き尽くした。

「僧房、伽藍と共に、数多《あまた》の価値ある経典、仏具が灰塵と帰しました。大仏殿の盧舎那仏《るしゃなぶつ》にいたっては、頭と腕が焼け落ちたと聞きます」

「顔の火傷は、その時のものか」

頷き、覚明は僧衣の右袖をまくる。そこにも、大きな火傷跡が残っていた。

「多くの僧が経を唱えながら、焼け落ちる寺と運命を共にいたしました。しかし、拙僧は身を焼かれながらも、こうして生き長らえております」

一つ一つ確かめるような口ぶりで、覚明が言う。

「焼き殺されたのは、僧侶と僧兵ばかりではありません。奈良で暮らす多くの罪無き老若男女が炎に呑まれ、生きながらにして焼かれました。火だるまになった童の泣き叫ぶ声。肉を焼く、吐き気を催す臭い。それが今も、頭から離れぬのです」

どこか虚ろな目で、覚明は床の一点を見つめている。

同じような顔を見たことがあると、義仲は思った。村が焼かれた時のことを語った、巴の顔だ。

「燃え盛る奈良の町を見つめ、拙僧は決意いたしました。平家は、滅ぼさねばならぬ。そのためなら、鬼ともなろう。人を人として扱わぬ世など、叩き潰してやろうと」

大きく息を吐くと、覚明は床に手をつき頭を下げた。

「非才の身なれど、平家を討つためならばいかなることもいたします。何卒、拙僧をお使いください」

義仲は、末席に連なる葵に目を向けた。葵が小さく頷き、口を開く。

「覚明殿。一つ、お聞かせいただけますか？」

「はい、何なりと」

覚明が頭を上げ、葵に向き直る。

「何故、鎌倉の頼朝殿ではなく、我が殿を選ばれたのでしょう。平家を討つという覚明殿の望みには、坂東を制した頼朝殿の方が近いと見るのが妥当かと思いますが」

「確かに兵力だけならば、頼朝殿は義仲様を大きく上回っておりましょう。しかし拙僧の見るところ、頼朝殿にとって平家討滅は二の次、三の次。かの御仁の頭にあるのはつまるところ、己がいかにして生き残るかです。情勢次第では、頼朝殿は平家と和睦《わぼく》することも厭いますまい」

「その根拠は？」

「頼朝殿が見ているのは平家ではなく、坂東武者たちの顔色でしょう。彼らの意に沿わなければ、殺されることもあり得る。坂東武者たちからすれば、己の領地さえ保証されれば、担ぐのは誰でもよいのですから」

鎌倉には、蒲冠者範頼《かばのかじゃのりより》と九郎義経《くろうよしつね》という、頼朝の弟たちもいる。御輿は必ずしも、頼朝でなくともよいのだ。

「よくわかった。ちょうど、政向きの人手が足りず困っておったところなのだ。そなたのような知恵者が加わってくれれば、俺も心強い」

「ははっ、ありがたき仕合せ。粉骨砕身、尽くしまする」

「一つだけ、肝に銘じておいてくれ。我らが平家を討つのは、恨みからでも、野心からでもない。生きとし生ける者すべてが、人として扱われる世を築くためだ」

覚明の目が、わずかに見開かれる。

「承知いたしました。義仲様の志を、我が志といたしまする」

答えた覚明の顔は、元の柔和なものに戻っていた。

清盛が死んだ。

閏二月四日のことだった。熱病に冒され、苦しみ抜いた末の最期だったという。

「敵とはいえ、偉大な男であったのは間違いないのだろうな」

報せを届けにきた兼平を相手に、義仲は言った。

「武士として初めて天下の権を握り、この国に銭という物を行き渡らせた。それは、功績という他ない」

「しかし、国中に怨嗟《えんさ》をまき散らし、多くの人々に苦しみを与えたのも事実です」

「そうだ。だから、我らは平家を討たねばならん」

清盛や平家一門が驕《おご》りたかぶることなく、公平な政を行っていれば。考えかけて、すぐにやめた。「もしも」を並べ立てたところで、現に苦しんでいる人々を救うことはできない。

「跡を継ぐ宗盛《むねもり》は、一門をまとめる器量に欠けるとの由。平家の土台は、大きく傾きましょう」

「平家の底力を甘く見るなよ。息子の知盛《とももり》に重衡、郎党には伊藤忠清。平家にはまだ、有能な将が多くいる」

昨年十二月から今年の一月にかけて、近江と美濃で蜂起した源氏が平知盛に次々と打ち破られていた。一度は畿内にまで広がった叛乱の火の手は、おおむね消し止められている。

「我らの次の相手は、越後の城だろうな」

「五月か六月には、信濃へ攻め寄せてくるでしょう。恐らく、一万を超える大軍になるかと」

信濃一国を挙げても、せいぜい六千といったところだ。その中から、越後の大軍を目にして寝返る者も出かねない。

「迎え撃つ策は、葵に立てさせようと思う」

「よろしいのですか?」

「覚明が来てくれたおかげで、葵の仕事もいくらか減った。それに葵なら、俺たち武士が思いつかないような策を考えてくれる。そんな気がしないか?」

「しかし葵は……」

女子。しかも、まだ若い。学者から兵法を学んだわけでも、実戦の経験を積んだわけでもない。兼平が不安になるのも無理は無かった。

「そう難しく考えるな。敗れれば死。その覚悟で、俺たちは起ったんだ」

「わかりました。殿がそう決められたのであれば、私は従うまでです」

諦めたように息を吐くと、兼平は思い出したように言った。

「我が墓前に、頼朝の首を捧げよ。清盛は最期に、そう言い遺したそうです」

「そうか」

清盛の目に、自分は映っていなかったらしい。実際、頼朝と比べれば、木曾軍はまだ取るに足らない小勢だ。

「これで、平家と頼朝殿の和睦の目は消えましたな」

「命を助けた頼朝殿に牙を剝かれたのが、よほど口惜しかったのだろう。武士の魂などとうに忘れているのかと思ったが、死の間際になって、己が何者か思い出したか」

この情勢下で己の命が尽きるのは、さぞや口惜しかったことだろう。わずかに哀れを覚えた。

「誰か、酒を頼む。兼平、久しぶりに付き合え」

義仲は一度だけ、清盛のすぐ近くにまで行ったことがある。あれは、初めて京へ上った折のことだ。清盛の行列に行き合い、郎党に鞭打たれる巴を庇った。

「あの時はまだ、自分が平家と戦うことになるなど、露とも思っていなかったな」

「もう、十年以上も前になりますか。あの頃の殿は、無茶ばかりなさった。側にいる者は、いつもはらはらさせられたものです」

「そういえばあの時、斬られそうになった俺と巴を助けてくれた平家の武者がいたな。名は、何といったか……」

「平盛俊ですな。武勇に優れ、将としても、平家の中で指折りだとか」

いつか、あの男と戦場でぶつかるかもしれない。できることなら、戦いたくない相手だった。

「失礼いたします」

巴が酒を運んできた。肴は、干した平茸を水で戻し、豆と一緒に煮込んだものだ。

「ちょうど、お前と初めて会った頃の話をしていたんだ。まさかあの童が、こんなにも逞しくなるとはなあ」

聞こえよがしに舌打ちして、巴が出ていく。それを見て、兼平は声を上げて笑った。

五

越後国府の内庭は、鎧兜に身を固めた武者たちで埋め尽くされていた。

これでも、軍勢の中の主立った者たちだけだ。国府の外では、総勢一万二千の大軍が出陣の時を待っている。

城長茂は一同を見回し、ひとまず満足した。

城家直属の兵は、およそ五千。残りは駆武者《かりむしゃ》、すなわち国府の権限で招集した他家の軍勢だが、士気は思ったほど低くない。

この三月に、美濃国墨俣川《すのまたがわ》の合戦で平家方が勝利を収めた影響だろう。平維盛、重衡を将とする平家軍は、頼朝の異母弟に当たる義円《ぎえん》と叔父新宮行家の軍を敗走させ、尾張《おわり》を制している。平家は富士川での失態から盛り返し、完全に勢いに乗っていた。

「方々、よう集まってくれた」

長茂は縁に立ち、声を張り上げた。見上げる諸将の中には、昨年の戦で義仲に敗れ、越後へ逃れてきた笠原頼直の姿もある。

「これより、我らは信濃へ攻め入り、逆賊源義仲を討つ。彼の者の首級を挙げた者には、平家より格別な恩賞を賜ることとなろう！」

一同が、武具を打ち鳴らして応える。いずれも、手柄に飢えたいい目をしていた。

義仲とその一党を滅ぼし、信濃に領地を得る。その望みが、越後の武者たちを衝き動かしていた。越後に比して温暖な信濃に領地を持つことは、誰にとっても悲願なのだ。

平家全盛の世にあっても、雪深く貧しい越後では、土地を巡る小戦が絶えない。それは諸将間の不信にも繋がるが、一面では将兵共に戦に慣れていることを意味する。

平家が牛耳る朝廷とはいえ、勅命による信濃攻めは己が領地を拡げるまたとない好機だった。父祖伝来の領地を守り、あわよくば拡げ、それを子々孫々にまで遺していく。そのためにこそ、武士たちは命を懸けて戦場に臨めるのだ。

ようやく、ここまでこぎ着けた。動き出した軍勢を見つめ、長茂は思った。

城家が兄資永の急死、そして翌月の清盛の死で大きく動揺する中で、長茂は家督を継いだ。資永の遺児はまだ幼く、三十歳になる長茂が当主となるしかなかったのだ。

武芸一筋に生きてきた長茂は再三辞退したものの、平家からの要請もあり、それ以上拒むことはできなかった。そして苦労の末、どうにか一万を超える軍を集めることができた。

木曾軍は、せいぜい五千から六千。それでも、気を緩めてはいない。ここで万が一にも敗れるようなことがあれば、城家の命運は尽きる。

城家は北越後を中心に、会津《あいづ》や出羽《でわ》の一部にも領地を抱えていた。それはすなわち、奥羽《おうう》に強大な勢力を持つ奥州《おうしゅう》藤原氏と、境を接することを意味する。

奥州藤原氏当主の秀衡《ひでひら》は今のところ、平家にも源氏にも与せず、中立を保っている。だが、長茂が信濃で敗れれば、出羽や会津の領地を奪いにかかるのは目に見えていた。

世の人々はこの戦乱を源平の合戦と捉えているが、実態は様々な勢力による食い合いだ。一刻たりとも気は抜けない。そしてその不断の緊張が、兄の体を蝕んだのだろう。

「兄上」

声をかけられ、長茂は振り返る。

歳の離れた妹の、板額《はんがく》だった。髪を後ろでまとめ、鎧を身につけている。手にしているのは、愛用の重籐《しげどう》の弓だ。六尺近い長身の長茂を前にしても、目線の位置はさして変わらない。

「おい、何のつもりだ？」

「わたくしもお連れください。必ずや、お役に立ってみせまする」

長茂に負けず劣らず武芸に熱心で、いつかこんなことを言い出すのではと危惧していた。

「資永兄上の弔い合戦です。黙って報せを待っていることなどできません」

「兄上が死んだのは、病のせいだ。女子を戦の場に伴うなど……」

「木曾軍にも、腕の立つ女武者がいるという噂です。女子が戦に出てはならないなど、誰が決めました？」

詰め寄られて、長茂は答えに詰まった。長茂とは父娘ほど歳が離れているが、この妹にはまったく物怖じするところがない。

「それに、わたくしの腕は兄上もご存じのはず。この戦が、我が城家の命運がかかったものならば、戦える者は男女を問わず戦うのが筋というものでしょう」

確かに、板額の弓の腕は、並の男では到底敵わない。戦場でも、男の兵の十人分の働きはするだろう。

「そなた、いくつになった？」

「十八になります」

束の間、思案した。城家にはもう、後が無い。戦力になるのであれば、たとえ妹であっても使うべきか。どうせ、この妹は一度言い出したら聞きはしない。

「よかろう。ただし、総大将は俺だ。今後は何があろうと、下知に従え」

「無論、承知いたしております」

文字通り、城家の総力を挙げての戦になった。

「この戦、何としてでも勝つぞ」

決意の籠もった顔つきで、板額が頷いた。

六

葵は厠《かわや》の中で、込み上げる吐き気と必死に戦っていた。

城軍、越後国府を出陣。兵力、およそ一万二千。

その報せが届いたのは、今朝のことだ。当然予期していた事態だが、実際に戦が目の前に迫れば、四肢は震え、胃の腑が悲鳴を上げた。

城軍を迎え撃つ策を考えてくれ。三月ほど前、葵は義仲からそう命じられていた。

あれから葵は、日々の雑務の合間を縫って栗田寺から取り寄せた兵法書を読み、絵図に向き合い、予想される戦場へ何度も足を運んだ。城家と越後の内情を調べ上げ、敵の動き、戦の展開を何十通りも想定し、どう対処するかを考えに考えた。

義仲の右筆《ゆうひつ》を兼ねる覚明が政全般を見るようになったおかげで、葵の役目はいくらか減っている。だが、眠る暇もほとんど無いことに変わりはなかった。

練り上げた策は、義仲にだけ伝え、了承も得た。密かに、準備も整えてある。あとは諸将に周知し、実行に移すのみ。

それでも、ろくに戦も知らない女子が頭の中で考えた策だ。これで本当に勝てるのか。策が嵌まらなければ、何百、何千という味方が命を落とし、葵も義仲も討たれるかもしれない。

葵の策に木曾軍、ひいてはこの国の行く末までもが懸かっている。どれほど歴史を学び、兵法書や軍記物語を読み込んだところで、その重みは圧倒的だった。できることなら、逃げ出してしまいたい。

吐くだけ吐くと、いくらか楽になった。懐紙で涙と口を拭う。だが、心の重さは変わらない。

「大丈夫ですか？」

厠を出ると、巴が声をかけてきた。

軍議の刻限が近い。一向に現れない葵を探しに来たのだろう。蒼褪《あおざ》めた顔を見られないよう、俯き気味に頷いた。

「怖いのですか？」

淡々とした口ぶりで、巴が訊ねる。

「……当たり前です。巴殿は、怖くないとでも？」

思わず、棘《とげ》を含んだ口調になった。

巴は強い。体軀、膂力、武芸の才に恵まれ、戦場に立っても並の男以上の働きができるだろう。だが自分は、ただの書物好きの女子に過ぎない。寡兵で大軍を打ち破る策を立てるなど、土台無理な話なのだ。

「私も怖い。できることなら、逃げ出したいと思っています」

思いがけない答えに、葵は顔を上げた。

「怖くない者など、一人もおりません。兼光様や兼平様も、きっと殿ご自身も。それでも勝たなければ、我らは滅び、信濃は敵に蹂躙される」

「だから……だからこそ、そんな大切な戦で私に策を委ねる方がおかしいのです！」

覚えず、感情が口を衝いて出た。

「私は書物が好きなだけの、一介の土豪の娘です。他の方々や巴殿のように強くもなければ、覚明様のように学問も修めていません。何千人もの味方の命を背負うなんて……」

「戦場で戦う者と、策を立てる者の苦しみは、まるで違うものなのでしょう。私は、あなたの苦しみをわかってあげることはできない。でも、殿が背負っているものは、私たちよりもずっと大きいのではないでしょうか」

「それは……」

「殿は向こう見ずで、あちこち抜けてはいますが、勘だけは鋭い御方です。あなたの策ならば勝てる。きっと、そう感じられたのでしょう」

巴の口元に、小さな笑みが浮かぶ。

「確かに、殿はあちこち抜けておられます」

間髪容れず断言する巴に、葵も思わず笑った。巴の手が、葵の肩に置かれる。

「間違いありません」

「葵殿は、一人ではありません。勝利も敗北も、皆のものです。だから葵殿は、葵殿にしかできないやり方で、我らを勝利に導いてください」

巴の手に、力が込められた。大きく、温かい手だ。

頷き、広間へ向かって歩き出す。

六月十三日早暁、北に放っていた物見が、依田城に駆け戻ってきた。

城軍一万二千は十二日夕刻、横田城に入ったという。まずは一つ、葵の読みが当たった。

横田城は、犀川と千曲川に挟まれた広大な平地に、義仲が築かせた城だった。ただし、普請はまだ途上で、掘りかけの濠といくつかの陣屋が並ぶだけだ。戦では、ほとんど使い物にならない。だが、越後から山を越えて進軍してきた城軍がいったん兵を休めるには、うってつけの場所ではある。普請途上ならば、長茂は罠を疑うこともない。城軍に恐れをなして逃げ出したと考えるだろう。

ここよりも北に領地を持つ葵の父、村山義直や栗田寺別当の範覚らには、城軍が国境を越えたら戦わず退くよう、あらかじめ伝えてある。

城軍の横田入城を受け、義仲は出陣を命じた。覚明を留守居に残し、すでに集結を終えていた総勢三千が依田城を発つ。

今井兼平、根井行親、楯親忠、小県の海野幸広、上野の多胡家包がそれぞれ一隊を率い、本隊では落合兼行、矢田義清、そして巴と葵が義仲の脇を固めた。数こそ少ないが、いずれも厳しい戦稽古を重ねた精鋭である。

葵はいまだに慣れない鎧に身を固め、義仲と巴のすぐ後ろを駆けた。夏の盛りとあって、日射しは焼けつくようだ。他の将兵よりも軽装とはいえ、全身は汗に濡れている。

巳の刻、千曲川の南岸で村山義直、範覚らの軍勢二百と合流すると、木曾軍はそのままそこに陣を布いた。

正面の雨宮《あめのみや》の渡しから横田城まで、およそ半里。その間には、起伏の少ない平坦な土地が広がっている。

「義仲様！」

義直が本陣を訪れ、憤怒の形相で義仲の前に跪いた。

「義直殿、参陣かたじけない。いかがなされた？」

「敵は進軍途上の村々で徴発とは名ばかりの略奪を行い、我が領内の村をいくつも焼きました。この義直、彼奴《きゃっ》らを打ち払うためなら、この命を捧げる所存にございます！」

「そうか。それは、すまぬことをした」

涙ながらに訴える義直に、義仲も表情を曇らせる。

「すぐに領地は取り返すゆえ、しばしの間、我慢してくれ」

「ははっ、ありがたきお言葉。葵、義仲様のご迷惑にならぬよう、大人しくしておれよ」

義直がこちらを向き、わがままな娘を叱る口調で言う。

「義直殿。今や葵は我が軍になくてはならぬ、大切な郎党だ。大人しくされては困る」

義仲の言葉に、父は「も、申し訳ございませぬ」と恥じ入ったように平伏した。

敵も物見を放ち、こちらの動きを摑んでいたのだろう。城としては使い物にならない横田城を出て、川を挟んで十町ほど隔てた平地に陣を布いている。

彼方に、平家の赤旗が無数にはためいていた。一万二千の大軍が発する気に、葵の足は竦み、胃の腑は痛みを訴える。

「臆するなよ、葵」

いつの間にか隣に立っていた義仲が、前を見据えたまま言った。

「戦は俺たちがやる。お前は、策を成就することだけを考えろ」

「はい」

城長茂が軍略を知らない猪武者でない限り、まずはこちらの出方を窺う。奇策を警戒し、敵の前面で渡河を強行する愚は犯さないはずだ。

睨み合いが半刻続いたところで、敵の一部が動き出した。四千ほどが敵陣を離れ、東へと進んでいく。川下から千曲川を渡り、こちらの側面を衝くつもりだろう。

葵の策は、どれだけ敵をこの地に釘づけにできるかが肝だった。だが、睨み合いが続けば、敵は兵力差を活かし、別働隊を下流から渡河させて挟撃を狙ってくる。これも、葵が予想した通りの動きだ。

「殿」

「わかった」

床几から腰を上げ、義仲は鬼葦毛《おにあしげ》に跨った。

「皆、聞いてくれ」

千曲川を背に、義仲が将兵に語りかける。

「知っての通り、俺は源氏の血を引いている。だが、兵を挙げたのは源氏の再興のためなどではない。この国に生きるすべての者たちを、平家の暴虐から解き放つためだ」

全軍がしわぶき一つ立てず、義仲を注視する。

「敵は平家の命で信濃へ攻め入り、すでに多くの村を焼いた。我らがここで戦わねば、皆の親兄弟、妻や子は家を焼かれ、殺される」

冗談じゃねえ。平家を俺たちの国から叩き出せ。そんな声がいくつか上がった。

「敵は大軍なれど、烏合《うごう》の衆だ。この日のために積んできた、辛い戦稽古を思い出せ。まずは、我らが見本を見せる。兼平、行親、親忠、続け！」

言うや、義仲は馬首を巡らせ千曲川へ躍り込んだ。巴ら直属の郎党と今井、根井、楯の三隊が喊声を上げ、義仲を追う。従うのは騎馬武者だけで、数は五百。木曾軍の中でも、最精鋭といっていい者たちだ。

葵は本陣にとどまり、戦場全体を見据えた。

三千のうち、五百だけが渡河するという予想外の動きに、敵はどう対処すべきか迷っているようだ。構わず、義仲は敵本隊に向けて突き進んでいく。

矢合わせも名乗り合いも無いまま突っ込んでくる義仲に、敵は混乱している。そこへ、味方が駆けながら放った矢が降り注いだ。

敵が並べた楯を馬が蹴り倒し、騎馬武者の長刀が雑兵を薙ぎ払っていく。義仲は敵中深く入り込むことはせず、ぶつかっては退くことを繰り返した。

敵の別働隊が引き返し、義仲らの側面を衝こうとする。だが義仲はそれより早く手勢をまとめ、後退してきた。翻弄された敵は、追い討ちをかけてはこない。

再び千曲川を渡り戻ってきた義仲らを、残った味方が歓呼の声で迎えた。この声は、敵にも聞こえているだろう。

驚いたことに、味方はわずかな手負いの他、一人の死者も出してはいない。

ともあれ、まずは緒戦で敵の出鼻を挫くことに成功した。こちらの精鋭ぶりを目の当たりにした敵は、これから慎重にならざるを得ない。

「樋口様より伝令。あと一刻ほどで、戦場に到着するとの由」

駆け込んできた使い番に、葵は頷いた。主力とは別行動をしている、樋口兼光からだ。

敵を横田周辺で釘づけにし、山中を迂回した別働隊が敵の背後から襲いかかり、敵本陣を衝く。それが、葵の立てた策の概要だ。単純だが、嵌まれば最も効果がある。兼光には、本陣に近づくための策も授けてあった。

あとは、一刻の時を稼ぐだけだ。

「どうだ、葵。我が木曾軍は、なかなかのものだろう？」

笑みを浮かべる義仲に、葵は「はい！」と大きく答える。

気づくと、胃の痛みはきれいに消えていた。

七

まだ、戦は始まったばかりだ。焦る必要はどこにもない。

いまだ混乱の収まらない自陣で、城長茂は諸将に言い聞かせた。

「戦の流儀を無視した、猪武者どもの蛮勇に過ぎん。我らは整然と隊伍を組み、堂々と迎え撃てばよい」

そう言いつつも、長茂は内心で驚嘆していた。

五百の騎馬が、まるで意思を持った竜巻のように戦場を席巻していったのだ。こちらは五十名ほどの死傷者を出したが、敵は一人も討ち取れなかった。

互いに名乗り合い、矢合わせをしてから戦いをはじめる。そんな定石を無視したやり方に不意を打たれた面はあるものの、味方はまるで対処できなかった。前衛に配した笠原頼直の隊は、かなりの死傷者を出している。

「何とも、野盗のような連中にございましたな」

本陣を訪れて言ったのは、四千の別働隊を任せていた津波田宗親《つはだむねちか》だった。越後の土豪で、所領こそ小さいものの、戦経験の豊富な古強者《ふるつわもの》だ。今回の戦では、副将を務めている。

「馬鹿を申すな。野盗にあのような動きができるものか」

「確かに。されど、あれほどの動きを全軍ができるとも思えませぬ。ここは、こちらから川を押し渡り、仕掛けてみては？」

「敵前渡河など、無謀に過ぎる。いたずらに犠牲を出すだけであろう」

「楯に使える者たちがおりましょう」

宗親が言っているのは、二度にわたって煮え湯を飲まされた笠原頼直と、その郎党たちのことだ。汚名返上の機を与えてやれば、喜んで死地に向かうだろう。先刻の戦で総勢八十名ほどに減っているが、確かに楯としては使える。

腕を組み、長茂は思案した。

義仲が依田城を出陣したと聞いた時から、兵力がたったの三千というのが気にかかっていた。精鋭だけを出してきたのか。それとも単に味方が集められなかったのか。こうしている間にも、別働隊がこちらの背後に回り込もうとしていることも考えられる。

あるいは、こちらの兵糧が尽きるのを待っているのか。

ここまでの進軍路にあった敵の土豪の城館には、一粒の米も残されていなかった。やむなく村々の略奪を許可したが、かなり切り詰めても、もつのは十日足らずだろう。今年はどこも不作で、越後から運ばせるのは難しい。

「あまり時をかけるのは、得策ではないな」

敵の思惑がどうであれ、兵糧を考えれば長陣は難しい。速やかに敵の主力を打ち破り、依田城を落とすべきだ。

「宗親、引き続き四千を預ける。笠原隊の後ろに付いて、対岸の敵陣を突き崩せ。俺も本隊を率い、後に続く」

「承知」

「橋田《はしだ》太郎。そなたは一千を率い、本隊の後ろを守れ。どこから敵が現れるかわからん。ここは敵地のただ中であることを忘れるな」

「ははっ」

橋田太郎も、越後に根を張る豪族だ。派手さは無いが粘り強く、冷静な判断ができる。

「兄上」

「何だ、板額」

「津波田殿の麾下に加わることを、お許しください。先ほどの女武者、わたくしが仕留めてみせまする」

長い髪を靡かせ白馬に跨る、五百の中でも一際目立つ敵だった。馬の操り方も長刀捌きも見事なもので、名のある武者が何人も討たれている。だが、女武者とあっては戦いたがる男は少ない。

「よかろう。ただし、深追いして宗親の足を引っ張るなよ」

「はい、兄上」

「よし、かかれ」

源義仲。これ以上大きくなれば、とてつもない脅威になりかねない男だ。今のうちに叩き潰し、首を獲るしかない。

八

「葵殿、どうするのだ。敵はまだ、動かんのではなかったのか？」

敵勢動くの報せを受け、落合兼行が喚いた。

義仲はその声を聞き流しながら、敵勢を睨む。

先鋒の百騎足らずの軍は、先ほどぶつかった笠原勢だろう。汚名返上に逸《はや》っているのか、発する気が先刻とはまるで違う。

その後には、四千ほどの軍と敵の本隊が続いている。ここで一気に勝負を決めるつもりだろう。

「川を楯にしても、あの大軍は防ぎきれん。別働隊の到着を前に、我らが崩されるぞ！」

なおも問い詰める兼行に、葵は返答に窮している。敵がこれほど早く動くとは、思っていなかったのだろう。

「落ち着け」

義仲は狼狽を露わにする兼行を窘めた。

「戦で思わぬことが起こるのは当たり前だ。すべてを予見できる者など、誰もおらん」

「しかし、殿……」

「まだ、手はある。そうだろう、葵」

「それは……」

「何とかいう将軍の故事だ。川を背にして兵に決死の覚悟を促したという……」

「韓信《かんしん》将軍の、背水の陣です」

「そうそう、それだ。それをやろう」

義仲が言うと、諸将が息を呑む気配が伝わってきた。

葵が最後の手段として、義仲だけに示した策だ。賭けのようなもので、できることなら使わずにすませたい。そうも言っていた。

「しかし一歩間違えば、半刻もせぬうちに、我らが全滅ということもあり得るかと」

「案ずるな、兼平。その何とか将軍は三万の軍で、百万の敵を打ち破ったというぞ。こちらは三千で、敵はたったの一万二千ではないか」

「韓信が破った敵は百万ではなく、三十万です。その数も、唐土の史書によくある誇張かと……」

「うるさいぞ、葵。とにかく、川を渡れば勝てる。渡らねば敗ける。俺の勘がそう言っている」

熱弁も虚しく、一同が静まり返る。

「だったら、やるしかねえだろう」

気まずい沈黙を破ったのは、楯親忠だった。

「寡兵の俺たちが守りに入ってどうする。いっそ、別働隊が来る前に城長茂の首を獲ってやろうじゃねえか。そうすりゃ、手柄は俺たちだけで山分けだ！」

「それがしも、こちらから攻めるべきかと存ずる」

根井行親が珍しく、息子の意見に賛同した。

「先刻のぶつかり合いでわかりましたが、敵は越後からの山越えで疲労しております。それに、戦には勢いが肝要。大軍を相手にしての防戦では、味方の士気を保てませぬ」

「そうだ。俺はそれが言いたかったんだ」

後を受けて言った義仲に、巴が冷たい視線を向けてくる。

咳払いを一つ入れ、諸将に目を向けた。

「どうする。急がねば、先に敵が川を渡ってくるぞ。皆がどうしても反対というなら、ここで戦うことにするが」

「やりましょう。それがしは昨年の戦で、宇治川を楯に戦って敗れ申した。此度は、川を渡って勝つ。小気味よい話ではござらぬか」

言ったのは矢田義清だった。他の諸将も口々に賛意を示し、兼平も「やるしかありますまい」と頷く。

「決まったぞ、葵」

「わかりました」

まだいくらか硬い顔つきで、葵が言う。

「一つ所にとどまれば、囲まれる危険が増します。できる限り動き回り、敵を掻き回すことに専念いたしましょう。細かな用兵は、殿にお任せいたします」

「わかった」

陣幕をくぐり、鬼葦毛に跨った。頼むぞと、首筋を軽く撫でてやる。

手にした弓を、高く掲げた。

「者ども、敵は平家ではない。信濃を荒らし回る蝗《いなご》だ。一匹残らず打ち払い、我らの国を守れ！」

怒濤のような喊声を背に受けながら馬腹を蹴り、再び千曲川を渡る。

愛馬の千早に乗った巴が、隣にぴったりとついてくる。

「巴、お前は葵を守ってやれ」

「はい」

巴は素直に馬の脚を緩め、葵の横についた。葵は、馬はそれなりに乗りこなすが、弓も長刀も使えない。

巴が下がるのを見届け、前を見据えた。敵はまだ遠い。

対岸の横田河原《よこたがわら》に上がった。全軍が渡河を終えるのを待ち、陣を組み直す。

法螺貝《ほらがい》の合図と共に、敵が前進を止めた。距離は、およそ三町。こちらが全軍で川を渡ってくるとは思わなかったのだろう。罠を警戒しているのかもしれない。

「兼平、挨拶してやれ」

「承知」

兼平が単騎で進み出た。

「我こそは木曾冠者源義仲が乳母子にして一の郎党、前の信濃権守中原兼遠が四男、今井四郎兼平なり。そちらに見ゆるは、城殿の軍勢とのこと。信濃を荒らしにまいった野盗かと思い、先刻はご無礼いたした！」

痛烈な皮肉に、敵からは怒号が、味方からは笑い声が沸き起こる。義仲も、声を上げて笑った。

「改めて、矢合わせ仕《つかまつ》る！」

兼平が鏑矢を放ち、甲高い音が響いた。開戦の合図だ。

「兼平を下げろ。上野の高山党を前へ」

敵先鋒の笠原隊と高山党の間で、矢戦がはじまった。

空を覆い尽くさんばかりに飛んだ敵の矢が、味方の頭上に降り注いだ。並んだ楯の隙間を縫った矢が、味方を射倒していく。高山党も応射しているが、数がまるで違う。

「根井、海野を出せ。騎馬だけでいい」

根井、海野両隊の騎馬が駆け出し、笠原隊の脇腹を衝いた。すぐに崩せるかと思ったが、先刻よりも粘り強くこちらの攻めを受け止めている。

すぐに、敵の第二陣が前に出てきた。義仲はすかさず根井、海野を後ろへ下げる。

一進一退の攻防が続いた。左右両翼では根井、海野、今井、楯らが駆け回り、敵の包囲を辛うじて防いでいる。

義仲は鳥になったつもりで、戦場をはるか上空から見下ろしていた。地形。敵味方の動き。手薄な場所に増援を出し、崩れそうな敵には兵力を集中する。限界まで、心気を研ぎ澄ませた。自分が敵の大将なら、どう動くか。

先に痺れを切らしたのは、城長茂だった。後方に一千ほどを残し、本隊を前に進めてくる。第二陣と一体となった本隊が、前衛の高山党を飲み込んでいく。

「こちらも本隊を出す」

ここが勝負どころだと、義仲の勘が告げていた。

太刀を抜き放ち、鬼葦毛を駆けさせた。敵味方はかなり入り乱れている。すでに、弓が使える間合いではない。

「全軍、一つにまとまれ。掻き回すぞ！」

方々で戦っていた味方が集まってくる。巴も、葵を守りながら後ろについてくる。

ぶつかった。向かってきた騎馬武者を、兼平が斬り落とす。兼平に向かう別の敵に、義仲は鬼葦毛をぶつけた。さらに太刀を突き出し、喉元を抉る。

「とどまるな。駆け続けろ！」

まさに、蝗の大群に呑まれた心地だった。斬っても斬っても、敵が湧き出してくる。敵も疲れているが、大軍を相手にしてきた味方もまた、疲弊しつつあった。あとどれだけ戦えるか、際どいところだ。

血煙を浴びながら、敵中を脱した。敵の東側に位置する、やや小高い丘へ駆け登る。

味方はかなり討ち減らされていた。だが、敵の陣もずたずたに引き裂かれている。このまま休み無く攻めかかるか、それともしばし間を置くか。

「殿！」

思案を、葵の声が破った。

「あ、あれに……！」

葵は息を切らしながら、北西の方角を指差す。

千五百ほどの一団が、敵の背後に近づいていくところだった。千五百が掲げているのは、平氏の赤旗だ。

息を呑み、見守った。

新たな味方の到来に、敵が沸き立っている。しかしその直後、赤旗がことごとく投げ捨てられ、代わりに源氏の白旗が掲げられた。

啞然とする敵に、千五百が一斉に襲いかかった。いまだ陣形を立て直せていない敵が、たちまち大混乱に陥る。

兼光と手塚光盛、井上光基らの別働隊だった。

「間に合った……」

落合兼行が、呆然とした様子で言う。

「まだだ。一気に蹴散らすぞ！」

雄叫《おたけ》びを上げ、義仲は馬腹を蹴った。

九

群がる敵を斬り払いながら、巴は轡を並べて駆ける葵を守るのに必死だった。

葵は得物も持たず、必死に手綱を握り締めている。それでも馬術以外、武芸の心得の無い葵には相当な負担だろう。顔は蒼褪め、息はずっと荒いままだ。

敵の抵抗は、なおも熾烈だった。葵の策が当たり、敵は大混乱に陥っているものの、数はまだ圧倒的にこちらを上回っている。

丘の上に残ることも考えたが、女二人では逆に危険だ。味方の中にいた方が、まだましだった。

「女ぁ、覚悟せよ！」

右手前方から、叫び声を上げながら騎馬武者が向かってくる。

突き出された太刀を難なく長刀で払い、柄で顎を撥ね上げる。あえなく落馬した敵に、徒の兵が群がった。

すぐに、別の騎馬武者が葵に向けて駆けてきた。

つい先刻まで、敵は女武者など相手にせぬとばかりに無視を決め込んでいた。だが敵の旗色が悪くなると、襲いかかってくる者が増えた。どうせ敗けるのなら、一つでも獲りやすい首を獲って帰ろうというのだろう。

「女子、その首を寄越せ！」

鬼気迫る形相で叫ぶ武者に、葵が身を竦める。

巴は二人の間に、千早を割り込ませた。馳せ違いざまに、長刀を振るう。一刀で首筋を斬り裂かれた武者が、血を噴き出しながら地面に落ちた。

初めての、戦らしい戦。四方八方から絶えず殺気を向けられ、不断の緊張が心身を疲弊させる。それでもどうにか自分を保っていられるのは、葵を守るという役目があるからだ。

敵の中に、いまだ隊伍を維持している一隊があった。恐らく、あれが城長茂の手勢だろう。義仲はそちらへ向かって軍を進めていた。

あそこさえ崩せば、敵は完全に敗走する。思った刹那、凄まじい殺気が肌を打った。

振り返る。後方から、一騎が弓に矢を番え、こちらへ向かって駆けていた。

「我こそは城四郎長茂が妹、板額。そこな女武者、いざ、尋常に勝負せよ！」

若い女だった。弓を構えながら馬を疾駆させても、上体がまるでぶれていない。かなりの腕だ。

「誰ぞ、葵殿をお守りいたせ！」

叫んで、巴は馬首を巡らせた。

千早、頼む。心の中で呼びかけ、馬腹を蹴る。

距離は、およそ一町。必中の間合いは、およそ五間と言われている。そこをくぐり抜け、長刀の間合いに持ち込めるか。

巴は手綱を操り、千早を左前方へと駆けさせた。

騎射の死角は、自身の後方と右側だ。当然、板額は死角に入ろうとする巴を捉えるため、馬を右へ右へと進める。

間合いが詰まる。十間。不意に、巴はそれまでと逆方向へ馬を進めた。

狙いやすい位置へ飛び込んできた巴に向け、板額が矢を放つ。巴は千早の背に伏せるようにしてかわした。来るとわかっていれば、避けるのは難しくない。

再び馬首を左に向け、板額に近づく。間合いは三間。長刀の石突近くを握り、体の左側で構える。

長刀の間合い。だが、板額もすでに次の矢を番えていた。巴が長刀を繰り出すと同時に、板額が矢を放つ。

左肩に激痛が走った。次の刹那、斜め下から振り上げた長刀の切っ先が、板額の弓の弦と左の二の腕を斬り裂く。

馳せ違う。痛みを堪えながら馬首を巡らせると、板額が馬から落ちるのが見えた。

馬を止め、下馬して近づく。巴が左肩に受けた矢は肉を貫き、鏃は後ろに突き出ていた。骨は折れていないようだが、左腕はしばらく使い物にならないだろう。

長刀を捨て、太刀を抜いた。板額も起き上がり、抜刀する。

叫びながら放たれた板額の斬撃を、片手で難なく弾いた。弓に比して、剣の腕はそれほどでもない。

こちらから踏み込み、太刀を弾き飛ばす。尻餅をついた板額の喉元に、切っ先を突きつけた。

「おのれ、逆賊め……」

怒りと憎悪に濁った目が、巴を見上げてくる。以前の自分も、こんな目をしていたのだろうか。

ふと、そんなことを思った。

「源義仲が郎党、楯六郎親忠、津波田宗親殿を討ち取ったり！」

後方から大音声《だいおんじょう》が聞こえた。首をわずかに動かして見ると、敵は総崩れになっている。

ふっと息を吐き、巴は太刀を納めた。

「戦は終わりだ。このまま越後に帰られよ」

「何故、殺さぬ」

「あくまで平家に忠義を尽くすと言うのであれば、殺す。だがそうでないのなら、戦が終わった今、あえて殺す理由は無い」

束の間の沈黙の後、板額が立ち上がった。

「そなた、名は？」

「源義仲が郎党、巴」

「……覚えておく」

板額が再び馬に跨り、駆け去っていく。

巴は長刀を拾い、千早に歩み寄った。優しく首を撫でてやる。

勝てたのは、馬の違いだ。別の馬だったら、板額の矢は巴の首を貫いていた。

味方から、勝《か》ち鬨《どき》が上がる。肩の痛みを堪えながら、巴は千早に跨った。


大勝利とはいえ、犠牲は少なくなかった。上野の高山党は半数近くを討たれ、信濃の諸将も多くの兵を失っている。

敵の副将津波田宗親は討ち取ったものの、城長茂は戦場を逃れていた。とはいえ、他にも多くの将を討たれた城家の再起は難しいだろう。このまま越後まで攻め入ろうという意見もあったが、義仲は取り合わず、依田城への帰還を命じた。

巴は肩の傷に薬草を貼り、左腕を布で吊っていた。千早は労わるように、静かに脚を進めてくれている。

「巴殿、ありがとうございました」

轡を並べる葵が、改まった口ぶりで言う。

「あなたのおかげで、逃げ出さず、生き残ることができました」

「礼には及びません。それに、勝てたのは葵殿の策があったればこそ」

巴は、いくらか声を潜めて言った。赤旗を用いて平家軍を偽装する策は、別働隊を率いた井上光基が立てたことになっている。

　女子の策には従えない。そう言い出す者が出ることを恐れた、葵の進言によるものだ。知っているのは、木曾軍でもほんの一握りしかいない。

　男が当たり前のようにやっている戦に女子が出るというだけで、余計なものがいくつもつきまとう。面倒なことだと、巴は思った。あの板額という女子も、男にはわからないものを多く背負って戦場に出たのだろう。

「でも、たくさんの味方が命を落としました。私の策がもっと優れていれば……」

「あなたはよくやった」

　葵の言葉を遮り、巴は言った。

「私は、そう思います。私や殿、他の方々が今こうして生きているのは、あなたの策によるところが大きい。だから葵殿、あなたは胸を張っていい」

　こちらをじっと見つめる葵の目に、水滴が浮かんだ。葵は慌てたように顔を背ける。

「巴殿。落ち着いたら一度、善光寺に参詣いたしませんか？」

「善光寺へ？」

「あのお寺は、女人の救済を広く謳っております。我らのような女子は、参詣しておくべきでしょう。それに、近くに傷に効くいい湯も湧いているのですよ」

　葵が言うには、山の中に地から湯が湧き出す場所があるらしい。時には、怪我をした山の獣もつかりに来るのだという。

　寺への参詣は、あまり気が進まなかった。神仏に祈って願いが叶ったことなど、これまで一度も無い。神も仏も、父や母、夫や子を救けてはくれなかった。

それでも、地から湧き出す湯というのは面白そうだ。傷に効くというのなら、行ってみて損は無いだろう。

「わかりました。ぜひ」

答えると、葵の顔にようやく笑みが戻った。

第五章　源氏

一

以前に一度通った道が、ひどく苦しいものに感じた。

険しく、曲がりくねった山道だ。両側は深い森で、どこから獣が襲ってくるかもわからない。嫌な道だと、新宮十郎行家は思った。平治の乱で敗れ、平家の追手から逃げていた時のことを思い出す。あの時も、どこから平家の武者が襲ってくるかわからず戦々恐々としていた。

「ちと、休む」

ようやく少し開けた場所に出ると、新宮十郎行家は郎党たちに言った。

郎党といっても、息子の光家《みついえ》の他、従者が二人いるだけだ。従者が差し出した竹筒を受け取ると、行家は目を逸らした。従者の粗末な身なりを見ると、敗残の身といってもいい己の境遇を否応なしに思い知らされる。

手近な岩に腰を下ろし、竹筒の水を呷った。

すべては、あの男のせいだ。

頼朝。あの男が援軍要請に応じていれば、こんなことにはならなかった。いや、せめて頼朝が叔父への敬意を見せ、それなりの遇し方をしていれば、自分はこんな憂き目を見ずにすんだのだ。

以仁王の令旨を東国の源氏のもとに届けると、行家は身を潜め、しばし形勢を見守った。無論、自らも平家追討の戦に加わるつもりはあったが、迂闊に兵を挙げれば、源頼政のように大軍に攻められて滅びるだけだ。

やがて、石橋山で敗れた頼朝が再起すると、行家は鎌倉を訪れてその扶持を受けた。だが、甥である頼朝の家来になるつもりなど毛頭無い。

富士川まで進んだ平家の軍が戦わずして逃げ帰ると、行家は頼朝の了承を得て、尾張で兵を挙げる。頼朝は、弟の義円とわずかな兵をつけてはくれたが、後は勝手にやれという態度だった。美濃源氏、近江源氏も相次いで挙兵したため、当初はすべてが順調に進んでいた。尾張国府を手中に収め、行家の勢力は三河《みかわ》、美濃の一部にまで拡がっていたのだ。

だが、反撃に転じた平家が近江源氏、美濃源氏を立て続けに破ると、風向きが変わってきた。そして、今から一年前の治承五年三月、勢いに乗った平家軍は尾張を目指し、美濃墨俣川の北まで進出する。

総大将は富士川で失態を演じた平維盛、副将は後先考えず奈良の大仏を焼いた平重衡だ。何も恐れる必要などない。そう思ったが、兵は思うように集まらない。鎌倉には援軍を要請したものの、にべもなく断られた。

やむなく、行家は奇襲を決断する。しかし呆気なく見破られ、味方は大敗。義円は討ち取られ、次男の行頼《ゆきより》も行方知れずとなった。

その後も尾張国熱田《あつた》、三河国矢作川《やはぎがわ》と立て続けに敗れ、残り少なくなった軍もとうとう四散する。結局、頼朝は一兵の援軍も寄越しはしなかった。

敗戦の責が頼朝にあるのは明白だ。行家は鎌倉に戻り、詫びの証として所領を要求する。叔父である自分を先頭で戦わせ、義円のような凡将とわずかな兵しか貸し与えなかったのだ。所領を寄越すくらい、当然ではないか。

しかし頼朝は、自らの責任を認めないばかりか、所領を与えることも拒絶する。しかも、頼朝麾下の坂東武者の一部が、行家を斬ると息巻いているという噂まで耳に入った。

不孝な上に、吝嗇《りんしょく》。家来は野犬同然の田舎武者ばかり。頼朝に天下は獲れない。確信した行家は、頼朝を見限り、新たな庇護者のもとを目指すことにした。

「父上、じきに日が落ちまする。急ぎましょう」

光家に言われ、行家はしぶしぶ腰を上げた。


その城は、想像していたよりもはるかに狭く、みすぼらしいものだった。

信濃国依田城。城家の大軍を打ち破り、今や信濃、上野、越後にまで勢力を拡げた源氏の一方の旗頭が、こんな小さな城に居を構えているとは。行家は、落胆と不安を同時に覚えた。

「ようこそおいでくださりました。源義仲が郎党、落合五郎兼行と申しまする」

二十代前半らしき若い武士が出迎えた。確か、以仁王の令旨を届けにきた時にも会った男だ。

義仲は迎えに出ないのか。不満に思いながら、兼行の後について急な坂道を登っていく。ようやくたどり着いた城の主郭は、十間四方ほどの広さしかない。

案内された広間に入ると、上座に義仲が座っていた。舌打ちしそうになるのを堪えて笑顔を作り、光家と並んで床に腰を下ろす。

左右には、主立った者たちが居並んでいた。武士だけでなく、顔に醜い火傷跡の残った坊主に、二人の女子まで交じっている。

一人は小柄で、いかにも田舎豪族の娘といった佇まい。歳は、まだ二十歳にもなっていないだろう。もう一人は、顔立ちこそ整っているものの、背が高く、体つきもがっしりとした厳めしい女子。義仲は、自分に妾をひけらかそうとしているのか。

「一別以来にござるな、叔父上。仔細は聞き及んでおりまする」

あの時は令旨を運ぶ使者とあって畏まっていた義仲だが、今は人懐っこい笑みを浮かべ、親しげに語りかけてくる。

改めて、行家は甥の顔を眺めた。

その目に、頼朝にはあった理知の光は微塵も窺えなかった。だが同時に、頼朝のような猜疑《さいぎ》や陰湿さも見受けられない。大方、木曾の山奥で源氏の御曹司として大らかに育てられたがゆえに、人を疑うことを知らないのだろう。

であるならば、御するのは容易い。

「遅ればせながら、横田河原合戦での大勝、まことに見事であったぞ。その武略、知略共に、鎌倉の頼朝とは比べ物にならん」

〝頼朝〟と呼び捨てにしても、義仲の表情に変化は無かった。気づいてさえいないのか。

「そなたの武勇は今や、日ノ本中に鳴り響いておるぞ。叔父として、誇らしいことこの上ない」

「何の。ここにいる皆の助けがあったればこそ」

謙遜《けんそん》してみせると、義仲は居並ぶ家来たちを紹介した。

二人の女子も、妾ではなく郎党だという。まったくわけのわからないことをと思ったが、田舎育ちゆえ、兵の道というものを解していないのだろう。

「ところで……」

行家は改めて、頼朝の不孝ぶりと我が身の哀れを訴えた。

「わしは頼るべき相手を誤った。初めから、そなたを当てにすべきだったのだ。頼朝のせいで、わしは愛する息子、行頼を失った」

両の拳を握りしめ、声と肩を震わせた。涙が込み上げ、床に滴り落ちる。いつでもどこでも泣くことができる。それが、幼い頃からの行家の特技だった。

「だが、源氏同士で争うは本意にあらず。この恨みは、平家との戦にぶつけたい。わしを、そなたの軍に加えてくれ。この通りじゃ」

深く頭を下げ、額を床に擦りつける。他人に頭を下げることを何とも思わない。これも、行家の数ある特技の一つだ。

「叔父上、頭を上げられよ」

穏やかな声音で、義仲が言う。やはり、情には厚い男のようだ。

行家が頭を上げると、義仲は手を叩いた。

「まずは、飯を食われるがよい。腹が減っていては、ろくな考えが浮かばぬものじゃ。信濃には、平茸という美味い茸があってな、ぜひ食べてみてくれ」

「お、おう……」

侍女が運んできた椀には、信じ難い量の飯がよそわれていた。隣の光家が、救いを求めるような目を向けてくる。

行家は確信した。

この甥は、人より戦が上手いだけの阿呆だ。

二

木剣を打ち合う、小気味いい音が響いた。

依田城本郭《ほんぐるわ》の、さして広くもない庭だ。義仲は縁で湯を啜りながら、郎党たちの稽古の様子を眺めている。

打ち合っているのは、巴と葵だ。何でも、葵が自分の身は自分で守れるようにと、巴に稽古を頼んだらしい。

とはいえ、ほとんど心得の無い葵が巴に敵うはずもない。へっぴり腰から放たれた斬撃を、巴はあっさりとかわし、葵の木剣を弾き飛ばす。短い悲鳴を上げ、葵が尻餅をついた。

「握りが甘い。しかと指の先まで力を籠めねば、人は斬れません」

巴が息一つ乱さず言い、へたり込んだ葵はがっくりと肩を落とした。

「よし、次は義高《よしたか》だ。幸氏《ゆきうじ》と二人がかりで、巴に勝ってみろ」

義仲が言うと、二人の少年が立ち上がった。

この正月で太郎は元服し、義高と名乗っていた。幸氏は、横田河原の合戦でも一隊を率いた海野幸広の弟で、同年代の義高の側近くに仕えている。義高はまだ十歳、幸氏もその一つ上でしかないが、二人とも一日も早く元服したいと言ってきかなかったのだ。

城家の脅威が消えたため、義仲は宮ノ越から山吹と義高を呼び寄せていた。

他の郎党たちの妻子も移ってきたので、城はだいぶ手狭になり、周囲には多くの家が建てられている。それに合わせて方々から商人や職人が集まってきたため、依田の城下は一つの町のようになり、ずいぶんと賑やかになっていた。

横田河原合戦の後、義仲の勢力は一気に拡がった。

合戦直後、越後国府の官人が城家に叛乱を起こし、信濃から敗走してきたばかりの長茂は、さらに会津へと逃亡した。しかし、そこへも奥州藤原氏の軍が迫り、長茂は再び越後の阿賀北《あがきた》へ逃れて逼塞《ひっそく》している。

越後国府の官人たちの要請を受けた義仲は、今井兼平、根井行親、楯親忠らを派遣し、越後の大半を掌握した。兼平らは今も越後国府に詰め、国の統治に忙殺されている。

城家の敗北と没落を受け、越中《えっちゅう》、能登《のと》、加賀《かが》、越前といった北陸諸国でも、反平家の狼煙《のろし》が次々と上がっていた。

平家は清盛の甥、通盛《みちもり》を大将とする大軍を送り込んだものの、何の戦果も挙げられず京へ撤退している。今のところ、義仲の周囲で大きな戦が起こる気配は無かった。

目下の問題は、叔父の行家だった。

一月前に依田城へ転がり込んで以来、「飯が不味い」だの「所領が欲しい」だの「侍女はもっと若い方がいい」だのと、うるさいことこの上ない。特に、女子や若い郎党たちへの態度はひどく横柄で、山吹などは、

「なぜ、何の躊躇《ためら》いもなく他人をあれほど見下せるのか、不思議でなりませぬ」

と憤慨していた。他の女衆や義仲の郎党たちも、早くも辟易としている。

さらに厄介なのが、あからさまに木曾軍の主導権を握ろうとしてくるところだ。全体の方針を

決める評定でも、自分の存在を大きく見せることにばかり腐心している。

頼朝が送り込んだ間者ではと疑う声もあったが、あの叔父に間者が務まるとも思えない。頼朝も、間者ならもう少しましな人物を選ぶはずだ。

木曾軍の中で重きを占め、あわよくば乗っ取る。それが、行家の意図だ。そしてそれは、依田城に現れた時から見え見えだった。誰にも気づかれていないと思っているのは、たぶん行家本人だけだろう。

それでも義仲は、主立った者たちの反対を押し切り、受け入れを決めた。

行家が叔父であることや、その境遇に憐れみを覚えたこともあるが、それはほんの一部だ。

窮状にある者の受け入れを拒めば、義仲の声望は大きく損なわれる。逆に、ここで度量の大きさを示せば、頼朝の傘下に入ることを躊躇う武士をこちらへ靡かせることができる。

木曾軍の存亡が懸からない限り、源氏同士で争うことは避けたかった。衝突を回避しつつ、より多くの武士を取り込む。今は、そう努めるべきだろう。

「うわっ！」

幸氏の悲鳴が、義仲の思索を破った。

巴の足払いを受け、仰向けに倒れたのだ。次の刹那、踏み込んだ巴の斬撃に、義高が木剣を取り落とす。

「勝負あったな」

二人とも、筋は悪くないが、まだ体ができていない。たとえ十人がかりでも、巴に勝つのは難しいだろう。

「まいりました、巴殿」

義高は素直に敗けを認め、巴に頭を下げた。

山吹の育て方が良かったのか、義高は礼儀正しく、聡明な子に育っている。学問にも進んで取り組み、周囲の者にわがままを言うこともないという。義仲が十歳の頃とは、まるで違った。

「俺があのくらいの頃は、もっと負けず嫌いだったんだがなあ。相手の耳に齧《かじ》りついてでも勝ちにいく。そういうところも、あった方がいい」

呟くと、縁で汗を拭いていた葵が顔を向けてきた。

「殿は、誰かの耳に齧りついたことがおありなのですか？」

「ああ、兼光の耳だ。痛い痛いと大騒ぎしてな。なかなかの見物だったぞ」

「それはようござったな」

別の声がした。振り返ると、兼光が口をへの字にしてこちらを見下ろしている。葵はそそくさと立ち上がり、さっさと逃げていった。

「昔話などしている暇はござらぬぞ。急ぎ、広間へおいでくだされ」

「何だ。何かあったのか？」

「奥州藤原氏より、使いの者がまいっております」


使者は烏帽子水干姿の、どこにでもいそうな中年男だった。

「陸奥守《むつのかみ》藤原秀衡が命により参上いたしました、吉次《きちじ》と申しまする」

武士でないことは、発する気でわかった。平泉《ひらいずみ》と京を行き来し、奥州産の砂金を扱う商人だという。よほど肝が据わっているのか、義仲と居並ぶ郎党たちを前にしても、ふくよかな頰に湛えた温和な笑みを崩さない。

ただの使者ではあるまい。義仲の器量や人となり、郎党たちの力量、武備や民の暮らしぶりといった様々なことを探る役目も負っているのだろう。

奥州藤原氏。平泉を拠点に、百年近くにわたって奥羽両国を事実上治めている一族だ。現当主の秀衡は、三代目に当たる。〝奥州十七万騎〟と称する武力と、陸奥で産する金の商いや大陸との交易で蓄えた財力に支えられた奥州藤原氏は、清盛でさえ官位を与えて懐柔することしかできなかった。

義仲が越後をほぼ掌中に収め、秀衡が会津にある城家の領地を接収したことで、両者は境を接することとなった。義仲も、何らかの形で接触すべきだろうと考えていたところだった。

「して、秀衡殿の用向きは？」

「まずは、これを義仲様に」

吉次が手を叩くと、三人の従者がそれぞれ一つずつ、三方《さんぼう》を捧げ持ってきた。三方には、大ぶりな錦の袋が載せられている。

「奥州で産する、砂金にございます」

行家が目を見開いた。他の郎党たちも、さすがに驚きを隠しきれない。

「これはまた、ずいぶんな物をいただいてしまったな。何か、返礼の品を用意せねばなるまい」

「ならば、義仲様の書付を一枚いただければ、秀衡も喜びましょう」

「ほう。どのような」

「奥羽の地に、兵は入れぬ。それだけでよろしゅうございます」

奥州と事を構えるつもりはない。その言質が欲しいということだ。

「そういえば先頃、秀衡殿にこの義仲を討てとの勅命が下ったという噂を耳にしたな」

秀衡に従五位上、陸奥守の官位が与えられたのも、その頃のことだ。秀衡を動かすために、平家が用意した餌だったのだろう。

「事実にございます」

あっさりと、吉次は認めた。

「されど、秀衡は会津に兵を出し、城長茂を追い払っております。これで、平家に与する意志は無いという証にはなりますまいか」

秀衡に、奥羽両国の外に野心は無いと言いたいのだろう。だが情勢が変われば、どう動くかはわからない。

「平家には与しないが、源氏にも軍は貸さぬ。そう言われているようにも聞こえるな」

いくらか踏み込んでみた。奥州との関係は、曖昧なままでは命取りになりかねない。

「源九郎義経という男を、知っておろう」

亡き義朝の遺児で、頼朝の異母弟だ。平治の乱の際にはまだ乳飲み子《ちのご》だったため命は取られず、京の鞍馬《くらま》寺に入れられていたという。その義経は、長じた後に寺を抜け出し、奥州平泉に匿われていたらしい。

「無論、存じております。九郎様を奥州へお連れいたしたは、わたくしにございますので」

「そうか、そなたであったか」

義朝の遺児を秀衡が匿ったのは、平家と戦になった場合に備えてのことだろう。

「その九郎は今、鎌倉にいるそうだな。その郎党の中に、秀衡殿の家来もいるとか」

一時、鎌倉に身を寄せていた行家が言ったことだ。間違いはないだろう。

「佐藤継信《さとうつぐのぶ》、忠信《ただのぶ》兄弟にございましょう。九郎様は、秀衡の制止も聞かず、夜逃げ同然に鎌倉へ向かわれました。彼の者たちもそれに追随しただけであって、正しくは秀衡の元家来、ですな」

嘘かまことか、断じる材料がこちらには無い。頼朝も、義経が奥州の間者であることを危惧しているのか、戦には出さず、鎌倉で飼い殺し同然の扱いをしているという。

「義仲様は、口先で丸め込める御方ではない。そうお見受けいたしました。ゆえに、正直なところを申し上げましょう」

吉次の顔から、温和な笑みが消えた。

「我ら奥州の民は古来、蝦夷《えみし》と呼ばれてまいりました。その蔑みの目は、今も消えておりませぬ」

そう語る吉次の目に、怒りとも哀しみとも取れる色が浮かぶ。

「我らに、角や尻尾が生えているわけではありません。肌や目の色が違うわけでもない。それでも蔑まれる理由はただ一つ、大和の朝廷に抗ってきたという一点のみ。奥州で金が産するとわかってからは、大和の支配はより一層厳しいものとなりました」

「その軛《くびき》から奥羽を解き放ったのが、清衡《きよひら》殿だな」

秀衡の祖父にして、奥州藤原氏の初代だ。

「はい。それから百年近く、我らは大和の揉め事に介入せず、その一方で都から送られてくる国司を迎え入れ、朝廷への貢物も欠かしてはおりません。ゆえに此度の乱に際しても、どちらかに奥州の軍を貸すことはいたしかねます。何卒、ご理解のほどを」

「何を申しておる！」

　遮るように怒声を上げたのは、行家だった。

「蝦夷は幾度となく朝廷に逆らい、そのたびに敗れたのだ。敗者が虐げられるは当然であろう。それが嫌ならば、平家を討つ我らの戦に加わればよいのじゃ！」

「叔父上、しばし黙っていてくれぬか」

「そもそも、身分卑しき商人を使いに立てること自体が無礼ではないか。砂金などで我らの目をくらまそうとしても……」

「黙られよ。そう、言っておりまする」

　静かに言い、行家を見据えた。気圧されたように、行家が口を噤む。

「秀衡殿のお考えはわかった。書付の件、承知しよう」

　秀衡が目指すのは、自分たちの土地を自分たちが治めるという、当たり前の事だ。かといって、日ノ本と別の国を作ろうというわけでもない。互いの領分を侵しさえしなければ、恐れる必要は無いだろう。

「ははっ。ありがたき仕合せ」

「吉次。そなたは商人であったな？」

「はい」

「では、秀衡殿に頂戴したこの砂金で、そなたと商いがしたい」

「ほう。何を、購われます？」

「米だ」

昨年は日照りが続き、全国的に凶作だった。特に西国の状況はひどいもので、村を捨てた百姓が京へ押し寄せているという。

東国では、義仲も頼朝も京への年貢を送っていないため、いくらかましではある。とはいえ、民の暮らしが苦しくなるのは間違いない。長い戦になれば、兵たちを食べさせるのも難しくなる。

「承知いたしました。奥州も豊作というわけではありませんが、西国ほどひどくもありません。平泉には蓄えもありますゆえ、そちらを融通いたしましょう」

「そうか、助かる」

米の蓄えを絶やすな。民の暮らしから目を背けるな。それは挙兵の前から、中原兼遠に耳に胼《た》胝《こ》ができるほど言われていた教えだ。兼遠の、信濃権守としての経験が言わせたことだろう。

これで、義父に怒られずにすみそうだ。

人知れず、義仲は胸を撫で下ろした。

三

大量の米が奥州平泉から越後を経て依田城へ運び込まれたのは、それから一月ほどが過ぎた五月末のことだった。

運ばれてきた米は、砂金三袋で購えるよりも、はるかに多い。吉次、あるいは秀衡の計らいだろう。

米は、とりあえず依田城の蔵に入れ、飢える村が出たらその都度分け与えることにした。すでに田植えも終わろうかという時季だが、今年も空梅雨《からつゆ》で、収穫には不安が残る。

京では、市中に飢え死にした民の骸が数知れず放置されているという。あまりに数が多く、供《く》養《よう》もままならないのだろう。信濃がそんな有り様になったらと思うと、義仲は寒気がした。

養和《ようわ》二年五月二十七日、改元が行われ、今年は寿永《じゅえい》元年ということになった。だが頼朝は、平家が牛耳る朝廷での改元を認めず、いまだに養和の前の治承を使い続けているという。

「細かい男だな、頼朝殿は。元号など、どうでもいいだろうに」

義仲の寝所に兼光、葵、覚明の三人が集まっていた。評定の席では行家が何かとうるさいので、重要なことはここで話し合うようになっている。

「そう単純な話でもございませぬ」

言ったのは覚明だった。

「古来、暦は朝廷の専権事項。改元を認めぬは、今の朝廷を認めぬということです。すなわち、平家の朝廷は真の朝廷にあらずと、頼朝殿は言っているわけで」

「そういうものか」

「それよりも」と、葵が口を開いた。

「平家が命じた再度の北陸出兵は、取りやめになったようです。恐らく今の京は、戦どころではないのでしょう」

「平家が攻めて来んのはありがたいが、それが飢饉《ききん》によるものというのが何というか、心苦しいな。京に米が無いのも、俺や頼朝殿が年貢米を京へ送っていないせいだ」

「致し方ありますまい。東国の民が飢えずにすんでいるだけでも、よしとすべきでしょう」

「そうだな、兼光。米蔵の警固は、くれぐれもぬかり無きよう頼むぞ」

「承知」

いきなり、廊下から慌ただしい足音が聞こえてきた。

「殿、一大事じゃ！」

落合兼行だった。元々あまり落ち着きはないが、それにしてもひどく動揺している。

「木曾谷より早馬が届き、父が……中原兼遠が病に倒れ、余命いくばくも無いと……」

思わず、腰を浮かせた。

この一、二年、兼遠は体調を崩しがちで、依田城に招くことも控えていた。義仲も息子たちも、木曾谷を出てからは書状のやり取りだけで、一度も帰ってはいない。

義仲は太刀を摑み、立ち上がった。

「行くぞ、兼光、兼行。供は、お前たちだけでいい。越後の兼平にも、早馬を出せ！」

「いや、それがしは……」

兼光が頭を振った。

「殿が不在の間に何かあっては、それこそ父に叱られます。それがしは残りまする」

「兼光」

義仲は拳を固め、兼光の頭に振り下ろす。ごつん、という硬い音が響き、兼光は頭を抱えて蹲った。

「なっ、何を……！」

乱れた烏帽子を直しながら喚く兼光の胸倉を掴み、顔を近づけた。

「お前のたった一人の父だろう。俺は父の死に目など、覚えてもおらんのだ。会えるのに会わぬなどという贅沢は許さん」

「だからといって……」

憤然と立ち上がった兼光が、義仲の頭に拳骨を振り下ろす。十数年ぶりの兼光の拳骨に、頭の芯が痺れた。

「武士の頭を小突くなど、たとえ主君といえど許されることではござらぬ！」

「おのれ、やったな！」

「やられたらやり返すのが、武士の流儀じゃ！」

たちまち、取っ組み合いの喧嘩になった。

直垂の襟を掴み合い、ごろごろと床を転げ回る。兼光が義仲の頰をつねり、義仲は負けじとその指に嚙みつく。烏帽子が飛び、几帳《きちょう》が倒れた。

「殿、兄上、おやめくだされ！」

兼行が頭を抱えながら喚いた。葵は悲鳴を上げて逃げ回り、覚明は啞然として立ち尽くしている。

「何をしておられる！」

駆けつけた巴が、二人を引き離す。

「お二人ともいい歳をして、童でもあるまいに！」

「……すまぬ」

「……申し訳ない」

義仲は荒い息を吐きながら、烏帽子をかぶり直して立ち上がった。

「俺は行くぞ。兼光、お前は勝手にしろ」

兼光は座り込んだまま、答えない。

「依田城には、私や覚明様、巴殿もおります」

葵が、兼光に向かって言った。

「頼りないかもしれませんが、数日の留守居くらいは務まります。私たちを信じてください」

「さよう。後悔先に立たずと申します。殿の仰せに従うがよろしいかと」

「葵も覚明も、こう言っているぞ。それでも否と言うのなら、荷をまとめてどこへなりと立ち去れ。俺の郎党に、輩《ともがら》を信じぬ者はいらん」

そこまで言うと、兼光も唇を引き結び、立ち上がった。


翌日、木曾谷に戻ると、懐かしい風景を眺めることなく兼遠の屋敷に飛び込んだ。

慌てる中原の郎党や侍女たちに構わず、兼遠の寝所へ上がる。

「義父上！」

枕頭に侍る薬師《くすし》が平伏した。床の中に横たわる兼遠は、眠っている。その顔は、はっとするほどやつれ、肉が削げ落ちていた。

薬師が言うには、胸の病だという。急なものではなく、半年ほど前からしばしばひどく咳き込み、血を吐くこともあったらしい。

　兼遠からの書状には、そんなことは一言も記されていなかった。屋敷の者たちも、固く口止めされていたという。

「まったく、義父上らしいな」

　兼遠が身じろぎし、薄っすらと目を開けた。

「駒王に、次郎、五郎か」

　思いのほか明瞭に、兼遠が言う。

「このような所で何をしておる。お主らには、やるべき事が山のようにあろう」

「義父上が病と聞いて、飛んで来たのだ。すぐに、兼平も来る。俺には頼りになる郎党がたくさんいてな、留守の事なら心配ない」

「駒王……よいか、駒王」

　兼遠は虚空を見つめたまま、義仲を幼名で呼び続ける。それがなぜか、義仲を不安にさせた。

「お前はいつも、己の勘にばかり頼り、物事を筋道立てて考えぬ。いずれお前は、信濃の旗頭として、平家と戦うやもしれんのだ。人の上に立つには、道理をわきまえることが肝要ぞ」

　思わず、嗚咽が漏れそうになった。兼遠が語りかけているのは、童の頃の義仲だ。

「次郎、そなたもじゃ。何事も一人で背負いすぎるな。もっと、弟たちを頼れ。そなたは、一人ではないのだ」

「はい、父上。肝に銘じまする」

　声を詰まらせながら、兼光が深く頷いた。

「五郎、そなたは逆じゃ。もっと、己に自信を持て。時には周りの顔色を窺わず、己の意志を貫く強さを見せてみよ」

「……はい」

項垂れた兼行の目から涙が落ちる。

「四郎にも何か、お言葉を」

「四郎よ。そなたと駒王は、二人で一人と心得よ。そなたに欠けたところ、駒王に欠けたところ、互いに補い合うのじゃ。愛想を尽かしたくなることもあろうが、そなたがいてやらねば、駒王は立つこともかなわぬ」

「それはひどいな、義父上」

泣きながら、義仲は笑った。その声はたぶん、兼遠には届いていない。

「皆、わしの自慢の子じゃ。平家など、討たずともよい。皆で力を合わせ、木曾の地を、民を……しかと守って……くれようぞ」

兼遠の目が閉じられた。

かすかに息がある。眠りに落ちただけだろう。そっと立ち上がり、寝所を後にした。

「兼光。昨日はすまなかった。少し言い過ぎた」

「それがしの方こそ、主に対して無礼を働き申した。お詫びのしようもござらぬ」

「二人とも、大人げないにもほどがありますぞ。世間に知られれば、いい物笑いの種じゃ」

「そうだな。昨日の喧嘩は、秘中の秘といたそう」

三人で顔を見合わせ、笑う。

その翌日、兼遠は静かに息を引き取った。

四

鎌倉大倉館《おおくらやかた》の庭に、桜の花弁が舞っていた。

寿永二年の二月も終わろうとしている。いや、鎌倉にとっては治承七年ということになるのか。平家が牛耳る朝廷が定めた元号は、使わない。自分でそう決めておきながら、何とも面倒なことだと頼朝は思った。

頼朝は文机の前に座り、都から届いた書状を睨んでいた。

相手の書状の日付には寿永と記されていても、こちらからの返書は治承に置き換えなければならない。無駄な手間であり、そもそもややこしいことこの上ない。

とはいえ、何かと名分を重んじる坂東武者たちの手前、今さら「面倒なので都と同じ元号を使おう」などとはとても言い出せない。

大きく伸びをして寝転がろうとした刹那、不意に足音が響き、頼朝は居住まいを正した。

この鎌倉にあっては、常に〝源氏の棟梁〟〝都育ちの貴種〟として振る舞わねばならない。些細な事だが、皆が望む棟梁の姿を演じることで、頼朝はこの数年を生き延びてきたのだ。

蔀戸《しとみど》をくぐって現れたのは、梶原平三景時《かじわらへいぞうかげとき》だ。頼朝はかすかな安堵を覚えた。

景時は、頼朝が腹の裡を見せられる数少ない相手だ。他の坂東武者たちのように武辺一辺倒ではなく、知略と広い視野を持ち合わせている。そして何より、がさつで無遠慮なところがない。

それだけでも、坂東では得難い人材だった。

「佐殿《すけどの》。ちと、よろしゅうございますか」

頼朝は都にいた頃、わずかな間ではあったが右兵衛権佐《うひょうえのごんのすけ》の官に就いていたため、今も佐殿と呼ばれている。

「いかがした？」

腰を下ろした景時が、声を潜めて言った。

「志田義広《しだよしひろ》の行方がわかりました」

「そうか」

志田義広は、常陸国志田荘を本拠とする源氏の一族だ。義朝、帯刀先生義賢からは弟、新宮行家にとっては兄に当たる、頼朝の叔父である。

平治の乱の後は志田荘で逼塞していたが、頼朝が兵を挙げても合流することはなかった。その義広が数日前、頼朝に従う隣国下野の小山朝政《おやまともまさ》と合戦に及び、大敗した末に行方知れずとなっていたのだ。

これを受け、頼朝は恩賞として、義広の旧領を小山朝政らに与えた。これで、坂東八ヶ国はことごとく頼朝の勢力下に収まったことになる。

「それで、義広はどこに現れた？」

「信濃、依田城に」

「確かか？」

「依田城に放った間者が、確認しております。義仲はこれを受け入れ、歓待したとの由」

景時は、挙兵当初は頼朝に敵対したものの、今では頼朝が抱える間者を取りまとめている。表に出せない役目の多くは、この景時が担っていた。

「それにしても、義仲が叔父を受け入れるのは、行家に続いて二人目か。あの男はよくよく、肉親に甘いと見える」

幼い頃から、父が他の一族と殺し合う様を目にしてきた頼朝にとって、義仲の甘さは滑稽《こっけい》ですらあった。赤子の頃に父を亡くしたせいで、血を分けた一族に過剰な思い入れを抱いてしまうのだろう。頼朝からすれば愚かとしか言いようがないが、武士たちの目には信義に篤いと映るのが厄介だった。

「そろそろ、木曾には釘を刺しておいた方がよろしいかと」

「そうだな」

義広と小山朝政の合戦は、あくまで領地を巡る私戦であって、頼朝に直接の関わりは無い。だが景時は、これを利用して義仲を牽制しろと言っている。

これまでも、義仲とは不用意な戦を避けるため、最低限の使者のやり取りはしてきた。だが、頼朝に逆らった者を二人も匿っているのは容認し難い。このあたりで、力関係をはっきりさせておく必要があるだろう。

「まずは、使いを立てる。行家と義広を引き渡せ。さもなくば、信濃に大軍を差し向ける。そんなところか」

「義仲が従えばよし。拒めば、義仲を討つ恰好の名分が得られましょう」

打てば響くようなところが、景時にはある。鎌倉の主立った者たちにはそこが小賢《こざか》しく映るようだが、頼朝は特に擁護するわけでもなかった。寄り合い所帯の鎌倉には、憎まれ役が必要なのだ。景時も、それは理解している。

「信濃に出せる軍勢は、いかほどか」

「三万を出せば、およそ一月。一万五千ならば、二月はもつかと」

「やはり、その程度か」

鎌倉の総兵力は、五万から六万。だが兵糧の事情を鑑みれば、動かせる軍勢はかなり目減りする。去就定かならぬ奥州藤原氏への備えも考えると、三万で一月というのが限界だろう。

木曾軍は、信濃で六千。出羽、会津でも軍を集めた城軍が一万二千というから、越後一国では一万弱といったところか。総勢で一万六千。こちらが三万となると油断はできないが、奇策にさえ嵌まらなければ、敗ける戦ではない。

「戦となった場合、総大将は誰にいたしますか？」

「源氏同士の戦だ。わしが出る他あるまい」

「承知いたしました。その線で、仕度を整えておきます」

「義仲が、平泉と通じているという話はどうなった？」

「米の買い入れなどは行っているようですが、それ以上の繋がりは測りかねます。ただ、よほどのことが無い限り、秀衡は奥羽の外に兵を出しますまい」

「予断は禁物じゃ。備えは怠るな」

秀衡の望みは、奥羽両国の安寧を保つことだけだ。しかし情勢次第では、大軍で坂東に攻め入ることが無いとは言い切れない。人の野心など、何をきっかけに膨れ上がるかわからないのだ。

「木曾への使者は、安達藤九郎《あだちとうくろう》あたりか」

「それがよろしいかと」

安達藤九郎盛長《もりなが》は、頼朝の流人時代からの側近である。目立たないが万事にそつがなく、頼朝が挙兵する際には、近隣の豪族との交渉も担当していた。

頼朝が思っている通りの男なら、義仲は、叔父の引き渡しを拒む。むしろそれを、頼朝は望んでいた。

清盛の死後、頼朝は法皇に使者を送り、「朝廷への謀叛の意志は無い。自分が兵を挙げたのはあくまで平家と戦うためであり、東国を源氏、西国を平家が治めることが認められるのならば、和睦に応じてもよい」と密かに上奏した。

だが、法皇の諮問《しもん》を受けた平宗盛は、清盛の遺言を楯に和睦を拒んだ。こうなると、平家か頼朝のどちらかが滅びる以外、乱の落としどころは無い。そして平家を滅ぼすには、源氏を一つにまとめるしかないと、頼朝は考えていた。

平家と雌雄を決する前に、義仲は討たねばならない。源氏の棟梁は、世に二人も必要ないのだ。


それから数日後、安達盛長が鎌倉へ戻った。

盛長の報告を聞くため、大倉館の西中門廊《にしちゅうもんろう》に鎌倉の主立った者たちが集っていた。重要な話し合いは、母屋である寝殿《しんでん》の入口に近いこの場所で行われる。

居並ぶ諸将が見守る中、盛長が床に手をついた。

「木曾殿を説き伏せること、かないませんでした。面目次第もございませぬ」

「そうか。拒んだか」

笑みを浮かべそうになるのを堪え、頼朝は沈痛な面持ちで扇子を開き、閉じることを繰り返す。

「やむを得ん」

扇子を閉じ、一同に向けて言った。

「不本意ではあるが、干戈《かんか》に訴えるしかあるまい。わしが自ら、信濃に出陣いたす」

たちまち、諸将の目がぎらついた。

坂東の平氏方をことごとく平らげた今、坂東武者たちが恩賞を得るには、坂東の外の敵を討つ他ない。かといって、遠い都まで出向いて平家と戦うことまで、諸将は望んでいなかった。信濃、越後を制した義仲を討てば、恩賞として坂東からさほど遠くない土地を与えられるかもしれない。彼らにとって、義仲との戦は願ったり叶ったりといったところだろう。

「佐殿。先陣は何卒、この和田小太郎義盛《わだこたろうよしもり》に！」

「いいや。先陣には、この土肥次郎実平《どいじろうさねひら》こそが相応しゅうござる！」

まるで、餌を欲する犬の群れだな。口々に名乗りを上げ、互いを牽制し合う諸将に、頼朝は内心で辟易した。

些細な事で太刀を抜き、己の面目のために、いとも容易く他人を殺す。都で育った頼朝にとって、坂東武者たちはまさに野犬にも等しい存在だった。

苦心の末にどうにか手なずけたこの連中のため、頼朝は餌を手に入れ、不平不満が出ないよう上手く分け与えてやる。それしか、この坂東の地で頼朝が生き延びる術は無い。

だが、今回の木曾攻めに参陣させる将を、頼朝はまだ決めかねていた。

兵力差を考えれば敗ける恐れはほとんど無いが、容易く勝てる戦でもない。有能かつ多くの兵を抱える者を連れていきたいが、戦が終わった後で、その者の力が強まりすぎるのも避けたい。

先陣を求めて喚き立てる諸将の中に、黙している者が三人いた。

一人は梶原景時。もう一人は、畠山重忠《しげただ》。

重忠はまだ二十歳と若いが、武勇と智略を兼ね備えた将だ。人となりは清廉《せいれん》で、声高《こわだか》に己の手柄を追い求めるような真似はしない。

「私には、ようわからぬのだが……」

口を開いたのは、三人のうちの最後の一人だ。

源九郎義経、当年二十五。奥州平泉からたった数人の郎党だけを連れて馳せ参じた、頼朝の末弟である。

自前の兵を持たぬ上、夜逃げ同然で平泉を出たというから、奥州藤原氏との繋がりは無いも同然だ。頼朝の弟という以上の価値は無く、周囲から見向きもされていない。

「何故、木曾殿を攻めねばならんのだ。木曾殿は、私や兄上にとって、従兄弟《いとこ》ではないか」

一同が、呆れとも嘲りともつかない視線を向けるが、義経は気にする様子も無かった。

「わからぬなあ」

そう言って腕を組み、小首を傾げる義経に、頼朝は思わず微笑んだ。ささくれ立った気分が、いくらか和む。

この弟は、政というものがまるでわかっていない。いや、人との付き合い方も公の場での振る舞い方も、何一つ知らない童のようなものだった。評定の席でもいつも上の空で、およそ意見らしきものを口にしたことが無い。

義経の郎党を名乗る連中にも、ろくな者がいなかった。ほとんどが僧兵上がりや元盗賊といった輩で、まともな武士は秀衡に仕えていた佐藤兄弟くらいしかいない。

もっとも、弟は無力、無能であればあるほど可愛いものだ。六郎範頼や阿野全成《あのぜんじょう》といった、鎌倉にいる他の弟たちも、自前の兵や後ろ盾は無く、さしたる才も持ち合わせていない。有能であれば、それは弟ではなく、競争相手だ。

「やれやれ。佐殿の御舎弟ともあろう御方がそのような事もわからぬとは、情けない限りよ」

嘆くように言ったのは、上総介広常だ。頼朝配下の中で最大の兵力を持つ広常は、平素から横柄な振る舞いが多い。頼朝の弟に対しても、遠慮というものがまるで無かった。

「だが上総殿、我らの敵は平家であろう？」

微塵も邪気の無い顔で、九郎が広常に向き直る。

「言わずもがな。ゆえに佐殿には、義仲を討ち、源氏を一つにまとめてもらわねばならんのだ」

「戦となれば、それ相応の兵を失うこととなろう。木曾殿を討つことで、それ以上の利が得られるのであればよい。だが戦の決着がつかぬうちに、平家の軍が東海道から下ってきたらいかがする。我らと木曾殿は共倒れではないか」

頼朝はわずかに、眉間に皺を寄せた。

「横田河原合戦の様子を聞く限り、木曾殿は相当な戦上手で、その配下も強者揃いだ。加えて、地の利は向こうにある。倍する兵をもってしても、一戦で首を獲るのは難しいぞ」

この弟は、こと戦に関して、並の坂東武者などよりよほど知恵が回るらしい。諸将の中でも何人かが、意外そうな面持ちで義経を見ている。

「失礼ながら、兄上では勝てぬ。いや、下手をすれば、首を獲られるのは兄上じゃ」

その言葉に、座が凍りついた。

戦は、得意とは言えない。それは頼朝も自覚している。だが、満座の中で指摘されれば、さすがに腹に据えかねた。

「九郎よ」

怒声を飲み込み、努めて穏やかに語りかけた。

「戦は、将の力量や兵の強さだけで決まるものにあらず。それよりも大事なのは、いかに敵を上回る兵力を集め、戦場へ送ることができるかじゃ」

「はあ」

納得がいっていないのか、義経の返事は気が抜けている。

「一月以内に、義仲の首級を獲ってみせよう。そなたも連れていくが、戦には出さぬ。本陣に控え、その目で我が采配を学ぶがよい」

一同の顔つきが引き締まった。戦に出なければ、手柄を立てる機会は無い。諸将は、失言による懲罰と受け止めただろう。もっとも、義経自身がそれを理解しているかどうかは甚だ怪しい。

「陣立ては、追って伝える。九郎の申す通り、わしが留守の間に平家や奥州が坂東へ攻め入らぬとも限らん。参陣を命じられなかった者も、戦備えを怠るな」

頼朝は立ち上がり、寝所へ戻った。

腰を下ろし、大きく息を吐く。

評定の際はいつも気を張っているが、今日は特に疲れた。手柄に飢えたあの連中は、戦と聞くと目の色を変える。彼らの発する異様な圧が、頼朝を疲弊させるのだ。

「ちちうえー」

その幼い声に、張り詰めたものが一気にほぐれた。

「大姫《おおひめ》、ほれ、ここへ参れ」

六歳になる娘の大姫が、頼朝の膝に乗った。大姫は身をよじり、長く伸びた頼朝の顎鬚を撫でる。

「姫は、父上の鬚が好きか？」

「うん！」

頼朝の目尻はこれ以上ないほど下がり、頬はだらしなく緩んでいる。この顔は、家人たちには絶対に見せられない。

「まあ、父上と遊んでいるの？ よかったわねえ」

遅れて寝所へ入ってきた妻の政子《まさこ》が、朗らかに笑う。

「万寿《まんじゅ》はどうしておる？」

「眠ったところです」

「そうか」

二歳になる嫡男の万寿は、昨年の八月に生まれたばかりだ。同じ肉親でも、叔父や弟は頼朝を脅かす敵にもなり得る。やはり、自分の子は格別だった。

妻子と過ごしている間だけ、頼朝は〝源氏の棟梁〟を脱ぎ捨てられる。しかし、妻や子を守るためには、頼朝は棟梁であり続けなければならない。何とも皮肉なものだった。

「ところで近々、戦にお出になると伺いましたが」

「ああ、信濃へ行く。一月は帰れぬゆえ、留守は頼んだぞ」

「そうですか。ご武運、お祈りいたしております。くれぐれも、信濃の女子にちょっかいなど出さぬよう」

そう言って微笑む政子の目は笑っていない。悋気をふるったのを悟られないよう、頼朝は大姫の頭を撫でる。

「しかと母上の言う事を聞いて、良い子にしておるのだぞ」

「はい、ちちうえ！」

一月も子らの顔を見られない。そう考えただけで、涙ぐみそうになった。

人を信じず、邪魔者を排除するのに躊躇しない、非情な棟梁。子煩悩で、涙もろい父親。それらは頼朝の中で、矛盾無く同居している。

子らのためにも、自分の代で平家を討ち、天下に安寧をもたらさなければ。

大姫にも万寿にも、千鶴の分まで生きてもらわなければならないのだ。

五

夢の中で、頼朝は河原にいた。

腕には、襁褓《むつき》にくるまれた赤子を抱いている。

頼朝は袴が濡れるのも厭わず、目の前を流れる川の中へ入っていった。

よせ。やめてくれ。必死に叫ぶが、体はまるで意のままにならない。

赤子は泣くこともなく、こちらを見上げていた。その目は、頼朝を恨んでいるようにも、憐れんでいるようにも見える。

腰の深さほどまで進むと、頼朝は両腕に力を籠め、赤子を水の中へと沈めていく。

目が覚めると、全身が汗に濡れていた。

また、この夢だ。戦を前にすると、いつも同じ夢を見る。

荒い息を整え、額の汗を拭う。

「千鶴丸……」

宿直の者に聞こえない声で、赤子の名を呼ぶ。

まだ一介の流人だった頃、監視役の伊豆の豪族、伊東祐親《いとうすけちか》の娘に産ませた最初の息子だ。だがこれを知って激怒した祐親は、郎党に命じ、生まれて間もない千鶴丸を川へ沈めて殺した。

頼朝は千鶴丸を救えなかったばかりか、祐親が頼朝を殺そうとしていると聞き、逃げ出すことしかできなかった。後に舅となる北条時政《ときまさ》の屋敷に逃げ込んで事無きを得たものの、あの時の怒りと屈辱は、忘れたことがない。

祐親は後に捕縛し、自害させた。だが千鶴丸は今も、夢の中に現れ続ける。

夢にはすべて、意味がある。頼朝は、千鶴丸が夢に現れる意味を測りかねていた。

鎧直垂に着替えて朝餉をすませると、広間に出た。軍議のため、すでに諸将が居並んでいる。

北信濃、中野城《なかのじょう》という小城だった。頼朝は、佐久から依田城、善光寺平を経て、ここを本陣と定めている。

この城に入って三日、信濃へ攻め入ってからは、すでに十日が経っている。その間、敵の抵抗は一切無く、進軍路にある城砦はことごとく空き城と化していた。

義仲は、信濃の北端に位置する熊坂山《くまさかやま》一帯に陣取っている。兵力はおよそ八千。事前に予想していたよりも、かなり少ない。恐らく、日和見している豪族がかなりの数いるのだろう。

対する味方は二万五千。佐久や依田城、善光寺平に守兵を配したためいくらか目減りしているが、圧倒的な優位にあることは変わりない。

だが頼朝は、熊坂山を攻めるべきか否か、決断しかねていた。

中野城から熊坂山までは、北西へおよそ二里半の道のりだ。地形は複雑で、伏兵を置く場所にも事欠かない。まともに攻めれば、かなりの犠牲を払うことになるだろう。

兵力差からすれば、誰もが頼朝が勝って当然と考える。それはすなわち、敗北、もしくは攻めきれずに撤退しただけでも、頼朝の武名に大きな傷が付くということだ。

「今日も、敵陣に動きは見られぬとの由」

着座した頼朝に、梶原景時が報告した。

「やはり、こちらから攻めるべきではござらぬか」

言ったのは、豪勇で知られる和田義盛だ。

「こうして睨み合いに持ち込んで時を稼ぎ、こちらの兵糧が尽きるのを待つ。それが、義仲めの狙いよ。ここは多少の犠牲を払ってでも、熊坂山を攻め落とすべきであろう」

「多少の犠牲と簡単に仰るが、落とすことができねば、佐殿の武名に大きな傷を残すこととなり申す。和田殿は、そこまでお考えか」

「黙れ、梶原。勝てなかった時のことなど考えて、戦ができるか！」

「では、和田殿」

怒声を放つ義盛に、先鋒の畠山重忠が冷ややかな目を向ける。

「それがしと先鋒を交代しますか。それがしは、無謀な戦で一族郎党を死なせとうはござらぬゆえ」

「おのれ、若造が……！」

「やめよ」

低い声で制すると、義盛は憤然と横を向いた。

戦らしい戦が無いことで、諸将は苛立ちを募らせている。何かしら手を打たなければ、抜け駆けする者も出かねない。

「要は、義仲を熊坂山から引きずり出せばいいのだろう？」

それまで一言も発しなかった義経が、場違いに長閑《のどか》な声で言った。

「九郎、何か考えがあるのか？」

頼朝が訊ねると、義経は床に広げた絵図を指した。

「一万ばかりの別働隊を南へ向かわせ、松本平の国府や諏訪、木曾谷を荒らし回る。そうすれば、義仲は山を下りて、野戦を挑むしかなくなる」

「なるほどな」

木曾軍の主力のほとんどは、信濃に領地を持つ武士たちだ。いったんは領地を鎌倉軍に明け渡したとしても、勝てばすぐに取り戻せると考えているはずだ。しかし実際に領地を焼かれれば、平静ではいられないだろう。

「別働隊の半数は善光寺平あたりにとどめ、義仲が山を下りたら引き返させる。本隊は中野城に籠もって、時を稼げばいい。中野を攻める義仲の背後を別働隊が衝けば、必ず勝てる」

諸将の視線が、義経に注がれる。感嘆の吐息もいくつか聞こえてきた。

「確かに、それで戦には勝てよう。だがな、九郎。戦に勝つことは、それそのものが目的ではない。もっと大きな目を持ち、大局を見据えるのだ」

義経は腕を組み、「ようわかりませぬ」と首を傾げる。やはりこの弟は、戦以外に能が無い。いくらか安堵を覚え、噛んで含めるように言った。

「そなたの策では、我らは勝利と引き換えに、信濃の武士と民の信望を失う。それでは、この戦を始めた意味が無いのだ」

義仲を討つか屈伏させ、信濃と北国の武士たちを鎌倉の傘下に収める。それが、この戦の目的だ。そのためには、武士たちの心を摑む必要がある。兵糧を現地調達によらず、坂東から運ばせているのも、信濃の人心を失わないためだった。

ここはやはり、全軍で熊坂山を攻めるべきか。

かなりの兵を失うことになるが、それでもこちらの兵力は、敵の三倍以上だ。数で押しまくれば、義仲の首までは望めずとも、木曾軍を越後に追い落とすことはできるだろう。信濃一国だけでも制すれば、諸将に与える恩賞も確保できる。

決断しかけた時、外が騒がしくなった。早馬が駆け込んできたらしい。

早馬は、佐久に残した守兵の将からだった。

昨日、山中から木曾軍が現れ、上野、信濃国境の碓氷峠《うすいとうげ》を封鎖した。駆けつけた鎌倉軍一千は、森の中から放たれた無数の矢を浴びて退却している。幸いというべきか、死傷者はほとんど出ていないという。

敵の兵力は不明だが、大将は樋口次郎兼光と名乗りを上げている。義仲の乳母子で、木曾軍の副将と言える人物だ。

「馬鹿な」

一千を容易く追い払えるほどの軍を、ずっと山中に潜ませていたというのか。しかも、碓氷峠の失陥は、こちらの糧道を断たれたことを意味する。

頼朝は歯噛みした。義仲は初手から、これを狙っていたのだ。本拠の依田城を捨て、信濃の北端まで退いたのは、こちらを懐深くまで引き込むためだった。熊坂山の兵力が少ないのも、信濃の方々に軍を隠していたからだ。

「佐殿、いかがなさる。我らは敵中深くに孤立し、糧道まで断たれた。こうなったからには、義仲の首を獲る他あるまい！」

再び、和田義盛ら即戦派と梶原景時ら慎重派の間で、軍議は紛糾した。義経はどちらに与するでもなく、じっと絵図に見入っている。

碓氷峠奪還のため、本隊から兵を割くべきか。だが、大軍を差し向けても、敵は再び山中に隠れ、隙を見てこちらの輜重《しちょう》を襲うだろう。

ならば、本隊を佐久あたりまで後退させるか。しかし、撤退中に伏兵が襲ってくるかもしれない。そこへ義仲の主力が加われば、全軍が総崩れということにもなりかねなかった。

「申し上げます！」

従者の一人が、声を張り上げた。

「木曾勢から、使いの者がまいっております。和睦について、話し合いたいとの由」

使者の名は、今井四郎兼平といった。樋口兼光の弟で、こちらも木曾軍の主な将の一人だという。

目鼻立ちの整った美丈夫だった。年の頃は、三十を少し過ぎたくらいか。居並ぶ諸将の視線を一身に浴びても、臆する様子は見えない。

「我が主義仲は、佐殿との戦を望んではおりませぬ。源氏同士仲違いいたさば、平家を利するのみ。このまま鎌倉へお帰りいただけば、すべてを水に流してもよいと」

そう語る兼平の顔には、余裕が窺える。碓氷峠が奪われたという報せがこちらに届いた頃を見計らって、和議を持ちかけてきたのだろう。

「兼平と申したな。わしとて、源氏同士で矛を交えるは、本意ではない。だが、まことに和議を望むのであれば、ここは木曾殿自らが出向いて頭を下げるのが、筋というものではないか？」

「これは異なことを。我らの領分を侵してこられたは、佐殿の方にございましょう。義仲が罪人のごとく頭を下げる謂われはございませぬ」

「此度の戦の発端は、鎌倉に弓引いた志田義広を、木曾殿が匿ったことにある。新宮行家だけならばまだしも、鎌倉に恨みを持つ者を二人も迎えたからには、謀叛の意志ありと疑われても致し方あるまい」

「我らが、謀叛人と仰せか」

「いかにも」

　兼平は端整な口元に、冷ややかな笑みを浮かべる。

「そもそも謀叛とは、臣下が主君に対し、弓引くことにござろう。志田殿も主義仲も、一度として鎌倉に臣従を誓ったことはありませぬ。佐殿は都のお生まれと聞いておりましたが、東国と都とでは、言葉の意味も変わるものなのですかな」

　覚えず、こめかみが震えた。和田義盛ら血の気の多い将たちも、顔を紅潮させている。

　落ち着け。怒りは判断を鈍らせる。己に言い聞かせ、兼平を見据えた。

「こちらが兵を退く条件はただ一つ。志田義広と新宮行家。この二人の叔父を引き渡せ。あと三日のうちにこれがかなえられなかった場合、我らは軍を分け、松本平、諏訪、木曾谷といった信濃の要所をことごとく焼き払う」

「ならば我らは、碓氷峠に陣取った軍を、上野に攻め入らせるといたしましょう」

　その答えに、上野国内に領地を持つ諸将がざわついた。

「笑止。碓氷峠の軍は、せいぜい二、三千であろう。坂東に、我らの兵がどれほどいると思っている？」

「無論、我が軍の一部だけでは、瞬く間に打ち破られましょう。ゆえに、援軍を求めねばなりますまい」

「愚かな。追い詰められた木曾殿に、いったいどこの誰が、援軍など送ると申すのだ？」

「奥州、平泉」

ぞくりと、背筋が震えた。

ただの脅しだ。だが、義仲が平泉の使者と会ったことは、依田城に潜ませた間者が摑んでいる。藤原秀衡が、奥州の外に兵を出すとは考え難い。しかし、万が一にも平泉の軍勢が坂東へ雪崩れ込めば、攻守はたちまち逆転する。場合によっては、頼朝の首さえ危うくなるだろう。

「面白い」

動揺を悟られないよう口元に笑みを湛え、頼朝は言った。

「この際、どちらが源氏の棟梁たるに相応しいか、はっきりと決めようではないか。帰って、義仲に伝えよ。三日以内に義広と行家を差し出せ。さもなくば、互いの存亡を賭けた戦となろう」

本音では、戦は避けたい。だが、三万もの大軍を動かした以上、何の成果も無く引き上げるわけにはいかない。義広と行家の身柄引き渡し。これが、最大限の譲歩だ。

兼平が去った後で、頼朝は義経に訊ねた。

「秀衡は、動くと思うか？」

「動きますまい」

戦以外では珍しく、義経は考えることなく断言する。

「私には、秀衡殿が何を考えているかわかりません。ですが、一つだけわかることがある。あの人が奥羽の外に兵を出すとすれば、平泉が滅びるか否かという時だけです」

その一言で、頼朝の腹は決まった。平泉からの援軍は、ただの脅しだ。頼朝と義仲がぶつかったとしても、平泉の存亡に何ら影響は無い。

「義仲からの返答が無ければ、全軍で熊坂山を攻める。義仲の首級を挙げた者は、恩賞は望みのままぞ」

意気消沈しかけていた諸将の目に、再び野卑な光が灯った。

軍議が散会すると、義弟の江間小四郎義時《えまこしろうよしとき》を呼んだ。武芸は不得手だが実務に堪能で、弁も立つので側近として重用している。

「今宵、夜陰に乗じて城を出よ。熊坂山の陣に使いし、義仲に会うのだ。味方には、決して知られてはならん」

「承知いたしました。して、口上の内容は」

「近う寄れ」

耳打ちすると、義時はいくらか顔を強張らせながらも頷いた。


今井兼平が再び中野城を訪れたのは、それから三日目の夕刻だった。

明朝の出陣に備え、将兵は殺気立っている。広間に集う諸将も、何かあれば、兼平に斬りかかりかねない顔つきだ。

兼平に三日前ほどの余裕は窺えないが、それでも威を保ち、頼朝をしっかりと見据えている。

義仲の信頼が篤いのも頷ける、見事な胆力だった。

「待ちかねたぞ、兼平。して、義仲は何と申しておる」

「志田義広殿、並びに新宮行家殿の引き渡しには、応じかねる」

兼平が答えた途端、広間が騒然とした。腰を上げ、太刀に手をかける者も何人かいる。

「静まれ」

鋭く制し、兼平に問いかける。

「では、明日開戦いたし、雌雄を決するといたそう。それで、異存あるまいな？」

「お待ちくだされ。義仲よりの言伝《ことづて》は、まだ途中にござる」

「ほう。申せ」

兼平は床に両手をつき、数拍の間を空けて口を開いた。

「義仲が嫡男、清水冠者《しみずかじゃ》義高を佐殿の御息女、大姫の婿に迎えていただきたい。承諾いただければ、義高は鎌倉へお送りいたす」

再び、一同がざわついた。婚姻とはいえ、義仲は事実上、嫡男を人質に差し出すと言っている。

「元をただせば、我らは以仁王様の令旨を奉じ、王家を蔑ろにする平家を討つべく起った同志。今後は、互いに源氏の大将として並び立ち、手を携えて平家に当たるべし。以上が、義仲の言葉にございます」

思案する素振りをしながら、頼朝は内心で安堵していた。

すべては、頼朝の描いた絵図の通りだ。

武門の棟梁たらんとする者が、一度匿った者を脅しに屈して差し出すことなどあり得ない。義仲は頼朝の出した条件を拒み、戦となるだろう。

ゆえに、頼朝は江間義時を通じてもう一つの条件を出した。それが、大姫と義高の婚姻である。この条件を諸将に秘したのは、あくまで義仲の側から申し出たという形を作るためだ。

「よかろう」

頼朝は腕組みを解き、微笑を浮かべた。

「武勇の誉れ高き木曾殿の御子息との婚姻、当家にとっても果報である。者ども、異存はあるまいな」

異議は認めないという目で、一同を見回した。

思いもよらない展開に、諸将は困惑している。だが、梶原景時が「祝着至極《しゅうちゃくしごく》に存じます」と述べたのをきっかけに、賛同の声が相次いで上がった。

「よし、これで決まりじゃな。我らは明日にも、信濃から引き上げるといたそう」

「ありがたき仕合せ。信濃の民草も、喜びましょう」

鷹揚に頷きつつ、頼朝は苦い思いを押し殺した。

三万の大軍を擁しながら、寸土も得ることができなかった。敵の懐深くまで引き込まれ、糧道まで断たれた。

実際、手持ちの兵糧があと三日で尽きるというところまで、鎌倉軍は追い込まれていたのだ。

義仲の息子を人質に得たことでようやく、五分と五分といったところか。

だが、義仲と共に源氏の大将として並び立つつもりなど、毛頭無かった。最後には、どちらが源氏の棟梁か、白黒つけねばならないだろう。

決戦の時は、今ではない。この屈辱は、いずれ必ず晴らす。心に決め、頼朝は撤退を命じた。

第六章　前夜

一

その日の朝も、山吹は不機嫌だった。

義高を鎌倉へ送る。義仲が山吹にそう告げたのは、五日前のことだ。

山吹は烈火のごとく怒り、泣き、喚き、義高を連れて出ていくとまで言っていたが、郎党総出でどうにか説得し、承諾させた。

だが、心の底では少しも納得していないのだろう。その日以来、義仲に対する態度はひどく冷ややかなものになっていた。義仲とはほとんど口を利かず、目を合わせようともしない。

今日が、義高が出立する日だった。越後国府の内庭には、旅装に身を包んだ義高と、随伴する家来、それを見送る一族郎党や侍女たちが揃っている。

義高に従うのは、海野幸氏と望月重隆をはじめとする十数名だ。海野、望月の両家はいずれも信濃の名門で、二人はまだ若いものの、文武に優れた資質を持っていた。

「父上、母上。これまでお世話になりました。このご恩は、終生忘れませせぬ。どうか、御身を厭われますよう」

これが自分の息子かと思うほど、義高はしっかりしていた。武芸も学問もそつなくこなし、誰とでも分け隔てなく接するので、従者たちからも慕われている。義仲の子供時分のように、家来と取っ組み合いの喧嘩をすることもない。

「そなたこそ、体を大事にするのですよ。何かあれば、逃げ戻ってしまえばよいのです」

袖で涙を拭いながら山吹が言うが、義高は「そうもまいりませぬ」と、苦笑を浮かべる。

「木曾と鎌倉の間を取り持つ。それが、私の役目ですから」

一応は和睦が成ったものの、頼朝との関係は今後も予断を許さない。情勢が変われば、義高の身が危険に晒されることも、十分にあり得る。

「すまん。苦労をかけるな」

「なんの、父上。苦労などとは思うておりませぬ。坂東がいかなるところか、佐殿がいかなる御仁か、この目でしかと確かめます」

「俺は、いい息子を持った。お前は、俺の誇りだ」

頭を撫でてやろうとしたが、やめた。一人前の武士に対する行いではない。

「これを持っていけ」

懐から取り出した小さな刀を、義高に握らせた。

「俺が幼い頃、中原の義父上《ちちうえ》にいただいた物だ。守り刀にしろ」

「わかりました。もしもの時は、これで佐殿の寝首を掻くことにいたします」

戯言《ざれごと》めかして言い、義高は深く頭を下げた。

義仲は楼門に上がり、一行を見送った。

「殿」

隣に立つ山吹が、義仲の目を見ないまま言う。

「頼朝殿に先んじて上洛を果たせば、義高は取り戻せる。殿は、そう仰いました。嘘偽りはありますまいな？」

「ああ、まことだ」

平家を討ち破って京に上り、恩賞として朝廷から官位を得る。そうすれば、義仲と頼朝の地位は逆転し、義高を取り戻すことができる。山吹を説得する際、義仲はそう言った。

「では、必ずや平家をお討ちください。関白でも摂政《せっしょう》でもおなりになって、義高を取り戻してください」

「わかった。約束する」

それきり何も話さず、遠ざかる義高の姿を見つめ続けた。


全面的な戦は避けられたものの、信濃依田城に戻った義仲は、戦後処理に忙殺された。

戦は、実際に干戈を交えずとも、軍勢を集めるだけで膨大な兵糧を消費し、民にも多大な負担を強いる。ただでさえ凶作が続いた民草にとっては戦など、田畑を荒らす野分《のわけ》や蝗と大差ない。

「できれば、今年も兵と民を休ませたいところですが、そうもいかぬようです」

義仲に向かって、大夫房覚明が一通の書状を差し出した。

越中の、宮崎《みやざき》太郎《たろう》重頼《しげより》という豪族からだった。一昨年頃から平家に叛旗を翻した北国諸将のうちの、主立った一人だ。義仲とは、しばしば書状のやり取りをしている。

「これはまことか？」

書状に目を通し、義仲は顔を上げた。

「確たる証はございません。されど、宮崎殿は虚言を弄する人物とも思えませぬ」

重頼が報せてきたのは、思いがけない事実だった。

昨年の秋、畿内に潜伏していた以仁王の遺児が、平家の追手から逃れるために北陸へ移ってきた。今は重頼の庇護の下、宮崎家の領地に仮の御所を構えている。以仁王の遺児は、当年十九。すでに元服し、北陸宮《ほくりくのみや》と称しているという。

「しかし、なぜ今まで黙っていたのだ。知っていれば、すぐに越後か信濃へお迎えしたものを」

「殿と頼朝殿、いずれが宮を託すに足る人物か、見定めていたのでしょう。棟梁と仰ぐ相手を誤れば、たちまち家は滅びますゆえ。いずれにせよ、北陸宮様を陣営にお迎えすれば、我らは錦旗《きんき》を手にしたも同然。頼朝殿に、大きく差をつけることもできます」

「だがその前に、平家の遠征軍を打ち破らねばならんな」

飢饉のためしばらく大規模な遠征を控えていた平家が、北国の叛乱を追捕するため、畿内近国で軍勢を集めていた。

これに対し、宮崎重頼ら北国の諸将は越前の燧《ひうち》ヶ城《じょう》に籠もり、迎え撃つ構えを取っている。

「恐らく、平家の狙いは二つ。一つは北陸宮様の捕縛。いま一つは、北国を押さえ、年貢米を確保することでしょう。それほど、都の米は逼迫《ひっぱく》しております」

「そうなると、平家も必死だろうな。北国の諸将だけで、平家軍は止められんか」

「御意。宮崎殿も言外に、殿の来援を望んでおります。北陸宮様の存在を明かしたのも、そのためかと」

「宮様がおられるとなっては、断るわけにもいかんからな。しかし、こちらも鎌倉軍を追い払ったばかりだ。すぐに駆けつけるのは難しいぞ」

「まずは越後の兼平殿に、いつでも出陣できるよう備えていただきましょう。併せて、物見を放って北国の戦況を逐一把握しておくべきかと」

「そうだな。また、人使いが荒いと兼平に怒られそうだが」

平家が本腰を入れてくるとなれば、五万は下らないだろう。頼朝との戦のように、交渉で兵を退かせるわけにもいかない。

やがて、再び宮崎重頼からの書状が届き、平家軍の陣容が判明した。

総大将は、亡き清盛の孫、小松三位中将《こまつさんみのちゅうじょう》維盛。その下に、清盛弟の薩摩守忠度《さつまのかみただのり》、清盛甥の越前三位通盛と但馬守経正《たじまのかみつねまさ》、清盛庶子の三河守知度《とものり》ら、平家一門が連なっている。侍大将には越中前司盛俊と伊藤忠清、悪七兵衛《あくしちびょうえ》景清《かげきよ》父子ら、こちらも平家を支えてきた錚々たる顔ぶれが揃っていた。

四月十七日、維盛は京を出陣。先発した軍も合わせ、総兵力は実に七万にも及ぶという。平家は十万と号しているが、誇張を差し引いても目が眩むほどの大軍だ。

宮崎重頼は正式に、義仲に援軍を要請していた。これは重頼だけでなく、北国諸将の総意だという。

「かなりの数だろうとは思っていたが、まさかこれほどとはな」

評定に集った諸将も、さすがに言葉を失っている。

燧ヶ城がどれほどの要害かはわからないが、七万の大軍を防ぐのは不可能だ。燧ヶ城が陥落すれば、加賀、能登、越中が平家の手に落ちるのも時間の問題だった。

「最早、北国の諸将を救う手立てはありますまい」

沈黙を破ったのは、樋口兼光だった。

「北陸宮様には、越後へお移り願いましょう。そして我らは寒原《さむはら》の険《けん》を固め、平家軍を迎え撃つべきかと」

寒原の険は越中、越後国境の難所だ。険しい断崖と海に挟まれた隘路《あいろ》で、確かに地の利はある。

「彼の地ならば、寡兵で大軍を相手にできます。勝つのは難しくとも、防ぎきることは可能かと」

「駄目だ」

兼光の献策を、義仲は一蹴した。

「戦は、敗けなければいいというものではない。北国の諸将は、俺に助けを求めているのだ。これを見捨てれば、今後、誰も俺の旗の下には参じて来ぬ」

京へ上るには、北国諸将の支持が必要だった。一度見捨てれば、二度と信頼は得られない。

「しかし、七万を打ち破る策となると……」

「誰か、いい考えは無いか？」

一同を見回す。葵は、義仲と目が合うと、慌てて顔を背けた。

頼朝との和睦以来、葵は献策を恐れているようだった。結果として義高を人質に出さざるを得なくなったことを気に病み、自信を失っているのだろう。

「やむを得ん、策は後だ。まずは信濃、西上野の諸将に軍勢を督促しろ。物見を絶やすな。平家軍の動きは逐一報告させろ」

諸将はまだ、不安を拭いきれないようだ。これが、大軍の圧力というものなのだろう。

「皆、腹を括れ。元々、俺たちは平家を討つために起った。来るべき時が来たというだけだ」

苦しい戦いになるのは間違いない。もしかすると、二度と信濃に戻ることはできないかもしれない。

それでも、進むしかなかった。平家を倒し、義高を取り戻すその日までは、何があろうと立ち止まるわけにはいかない。

二

本陣が置かれた寺の本堂に流れるのは、戦の場にはそぐわない琵琶の音色だった。

奏でるのは、当代屈指の名手と言われる平但馬守経正。かき鳴らされる琵琶も、『青山《せいざん》』と唐《から》物《もの》の名器だ。総大将の維盛以下、諸将は盃を手に、その音色に耳を傾けていた。

馬鹿馬鹿しい。平三河守知度は心中で吐き捨て、手にした盃の酒を呷った。

京を出陣して九日。二手に分かれて越前に入った平家軍は再び合流し、明日には燧ヶ城を攻める手筈となっている。

燧ヶ城には越中の宮崎重頼、石黒光弘《いしぐろみつひろ》、加賀の富樫泰家《とがしやすいえ》ら、北国の主立った豪族が立て籠もっている。その数はせいぜい四、五千。だが問題は、城を囲む巨大な湖だった。敵が日野川の上流をせき止め、作り出した湖である。

元々、燧ヶ城は三方を険しい峰に囲まれた天然の要害だ。唯一開けた正面を湖で塞がれれば、攻めようが無い。

それにしても、維盛はあまりにも無策だった。七万の大軍をもって総攻めを仕掛ければ、五千が籠もる城など何ほどのこともないと思っているのだろう。

この、端整な容姿だけが取り柄の貴公子は、富士川の敗戦から何も学んではいない。これがあの聡明で知られた清盛の嫡男、小松内府《ないふ》重盛の息子かと、嘆きたくもなる。

洛中の小松に屋敷を構えたことから、重盛の家系は小松家と呼ばれていた。だが重盛亡き後、平家の棟梁は弟の宗盛が継ぎ、小松家の立場は微妙なものとなっている。遠征という、命懸けの苛酷な役目を立て続けに背負わされたのも、一門内での力関係が影響していた。

「相変わらず見事な腕前じゃ、経正殿。戦陣で荒んだ心が洗われる心地よ」

演奏が終わり、維盛は顔を綻ばせた。諸将も口々に、経正の腕前を褒めそやす。平家の世が盛りだった頃、六波羅での酒宴で嫌と言うほど目にしてきた光景が、戦を明日に控えた今も繰り広げられている。

「維盛殿！」

耐えかねて、知度は声を上げた。

「琵琶もよいが、明日には戦が控えておる。そのこと、よもやお忘れではあるまいな」

場が冷えていくのをひしひしと感じつつも、さして歳の離れていない甥を睨みつける。

「叔父上……」

答えに窮する維盛に、小松家の家人が助け舟を出した。

「無論、忘れてなどおりませぬぞ、知度様。ゆえに我が殿はこうして、方々に英気を養《やしの》うていただいておるのです」

「何が英気だ。琵琶を聴けば戦に勝てるなら、誰も苦労せぬ」

「戦の場とはいえ、雅の心を忘れぬ。それが、我ら平家にございまする。しかも、帝に代わり朝敵を討つ官軍とあらば、ただ勝てばよいというものにはござらぬ」

他の家人たちも、口々に皮肉をぶつけてきた。

「知度様は武芸一筋ゆえ、当代一の琵琶の音色も法螺貝の音も、さして変わらぬと見えますな」

「致し方ありますまい。知度様は鄙のお生まれ。雅に触れる機会も少のうござったゆえ」

太刀を抜く衝動を、何とか堪えた。この塵芥《ちりあくた》どもを斬ったところで、戦に勝てるわけではない。

「やめぬか、お前たち。知度殿は我が叔父上ぞ。礼をもって接しろといつも申しておろう」

維盛が家人たちを叱ったものの、すでに座は白けきっている。

温厚で生真面目だが、小心で決断力に欠ける維盛が、戦に向いているとは思えない。当人の将器よりも一門内での立場で大将が決まる。これも、平家が大きくなりすぎた弊害の一つだろう。

「明日は戦ゆえ、先に下がらせていただく」

背に冷ややかな視線を浴びながら、知度は席を立った。

二十七歳になる知度の官位は、従五位上三河守。兄の知盛、重衡はそれぞれ従二位《じゅにい》と正三位《しょうさんみ》。二歳下の維盛でさえ、従三位だ。

戦という汚れ役を背負わされる小松家にさえも、一段低く見られる。それが、清盛の庶子に生まれ、さしたる後ろ盾も持たない知度の立場だった。

清盛が卑しい身分の女に産ませた、鄙育ちの粗暴な息子。武辺ばかりで雅を解さぬ、平家一門の鼻摘み者。知度は周囲からそう見られているが、己を曲げて迎合するつもりなど無い。

一門の多くが公卿の地位にあるとはいえ、平家は武士だ。この戦で何としても手柄を立て、あの惰弱な連中の上に立ってみせる。

あの男――清盛は戦で成り上がり、この国の頂点に昇りつめた。ならば、その血を享けた自分にできないはずがない。

――臭うのう。まるで、野の獣じゃ。

初めて訪れた六波羅の屋敷で、清盛は知度の顔を見るなりそう言い放った。

これが、俺の父か。重い病から快復したのを機に出家したばかりと聞いたが、五十を過ぎた年寄りと思えないほど肌艶はよく、その双眸《そうぼう》は異様なほどにぎらついている。

「よほど貧しい暮らしをしておったようじゃな。鄙の臭いが全身に染みついておるわ」

知度の隣に座る母に向け、清盛が言った。

「申し訳ございませぬ。父の家は領地も狭く、一族郎党を養うのがやっとの有り様ゆえ……」

「承知しておる。ゆえにそなたの父には新たな領地を与えるよう手配しておいた。平家一門に連なる家として、恥じぬようにな」

「まことにありがたき思し召し、感謝の言葉もございませぬ」

感極まったように言うと、母は身を縮めて平伏する。

清盛は立ち上がり、知度の前に片膝をついた。市で手に取った品を確かめるように、知度の顔をまじまじと見つめる。

「ふむ、面構えは悪うはない。歌や舞は望むべくもないが、戦には使えるか」

かすかに頰を緩め、清盛が言った。

「我が子と認められたくば、わしの役に立つという証を見せよ。使えぬ息子など、いらん」

いきなり呼びつけておいて、初めて会った息子にかける言葉がこれか。腹の底から怒りが込み上げるが、隣の母は平伏したきり、顔を上げようともしない。

母の病は重く、六波羅まで来ることができたのが信じられないほどだった。恐らくもう、長くはないだろう。この対面は、母が己の命を削って成し遂げたものだった。

それだけに、清盛が母に向ける、穢れた物を見るような目が許せない。しかし、怒りは腹に収めた。息子を平家一門に加えることが、摂津の田舎武士の娘に生まれた母の、最期の望みなのだ。

祖父は、保元の乱で崇徳《すとく》上皇《じょうこう》方に与して敗れ、清盛に娘を差し出すことで家の命脈を繋いだ。そして生まれたのが知度だったが、清盛はそんな息子がいたことなど忘れたかのように、十年以上も母と知度を捨て置いていた。それを今になって召し出したのは、平家が大きくなったことで、手駒が足りなくなったからだろう。

「名をくれてやろう。知度。それがお前の名じゃ。わしの子として生きるか、それともただの郎党で終わるかは、お前次第ぞ」

そう言うと、清盛は傍らの家来に向かって、知度に武芸を仕込むよう命じた。

「もはや平家一門無くして、国の政は立ち行かぬ。時忠めが申しておったわ。今や、平家にあらざれば人にあらず、とな。そなたも人として扱われたくば、腕を磨き、力を示すことじゃ」

いいだろう。俺は俺の力で、平家一門の座を勝ち取ってやる。決意と共に頭を下げる。衣擦れの音を残し、清盛は去っていった。

あの日から、すでに十五年余りが過ぎている。血の滲むような修錬の末、清盛は自分を息子と認めた。だが他の一門はいまだに、知度を蔑みの目で見ている。

富士川で戦うことなく敗走し、新宮行家を破った美濃出兵で手柄を立てたものの、一昨年の北国遠征では再び敗れた。

今回こそは、誰もが目を瞠るような武勲を挙げなくては。さもなくば、平家一門に知度の居場所は無くなるだろう。

翌日、維盛率いる平家軍主力は燧ヶ城の前面に着陣、先発していた平盛俊の軍と合流した。

燧ヶ城は、正面に見える尾根の上に築かれている。城の周囲に広がる湖は、想像していたよりもはるかに大きい。深さも馬の脚が立たないほどで、舟でもなければ到底渡ることはかなわないだろう。だが、この城を抜かなければ、先へは進めない。

諸将が途方に暮れているところへ、盛俊が本陣を訪れた。

盛俊の直接の主君は棟梁の宗盛だが、かつて越中の国司を務めていたこともあり、この遠征では先鋒を務めている。平家の中では数少ない、雅の道に見向きもしない生粋《きっすい》の武人だ。

「昨夜、城内の者から矢文が届きました。川をせき止めた柵の場所が記してあります」

内通してきたのは、平泉寺《へいせんじ》長吏《ちょうり》の斎明《さいめい》という者だった。平泉寺の僧兵五百と共に、城内に籠もっているらしい。平家軍が城へ攻め寄せれば、内側から城門を開くとも言っている。

差し出された書状に目を通し、維盛は眉を顰めた。

「よもや、罠ということはあるまいな」

維盛が危惧するのも当然だった。斎明は一昨年の北陸遠征に際し、当初は平家に与したものの、戦の最中に寝返り、平家軍が敗退する一因となった男だ。

「ご懸念はもっとも。ご下命とあらば、それがしが自ら手勢を率い、柵を打ち壊してまいります。これが罠で、伏兵がいたとしても、蹴散らしてご覧に入れましょう」

「よかろう。では今宵、決行いたせ。水が引いた暁には、総攻めを開始いたす」

「御意」

盛俊はその夜、わずかな手勢を連れて柵を打ち壊すことに成功した。伏兵はいなかったという。

翌朝、城の周辺は一面のぬかるんだ原野と化していた。

頼みの綱の湖が消え去ったことで、敵は士気を喪失し、兵たちが続々と逃亡している。結局、平家軍は斎明の手引きで城内へ攻め入り、知度が手柄を挙げる機会も訪れないまま、城はその日のうちに陥落した。

「そう、気落ちなさいますな」

戦勝を祝う宴の席で声をかけてきたのは、斎藤実盛だった。

齢七十を過ぎた老武者だが、かつて保元、平治の乱で源義朝に与して奮戦し、勇名を轟かせたという。義朝の死後は武勇を買われて平家に仕え、富士川や墨俣川の戦でも知度と同陣している。無骨な坂東武者とあって平家の将たちから軽んじられているが、知度とはしばしば言葉を交わす間柄になっていた。

「今日の戦など、緒戦に過ぎませぬ。手柄の立て時も、じきに訪れましょう」

ほがらかな笑みを湛え、実盛が言う。

黒い物がまるで見えない白髪に、深い一本の皺のような目。いかにも好々爺といった風貌だが、四肢はいまだ逞しく、小松家の連中などよりよほど腕が立つのは明らかだ。

「燧ヶ城が落ちたことで、北国の叛徒どもの多くは力を失った。北陸諸国は、容易く我らの手に落ちよう。だがその程度では、さしたる手柄にはなるまい」

「そのような雑魚《ざこ》の相手は、小松家の方々にしていただけばよろしゅうござる。まこと恐ろしき敵は、木曽にござるよ」

「源義仲か」

今回の遠征の目的は、北陸諸国を押さえ、年貢米を確保することにある。だがそのためには、越後から越中まで勢力を伸ばしている源義仲を打ち破らねばならない。

「やはり、出てくるか」

「彼の者のこれまでの戦を聞く限り、助けを求める者を見捨てることはいたしますまい」

「義仲は相当な戦上手で、郎党にも多くの勇士がいると聞く。対する我らは、兵の数ではこちらが勝っているものの、その大半は寄せ集めの駆武者だ」

駆武者とは、国衙の命令によって集められた武者たちのことだ。平家と直接の主従関係にないため、士気や統率の面で不安が残る。越後の城家が敗れたのも、軍の大半が駆武者だったためだと、知度は見ていた。

「加えて、総大将が臆病者の維盛では、難しい戦となろうな」

富士川で水鳥の羽音を敵襲と勘違いして敗走したなどというのは根も葉もない噂に過ぎない。だが、将としての才覚で義仲に大きく劣るのは間違いないだろう。

「であればこそ、この戦を勝ちに導いた者の武名は、より光り輝くというもの」

「だが、いかにして勝つ？」

「それがしに、考えがございます」

実盛が耳打ちする。

「なるほど、悪くないな。次の軍議で、俺から維盛に献策しておこう」

「何卒、よしなに」

「無論、勝った暁には、そなたの事も引き立てるつもりじゃ」

答えると、実盛の目の奥に不敵な光が灯った。

この策で大勝利を得れば、平家内での実盛の地位もまた、大きく上がる。一門で傍流に過ぎない知度に近づいたのも、そのためだろう。

己の目が黒いうちに斎藤家を安泰ならしめたい、といったところか。いかにも小身の武士らしい望みだが、権勢に胡坐を掻いた平家の者たちなどより、よほど信用できる。

「実盛。俺は何としても、この戦に勝たねばならん。勝って、傾いた平家を立て直し、今よりももっと上に行く」

「心得ておりまする。この老骨の命に代えましても、義仲めを打ち破りましょうぞ」

「頼みにしている」

清盛や宗盛に対する忠義など、微塵も持ち合わせてはいない。だが、獣のようだと言われた自分が人として扱われるのは、清盛の血を享けているからだ。

平家にあらざれば人にあらず。ならば、自分は人であるために、平家であり続けなければならない。

三

五月初め、信濃依田城の義仲のもとへ、燧ヶ城が陥落したという報せが届いた。

城が落ちたのは、四月二十七日。平泉寺長吏の斎明が寝返り、平家軍を手引きしたのだという。北国諸将は散り散りになり、宮崎重頼や富樫泰家らの生死も不明だった。平家軍は越前をほぼ制圧し、先鋒はすでに加賀に入っている。

「十日ほどは持ちこたえられると思ったが、これほど早く落ちるとはな」

報せを受けて開いた評定の席で、義仲は腕組みした。

広間に集うのは、樋口兼光、落合兼行、新宮行家、志田義広、矢田義清、手塚光盛、海野幸広、多胡家包ら、信濃、上野の主立った者たちだ。越後国府でも、今井兼平、根井行親、楯親忠らがすでに出陣の仕度を終えている。

「もはや猶予はござらぬ。すぐにでも出陣すべきかと」

兼光が言うと、他の諸将も賛意を示した。

戦仕度は、ほぼ整っていた。城の内外では、六千の軍勢が出陣の下知を待っている。

「よし、出陣は明朝。兼平に伝令を出せ。即刻出陣し、礪波《となみ》を確保しろ。俺が行くまで、平家軍に礪波山を越えさせるな、と」

義仲は越中、加賀国境の礪波山で平家軍を迎え撃つつもりだった。

敵がここを越えれば平地での戦となり、兵力で劣るこちらは著しく不利となる。だが、逆に礪波山に拠って戦えば、周辺の山々は険しく、道も狭い。少数でも大軍を相手にできる。

「時との勝負だ。明日からは強行軍となる。今宵はしかと休み、力を蓄えておけ」

翌朝、広間へ向かう義仲は思わず足を止めた。

「山吹、何の真似だ」

いつの間に用意したのか、鎧を着込んでいた。長刀を携え、廊下に片膝をついている。

「見ればおわかりになりましょう。私も、殿の戦に加えていただきます」

「馬鹿を言うな。お前は俺の妻だぞ」

「はい。あなたの妻であり、義高の母です」

その目には、固い決意が込められている。一瞬気圧されそうになるのを、義仲は感じた。

山吹の言わんとしていることは、義仲にも痛いほどわかる。山吹にとって、これから先の平家との戦はすべて、義高を取り戻すための戦いなのだ。

「気持ちはわかるが、お前が戦ったところで、戦に勝てるわけではない。むしろ、お前を守るために兵を割かなければならなくなるのだ」

「幼少の頃より、長刀の鍛錬を積んできたのは殿もご存じにございましょう。殿が兵を挙げられた後にも、巴殿や家人たちから手ほどきを受けています。護衛の兵など必要ありません」

「しかしな……」

「殿にもしもの事があれば、義高は鎌倉に囚われたまま一生を送ることになります。あるいは、禍根《かこん》を断つため、誅されるやも。殿の妻として、義高の母として、私には殿の戦を見届ける責務がございます」

こちらをじっと見据えたまま、山吹は視線を逸らさない。居合わせた兼光や兼行も、固唾を呑んで見守っている。

「巴殿や葵殿を戦に伴っておきながら、妻の私にだけは戦に出るななどとは、よもや申されますまい。もしもならぬと仰せであれば、私は一人で鎌倉へ向かい、義高を助けに行きまする」

義仲は嘆息を漏らした。山吹ならば、本当に実行しかねない。

「わかった、連れていく。ただし戦に出るからには、大将である俺の下知は絶対だ。そのことを忘れるな」

「承知いたしました」

これでまた一つ、敗けられない理由が増えたな。心の中で呟き、歩き出す。


五月六日、越後国府で楯親忠らの軍と合流した義仲は翌早朝、越中へ向けて出陣した。越後で集めた軍は一万。そのうちの四千は、先行する兼平と根井行親らが率いている。義仲の率いる本軍は、これで一万二千に膨れ上がった。

越後と越中を隔てる寒原の険は、急峻な断崖と荒々しい北の海に挟まれた隘路である。大きな波が打ちつけ、気を抜けば海へとさらわれかねない。信濃の武士たちには海を見たことが無い者も多く、行軍は手間取った。

やっとの思いで寒原を抜けて越中宮崎城に入ったのは、七日の夕刻だった。主の宮崎重頼は燧ヶ城に出陣したまま、いまだ戻っていない。不安を隠しきれない留守居の者たちから、義仲は城の奥に建つ館の広間へ案内された。

この、どこにでもあるような小さな館が、北陸宮の仮御所だという。

　上座に就く色白で華奢な若者が、北陸宮だろう。不安と期待の入り混じった表情で、こちらを窺っている。

「源次郎義仲にございます」

「よくぞ馳せ参じてくれた」

　宮の傍らに座る初老の男が言った。

　讃岐前司藤原重季《しげすえ》。北陸宮の乳母父《めのとぶ》で、平家の追手から宮を救い、この地まで連れてきた人物だ。長い逃亡と潜伏のせいか、かなり憔悴しているように見える。

「そなたは戦上手と聞いた。平家の大軍が、この越中に迫っておる。疾《と》く、打ち破るように」

　重季が言った。伸びた庭木の枝を切れ、とでも言うような口ぶりだ。戦場で命を落とす兵のことになど、まるで思い至らないのだろう。

「宮様には以仁王様の御遺志を継ぎ、皇位にお即きいただかねばならぬ。平家によって乱された政道を正し、この日ノ本のあるべき姿を取り戻すのじゃ。義仲、そなたはその先駆けとして、平家を討ち滅ぼすべし。宮様が皇位に即かれた暁には、恩賞は望みのままぞ」

　これが、公家という生き物か。失望を覚えつつも、頭を下げる。

「ご安心ください。この義仲が参じたからには、平家がいかなる大軍であろうとも、必ずや打ち破ってご覧に入れまする」

「義仲」

　北陸宮が、初めて口を開いた。

「そなたは源三位頼政が養子、仲家の弟に当たると聞いた。まことか？」

「宮様におかれましては、兄をご存じにございましたか」

「直答《じきとう》はならん」

「よい、重季。戦はすぐそこまで迫っておる。作法に拘《こだわ》っている時ではあるまい」

静かな声音には、どこか威厳のようなものが感じられた。重季は抗弁することなく口を噤む。

「仲家とは園城寺で会っただけだが、木曾にいる弟は、いずれ必ず私の力になってくれると申しておった。仲家はまこと、忠義に篤い立派な武士であったぞ」

「ありがたきお言葉にございます」

「義仲、そなたに会えたこと、嬉しく思う。私は、父の仇討ちなどではなく、虐げられた多くの民のため、平家の世を終わらせたいのだ。今は何の力も持たぬ私に、力を貸してくれるか？」

澄んだ目で、宮が義仲を見つめている。

宮の言葉に、嘘偽りがあるようには聞こえなかった。心から平家の専横を憎み、民の窮状を憂いているのだろう。まだ若いが、何かを託すに足る人物だと思える。

「この義仲、宮様とこの国に住まうすべての人々のため、平家を討ち倒す所存にございます」

義仲は床に両手を突き、深く頭を垂れた。

広間を辞去して仮御所を出ると、兼光が待っていた。

「先発した兼平より、伝令がまいりました。平家軍の先鋒はすでに礪波山を越え、般若野《はんにゃの》に陣を構えているとの由」

「何だと？」

早過ぎる。燧ヶ城が落ちて、まだ十日ほどしか経っていない。そのわずかな間に、敵は越前、加賀を制圧したというのか。

「平家軍先鋒は五千。大将は、平越中前司盛俊にございます」

元服のために京へ上った際、会った男だ。話に聞く限りでは、平家第一の勇士と称されるほどの将だという。かつて越中の国司を務めていたことから、先鋒に任じられたのだろう。

般若野は、越中、加賀を隔てる山々の東側に広がる平地だ。平家軍の後続が合流すれば、勝ち目はほぼ無くなる。

「兼平は、般若野の東に位置する御服山《ごふくやま》に布陣したとの由。越前、加賀から逃れてきた武士たちが合流し、兵力は六千に増えております」

「わかった。敵の主力が平地に出てくるようなら、無理をせず後退しろと伝えてくれ」

全軍を越中へ進めたのは失敗だったかと、義仲は思った。

敵は、予想外の早さで燧ヶ城を落としている。ならば、こちらより先に礪波を越えていてもおかしくないと考えるべきだった。

宮には必ず勝つと言ったものの、勝ち目は限りなく薄い。

だが、もはや後には退けない。ここで越後へ退くよう命じれば、敵の猛追を受け、二度と立ち上がれないほどの敗北を喫する。

多くの味方が討たれ、越後、信濃は蹂躙され、木曾も焼かれるだろう。義高を取り戻すなど、夢のまた夢だ。

「ここで敗れれば、俺たちはすべてを失う。頼む。皆で知恵を出し合って、勝てる策を見出してくれ。俺も、無い頭を振り絞って考える」

しばし義仲の顔を眺め、兼光はふっと頰を緩めた。

「殿らしゅうもない。大軍が恐いのは皆、同じじゃ。それでも大将は、堂々と胸を張っているものだぞ」

兼光の拳が、義仲の胸を軽く叩いた。

「弱音を吐くな、とは言わん。だがそれは、俺たち兄弟の前だけにしろ。いいな、駒王」

兼光の言葉に、義仲は頷いた。

そうだ。自分にはまだ、三人の兄弟がいる。一人では背負いきれない荷を、分け合ってくれる者たちもいる。

「そういえば、葵の様子がおかしい。いや、大体いつもおかしな奴だが、今回はそれに輪をかけておかしいのだ。依田城を出てからほとんど口も利かず、夜はずっと部屋に閉じ籠もっているらしい。あれは、必死に策を考えているんだろうな」

「そうか」

「葵ならばきっと、大軍を打ち破る策を考え出してくれる。そんな気がしないか？」

「そうだな。俺は堂々と胸を張って、葵の策を待つとしよう」

不安が消えたわけではない。それでも胸を張って、戦えと命じるしかない。それが自分の、背負うべき役割だ。

四

深い闇の彼方に、無数の松明《たいまつ》が輝いていた。

敵は、庄川《しょうがわ》の西岸に布陣していた。距離は、南西に一里弱。

「口惜しいな」

御服山に置いた本陣で、今井兼平は呟いた。

平家軍の先鋒五千が彼の地に布陣したのは、ほんの半日前だったという。こちらがあと一日早く出陣していれば、先に礪波山を押さえられたのだ。

「本軍より、伝令がまいりました」

従者が告げた。

敵の後続が合流してくるようなら、無理をせず後退しろ。義仲はそう言ってきた。

だがここで退けば、ずるずると押し込まれることになる。多少は無理をしてでも、後続が合流する前に一撃を加えるべきだと、兼平は考えていた。

「夜が明ければ、敵の後続が現れるやもしれん。後退の仕度をしておくべきではないか？」

副将の根井行親が言った。本陣には他に、宮崎重頼や石黒光弘、富樫泰家ら、燧ヶ城で戦った北国の将たちが集まっている。

「必要ありません。私はここで、敵の先鋒を迎え撃つつもりです」

答えると、諸将がどよめいた。

「宮崎殿らが参陣してくれたおかげで、今ならば数で我らが勝っております。機は、今のうちしかありません。敵は燧ヶ城以来、勝ちに乗っている。その勢いを、ここで削ぎましょう」

「しかし、敵はあの越中前司盛俊ですぞ」

重々しい口調で言った壮年の武士が、宮崎重頼だった。

顔の下半分に髭を蓄えた、いかにも無骨な武人といった風貌だが、危険を冒して自領に北陸宮を匿い続けてきたところを見ると、実直で筋の通った人物なのだろう。

「我らはこの半月近く、平家軍と戦い続けてまいった。その中で最も手強かったのが、盛俊とその麾下の兵どもにござる」

盛俊の戦ぶりを思い起こしているのか、石黒、富樫らが深く頷いている。

「盛俊本人の武勇は言うに及ばず、数は少ないものの、その麾下も精鋭揃い。生半可なことで勝てる相手ではありませんぞ」

「だからこそ、ここで痛撃を与えておく必要があるのです。これは先鋒同士の戦。勝った方が、後の決戦に勢いを持って臨むことができます」

「だが、我らの軍勢は疲弊し、手傷を負っている者も多い。今井殿には、何か策がおありかな？」

「無論、ございます」

卓の上に広げた絵図を指し示しながら、策を説いた。

「確かに、これならば勝ち目はある」

石黒光弘が言うと、何人かが頷いた。

「だが、これでは今井殿があまりに危険ではないか」

「私が出ることに意味があるのです、宮崎殿」

「しかし、貴殿は先手の大将だ。もしものことがあれば……」

「私はあくまで、先手の指揮を委ねられているだけです。我が軍の大将は、源義仲ただ一人。私が討たれれば根井殿、根井殿が討たれれば、また別の誰かが指揮を執ればいい」

一同を見渡し、兼平は続ける。

「方々は燧ヶ城からの一連の戦で、領地を荒らされ、多くの一族郎党を失ったはず。平家に一矢報いるは今、この時にござろう」

その言葉を受け、諸将の表情に怒りと闘志が宿った。

飢饉に苦しめられた平家に、七万の大軍を賄《まかな》えるだけの兵糧があるはずもない。越前や加賀の村々は、今も激しい略奪にさらされているだろう。

「わかった。すべて今井殿に委ねよう。盛俊めの首級を、義仲殿への手土産としようではないか」

重頼の一言で、軍議の流れは決まった。


日の出まであと半刻というところで、兼平は二千を率いて御服山を下りた。

後方に義仲がいるとはいえ、一人で戦の指揮を執るのは初めてだった。

敗北の恐怖。兵たちの命を背負っているという重圧。こんなものに、義仲はずっと耐えていたのか。

気負うな。兼平は己に言い聞かせた。気負えば、咄嗟の判断が鈍る。今は、策の通りに戦うことだけを考えろ。

馬には枚《ばい》を噛ませ、音が出ないよう、鎧の草摺《くさずり》は縄で縛らせてある。山を下りると、そのまま粛々と平家の陣に向けて進んだ。

般若野は小さな丘陵が多く、見通しが悪い。敵はこちらが川岸に出るまで気づかないはずだ。庄川の畔《ほとり》に出た。敵陣の正面は浅瀬で、徒歩でも渡ることができる。敵は川岸から二町ほどに陣を構えているので、渡河中に矢を浴びることはない。

兼平は太刀を抜き、先頭に立って川へ躍り込んだ。向こう岸へ上がり、さらに馬を駆けさせる。馬蹄の響き。敵の叫び声。敵陣が近づいてくる。矢がまばらに飛んでくるが、その数は少ない。敵の動揺は明らかだ。

味方の放った矢が、兼平の頭上を越えて敵陣に降り注ぐ。並べられた楯を蹴り倒し、敵陣に突っ込んだ。

兼平直属の五百は、この二年近く、鍛えに鍛えてきた越後の精鋭だ。混乱する敵の前衛を瞬く間に蹴散らすと、敵陣のさらに奥深くまで突き進んでいく。

不意に、固い壁にぶつかったような気がした。味方の前進が止まる。

前方に立ちはだかる、数百の一団。発する気配が、これまでの敵とは明らかに違う。

これが越中前司盛俊とその麾下か。味方は徐々に押し返され、敵は混乱から立ち直りつつある。

「越中前司盛俊殿とお見受けいたす。いざ！」

味方の一騎が叫び声を上げ、盛俊と思しき武者に向けて突っ込んでいく。直後、武者が手にする長刀が一閃し、味方の武者は血飛沫を上げて馬から転げ落ちた。

肌が粟立つほどの斬撃だった。周囲の味方も、息を呑んでいる。

長刀を手にした武者が、戦場を圧するほどの大音声を放った。

「我こそは平相国入道清盛が一の郎党、盛国が嫡男、越中前司盛俊である。木曾勢の御大将は何処にありや！」

東の空が、白みはじめていた。そろそろ潮時だろう。これ以上明るくなれば、こちらの兵力を悟られる。その前に、後退しなければならない。

「平家の者ども、聞け！」

兼平は太刀を掲げ、腹の底から声を放つ。

「我こそは木曾勢先手大将にして源次郎義仲が一の郎党、今井四郎兼平。武を忘れ、落ちぶれた平家の武者どもよ。この首、獲れるものなら獲ってみよ！」

叫ぶや、兼平は馬首を巡らせた。味方も後に続く。

「おのれ、逃がすな！」

「討ち取って手柄とせよ！」

怒号と共に、敵が追ってきた。

来た道を引き返し、再び庄川を渡る。追撃は激しく、味方は次々と討ち減らされていく。それでも馬の脚を止めず、駆け続けた。

川を渡り終え、振り返った。

あたりはかなり明るくなっている。盛俊とその麾下たちが川に入ってくるのが見えた。

いいぞ。そのままついてこい。腹の裡で呟き、さらに馬を駆けさせる。丘陵の麓を縫うように、北東に向かって進む。

斜め前を駆ける味方が、背中に矢を受けて落馬した。敵は、すぐ後方にまで迫っている。

突然、雷に打たれたかのような凄まじい衝撃を受け、目の前が真っ暗になった。

気づくと、兼平は地面に投げ出されていた。ほんの一瞬、気を失っていたらしい。

兜に、敵の矢が当たったのか。理解し、立ち上がろうとしたところで激痛が走った。打ちどころが悪かったのか、左腕が痺れ、力が入らない。

「今井様！」

味方の叫び声に顔を上げると、目の前に迫った騎馬武者が、長刀を振りかぶっていた。

盛俊。兼平は咄嗟に、後ろへ転がった。風が頬を打ち、刃が掠めていく。

盛俊が馬首を巡らせる。兼平は片手で太刀を構えた。盛俊はにやりと笑い、馬腹を蹴る。

ここまでか。覚悟した刹那、喊声が沸き起こった。

右手の丘を、白旗を掲げた軍勢が駆け下ってくる。

「者ども、兼平殿を討たせるな！」

先頭を駆ける根井行親が叫んだ。それに応え、味方が次々と矢を放つ。

盛俊は降り注ぐ無数の矢を長刀で払いのけながら、後退していった。他の敵も、盛俊を追って遠ざかっていく。

「助かりました、行親殿」

「兼平殿、ご無事か？」

「ええ、何とか。麾下の兵を、かなり討たれましたが……」

「まったく、涼しい顔で無茶をなさる。落馬された時には、さすがに肝が冷え申したぞ」

自分の名は、平家にも伝わっているだろう。百戦錬磨の盛俊を誘《おび》き出すには、自分が囮《おとり》となるしかなかった。

敵は二町ほど下がったところで、陣を組み直している。伏兵に側面を衝かれながらも、損害は最小限に抑えたようだ。さすがとしか言いようがない。

馬に乗り、丘の上に移動した。隊伍を整えるよう命じ、敵陣を見据える。

敵は五千。味方は、夜襲に参加した兵が多く討たれたため、行親が合流しても、四千に届かない。高所に陣取る優位を差し引いても、かなり苦しい。

「来ますぞ」

行親が低く言い、敵が動き出した。盛俊とその麾下を先頭に、真っ直ぐ突き進んでくる。味方は矢で応戦するが、倒せたのは十数騎だ。

ぶつかった。盛俊の全身に矢が突き立っているが、鎧を貫いたものは無いようだ。盛俊の鬼神のような戦ぶりに気圧され、味方は崩れかけている。兼平は立て続けに矢を放って敵の騎馬武者を射落とすが、敵の勢いは止まらない。

「怯むな。踏みとどまれ！」

声を嗄らして叫ぶ。だが、恐怖に駆られて逃げ出す雑兵が出はじめている。

総崩れになる前に退くか。それとも、刺し違えてでも、一人でも多く敵を討ち減らすべきか。

決断する前に、戦場に行親の声が響いた。

「者ども、見よ。義仲様がおいでになられたぞ！」

数町先、北の丘陵の上に、無数の白旗が翻っていた。

「本軍が来たぞ。我らの勝ちじゃ！」

「手柄の立て時ぞ。盛俊を討ち取れ！」

武者たちが口々に叫んだ。逃げかけていた雑兵たちも、立ち止まって再び敵に向き合う。

盛俊の姿を探した。盛俊も、こちらを見ている。

「今井四郎殿。久方ぶりに、面白き戦ができた。礼を申す」

「こちらこそ、貴殿の戦ぶり、感服仕った」

「いずれまた、相見えん」

言うと、盛俊は馬首を返した。波が引くように、敵が後退していく。

「追い討ちは無用。勝ち鬨を上げよ」

命じて、兼平は大きく息を吐いた。

義仲の本軍に見せかけたのは、手負いの兵が多く戦には使えない北国諸将の軍勢だった。

敵は庄川を渡り、さらに西の礪波へと退いていく。恐らく、加賀まで後退して敵の本軍と合流するのだろう。

「何とか勝ちきった、というところですな」

安堵の表情で、行親が言う。

「はい。しかしまだ、緒戦です」

五百以上を討ち取る大勝利だった。だが、こちらも三百近くを失っている。そのほとんどが、夜襲に参加した兼平の麾下だ。そして何より、盛俊を討ち取る千載一遇の機を逃している。

「ともあれ、敵を加賀にまで押し返すことはできたのです。それでよしとしましょう」

行親の言葉に、兼平は頷いた。

気づけば、日は中天に差し掛かっている。

五

五月九日夕刻、越中国府に入った木曾本軍は、先鋒からもたらされた勝利の報せに沸いていた。先鋒六千は、般若野で平盛俊率いる五千の平家軍を打ち破り、加賀へ押し戻したという。兼平軍の損害も軽くはないが、平家きっての勇将として知られる盛俊を退けたことで、味方の士気は大いに高まっている。

葵は国府の文庫に籠もり、思案を巡らせていた。

棚には、様々な文書や木簡が積まれている。古い紙の匂いを嗅いでいると、いくらか落ち着くことができた。

床に広げたぼろぼろの絵図には、越中、能登、加賀の地形、街道や間道、軍の配置が細かく描き込まれている。依田城を出る前から肌身離さず持ち歩き、暇さえあれば眺めていた。越中に入ってからは土地の者を呼び、事細かに話を聞いている。今では、目を閉じれば実際の風景が浮かぶほどになっていた。

物見の報告によると、平家軍は二手に分かれ、越中を目指していた。本軍は加賀、越中国境の礪波山へ、別働隊は、能登、越中国境の志雄山《しおやま》へ向かっている。般若野から後退した平盛俊は、礪波の本軍に合流したのだろう。

平維盛率いる本軍は三万、平通盛が率いる別働隊は二万。対する味方は、般若野の勝利を知って参陣してきた近隣の武士たちを加えても、総勢二万余。礪波の天険に拠って迎え撃つという策が採れない今、勝ち目は限りなく薄い。

敵が北の志雄山、南の礪波山の二ヶ所に陣取れば、状況はさらに厳しくなる。

全軍をもって一方を攻めれば、もう一方に背後を取られる。こちらが動かずとも、敵が一斉に山を下れば、大軍に呑み込まれる。かといって、越後へ退くのは論外だ。味方は五万の追撃を受け、寒原の険を越える前に壊滅するだろう。

義仲の決断は、一手を志雄山方面に向かわせて敵の別働隊を防ぎつつ、残る全軍で一気に礪波山の本軍を叩くというものだった。

志雄山方面には、新宮行家を大将とする八千を差し向けることになっている。戦下手な行家を大将とすることに不安はあったが、本人のたっての希望もあり、楯親忠を副将に付けることを条件に、義仲も認める他なかった。

敵は数こそ多いものの、糧食は足りておらず、平家直属の軍を除いては士気もさほど高くない。ひたすら守りに徹すれば、行家が大将でも、しばらくの間は防ぐことができるだろう。

問題は、そこから先だった。

別働隊を食い止められるのは、せいぜい二日か三日。その間に、険しい山に陣取る三万を打ち破らなければならないのだ。

策は、夜討ちと決めていた。だが、確実に勝てるという保証はどこにもない。しかも、敵の本軍にはあの平盛俊がいる。兼平が送ってきた使者によれば、盛俊は一人で戦況を変えてしまうほどの武人だという。その麾下も、精鋭揃いとのことだった。

戦は水物だ。どれほど精緻《せいち》な策を練り上げたところで、状況は秋の空のように目まぐるしく変わり、敵も味方も錯誤を繰り返す。勝てると保証された策など、どこにもありはしないのだ。

それでも、この戦にだけは、何としても勝たねばならない。

義高を鎌倉へ送らなければならなくなったのは、自分の見通しが甘かったせいだ。もっと確実に鎌倉軍を追い詰め、頼朝の方から和を請うてくるような状況を作れていれば。悲嘆に暮れる山吹を見るたびに、葵は後悔の念に苛まれ、胸が苦しくなった。

もう、あんな思いはしたくない。平家を追い落として都へ上り、義高を取り戻す。それには、たとえどんな手段を用いてでも、ここで平家の遠征軍を叩き潰しておく必要がある。

そのためにもあと一つ、何か策が欲しい。最初の一撃で、敵の全軍を混乱に陥れられるほどの何か。それが、どうしても見つからない。

「葵殿、いるか？」

廊下から声がして、葵は慌てて絵図から顔を上げた。

「はい」

入ってきたのは、落合兼行だった。手燭《てしょく》と、握り飯を載せた皿を手にしている。手燭の灯りに、葵は日が落ちかけていることにようやく気づいた。

「こんなところにいたのか。皆、心配しているぞ。とりあえず、食ってくれ」

兼行は腰を下ろし、握り飯を勧めてくる。そういえば、今日はまだ何も食べていない。腹の虫が目を覚ましたように鳴き、兼行が苦笑する。

「腹が減っていては、いい考えも浮かばないだろう。越中の米も、なかなか美味いぞ」

「すみません。いただきます」

どういうわけか、兼行はいつの頃からか、何くれとなく葵の面倒を見てくれるようになっていた。たぶん、策の立案になると食事もろくに摂らなくなる葵を案じた義仲が、兼行に命じたのだろう。

「あまり根《こん》を詰めすぎると、体に障るぞ。今日は風呂を使って、しっかりと休め」

この数日、ろくに眠らず、食べてもいない。きっとひどい顔をしているのだろうと気づき、急に恥ずかしくなった。

「お気遣い、申し訳ありません。昔から、何かに没頭すると時が経つのも忘れてしまうもので。それでよく、父や母に叱られていました」

「村山殿も、まさか自分の娘が殿の知恵袋になるとは思わなかっただろうな」

兼行が声を上げて笑う。

思えば、不思議なものだった。一介の土豪の娘でしかなかった自分が、この天下の行く末を左右する大戦で、平家軍を打ち破るための策を練っているのだ。

「俺も、よもや自分があの平家と戦うことになるなんて、想像もしなかったな。子供の頃は、このまま木曾で牛や馬の世話をしながら歳を取っていくんだと思っていた」

それから兼行は、子供の頃に飼っていた牛の話をはじめた。その牛は、蜂に刺されたことに驚いて下人たちを撥ね飛ばし、牛小屋を潰しかねない勢いで大暴れしたらしい。

ふと、頭の中で何かが触れたような気がした。

かつて読んだ書物の一節。あれは確か、『史記』だ。

目を閉じる。目蓋《まぶた》の裏に、戦場の景色がありありと浮かんだ。暗く、狭い山道。悲鳴を上げて逃げ惑う敵兵。さながら阿鼻叫喚《あびきょうかん》の地獄絵図だ。あまりの凄惨さに、背筋が震える。

「葵殿、どうした？」

「……見つかりました。これで、我が軍の勝利は疑いありませぬ」

たとえ悪鬼羅刹《あっきらせつ》と罵られようとも、この戦だけは、勝たねばならない。

一人でも多くの敵を倒す策を講じる。それが今、自分が果たすべき役割なのだ。

I

第七章　死戦

一

越中国府を発した義仲本軍は、十日の夕刻、般若野で今井兼平と合流し、庄川まで進んで陣を張った。

新宮行家と楯親忠の八千が氷見《ひみ》を経て志雄山へ向かったため、兼平の六千を合わせ、本軍は一万二千ということになる。

木曾軍の勢力が拡がったことで、巴も直属の兵を従えるようになっていた。数は二百騎と少ないものの、巴が自ら鍛え上げた兵たちだ。木曾軍の中でも精鋭に入ると、巴は自負している。

正面には、夕日を背にした礪波の山々が横たわっている。遠目からはなだらかに見えるが、足を踏み入れれば傾斜は厳しく、そこここに急峻な崖がそびえているという。

物見の報告によると、敵も礪波山の西の麓にさしかかっていた。大軍での山越えは、容易ではない。敵が礪波山に上るのは、明日になってからだろう。

「我らは明朝、埴生《はにゅう》まで陣を進めます。日中は矢戦で時を稼ぎ、夜を待つ。決戦は、明日の深夜になります」

諸将を前に、葵が絵図を指しながら言う。

この数日、ほとんど眠らず、食事もろくに摂っていないようだったが、その口ぶりはいつになく自信に満ちていた。

「その前に、軍を二千ずつ、六つに分けます。大手口に当たる東から今井兼平様、根井行親様、巴様。北の搦《から》め手口からは、義仲様本隊と依田実信《よださねのぶ》様。そして、礪波の西へ迂回する樋口兼光様。この六手に新宮行家様の一手を加えた七手が、こちらの全軍です」

葵が絵図の上に、敵味方に見立てた碁石を並べていった。絵図には、近隣の地形から人が一人やっと通れるほどの細い間道にいたるまでが、びっしりと描き込まれている。

軍を七手に分けるのは、大勝利を得た横田河原合戦の吉例に倣ってのことだ。ただの験担ぎといえばそれまでだが、こうした些細な事が、将兵の士気を高めもする。

「各隊には、このあたりの地勢に詳しい者を案内人として付けます。明日日中、日宮林《ひのみやばやし》の兼平様が敵を食い止めている間に、それぞれの持ち場へ向かってください」

葵が、木曾軍を示す白石を動かしていく。礪波山に陣取る平家軍の黒石を、白石が東、北、西の三方から取り囲む形になった。

「しかし、取り囲んだだけではな。しかも、こちらは山の上にいる敵を、下から攻めねばならん。不意を衝いたとしても、苦しい戦いになるのでは？」

懸念を口にした手塚光盛に、葵が答える。

「無論、これだけで勝てるとは考えておりませぬ。今井様、依田様と義仲様の本隊には、それぞれ牛二十頭と、牛の扱いに長けた者を伴っていただきます」

理解が追いつかない様子の諸将に向け、葵は続けた。

「唐土の歴史書『史記』には、田単《でんたん》なる武将が用いた、火牛《かぎゅう》の計《けい》という策が記されております。それによると、田単は角には剣、尾には火の点いた松明を括りつけた牛千頭を敵陣に放ち、劣勢を挽回したそうです」

しかし、葵が昨夜試してみたところ、牛は火を近づけると恐れて動かなくなるか、あらぬ方向へ駆け出してしまうため、狙った場所へけしかけるのは不可能だったという。

諦めかけた時、近くで様子を見ていた雑兵が声をかけてきた。その雑兵が生まれた越後の山村では、古くから祭りで牛同士を戦わせる闘牛を行っているという。

「その雑兵が言うには、牛は興奮すると、動く物に向かって突進するそうです。そこで……」

策を語る葵の口ぶりに、熱が籠もった。

いかにして牛をけしかけるか。どうやって平家軍を追い込み、壊滅せしめるか。巴の目には、まくし立てる葵が、どこか愉しんでいるようにさえ見えた。

「しかし、たった六十頭の牛で、敵を混乱させられるものであろうか。千頭とは言わぬまでも、せめて二、三百頭は連れていった方がよいのではないか？」

兼光の疑念に、葵が答える。

「夜間、しかも山中の行軍となるので、あまり牛の数を増やすわけにはいきません。統制できるぎりぎりの数が、一隊につき二十頭です。通常の夜襲であれば、敵も心構えができておりましょう。しかし牛の人群が襲ってくるなどとは、誰も想像していない。予期せぬ事態に陥った時、人は理性よりも恐怖の感情が勝るもの。敵陣は収拾のつかない混乱に見舞われます」

義仲をはじめ、諸将は葵の話に聞き入っている。これなら勝てる。そんな呟きも聞こえた。

だが、巴は何か危ういものを感じた。どことは言えないが、薄くかかった霧のような不安が、胸の裡に芽生えている。

「いいだろう」

葵の話を聞き終え、義仲が言った。

「この策でいく。異存は無いな？」

諸将が頷き、策が決した。葵は肩の荷がいくらか下りたように、大きく息を吐いている。

「よし。ゆっくりと眠れるのは今宵で最後だ。決戦に向けて、しかと休んでおけ」

義仲の声音や表情から、不安の色は窺えない。葵の策に、すべてを賭けると決めたのだろう。

義仲が決めたのであれば、自分はそれに従うまでだ。そう己に言い聞かせても、漠然とした不安が消えることはなかった。


翌早朝、木曾軍は埴生まで前進し、戦勝祈願のため、埴生八幡宮に参詣した。

夜明けから降り出した雨の中、長い石段を上り境内に入る。あたりを包む清浄な気に、巴は束の間、戦の直前であることを忘れそうになった。

覚明が、義仲の命で認《したた》めた願文《がんもん》を朗々と読み上げる。

主立った将十三人の鏑矢を願文と共に神殿へ奉納した時、雲の中から三羽の山鳩が現れ、源氏の白旗の上をくるくると飛び回った。

「方々、ご覧あれ！」

鳩を指し、覚明が声を張り上げる。

「かつて神功皇后が新羅《しらぎ》を征伐なさった折、劣勢の中に舞い降り、お味方を勝利に導いたという霊鳩《れいきゅう》。あの三羽の鳩こそ、その再来に相違ござらぬ！」

将兵からどよめきが上がった。

「皆、聞いたか。この戦、俺たちの大勝利は間違いないぞ！」

拳を突き上げた義仲に、一同が続く。

巴は神功皇后の名も、新羅が何なのかも知らなかった。ただ一つわかるのは、鳩が舞ったくらいで戦に勝てるのなら誰も苦労はしない、ということだけだ。

だが、将兵は勝利が約束されたかのように歓声を上げ、喜び合っている。それだけ、内心では平家の大軍を前に不安を感じていたということだろう。

ふと目を向けると、葵は沸き立つ兵たちを眺めながら、口元に満足気な笑みを浮かべている。

あの鳩は葵と覚明が用意させたのだと、巴は理解した。士気を高めるためなら、味方さえも欺く。それも、戦のうちなのだろう。

いや、と巴は頭を振った。勝つための手段など、どうでもいい。平家を倒して都へ上り、義高を取り戻す。それが、今なすべき事のすべてだ。

子を喪った親の苦しみは、自分が誰よりも知っている。

あんな思いを、義仲と山吹にはさせられない。

二

礪波の西の麓、日宮林一帯に、源氏の白旗が無数に翻っていた。旗の数からすると、木曾軍の主力がここにいるのは間違いない。

朝から降り出した雨は午の刻過ぎにやみ、今は雲の切れ間から西日が射し込んでいる。

木曾軍の先鋒は山に入り、礪波の登り口付近でこちらの先鋒と向き合っている。本格的な戦にはいたっておらず、互いに名乗りを上げ、矢を射掛け合っているだけだ。

平維盛は、本陣に据えた床几に座り、思案を巡らせていた。

本陣は、礪波山の猿《さる》ヶ馬場《ばば》と呼ばれるやや開けた場所に置いている。見通しは悪く、周囲は剝き出しの岩や急峻な崖も多い。本陣を置くのに適しているとは言い難いが、さして長居するつもりもなかった。

敵の狙いは、こちらが麓に出ることを防ぐことだろう。

平地での野戦となれば、数で劣る木曾軍に勝ち目はない。こちらを山上にとどめてひたすら時を稼ぎ、兵糧が尽きるのを待つ。それ以外に、木曾軍に勝算はない。

だがそれは、こちらも望むところだった。

維盛が敵の主力を引きつけ、その間に一門の通盛が率いる別働隊が志雄山から氷見を経て越中国府を落とし、敵主力の背後に回る。それが、こちらの策の概要だ。

この策を具申してきたのは、知度と斎藤実盛だった。

二人とも、維盛が総大将を務めた坂東遠征に参陣し、戦わずして敗れたために一門内での立場が弱まっている。その思いは維盛にもよく理解できたので、二人の献策を容れ、通盛を大将とする別働隊に配した。

唯一の誤算は、一門きっての将、平盛俊が般若野で敗れたことだ。

元々、盛俊が礪波を越えて平地に進出したのは、敵を牽制するためだった。木曾軍の主力が現れれば、礪波まで後退させる予定だったのだ。だが、敵の先鋒に奇襲を受けた盛俊は敵将の今井兼平を深追いし、手痛い敗戦を喫して礪波に引き上げてきた。

あの敗戦で敵の士気は高まり、逆に味方には「木曾勢手強し」という空気が拡がっている。

今井勢の奇襲を退けた時点で、礪波まで退けばよかったのだ。報せを受けた維盛は思ったが、盛俊は宗盛の郎党であり、強く叱責することはできない。総大将とはいっても、一門内で立場の弱い小松家の一員である維盛に、諸将は必ずしも心服しているわけではなかった。

気づくと、戦場の喧噪が静まっていた。日没が近い。

「敵は兵をまとめ、後退していきました。今日の合戦は、これまでといたしとうございます」

先鋒の将から注進が入った。

「よかろう。しかし、夜襲の備えは怠るでないぞ」

あと数日ここで敵を釘付けにすれば、勝利が転がり込んでくる。その後は、越後へ兵を進めるか、それともこの遠征で制した北陸諸国を固めるかのいずれかになるだろう。

今回の遠征の目的は、北国を制して兵糧を確保することと、北陸宮を名乗る以仁王の遺児を捕らえることの二点だ。義仲が北陸宮を連れて木曾へ逃げ帰るようなら、遠征はさらに長引く。いずれにしろ、京へ戻るのはかなり先のことになりそうだ。

夕餉を摂り、具足を解いて横になった。体は疲れきっているが、目を閉じても一向に眠りは訪れない。

ほとんど星も見えない暗い空を見上げ、維盛は嘆息を漏らす。

ほんの数年前まで、都で貴族として生きてきた。九歳で従五位下に叙任され、十八歳の時には法皇の前で青海波《せいがいは》を舞い、「光源氏《ひかるげんじ》の再来」とまで称されたのだ。

このまま清盛の孫として昇進を重ね、貴族として生をまっとうする。花鳥風月を愛で、管弦の調べに耳を傾け、時には自ら舞う。波風こそ無くとも、平穏で満ち足りた日々。それが続くことに、何の不安も疑いも持ってはいなかった。

だが平家は所詮、成り上がりの武家にすぎない。平家に媚びへつらい、表向きは従っていた者たちが腹の底に抱えていたのは、平家への妬み嫉み、そして憎悪でしかない。洛中も洛外も、平家に対する怨嗟の声に満ちている。この数年で、それを嫌と言うほど思い知らされた。

維盛は、富士川で戦わずして敗れ、その後も近江、美濃と転戦してきた。そして今、こうして北国の山の中で戦塵《せんじん》にまみれている。いつ終わるとも知れない戦場の暮らしは、維盛の心を着実に蝕んでいた。

だが、ここで義仲を討てば、平家はまだ盛り返せる。かつての穏やかな日々を、取り戻すことができる。その時までは、武人であり続けなければならない。

明日も戦だ。休める時に休むのも、大将の務めだろう。そう思って目を閉じた刹那、ぞわりと肌が粟立った。

上体を起こし、耳を澄ます。かすかな喧噪。遠いが、確かに聞こえる。

足元からせり上がるような恐怖を押し殺し、立ち上がって命じた。

「具足を持て」

三

うなじに篝火《かがりび》の熱を感じながら、弥太郎《やたろう》は欠伸《あくび》を嚙み殺した。同じ見張り役の喜八《きはち》もよほど眠いのか、言葉数が極端に減っている。あと半刻の辛抱だ。わかってはいても、朝から山登りと陣地の設営で疲れきった体に、睡魔は容赦なく襲いかかってくる。

故郷の近江を出て、もう半月以上が過ぎた。

二十歳になる杣工《そまこう》（樵）の弥太郎は、喜八と共に平家軍に加わっていた。村長は、兵を出せというのは国府からの命で、逆らえば村がどんな目に遭うかわからないと言う。

弥太郎も喜八も、戦に出た事もなければ、平家に忠義を尽くす義理も無い。むしろ、飢饉で苦しむ村から無理やり租税を取り立てていく平家には、腹に据えかねるものを覚えていた。とはいえ、逆らうことなどできはしない。弥太郎が拒んでも、他の村人が戦に出ることになるだけだ。それならば、弓の腕に覚えのある自分が行った方がいい。もしも手柄にありつければ、褒美をもらえるという下心もあった。

だが、実際に加わってみた平家軍のありようは、想像よりはるかにひどいものだった。長く続いた飢饉のせいで、兵糧はろくに支給されない。やむなく、兵たちは行軍の途上で村々を襲い、米を手に入れた。

略奪に加わるのは気が引けたが、それも最初のうちだけだった。村を襲わなければ、その日食べる物にも事欠くのだ。すまないと心の裡で詫びながら、弥太郎は奪った米で口を糊《のり》した。

逃げ遅れた女を慰み物にする者、子供を捕らえて売り飛ばす者も少なくない。弥太郎も何度か誘われたが、そのたびに村に残した妻子の顔が頭に浮かび、首を横に振った。

村に帰りたい。この数日、頭に浮かぶのはその思いばかりだ。

手柄など、とうに諦めた。早く村に帰って、妻と子を抱きしめてやりたい。貧しくとも穏やかな暮らしに戻りたい。

何度目かわからない嘆息を漏らしたその時、「おい……」と喜八の声がした。

見ると、喜八は口を開け、正面の森を指差している。

森の奥。つい先刻まで漆黒の闇だったそこに、無数の小さな光が点っていた。

次の刹那、光は尾を引きながら宙を飛び、弥太郎たちのはるか頭上を越えていった。

「火矢、だと？」

夥しい数の火矢が、平家軍の陣に降り注いだ。たちまち火の手が上がり、陣幕や旗指物、荷車などに燃え移っていく。

「敵襲、源氏の夜襲だぁ！」

弥太郎は叫びながら、身を翻した。

眠っていた味方が慌てて起き出し、具足や得物を探して右往左往する。悲鳴を上げて逃げ出そうとする者、火だるまになって地面を転げまわる者。凄まじい混乱が巻き起こる。

「うろたえるな。具足を着け、得物を取って迎え撃て！」

「木曾は小勢ぞ。返り討ちにせよ！」

口々に喚く侍たちの声を掻き消すように、周囲の山々から喊声が上がった。太鼓と法螺貝の音が、夜気を震わせる。

続けて、足の裏から地響きが伝わってくる。源氏の兵が攻めてきたのか。振り返った弥太郎は、信じ難い光景を目にした。

黒く、巨大な塊。いや、違う。何十頭もの、角を生やした獣。それが、唸りを上げながら猛然と押し寄せてくる。

混乱した弥太郎の目に、それは物の怪としか映らない。これまで味わったことのない恐怖に、袴が濡れていく。

炎に猛り狂った物の怪が、味方の人馬を撥ね飛ばしていく。荷車を押し倒し、木々にぶつかり、腹の底に響くような咆哮を上げる。

「全軍、退け。来た道を戻り、西へ退くのだ！」

身分の高そうな侍が、声を嗄らして下知している。だが、人と物の怪が入り乱れ、西も東もわからない。近くにいたはずの喜八の姿も見えなくなった。

「西にも木曾勢が現れたぞ！」

「駄目だ、別の道を探せ！」

冷ややかな絶望が、腹の底から込み上げてきた。西にも敵がいるのならば、退路は塞がれたということだ。

逃げなければ。だが、どこへ逃げればいいのか。

気づくと弥太郎は、人の波に呑まれていた。手にしていたはずの長刀は、どこかに消えている。

「あっちだ。あっちには敵がいないぞ！」

誰かが叫ぶ声。人波がどこへ向かっているのかもわからず、弥太郎は足を動かす。

待ってくれ、ここは駄目だ！　押すな、止まれ！　前を行く味方が口々に喚いているが、恐怖に駆られた味方の足は止まらない。

怖い。死にたくない。村へ帰りたい。どうして俺がこんな目に。千々《ちぢ》に乱れた頭の中に、妻と子の顔が浮かぶ。

突然、すぐ前にいた味方の姿が見えなくなった。同時に、足元の地面も消える。

何が起きたのか理解できないまま、弥太郎は深い闇の底へと転がり落ちていった。

四

大混乱に陥り逃げ惑う平家軍を、葵は見下ろしていた。

燃え盛る平家軍の旗や陣幕に猛り狂った牛たちが、狭い尾根を駆け、次々と敵兵を薙ぎ倒していく。敵は逃げるのに必死で、こちらへは矢の一本も飛んではこない。

やがて、敵の姿が徐々に少なくなっていった。吸い込まれるように、人が、馬が、牛が、黒々とした闇へ呑まれていく。

「見事に当たりましたな、葵殿」

隣に立つ覚明が言い、葵は頷いた。

火矢を射込んで上がった炎によって牛を興奮させ、逃げ惑う平家軍にけしかける。牛がこちらの思うように動いてくれるか若干の不安はあったが、思っていた以上に成果を挙げていた。

東の今井隊と北の義仲本隊、依田隊が牛を放って敵陣を混乱に陥れ、同時に礪波の西へ回り込んだ樋口隊が、敵の退路に当たる倶利伽羅峠《くりからとうげ》を塞ぐ。

恐怖に駆られた平家軍は、方角も見失い、敵のいない方へと逃げるだろう。そこに、深い谷が待っているとも知らずに。

尾根を埋め尽くしていた敵兵は、半分以下に減っていた。牛の姿も、もう見えない。敵を追い立てながら、谷へ落ちていったのだろう。

燃えていた旗や陣幕は無数の人馬に踏み荒らされ、火はあらかた消えている。火が山の木々に燃え移ると厄介なことになると案じていたが、その心配はなさそうだ。

「何という、戦だ……」

ぼそりと、落合兼行が呟く。

その声音にはなぜか、怯えが滲んでいた。あまりにも思い通りに事が運びすぎたために、恐怖を覚えているのだろう。本隊に属する他の将たちも、呆然と立ち尽くしている。

山吹などは、口に手を当てたまま肩を震わせていた。山吹にとっては、初めての戦だ。吐き気を覚えるのも無理はない。

葵は、横目で義仲を窺った。

牛を放ってから、義仲は敵陣をじっと見据えたまま、一言も口を開こうとしない。その様子は、込み上げる何かを押し殺しているようにも見える。

「方々、戦はまだ、終わってはおりませぬ」

言うと、諸将が我に返ったように葵に目を向けた。

「義仲様、機を逃してはなりません。総攻めのお下知を」

敵の混乱が収まる前に、もう一撃を加えなければならない。後に上洛することまで考えれば、ここで手を緩めず、一人でも多く平家の将兵を討ち取っておくべきだ。

何かを振り払うように、義仲は太刀を抜き放った。

「やれ」

峰々に散った味方に、総攻めを命じる鏑矢が放たれた。

大きく息を吸い、義仲が叫ぶ。

「平家の者どもを、一人たりとも生かして帰すな。かかれ！」

四方から、怒濤のような喊声が沸き起こる。

勝ったと、葵は思った。

喜悦と高揚が、全身を満たしていく。自分の立てた策が、平家の大軍を打ち砕いたのだ。この勝利で、戦のありようは一変する。それればかりか、日ノ本の歴史さえも大きく変わるだろう。

女の身で、並の男には到底できないことを成した。書物を読むことだけが生き甲斐だったただの女子が、史書に残るほどの大事を成し遂げたのだ。

その喜びは、体が震えるほどのものだった。父も、彼岸にいる母も、褒めてくれるに違いない。

合図の鏑矢を聞き、巴は長刀を握り直した。

「者ども、続け！」

叫ぶや、徒立《かちだ》ちで斜面を駆け上がった。右隣の今井隊、左隣の根井隊も動き出している。

巴たちが向かうのは、敵の前衛だった。

今井隊が放った牛の姿はもう見えないが、敵はいまだに混乱から立ち直れていない。狭い場所で敵味方が入り乱れ、凄惨な斬り合いがはじまる。

いや、斬り合いというよりも、一方的な殺戮《さつりく》と言った方がよかった。

恐怖から冷めやらず、ほとんど抵抗することなく逃げていく敵を、味方が追い立て、狩っていく。血と糞便の臭いが入り混じり、無数の悲鳴と命乞いの声が重なり合う。

「討ち取るのは武者だけだ。雑兵は放っておけ！」

巴は叫ぶが、昂ぶった味方は止まらない。得物を持たない敵に群がり、次々と首を刎ねていく。

崩れ立つ平家軍の中にあって、いまだ激しく抵抗を続ける一団がいる。数は、三十ほどか。

「倉光《くらみつ》殿、あそこを崩す。助太刀を！」

巴は、近くにいた武者に声をかけた。巴隊の道案内を務める加賀の住人、倉光次郎成澄《なりずみ》だ。

「承知！」

成澄とその郎党たち十数名を率い、敵の一団に攻めかかった。

雑兵を柄で叩き伏せ、続けて向かってきた武者の長刀を受け止める。数合《すうごう》打ち合ったところで、隙を衝いて鎧の隙間の脇の下を抉った。

「噂に聞く木曾の女武者とは、そなたのことか！」

ひどく太った武者が、血の滴る長刀を手に喚いた。この太り肉《じし》では、馬も乗せるのを嫌がりそうだ。

「そなたが大将か？」

「いかにも。我が武名、木曾の田舎にも鳴り響いておろう。我こそは平家が郎党、備中国《びっちゅうのくに》住人、妹尾太郎兼康《せのおたろうかねやす》なるぞ！」

「知らぬ名だ」

妹尾のこめかみが、ぴくりと震えた。

「女子の分際で戦場に出るばかりか、このわしを愚弄いたすか。よかろう。このわしが、戦の恐ろしさを教えて進ぜる」

勢いよく、妹尾が地面を蹴った。上からの打ち込みを、柄で受け止める。

続けて二度、三度と突きがきた。見た目通り、膂力は相当なものだが、速さはない。身を捻ってかわし、下から長刀を撥ね上げる。切っ先は妹尾の二の腕を斬り裂いた。長刀を取り落とし、太刀の柄に伸ばした妹尾の腕を、柄で強く打つ。さらに、石突で顎を跳ね上げる。

妹尾は口から血を吐きながら数歩後退り、どうにか踏み止まる。

「おのれ！」

太刀を抜いた妹尾は、斬りかかってくるかと思いきや、いきなり踵を返して駆け出した。敵味方問わずその巨体で撥ね飛ばし、脇目も振らず逃げていく。

「どけ、どけい！」

猪さながらに駆ける妹尾の前に、倉光成澄が立ちはだかった。

馳せ違いざまに脚を斬りつけられ、妹尾がどっと倒れる。

「その卑怯者を捕らえよ！」

成澄の命で、倉光の郎党たちがのしかかった。たちまち縄を打たれ、縛り上げられていく。

「妹尾兼康殿、生け捕った！」

大将が無様に捕らえられ、他の者たちも戦意を失ったらしい。逃げ出す者が相次いだ。大手は、あらかた決着がついた。だが、敵本陣のある猿ヶ馬場や倶利伽羅峠のあたりでは、まだ激しい戦いが続いているようだ。

麾下の兵をまとめようと振り返ったその時、絶叫と共に一人の武者が太刀で斬りかかってきた。不意は衝かれたものの、武者の動きに鋭さはない。後ろへ跳んで、難なくかわした。それでも、武者は狂ったように前に出て、太刀を振り続ける。

「化け物め！　お前たち源氏は、人を喰らう鬼じゃ！」

涙と涎で汚れた顔で泣き叫びながら太刀を振り下ろしてくるのは、公家のように青白い顔をした、初老の武者だった。身につけた鎧も直垂も上等だが、剣の腕は気の毒なほどに立たない。

「巴殿！」

割って入ろうとする成澄に「大事ありませぬ」と応じ、斬撃を受け流す。

「返せ、わしの息子を……！」

武者が叫んだ。刹那、力丸の顔が脳裏をよぎる。

胸を衝かれたような痛みを覚えながら、巴は何度目かの斬撃を受け止め、長刀の柄で頭を打った。武者がぐらりと傾《かし》ぎ、膝をつく。

「その程度の腕で、戦場へ出るな！」

長刀を振った。武者の首が胴から離れ、地面に転がる。巴は唇を噛み、首から視線を逸らした。

気づくと、東の空がわずかに白みはじめていた。

ひどく長い夜が、明けようとしている。

五

平家の本陣があった場所に立ち、葵は思案を巡らせていた。

平家軍前衛を突き崩した今井、根井、巴隊が東から攻めかかったことで、抵抗を続けていた猿ヶ馬場の平家軍は崩壊した。

西の倶利伽羅峠からはまだ喧噪が聞こえているが、西へ逃れた敵は完全に統制を失っている。樋口隊が打ち破られるようなことは、万が一にもないだろう。

今のところ、味方に大きな損害はなかった。名のある将が討たれたという報告もない。そして味方は、平家軍の侍大将、上総大夫判官忠綱《かずさのたいふのほうがんただつな》、飛騨大夫判官景高《ひだのたいふのほうがんかげたか》、河内判官秀国《かわちのほうがんひでくに》らを討ち取っていた。大将の維盛を討ったという報せはないが、崖に落ちて死んだということも考えられる。いずれにせよ、圧倒的な勝利であることは疑いようがない。

唯一不安があるとすれば、北の志雄山へ向かった平家の搦め手軍だ。そちらの押さえを任せた新宮行家には、義仲を通じて守りに徹するよう指示を出してある。しばしの間持ちこたえれば、搦め手軍はじきに本軍の壊滅を知り、撤退するはずだ。

問題は、その後だった。このまま勢いに乗って京を目指すか。それとも、いったん兵を退いて北国で地盤を固めるか。そのあたりはまだ、義仲と話し合ってはいない。

上洛を急がず、しばらくは北国にとどまるべきだと、葵は考えていた。

勢いのままに上洛すれば、軍勢は山を転がる雪玉のように際限なく膨れ上がるだろう。だが、畿内はいまだ、飢饉の痛手から回復してはいない。統制が乱れた軍が大挙して京に入れば、何が起こるかわからなかった。

加えて、がら空きになった信濃や越後に、頼朝が兵を進めてくる恐れもある。和睦したとはいえ、あの男は油断がならない。警戒は緩めるべきではないだろう。

こちらには、北陸宮がいる。焦って京へ上らずとも、宮を擁して独自の勢力を築き上げ、奥州藤原氏との連携をより一層強めれば、平家も頼朝も容易に手出しできなくなる。

そうして力を蓄えた上で、機を見て上洛する。平家を滅ぼして北陸宮が帝となれば、義仲の権威は絶大なものとなるだろう。義高の返還要請を、頼朝は拒めない。

そこまで考えたところで、葵は眩《まぶ》しさに顔を顰めた。

気づくと、東の彼方の稜線から、日輪が顔を出していた。

荒い息遣いが聞こえる。見ると、山吹だった。蒼褪めた顔で、目を見開いている。

「葵殿……これが、戦というものなのですか」

日が昇り、周囲の様子が露わになっていた。

屍《しかばね》が累々と折り重なり、まだ息のある者が血溜まりの中を這いずり回っている。首を失った胴。無数の牛や人馬に踏みつけられたと思しき、人であったはずの肉塊。助けてくれ、殺してくれと呻く、深手を負った生者。

目の前に広がる光景に、葵は絶句した。いきなり頬を張られたように、全身を満たしていた高揚が引いていく。

「戦にも、最低限の礼はあると、父は申しておりました。しかし、これはあまりに……」

礼など尽くしていては、戦には勝てない。そんな反論も、眼前の惨状を目にした今は、あまりにも空虚だった。

彷徨わせた視線の先に、義仲たちが映った。平家軍が落ちていった谷。その手前に立ち、谷底を見下ろしている。兼平や巴の姿もある。誰もが無言で、勝利を喜んでいる気配はない。

何かに衝き動かされるように、葵は駆け出した。

「よせ、見るな！」

落合兼行が制止するが、振り切って身を乗り出し、下を覗き込む。

谷底に広がるそれは、まぎれもない地獄だった。

夥しい数の人、馬、そして牛。谷底を埋め尽くす敵兵は数千、もしかすると万に達するやもしれない。死にきれずに蠢《うごめ》くわずかな者たちを除いて、動く者は皆無だった。

骸の山から一筋、何か赤黒い物が流れ出している。確か、谷底には小さな川が流れていた。それが、血に染まっているのだ。思い至った葵は耐えきれず膝をつき、嘔吐《おうと》した。

今の今まで、自分は頭の中だけで戦をしていた。駒を操るように軍を動かし、兵を数字としてしか見ていなかった。一人一人が生きた人間であるということから、目を背けていた。

意図せず、涙が溢れ出す。この地獄を自分が生み出したという事実を、受け止めきれない。いや、頭ではわかっていても、心と体が拒絶している。

誰かの手が、背中をさする。巴だった。顔を上げると、巴の全身は返り血に染まっている。

「申し訳ありません。もう大丈夫」

袖で口を拭い、立ち上がった。

「義仲様、谷底に下りることをお許しください」

「葵殿……」

兼行が何か言いかけるが、遮るように続けた。

「己が為した事を、しかと見つめたいのです。何卒、お許しを」

「わかった。誰か、このあたりに詳しい者を案内に立てろ。どこに残党が潜んでいるかわからん。巴、兼行、ついていってやれ」

「ありがとうございます」

「一つ言っておく。この戦の大将は俺だ。戦で起こったすべての責めは、俺が負う」

だから、自分を責めるな。そう言っているのだろう。一礼し、葵は踵を返した。

案内の者に従って、山道に入る。傾斜の緩やかな場所を選んでいるはずだが、気を抜けば足を滑らせかねない。木の幹に摑まりながら、慎重に谷を下った。

谷底に近づくにつれ、鼻を衝く死臭が濃くなる。胃の腑は空っぽだが、それでも吐き気は何度となく込み上げた。

やっとの思いで谷底に出ると、想像をはるかに超える惨状が広がっていた。

夥しい数の鳥が、群れ集まっている。骸の山は、見上げるほどの高さだ。兼行は蒼褪めた顔で口元を押さえ、巴は立ち尽くしたまま言葉を失っている。

兵たちの死に顔は、いずれも恐怖と苦痛に歪んでいた。

この中で、自らの意志で平家の味方をした者は、ほんの一握りだろう。大多数が主君や領主の命令で、やむなくこの戦に加わったにすぎない。故郷に妻子や想い人を残してきた者も、多くいるはずだ。そうした人々の命を、自分の策が一瞬にして奪ったのだ。

葵はしゃがんで手を合わせ、瞑目した。

赦されるはずがない。だが、この戦に勝たなければ、平家の世が覆ることもない。ならば、この罪を背負ったまま、前に進むしかなかった。


誰かが、自分を呼んでいる気がする。

誰だろう。弥太郎は顔を上げ、耳を澄ませた。なぜかあたりは月の無い夜のように真っ暗で、ほとんど何も見えない。

声は徐々に大きくなり、はっきりと聞こえるようになった。

――弥太郎さん、起きて。

妻の声。一緒に聞こえる笑い声は、幼い息子のものだ。

ああ、そうだ。俺は妻と子を置いて、戦に出たんだ。平家軍に加わって、散々な目に遭いながら北国へ行き、そこで……。

不意に襲った激烈な痛みに、弥太郎は目を開けた。

視界に、空が広がっていた。無数の鳥が舞い飛び、けたたましい鳴き声を上げている。

光の具合からすると、明け方か夕暮れ時だろう。どうやら自分は眠っていたらしい。ここがどこで、自分が何をしていたのかも思い出せない。

体を起こそうとして、再び全身を激痛が駆け巡った。

右の膝が、おかしな方向に曲がっている。あばらも、折れたか罅《ひび》が入っているようだ。息をするたびに悶絶するほどの痛みが襲ってくる。

呻き声を上げて首を捻った弥太郎の目に、理解し難いものが映る。

大きな、黒々とした獣の顔。牛だ。口から血を流し、白目を剝いて死んでいる。なぜこんなところにと思った刹那、記憶が蘇ってきた。

見張りの最中に襲ってきた木曾軍。そして、巨大な物の怪。混乱し、逃げ惑う平家軍。その先で口を開けて待っていた、深い谷。

頭を持ち上げると、切り立った崖が見えた。あそこから落ちて、なぜ生きているのか。考え、自分の下にある物が何なのかを理解した。

悲鳴を上げ、痛みを堪えて体を起こす。足元にあるのはやはり、牛や人馬の死体の山だ。

あたりを窺った。誰か、自分と同じように生きている者はいないのか。だが、周囲に動いている者は誰もいない。

もしかすると、自分はもう死んでいて、ここがあの世なのか。ならばなぜ、これほど体が痛むのか。恐怖と痛みでおかしくなりそうだ。蹲り、嗚咽を漏らす。

ふと、人の話し声が聞こえた。顔を上げると、数人の鎧をまとった武者が見える。

そっと様子を窺った。小柄な武者が、しゃがんで手を合わせている。その後ろに三人。一人は長刀を手にした長身の武者で、その鎧は返り血で赤黒く染まっている。

「そろそろ戻りましょう。どこに平家軍の残党が潜んでいるかわかりません」

源氏の武者だ。恐らく、それなりの身分なのだろう。

この地獄を作り出したのは、あの連中か。怒りで全身が熱くなった。あたりを見回し、死体の山の上を這って手を伸ばす。

落ちていた弓を摑み、弦を確かめる。さらに別の骸が身に着けた箙《えびら》から、矢を引き抜いた。

武者たちは、およそ十間先にいる。普段なら、難なく獲物を射貫ける距離だ。激痛に苛まれながらも歯を食い縛り、矢を番えて弦を引く。

もう、命など惜しくはなかった。この傷では、どうせ逃げられはしない。残党狩りで捕まって殺されるくらいなら、一人でも多く道連れにしてやる。

平家も源氏も、侍はみんな糞だ。鏃に、ありったけの怒りと憎悪を籠める。

限界まで引き絞った弦から、矢が放たれた。


踵を返し歩き出そうとした刹那、目に映るすべてが色を失った。

全身から力が抜け、膝をついて倒れる。

なぜ、自分は倒れたのだろう。何かに躓《つまず》いたのだろうか。地面に手をついて立ち上がろうとすると、背中から胸にかけて、焼けるような痛みが拡がった。

喉の奥から、何かが込み上げてくる。押しとどめる間もなく口から溢れ出したのは、真っ赤な血だった。

「葵殿！」

「何だ、どうした！」

巴と兼行の声。視界が暗い。どうやら、地面に突っ伏してしまったらしい。

何だろう、これは。自分の体にいったい何が起きたのか。

いきなり視界が明るくなり、空が見えた。仰向けにされ、誰かの膝に頭を乗せられた。逆さまになった巴の必死な顔が、覗き込んでくる。

「葵殿、しっかりしてくれ！」

兼行の泣きそうな顔が見えた。その脇を、ここまで案内してきた武者が駆けていく。続けて、叫び声と肉を斬る音が聞こえてきた。どこかに、敵の残党が潜んでいたのだろうか。

咳き込んだ。口から、とめどなく血が溢れ出る。声を出そうとするが、喉に血が詰まって、上手く息もできない。

そうか。矢を受けたのか。ようやく理解した。

矢は背中から入って、恐らく肺に達している。自ら斬り合うことはあるまいと、重い大鎧ではなく、いくらか軽い腹巻を身に着けていたのが仇となったらしい。こんなことなら、大鎧の重さに耐えられるよう、もっと鍛えておけばよかった。

ここで死ぬのか。まだ、二十年も生きていないのに。これも、数えきれないほどの人の命を奪った報いだろう。

この三年ほどで、普通の女子ができないような経験をいくつもした。まるで、自分が物語の登場人物になったような気分さえ、味わうことができた。

だから、悔いなど無い。そう思おうとした時、全身が震えた。

嫌だ。死にたくない。死ぬのは怖い。もっと生きていたい。

涙が溢れた。恐怖から逃れるように、巴の手を握る。巴は葵の手を、力強く握り返してきた。

そういえば、忙しさにかまけて、善光寺に詣でる約束を果たしていなかった。地から湧き出す湯にも連れていくと、約束していたのに。

ごめんなさい。口だけを動かす。首を振り、穏やかな笑みを浮かべる巴に、葵は安堵を覚える。

「頼む、死なないでくれ。俺は……」

兼行が、涙で顔をくしゃくしゃにしながら喚いていた。耳が遠くなっているのか、何を叫んでいるのかはよく聞こえない。

この人には、何かと面倒を見てもらった。身の回りのこともろくにできない自分に、きっと呆れていただろう。思えば、父にもそれでずいぶんと叱られたものだ。兼行に感謝の思いを込めて微笑んでみせたが、上手く笑えたかどうかはわからなかった。

そうだ、義仲様に伝えなくては。力を振り絞り、声を出す。

「みや、こ、へ……」

上ってはなりませぬ。そう言いかけて、再び血を吐いた。

お願いだから、最後まで言わせてください。神仏に懇願するが、声は出ない。

巴の大きく温かな手が、頬に触れる。兼行は相変わらず泣き叫んでいるが、すべての音が消え、何も聞こえない。

空を見上げた。昇る朝日の光が、夜の紫と混じり合っている。

綺麗だな。誰にも届かない声で、葵は呟いた。

六

　馬上から戦況を見つめ、知度は勝利を確信した。あと一押しで敵は総崩れとなり、敗走に移るだろう。

　志雄山は一つの山ではなく、能登、越中国境に横たわる山々の総称である。その東の麓、氷見の湊の近郊で、平通盛率いる平家搦め手軍は木曾軍とぶつかっていた。木曾軍は八千。味方は二万だが、戦っているのはそのうち一万五千だ。

「守りに徹しておればよいものを。やはりあの新宮行家なる者、稀代の戦下手のようじゃな」

　轡を並べる通盛がせせら笑った。知度から見れば従兄弟に当たる通盛とて、さして戦上手というわけではない。だが、あの新宮行家に比べれば、ずいぶんとましだろう。

　木曾軍は、決して弱兵ではない。むしろ、駆武者が主体の平家軍より士気も練度もはるかに高かった。その木曾軍が崩壊寸前に陥っているのは、ひとえに新宮行家の愚かさによるものだ。

　開戦するや、先鋒の平盛俊が攻めかかり、すぐに攻めあぐねた風を装って撤退した。見え透いた手だが、行家はあっさりと引っかかり、陣地を出て追撃してきたのだ。あとは突出した行家を分断、包囲して攻め立てるだけの容易い戦だった。副将の楯親忠とその麾下が奮戦しているものの、すでに疲弊し、崩れはじめている。

「通盛殿」

　促すと、通盛は頷き、総攻めの下知を出した。

知度は麾下をまとめ、太刀を抜き放った。馬腹を蹴り、しぶとく抵抗を続ける行家勢に向けて突っ込む。新手の一撃を喰らい、たちまち敵が崩れ立った。

「新宮行家殿、いざ勝負！」

叫ぶが、答えは無い。やはり、逃げ足だけは一流のようだ。

やがて、最後まで踏み止まっていた楯親忠も崩れ、敗走していった。

追い討ちをかければ、行家と親忠の首は獲れる。そう思った時、撤退の法螺が吹きならされた。

知度は舌打ちした。行家軍を打ち破り、礪波の本軍と向き合う義仲本軍の背後を衝くことが、この戦の要諦だ。義仲を討ち取る千載一遇の機。それを、みすみす逃すつもりか。

後方に駆け戻り、通盛に詰め寄る。

「通盛殿、何ゆえ兵を引かれるのです。ここで行家の首を獲っておけば……」

「知度様、状況が変わり申した」

代わって答えたのは、斎藤実盛だった。

「本日払暁《ふつぎょう》、礪波のお味方は敵の奇襲を受け、潰走いたしました。半数以上の兵を失い、多くの将が行方知れずとの由」

信じ難い話だった。物見によれば、義仲本軍は一万余。対する平家本軍は三万。しかも、険阻《けんそ》な山の上に陣取っていたのだ。いくら奇襲を受けたからといって、容易く敗れるはずがない。

「夜明け前、敵は何十頭もの牛をけしかけ、お味方の陣に放ったそうです。闇夜とあってお味方は大混乱に陥り、逃げた先には深い谷が待っておりました」

「何と……」

知度は言葉を失った。

そこにたまたま、谷があったはずがない。敵は谷の存在を知った上で、平家軍がそちらへ逃げるよう追い込んだのだろう。

怒りに、唇が震えた。戦の常道も、もののふの矜持《きょうじ》もありはしない。なりふり構わず勝利を追い求める。それが源氏の、義仲の戦のやり方だというのか。

「して、維盛殿は？」

「どうにか難を逃れ、命からがら加賀へ引き上げたそうにございます」

「本軍が壊滅したとなれば、我らがこれ以上進めば、敵中に孤立することになりまする。行家の敗退を知れば、義仲は直ちにこちらへ兵を向けてくるでしょう。ここはいったん、能登から加賀へ退き、敗軍をまとめて京へ引き上げる。それしかありますまい」

後を受けた平盛俊の言葉に、頷くしかなかった。

こちらは二万。行家の残軍と義仲が合流しても、兵力は互角だ。しかし、本軍の壊滅を知った味方の動揺を考えれば、撤退が妥当だろう。

全軍をまとめ、撤退に移った。時を稼ぐため、氷見周辺を流れる川の橋も落とした。来た道を引き返し、西を目指す。その間にも、兵の逃亡が相次いだ。

後方が騒がしくなったのは、翌日の早朝、志雄山の中腹付近で野営している時のことだ。

「殿軍《でんぐん》の平盛俊様より注進。後方に木曾勢。義仲本軍と思われるとの由！」

悲鳴のように、伝令の武者が叫ぶ。

「馬鹿な。早すぎる」

思わず、知度は呻いた。礪波で戦ってから、ほとんど休まず駆けてきたとしか考えられない。いや、本軍のほんの一部だけが急行してきただけではないのか。

その考えは、次の伝令で吹き飛ばされた。敵の先頭に立つのは、義仲本人だという。

逃げるか、それとも踏み止まるか。思案したのは一瞬だった。

「実盛」

「はっ」

「通盛殿には先に逃れていただき、私はここで防戦の指揮を執る。そなたが補佐してくれ」

「それがよろしゅうございましょう」

通盛の采配では、防ぎきれない。実盛も同じ考えだったようだ。

見方によっては、またとない好機だ。義仲が陣頭に立っているのなら、討ち取る機もある。天はまだ、自分を見捨ててはいない。

通盛が落ち延びるのを見届けると、知度は二町ほど引き返し、戦況を見渡した。

山を駆け登る木曾軍を、殿軍の盛俊がどうにか防いでいた。高所に位置しながら、盛俊は押されつつある。

「者ども、進めや。平家の武者を、一人たりとも生かして帰すな！」

太刀を高々と掲げた騎馬武者が、大音声を放った。赤地の錦の直垂に唐綾縅《からあやおどし》の鎧、金の鍬形を打った兜。あれが義仲なのだと、知度は直感した。

義仲の闘気が全軍に乗り移ったように、敵の勢いがさらに増していった。盛俊の軍が、見る見る崩れていく。

知度は、自分の膝が震えていることに気づいた。戦場で恐怖を覚えたことなど、これまでただの一度も無い。逃げ出してしまえ。戦の行方など、知ったことか。そんな声が、頭の中に響く。

頭を振り、知度は己に言い聞かせた。逃げてたまるか。俺は、あの平清盛の子だ。戦うことを忘れた平家にあって、誰よりも武士らしくあらねばならない。ここで逃げれば、あの歌や管弦しか能の無い他の一門連中に、また蔑みの目で見られることになるのだ。

歯を食い縛り、手で震えを抑え込む。

「私は右から、実盛、そなたは左から回り込め。狙うは義仲、ただ一人。他の首には目もくれるな！」

「承知」

「者ども、怯むな。我に続け。義仲が首級を挙げれば、恩賞は望みのままぞ！」

太刀を抜き放ち、坂を駆け下った。苦戦する盛俊隊を掻き分けるようにして、乱戦の中へ躍り込む。向かってきた騎馬武者を、太刀で叩き落とした。

「我こそは平相国清盛が末子、三河守知度なるぞ。木曾殿は何処に在りや！」

叫んだ刹那、全身が強張るのを感じた。

凄まじい殺気が籠もった視線。白馬に乗り、長刀を手にした敵の武者が、こちらを睨んでいる。

「ようやく出会えたな」

武者は、女だった。義仲は女武者を侍らせているとは聞いていたが、この女子のことか。

「何者か」

「忘れたとは言わせぬ。四年前、そなたは丹波山中の村で、藤原成高なる公家を捕らえたはず」

思い出した。あれは、亡き清盛が福原から上洛し、法皇を幽閉した折のことだ。

知度は父の命を受け、京から落ち延びた成高を追って、丹波の鄙びた村にたどり着いた。そこで村人たちが反抗したため、やむなく村ごと滅ぼしたのだ。

あの時の知度はまだ若く、戦らしい戦も経験していない。手柄を挙げて父に認められることしか頭に無かった。そしてそこで、初めて人を斬った。

「そなた、あの村の生き残りか」

「いかにも」

女が、返り血で汚れた顔に笑みを浮かべる。

「我は源義仲が郎党、巴。虫けらのごとく殺された我が子と夫、そして村人たちの仇、取らせてもらう」

これも、天の巡り合わせか。だが、こんなところで死ぬわけにはいかない。この女と義仲をまとめて討ち取り、再び平家の世を築き上げる。そして、その頂点に立つのだ。

「よかろう。女とて、容赦はせぬ」

太刀を握り直し、馬腹を蹴った。

七

行け、千早。

巴が念じると、それに応えるように千早は脚を速めた。

平知度。力丸と三郎を殺し、村を滅ぼした男。この男を殺すために、巴は人であることをやめ、京で何人もの禿童を斬った。

そして義仲に救われ、木曾の地で暮らし、再び人に戻ることができた。戦に出るようになったのは、仇討ちのためではない。この身がほんの少しでも、義仲が望む世を創る助けになればと思ったからだ。

それが今になって、この男に出会うとは。

仇を討ったところで、死んだ者は誰も戻ってこない。頭ではわかっていても、込み上げる殺意を抑えることができなかった。

間合いが近づく。知度が雄叫びと共に、太刀を振り上げる。

馳せ違った。長刀を振る。風が頰を打ち、鋭い痛みが走る。同時に、知度の首が飛んだ。

いや、手応えは無い。飛んだのは、兜だけだ。

手綱を引き、馬首を巡らせる。頰の傷は浅くはないが、痛みは遠い。流れ出た血が、顎の先から滴り落ちていく。

知度がこちらへ向き直り、馬腹を蹴った。巴も、再び千早を駆けさせる。

村の景色。三郎の顔。力丸の笑い声。様々なものが脳裏を過《よ》ぎっていく。

渾身の力を籠め、長刀を振った。

骨を断つ重い手応え。太刀を握る知度の肘から先が飛んだ。さらに、刃は知度の首に食い込む。

駆け抜けた時、知度の首は宙を舞っていた。残った胴が、血を噴き上げながら馬から落ちる。

勝った。仇を取った。

だが、昂ぶりはまるで感じない。ただ、虚しさのようなものだけが、心の中を占めている。

「木曾殿が郎党、巴殿が、平知度を討ち取ったぞ！」

誰かが叫び、巴は我に返ったように周囲を見渡した。

戦況は、圧倒的に味方が優勢だ。知度の討死にが最後の一押しとなり、敵が崩れていく。

不意に、殺気が肌を打った。

長刀を手にした騎馬武者が一騎、こちらへ駆けてくる。放たれた斬撃を、柄でかろうじて受け止めた。重く、鋭い。膂力も、巴を上回っている。

「巴殿といったな。それがしは平家郎党、越中前司盛俊」

騎馬武者が名乗った。

「ただで帰るわけにもいかんのでな。知度殿が仇、取らせてもらうぞ」

数合、打ち合った。盛俊は、技量も並ではない。一つ、二つと浅い傷が増えていく。

下から襲ってきた斬撃を受け損ねた。刃が首元に迫る。鐙《あぶみ》を踏む両足に力を籠め、後ろへ跳んだ。目の前を刃が過ぎり、背中から地面に落ちる。

にやりと笑い、盛俊が長刀を構え直す。次の刹那、視界の隅から一騎が駆けてきた。

義仲。振り下ろされた太刀を、盛俊は柄で受ける。

「ここは引け。貴殿とは、戦いたくはない」

押し合いながら、義仲が言う。

「戦の場で、温いことを」

「俺も巴も、貴殿には借りがある」

「何？」

「もう、十年以上も前だ。幼かった俺と巴は、京で清盛の行列の前に飛び出して斬られそうになった。その時助けてくれたのが、貴殿だ」

その言葉で、巴の脳裏に古い記憶が蘇った。義仲と初めて出会ったあの日、確かに平家の武者に助けられた。その武者は、盛俊と呼ばれていたような気がする。

巴からすべてを奪ったのは平家だ。だが盛俊がいなければ、あそこで義仲ともども斬られていた。皮肉な巡り合わせに、巴は唇を噛む。

「覚えておらんな、そんな昔のことは」

義仲の太刀を押し返し、盛俊が言った。

「例え覚えていたとしても、戦には関わり無きこと。戦場に、情けは無用ぞ」

「戦であっても、俺は無益な血を流したくない。すでに勝敗は決した。ここは引いてくれ」

周囲に目を向けると、平家軍が敗走をはじめていた。盛俊も、舌打ちしつつ長刀を引く。

「よかろう。木曾殿、今井兼平殿、そして巴殿。いずれまた、戦場にてお会いいたそう」

盛俊が馬首を返した。

「追い討ちは無用。兵をまとめよ」

義仲が下知する。やがて、戦場の喧噪は遠ざかり、あたりに静寂が戻ってきた。

「巴。傷の具合は？」

下馬した義仲が、声を掛けてきた。頬の傷は思ったよりも深く、傷跡が残るだろうが、巴は首を振った。

「大事ありません。危ういところを助けていただき、ありがとうございます」

「もうこれ以上、身内を失いたくないからな」

そう答える義仲の顔に勝利の喜びは無い。

葵の死を知った時、義仲はただ一言、「すまん」と詫び、瞑目した。そして行家の敗退を聞くや、軍の半数を樋口兼光に託し、自らは残る半数を率いて氷見へ駆けた。そこから、満ち潮で増水した川を躊躇うことなく押し渡り、この戦に至っている。

「このまま能登へ入り、兼光と合流した上で、しばし兵を休める」

諸将を集め、義仲が言った。

礪波から、戦い続け、駆け続けてきた。さすがに、諸将も兵たちも疲弊している。

「それから、いかがなさいます?」

兼平が訊ねた。ここで戦を終えるのか、それとも京へ上るのか。そう、問うている。

巴は、葵の最期の言葉を思い起こした。都へ。聞き取ることができたのは、それだけだ。

一同の視線が、義仲に注がれる。

どこか重苦しい沈黙の後、義仲は口を開いた。

「都へ上り、平家を討つ」

八

水面に映る白身の姿に、斎藤実盛は「ふむ」と頷いた。

「ま、こんなものかのう」

気恥ずかしさをごまかすように笑みを浮かべ、呟く。

加賀国篠原《しのはら》に置かれた、平家軍の陣。その外れにある、小さな池だった。

真っ白だった髪は黒く染め、薄く施した化粧で顔の皺も隠してある。派手な赤地の錦の鎧直垂に萌黄縅の鎧、太刀は黄金《こがね》造り。これで兜をかぶれば、一見しただけでは七十を過ぎた老人と見えないだろう。

「ほう、これは。見違えましたぞ」

背後から、伊東九郎祐氏《いとうくろうすけうじ》が声を掛けてきた。頼朝に敗れて坂東を追われた伊豆の豪族、伊東家の一族だ。京へ逃れて平家に仕え、この北国遠征軍に加わっている。

「ちと、派手過ぎるかと思ったのじゃがな」

「何の。此度が文字通り、我らの最期の戦となりましょう。恥じることなどありますまい」

礪波山、志雄山での敗北からおよそ二十日。能登にとどまって兵を休めていた義仲が動き出したという報せが届いていた。平家軍から鞍替えした北国の豪族たちを加え、木曾軍は今や三万近くに膨れ上がっている。

一方、越中から逃げ戻った平家軍は、篠原まで退いて敗残兵を収容した後、この地で無為な時を過ごしていた。

原因は、平家軍諸将の意見の対立である。北国にとどまって木曾軍を迎え撃とうと主張する者、京へ戻って態勢を立て直すことを主張する者が互いに譲らず、容易に結論を出せずにいた。

軍勢の大半を失ったとはいえ、平家軍はいまだ二万の兵を擁している。しかし、将兵の胸に巣食った恐怖は、時が経っても消え去ることはない。京の宗盛からは、何としても木曾軍を食い止めよという下知が届いているが、戦場に出ていない者の戯言《たわごと》でしかなかった。

決断を下すべき総大将の維盛はといえば、礪波山の合戦以来、物の怪にでも取り憑かれたかのように塞ぎ込んでいる。軍議の席で一言も口を開こうとしないばかりか、義仲の名を聞いただけで蒼褪め、震え出すという有り様だった。

戦場で味わった恐怖のせいで似たような状態になった者を、実盛は何人も見てきた。恐らく維盛はもう、戦場に立つことはおろか、まともな暮らしを送ることも難しいだろう。

「それで、軍議はどうなったかのう？」

「結局、この地にとどまるのは伊藤景家《いとうかげいえ》殿お一人。維盛様以下の諸将は京へ退き、捲土重来《けんどちょうらい》に備えるとの由」

平家郎党の伊藤飛騨守景家は、あくまで北国にとどまり、木曾軍と戦うことを主張していた。礪波での戦で、景家は嫡男を失っている。その遺恨もあるのだろう。

「盛俊殿も退かれるか。これはいよいよもって、勝ち目が無《の》うなったのう」

実盛は乾いた笑いを漏らした。

「篠原に残る兵は、いかほどじゃ？」

「さて。およそ三千ほどでしょうか。そのほとんどが、坂東出身の武者たちにござる」

頼朝、義仲が東国を制したことで、多くの平家方坂東武者が領地を追われ、平家に身を寄せていた。他ならぬ実盛も、その一人である。

「我らと同じ、行くあて無き根無し草か」

思えば、おかしな巡り合わせだった。実盛は、かつては源義朝に仕え、保元、平治の乱では源氏方として戦った。だが、義朝の死後は平家に仕え、かつて自らが命を救った義仲と、こうして戦場で見えようとしている。

できることなら、義仲と戦いたくはなかった。しかし坂東武者にとって、父祖伝来の領地とは己の命も同然だ。それを取り戻さない限り、胸を張って生きているとは言えない。

先の戦で、実盛は本気で義仲の首を獲るつもりだった。義仲を倒し、頼朝も討って、領地である武蔵国長井の地を取り戻す。そう考えていたのだ。

だが、礪波山で維盛が敗れ、知度も志雄山で討たれた。この敗戦で、平家は二度と立ち上がれないほどの痛手を蒙っている。坂東の領地を取り戻すなど、もはや夢のまた夢だろう。

そもそも、本当に領地を取り戻したかったのか。今となっては、それも疑問だった。古稀を過ぎ、俗世への執着は薄れている。自分が求めていたのは、もっと別な物だったような気もする。

「ここだけの話ですが」

声を潜め、祐氏が言った。

「鎌倉殿から見れば、我が伊東一族は仇敵。降《くだ》っても、首を刎ねられるだけでしょう。しかし貴殿は、木曾殿の命の恩人と聞いております。今からでも降伏いたせば、武蔵の領地は無理だとしても、どこか別に領地を与えられるということも……」

「よせ、祐氏殿。わしを未練な武人にはしてくれるな」

「そうですな。つまらぬことを申した。許されよ」

北東の方角から、騎馬武者が駆けてきた。能登に放っていた物見が戻ったのだろう。

「来ましたな」

覚悟の定まった声音で、祐氏が言った。

実盛は、志雄山で目にした義仲の姿を思い起こす。

あの駒王丸――自分の足で立つことがやっとだった童が、見事な武者に育っていた。義仲個人の武芸や用兵の手腕は言うに及ばず、将兵からも心服されていることは、木曾軍の戦ぶりを見ればはっきりとわかる。人に恵まれ、本人も周囲の期待にしっかりと応えてきたのだろう。

かつては、源氏の血の重みに押し潰されはしないかと案じたこともあった。だが義仲は、すべてを受け止めた上で、己が血の宿運に抗い、打ち破ろうとしている。それが我が事のように嬉しく、誇らしい。

地鳴りがした。彼方から馬蹄の響きが聞こえ、周囲の味方が今さらのように慌ただしく動き出す。予想よりもはるかに早い。本陣を振り返ると、維盛らが逃げ去っていくのが見えた。

「怯むな。平家武者の意地、木曾の山猿どもに見せてやろうぞ！」

伊藤景家が叫ぶが、応える喊声はわずかなものだった。

四半里ほど先の小高い丘に、源氏の白旗が翻った。

できることなら、あの旗の下で戦ってみたかった。平家に取って代わった義仲がどんな世を築くのか、見てみたい。だがそれを見届けるには、自分はあまりにも老い過ぎている。

小さく笑い、従者の曳いてきた愛馬に跨る。

「では、最期のひと戦とまいろうか」

舞台は整った。後は、心ゆくまで戦ってみせるまでだ。

馬腹を蹴り、駆け出した。流れる景色も頬を打つ風も、ひどく美しく見える。

領地を失った武士が唯一、後の世に残せるもの。実盛は今、それだけを追い求めている。

九

運ばれてきた首級を、義仲は無言で見つめていた。

本陣に集う主立った将たちも、誰も口を開こうとしない。

つい先刻まで黒々としていた髪は、池の水で洗ったことで、真っ白な老人のそれになっている。薄く施していた化粧も落ち、老いた皺だらけの頬が露わになっていた。

戦はすでに、終わっている。

維盛ら主力は戦わずして逃げ去り、残った伊藤景家の軍もわずかに抗戦しただけで、兵たちが逃亡して崩れていった。景家は討ち漏らしたものの、伊豆の伊東祐氏ら名のある将を多く討ち取っている。

その中に、斎藤実盛の首があった。父を失い、行くあても無かった母と義仲の命を助けてくれた恩人だ。

頼朝の挙兵以後も、実盛が京で平家に仕えていたことは知っていた。北国への遠征軍に参加しているという情報も摑んでいたのだ。義仲は、できることなら投降を促し、拒まれれば生け捕りにして翻意を促すつもりだった。

だが、髪を染めて歳を偽るなどとは思いもしなかった。そして実盛は勝ち目のまるで無い戦場にとどまり、手塚光盛に討たれて死んだ。幼い頃に実盛と会ったことのある樋口兼光がいなければ、名も知れぬ老将の首として顧みることも無かっただろう。

「間違いないな、兼光」

沈黙を破り、訊ねた。

「はい。確かに、斎藤別当実盛殿にございます」

「そうか」

一言なりとも、言葉を交わしたかった。救ってもらった礼をしたかった。だがそれももう、叶わない。

「申し訳ございませぬ！」

手塚光盛が、額を地面に擦りつけた。

「よい、済んだことだ。実盛殿も、本望であろう」

「されど、殿の恩人を討ち奉った罪、万死に値いたします。何卒、自裁のお許しを……」

腹の底が、かっと熱くなった。床几から腰を上げ、光盛の胸倉を摑んで引き起こす。

「今、何と申した。自ら命を断つなど、生きたくとも生きられなかった者たちへの侮辱ぞ」

「殿、おやめなされ！」

兼光と兼平が、義仲の腕を摑んだ。光盛を放し、床几に腰を下ろす。

「すまん。だが、二度と自裁などと口にいたすな。いいな」

「ははっ」

項垂れた光盛が、嗚咽を漏らした。

「兼光。実盛殿の首を葬ってくれ。手厚くな」

「承知」

「皆、苦労だった。持ち場へ戻ってくれ。仕度が整い次第、加賀国府へ向けて進発する」

諸将が出ていくと、義仲は大きく息を吐き、暮れかけた空を仰いだ。

さしたる戦ではなかったが、ひどく疲れている。体ではなく、心が疲弊しているのだろう。礪波山でのあの惨状を目にして以来、眠りも浅くなっている。

だが、疲れたなどと口にすることは許されない。葵が望んだ上洛を果たし、平家を討ち、義高を取り戻す。その日まで、立ち止まることはできない。


六月十日、越前国府まで進んだ義仲のもとに、使者が訪れた。

「ご無沙汰いたしております」

ふくよかな頬に笑みを浮かべるのは、金売り吉次だった。

「平泉の御館《みたち》より、戦勝祝いの品をお届けに上がりました」

砂金、駿馬《しゅんめ》、そしてかなりの量の米だった。近隣の豪族が続々と参陣し、兵糧はいくらあっても足りはしない。この支援はありがたかった。

「かたじけない。秀衡殿には、義仲が深く感謝していたと伝えてくれ」

「承知いたしました。して、木曾殿はこのまま都へ上るお考えにございましょうか？」

「無論、そのつもりだ」

「さようにございますか」

かすかに、吉次の顔に翳《かげ》りが見えた。

「無論、平家を討ち、鎌倉を従えた後も、我らが奥州に手出しすることはない。奥州とは、今後も良好な関係を保つ所存だ」

「ありがたきお言葉。しかと、御館にお伝えいたしましょう」

秀衡は恐らく、義仲の上洛を望んではいない。木曾、鎌倉、平家の三者が、睨み合いながら均衡を保つ。それが、平泉にとって最良の状況なのだ。

だがそれでは、戦乱が長引くだけだ。睨み合いと言っても、小さな戦は絶えず起こるだろう。武士は命を落とし、民は貧しさから永久に抜け出せない。礪波の戦のような悲惨な戦いが、またいつ起こるとも知れないのだ。それは、義仲の望む世ではなかった。

「それでは、報告いたします」

吉次が去ると、覚明が懐から書付を取り出した。

「昨日、今日で参集してきた越前、若狭《わかさ》の豪族を合わせ、我が軍は三万五千に達しております。また、平家軍に敗れ逼塞していた近江源氏の山本義経《やまもとよしつね》、柏木義兼《かしわぎよしかね》兄弟、美濃源氏の土岐光長《ときみつなが》、尾張源氏の山田重忠《やまだしげただ》らが参陣を打診してまいりました」

「総勢で、いかほどになる？」

「およそ、六万にはなるかと」

「おお！」と声を上げたのは、新宮行家だった。

「これぞ、平家が凋落し、武威を失ったまたとなき証ぞ。六万もの大軍があれば、このまま一気に京まで攻め上り、平家を根こそぎ滅ぼすことも夢ではない。義仲よ、天下はそなたの物ぞ！」

無邪気にはしゃぐ行家に、居並ぶ将たちが鼻白む。

志雄山で楯親忠の制止を振り切って攻勢に出た挙句、惨憺《さんたん》たる敗北を喫したことを、諸将は忘れてはいない。親忠などは、今にも斬りかかりかねない形相だった。

「叔父上、慢心は禁物だ。平家が凋落したのも、強者の驕りゆえ。我らはその轍を踏むまい」

「わかっておる。だが、ようやく都に帰れるのだ。昂ぶるなというのが無理というものよ。皆の者、上洛したら、わしが都を案内してやるぞ」

上機嫌でしゃべり続ける行家の言葉が、義仲にはひどく白々しいものに聞こえる。自分の中で、京の都がかつてほどの輝きを持っていないのだろうと、義仲は思った。

「都の話は後だ、叔父上」

行家を制して、一同に告げた。

「予定通り、出陣は六月十三日。近江へ入った後は、湖東、湖西の二手に分かれ、京を目指す。覚明は、叡山を説き伏せよ」

「はっ」

平家の北国遠征軍は瓦解し、近江に遮る敵はいない。都までの道のりで唯一、関門と呼べるのが比叡山延暦寺だった。都を牛耳る平家に弓引いた興福寺や園城寺とは異なり、叡山は以仁王の挙兵後も、平家とは表立って事を構えていない。三千と言われる衆徒たちの中には親平家派も多く、その向背《こうはい》は定かではなかった。

叡山と戦えば、興福寺を焼いた平家の二の舞にもなりかねない。仏敵と指差され、京の民の支持を失うことになる。それだけは、何としても避けたかった。

「お前にしか任せられん役目だ。やってくれるな？」

「お任せください。何としても、叡山をこちらに味方させてみせまする」

「今日のところはこれまでだ。明日からまた、忙しくなる。しかと休んでくれ」

評定が散会すると、奥の寝所へ向かった。

「具合はどうだ、山吹」

「これは、殿」

山吹が褥《しとね》から体を起こす。

「無理をせずともよい。休んでいろ」

「いえ、だいぶ良くなりました。出陣も近いのですから、あまり寝てばかりもいられませぬ」

礪波山の戦の後、山吹は体調を崩し、臥せりがちになっていた。薬師によれば、どこかはっきりと悪いところがあるわけではなく、気鬱《きうつ》の病だろうとのことだった。

あの谷底に広がる凄惨な光景が、山吹の心に深い傷を残したのかもしれない。だとすれば、山吹の病は自分のせいでもある。

「やはり、従軍するつもりか。京では、また激しい戦になるだろう。落ち着いた後に、追いかけてきてもいいのだぞ」

「いえ。自分で決めたことですから」

「そうか」

戦さえ無ければ、今も義高と親子三人、木曾で穏やかに暮らせていた。そんな思いを、頭を振って追い払う。

己が始めた戦だ。己の手で、始末をつけなければならない。

平家さえ倒せば、この乱世は終わりを迎えるだろう。

いや、何があろうと終わらせてみせる。でなければ、葵にも、礪波で散っていった何千、何万の命にも、報いることはできない。

第八章　魔都

一

雅仁《まさひと》は頭の中に絵図を拡げ、駒を動かしていた。

絵図に描かれているのは、日ノ本全土。駒は平家であり、源義仲であり、鎌倉の頼朝や奥州の藤原秀衡である。

義仲の駒は北国から都へ進み、とうとう平家を西へと追い落としていた。

比叡山延暦寺の東塔、円融坊《えんゆうぼう》。一昨日、七月二十五日の未明、近臣のみを連れて密かに法住《ほうじゅう》寺殿《じどの》を脱した雅仁は、鞍馬を経てこの地へと逃れていた。

叡山はすでに、平家と袂を分かち、源氏に与することを表明している。義仲も数日前、この叡山の東塔に入り、京攻略の軍議を開いたという。その後、義仲は叔父の新宮行家を伊賀《いが》へ進ませ、自らは山を下りて大津《おおつ》方面へ向かっている。

平家が六波羅の邸宅群に火を放ち、帝と三種の神器を奉じて西へ落ちていったのは、雅仁が法住寺殿を抜け出したのと同日だった。北国での相次ぐ敗戦で、平家軍は損耗《そんもう》しきっている。都での抗戦を諦め、平家の地盤である西国で勢力を立て直して捲土重来を期するつもりなのだろう。

雅仁も、あのまま法住寺殿にとどまっていれば、平家の軍兵に絡め捕られ、西国へ連行されていたはずだ。平家に見切りをつけたのは、やはり正解だった。

雅仁の孫に当たる天皇言仁と神器を奪われたのは業腹《ごうはら》だが、都が戦場とならなかったことには安堵した。四百年の歴史を誇る平安の都が、狗同士の縄張り争いで焼け野原と化しては、この国の主として立つ瀬が無い。

とはいえ、難局であることに変わりはなかった。言仁だけならまだしも、神器まで持ち去られては、新たな帝を立てることもできない。義仲の武力を背景に返還を求める他ないが、当然、平家は応じないだろう。となると、多少強引にでも新帝を即位させなければならない。神器無しでの即位の先例があるかどうか、調べさせておく必要がある。

「さて、厄介なのはその後よ」

呟き、頭に描いた盤上の駒を眺める。義仲の上洛で、鎌倉はどう動くか。

頼朝は、自らが源氏の棟梁であるかのごとくに振る舞い、公家たちもそう思い込んでいる。義仲は頼朝の家来であり、いずれは頼朝率いる鎌倉の大軍が上洛してくるものと考えているのだ。だがそれは誤りだと、雅仁は踏んでいた。

頼朝と義仲は、いずれ必ず決裂する。源氏の歴史はすなわち、同族同士の殺し合いの歴史だ。実際、義仲と頼朝はこの三月に、互いを潰し合う寸前までいっている。義仲の上洛も、頼朝は歯嚙みしながら見ているはずだ。

そのあたりを、上手く利用できないものか。

木曾、鎌倉、平家、平泉。この四者が互いを牽制し合い、結果として均衡を保つ。雅仁にとっては、それが最良だった。武士の中に突出した力を持つ者が現れることは、王家のためにならない。そのことを雅仁は、誰よりも深く学んでいる。

「法皇様」

近侍の者が声を掛けてきた。輿の仕度が整ったという。

「では、まいるとするかの」

腰を上げ、僧坊を出た。平家が去った今、治天の君がこれ以上都を留守にするわけにはいかない。

京までの護衛は、義仲に与した近江源氏の武士が務めることになっていた。物々しく武装した軍兵たちに囲まれ、輿に揺られる。

雅仁の御所である法住寺殿の蓮華王院《れんげおういん》は、六波羅から目と鼻の先だが、幸い類焼は免れていた。色とりどりの花が咲き乱れる庭も、極彩色に彩られた内装も、荒らされた様子は無い。

飢饉と連年の出兵で都は荒れ果てているが、ここだけは極楽浄土もかくやの美しさを保っている。平家の邸宅跡で余燼《よじん》が燻《くすぶ》っているのか、焦げ臭さが漂っていることだけが腹立たしかった。

京の要所は木曾軍の先遣隊が固めているが、義仲本軍の入京は明日になるという。

義仲よりも先に京へ入ることが重要だった。義仲に擁されて京へ戻るのではなく、京の主である自分のもとに、義仲が馳せ参じるという形を作らねばならない。人は往々にして、実質ではなく形式を尊ぶものだ。


翌七月二十八日、午の刻、雅仁は法住寺南殿殿上廊《なんでんてんじょうろう》に在京する公卿を集め、都の治安回復と今後の平家の扱いについて評議させた。

話し合いが続く中、義仲、行家の軍が入京したとの報せが届いた。

北国での勝利から、木曾軍の兵力は膨らみ続けている。平家に敗れて没落していた近江源氏や美濃源氏、さらにははるばる甲斐国から西上してきた武田源氏の一族までが加わり、その総勢は六万とも七万とも言われていた。

申の刻、義仲と行家が蓮華王院に出仕してきた。あくまで法皇に召し出されたという形である。俄《にわ》かに、外が騒がしくなった。塀の向こうに、無数の白旗が林立している。源氏の旗が都に翻るのは何年ぶりだろうと、雅仁は思った。

雅仁が座に着くと、庭に鎧をまとった二人の男が並んで平伏していた。

「面《おもて》を上げよ」

近臣が告げ、二人が顔を上げた。

向かって右側の若い方が、義仲だろう。日に焼けてはいるが、御簾《みす》越しに見てもなかなかの美丈夫だ。歳は、まだ三十と聞いている。齢五十七を数える雅仁から見れば、羨望を禁じ得ない若さだった。

一方の行家は、どこにでもいそうな、いたって平凡な中年男である。だが雅仁はその目の奥に、義仲に対する深い嫉妬《しっと》と、尽きることのない野心の滾りを見た。

近臣が言うには、行家は庭へ通される際、義仲よりも前に出ようとひどく速足で歩んでいたという。どちらが先に立とうが、扱いが変わるはずもない。その程度のこともわからぬ愚か者なのだろう。

とはいえ、以仁王の令旨を全国の源氏に届けたのは行家だ。己の働きなくして、平家の没落はあり得なかったと自負しているのだろう。この男は使えそうだ。御簾の内で、雅仁は頬を緩める。

「此度の働き、大儀であった。平家を討ち破り、西海に追いやった功、まこと比類なきものである」

雅仁の言葉を、近臣がそのまま繰り返した。二人は頭を垂れ、その言葉に耳を傾けている。

「しかしあろうことか、平家の者どもは今上帝を連れ去ったばかりか、神代より伝わりし神器までも持ち去った。史上、類を見ない大罪である。疾く、平家を討ち、帝と神器を奪還せよ」

この言葉で、平家は朝敵と決した。

たとえ帝と神器を擁していようが、それは不法に奪ったものである。そして何より、この国の頂点は帝ではなく、王家の家長にして治天の君である雅仁なのだ。それを改めて、天下に示さなければならない。

「義仲。そなたには併せて、京の守護を命じる。まずは、横行する賊徒を討ち平らげ、都に平穏を取り戻せ。なお、此度の恩賞については追って沙汰いたす」

それだけ告げ、雅仁は席を立った。初めての対面としては、この程度でいいだろう。

奥へ下がると、愛妾《あいしょう》の丹後局《たんごのつぼね》のもとへ向かった。

「いかがにございました、木曾の山猿は？」

「ふむ、なかなかの男ぶりであったぞ。そなたとは、会わせとうないのう」

「まあ、わたくしが武士などに目を奪われると？」

丹後局は艶然《えんぜん》と微笑む。

元は下級貴族の妻だったが、四年前に清盛が起こした政変で夫は殺され、雅仁に近侍するようになった。美貌と教養は元より、女にしておくにはもったいないほど頭が切れる。雅仁は、謀を巡らす際にはもっぱら、この丹後局を話し相手にしていた。

「そなたは殊の外、武士を憎んでおったな」

丹後局の膝を枕にしながら、訊ねた。

「はい。粗野で雅も解さぬ、蛮族同然の者どもでございましょう。鎧の音を聞いただけでも、怖気がいたします」

「わしもそうじゃ。あのような穢れた者たちに恩賞をくれてやるなど、反吐が出るわ」

鳥羽上皇の第四皇子として生まれ、皇位など望むべくもなかった雅仁は若かりし頃、遊興と放《ほう》蕩《とう》の限りを尽くしていた。京童や遊女たちと酒を酌み交わし、喉が嗄れるまで今様を謡う。そうした日々の中で、我が物顔で都大路を闊歩する武士たちの姿を頻繁に目にした。

鄙の訛《なま》りを恥じることもなく大声で話し、腰の太刀をひけらかすように、徒党を組んで歩く。そうした者たちと行き合うたび、雅仁は眉を顰めたものだ。

中でも平家と源氏の武者たちは、院の御所にまで足を踏み入れるようになっていた。すべての原因は、曽祖父の白河法皇が摂関家に対抗するため、武士たちを分不相応な地位にまで引き上げたことにある。

賊を取り締まり、寺社の強訴を抑えるにも、京へ運ばれる租税の護衛にも、武士は必要だ。他ならぬ雅仁自身、平家の武力を背景に権力を維持してきた。だが、清盛が望むままに官位を与えたのは失策だった。狗はあくまで、鎖で外に繋いでおけばいい。家の中に上げる必要など無い。

あの轍は、二度と踏むまい。雅仁はそう、強く決意している。

「法皇様のお顔はどこか、愉しんでおられるようです」

からかうように、丹後局が言う。

「そうか。そうやもしれぬな」

王家の権威を守る。己が生き延びる。目的など何でもいい。謀を巡らせ、他者という駒を操り、己が望む結果を導き出す。それは雅仁に、他の何物にも代え難い快楽を与えてくれる。

高貴な者にのみ許される、人の命を贄《にえ》にした遊戯。それが、雅仁にとっての政だった。


八月六日、雅仁は平家一門とその与党二百余人を解官すると、その十日後には天皇の権限である除目《じもく》を強行、空いた官職に自身の近臣たちを就けた。

併せて、義仲を従五位下、左馬頭兼伊予守《いよのかみ》に、行家を従五位下、備前守《びぜんのかみ》に任じた。さらに恩賞として、平家から没収した所領二百数十ヶ所のうち、百四十余ヶ所を義仲に、九十余ヶ所を行家に与えている。公卿の中には、つい先日まで無位無官だった者をこれほど優遇することを疑問視する者も少なくなかった。

雅仁は勲功の第一を頼朝とし、義仲、行家を第二、第三と定めていた。これへの反発を和らげ、平家討伐に邁進させるための恩賞である。

平家に神器の返還を求める交渉は捗《はかど》っていなかった。結局のところ、義仲の武力で平家を討ち、神器を取り戻すしかないのだ。

また、新帝の即位も急務だった。候補は二人。雅仁の孫で、言仁の異母弟に当たる五歳の惟明《これあき》親王《しんのう》、四歳の尊成親王《たかひらしんのう》である。

だが、ここで雅仁を激怒させる事態が起こった。義仲が、皇位の選定に介入してきたのだ。

院近臣を通じて伝えられた義仲の言葉は、「平家追討の功は、以仁王にある。以仁王は雅仁のために兵を挙げて討たれたのであるから、新たな帝にはその遺児である北陸宮を立てるべき」というものだった。

「つけ上がりおって！」

皇位選定に意見できるのは、天皇の父母や、外戚に当たる者だけだ。義仲がどれほどの功を上げていようと、所詮は一介の武士に過ぎない。それが国家の大事に口を挟むなど、思い上がりも甚だしかった。

とはいえ、平家が再上洛を虎視眈々と狙う今、義仲を京から追い出すわけにもいかない。腹に据えかねるものを抱えながら、雅仁は神意を問うため、籤《くじ》を引かせるよう命じた。

無論、籤など形ばかりのものだ。北陸宮の卦《け》は、大凶。後は、惟明だろうと尊成だろうとどちらでもよい。

結果、新帝は尊成に決する。神器無き異例の即位を嘆く公卿もあったが、雅仁は意に介さなかった。

「義仲に使いを出せ。いつまで都にとどまるつもりか。急ぎ、平家を討つため出陣せよ、とな」

近臣の平知康《ともやす》に命じた。鼓の名手で、鼓判官とも呼ばれる側近中の側近である。

「しかし義仲には、まずは都の治安を回復せよと……」

「黙れ。命じた通りにせよ」

まずは義仲をけしかけ、平家に咬みつかせることだ。そして互いに損耗しきったところで和睦を持ち掛け、神器を取り戻す。

せいぜい、死闘を繰り広げればいい。武士など、一人でも多く死んでくれた方が、この国のためなのだ。

二

何とも面倒なことになったと、猫間中納言《ねこまちゅうなごん》こと藤原光隆《みつたか》は深い溜め息を吐いた。

牛車は、六条西ノ洞院《ろくじょうにしとういん》の屋敷へ向かっていた。上洛後に法皇から与えられた、義仲の邸宅である。

なぜ、このわしが木曾の山猿ごときのもとへ使いせねばならんのだ。腹の中で吐き捨てたものの、法皇直々の命である。拒むことなどできはしなかった。

往来は、軍兵で溢れ返っていた。義仲は参陣してきた諸将に京の警固を割り当てているが、どれほど実を上げているのかは怪しいものだ。

盗賊に身を落とした平家軍の脱走兵が乱暴狼藉を働くこともあれば、軍兵同士の喧嘩が刃傷《にんじょう》沙汰《ざた》に発展するようなことも、頻繁に起きている。路上には飢えた民が所在無さげに座り込み、行き倒れた者の骸が方々に転がっていた。

時折、牛車の中にまで漂ってくる死臭には辟易させられる。どうせ死ぬのであれば、都を出てから死んでくれればよいものを。

今の都はひどく物騒で、荒んでいる。できることなら、屋敷の外にも出たくはない。それがよりにもよって、義仲の住処を訪ねることになろうとは。

何度目かの嘆息を漏らすと、従者が到着を告げた。太り肉を揺らし、牛車を下りる。四十も半ばを過ぎてからは、牛車の乗り降りさえ億劫だ。

案内の者に従って門を潜ると、庭に厳めしい武者たちが多数、屯《たむろ》していた。薄汚れた鎧姿で長刀の刃を閃かせ、ぎらついた目でこちらを見ている。中には女子と思しき者までいて、光隆は怖気をふるった。

上座に着くと、ややあって無遠慮な足音が響いた。

「やあ、猫殿にござるか！」

直垂姿で現れた義仲が、大声で喚いて腰を下ろす。

「これはよいところにおいでなされた。じきに飯が炊けますゆえ、食べていかれるがよい」

法皇の使者に対する礼など、微塵も感じられない。しかも、義仲は従五位下、光隆は正二位《しょうにい》、前治部卿《さきのじぶきょう》である。床に這いつくばって迎えるのが当然ではないのか。

都の作法も知らぬ田舎武士なのだ。己に言い聞かせ、光隆は口を開いた。

「いや、食事をしにまいったのではない。身共は、法皇様からの言伝を……」

「そう硬いことを申されるな。難しい話は、飯の後でもよかろう。郎党どもが腹を空かせておりましてな、これ以上待たせると、何をしでかすかわかったものではないのだ」

戯言のつもりなのか義仲は笑っているが、光隆は恐怖に身を震わせた。

「わ、わかった。まずは食事にいたそう。身共の分はほんの少しでよいぞ」

「よし、小弥太《こやた》。猫殿の分も頼む！」

「承知いたした」

小弥太と呼ばれた家来が答える。小弥太というのは恐らく、京童たちが木曾の四天王の一人に数える、根井行親のことだろう。

給仕の者たちが、二人分の膳を運んできた。そこには、見たこともない料理や、得体の知れない茸が浮いた汁が載っている。そして、異様に大ぶりな椀に、山のような飯がよそわれていた。

「その汁は、木曾から届けられた無塩の平茸だ。美味いぞ」

無塩とは、塩漬けにしていない生の魚を指す。塩をしていなければ、何でも無塩と呼ぶわけではない。もの知らずの山猿めと、光隆は腹の底で毒づいた。

「さあ、遠慮召されるな」

自らも椀の飯を掻き込みながら、義仲が勧める。

よくよく見れば、ただただ無骨で雅さの欠片《かけら》も無い、ひどい椀だ。よくもこんな物を客人に出せるものだとまじまじ眺めていると、義仲が言った。

「ああ、それは仏事に使っている椀だ。客人用が無かったもので、申し訳ない」

仏事用の椀まで出されては、断るわけにもいかない。やむなく形ばかり口に飯を運び、椀を置く。

「やあ、猫下ろしをなされたぞ。猫殿は小食であられるな」

大声で笑う義仲に、とうとう堪忍袋の緒が切れた。

「良い加減にいたせ！」

猫下ろしとは、猫が餌を残すことだ。そもそも光隆が猫間中納言と呼ばれるのは、猫間の地に屋敷を持つからであって、猫とは何の関わりもない。

「黙って見ておれば、法皇様の使いに対し、何たる振る舞いか。田舎武士と思うて大目に見ておったが、最早我慢ならぬ！」

「何だ、何をそんなに怒っておられる。一緒に飯を食おうと言うのが、そんなに無礼なのか？」

「黙らっしゃい！」

怒りに任せて立ち上がった。その拍子に膳が倒れ、飯だの汁だのが床にぶちまけられる。

「法皇様はこう仰せであったぞ。いったいいつまで都に居座るつもりか。さっさと出陣して平家を討ち、神器を取り戻せとな！」

「そいつはおかしな話だな。まずは都の平穏を取り戻せと言ったのは、いったいどこの誰だ？」

義仲の顔つきが、つい先刻までとまるで変わっていた。怒気の滲む獣じみた目で、こちらを見上げている。

「だいたい、戦ってもんには長い仕度が必要なんだ。あんたみたいな太刀を抜いたことも無い人にはわからんだろうがな」

「言い訳など、聞く耳持たぬわ。無位無官の身ならまだしも、官位を頂いたからには法皇様のお下知に従うが筋であろう。早う、都から出ていけ！」

「だったら、俺の郎党がここであんたを小突き回しても、仕方ないだろうな。無位無官の身なら、勝手が許されるんだろう？」

にやりと笑う義仲に、背筋が震えた。見ると、騒ぎを聞きつけ義仲の郎党たちが、集まってきている。後退ると、床にぶちまけられた飯を踏んでしまった。不快さに、思わず顔が歪む。

「あ、揚げ足を取るでない。ともかく、法皇様のお言葉は伝えた。従わぬとあらば、不忠の臣ぞ！」

言い捨て、立ち去ろうとする光隆を、義仲が「待て」と呼び止める。

「俺の話は終わってないぞ。あんたがぶちまけた上に、足で踏みつけたその飯、どうしてくれるんだ。百姓が汗水垂らして作った、なけなしの米だぞ」

義仲が何を言っているのか、まるで理解できない。わしは天下国家の話をしに来たのだ。百姓だの米だの、いったい何の関わりがあると言うのか。

「あんたの顎の肉、ずいぶんと立派だな。大方、生まれてから食うに困ったことなんて一度も無いんだろう？」

「当たり前じゃ。身共は正二位、前治部卿ぞ。下賤の者どもが作った米を差し出すは、当然の務めであろう！」

「わからんな。何で、あんたはそんなに偉いんだ？　あんたがいなければ、政が回らないというわけでもなさそうだ。要するに、たまたま公卿の家に生まれたというだけだろう。俺はあんたよりも、一粒でも米を作る百姓の方が、よっぽど偉いと思うぞ」

「ぶ、無礼な！」

言うに事欠いて、百姓の方が偉いなどと、朝廷の権威を侮辱するにもほどがある。

「まあいい。俺が上洛したのは、平家を倒すためだ。仕度が整い次第出陣すると、法皇様にお伝えしろ」

「おのれ、覚えておれ。身共に対する数々の無礼、必ずや後悔いたすぞ！」

我ながら陳腐な捨て台詞を残し、屋敷から飛び出した。

牛車へ駆け込み、「出せ！」と命じる。法住寺殿に戻り、すぐさま法皇様へご報告せねば。

足袋の裏にべっとりとこびりついた米粒の感触が、ひどく不快だった。

三

「少々、やり過ぎではありませんか？」

覚明の言葉に、義仲は「いや」と頭を振った。

「あれくらいきつく灸を据えてやらねば、あの連中の思い上がりは正せん」

「しかし、仮にも法皇様の御使者です。殿の評判にも関わることゆえ、今後は多少、手心を加えていただかねば。公家たちの驕慢《きょうまん》を戒めるのは、もっと力を得てからでも遅くはありませぬ」

「まあ、それもそうだな」

「殿は官職を得られ、いまだ公的には叛徒である鎌倉殿より上に立たれました。官軍の総大将として、相応しき言動をお心がけください。このようなつまらぬことでようやく手にした地位を失っては、礪波山の戦で死んだ者たちに顔向けできませぬ」

「そうだな。悪かった。これからは気を付ける」

そうしたやり取りを、巴は床にこぼれた飯を片付けながら聞いていた。

あの公家の態度は、確かに腹に据えかねるものがあった。だが、法皇の使いを追い返すような真似をして、果たしてよかったのだろうか。

京へ入って、およそ一月。都はいまだ、落ち着きを取り戻してはいない。どれほど取り締まっても乱暴狼藉は止まず、喧嘩沙汰も跡を絶たなかった。義仲の心に募った焦りや苛立ちが、先刻の騒動を引き起こしたのかもしれない。

木曾軍は、大きくなり過ぎていた。今や軍勢の半数以上は、義仲と共に戦ってきた者たちではなく、勝ちに乗じて集まった烏合の衆だ。

これほどの大軍を養う米が京にあるはずもなく、信濃や北国、さらには奥州から運んできた米も、砂が水を吸うように瞬く間に消えていく。法皇から与えられた所領も、そのほとんどが平家の押さえる西国にあり、年貢米を徴収することはできない。

上洛以来、兵糧の問題は義仲の悩みの種だ。米を粗末に扱われた義仲が怒る気持ちも、巴にはよくわかる。

「では、洛中の見廻りに行ってまいります」

「ああ、頼む」

答える義仲の顔は、やはりどこか暗い。

騎馬三騎、徒武者十人を引き連れ、屋敷を出た。

上洛すると、義仲は諸将に持ち場を割り当て、京の警固を命じていた。義仲自身は、都の中心である九重（左京）の守りに就いている。このあたりは富裕な者の邸宅が多く、その分、賊も現れやすい。

「巴御前だ！」

振り返ると、独楽《こま》回しに興じていた数人の童が、こちらに手を振っている。

どう伝わったものか、巴の名は義仲に侍る勇猛な女武者として、都に知れ渡っていた。樋口兼光、今井兼平、根井行親、楯親忠の四人は、木曾四天王などと称されているらしい。

微笑んで手を振り返すと、童たちは歓声を上げげた。生きていれば、力丸もあれくらいの歳だろう。

巴は、頰の傷跡に軽く触れた。志雄山の合戦で知度から受けた傷は、今もはっきりと残っている。この傷跡を見るたび、力丸や三郎のことを思い出すようになってしまった。

はしゃぎながら駆け去っていく童たちを見送り、馬を進める。

どれほど戦や飢饉が続いて人心が荒んでいても、子供は遊ぶことも、笑うこともやめはしない。大人などよりよほど強いのだと、巴は思った。

いくつかの声が折り重なって聞こえたのは、五条まで進んだ時のことだ。

女の悲鳴と、男たちの喚き声。馬の脚を速める。

声が聞こえてくるのは、さほど大きくはない公家屋敷からだった。下馬して中に入ると、庭の木に数頭の馬が繫がれ、屋敷の者と思しき男たちの骸が見えた。縁には、手足を縛られ猿轡《さるぐつわ》を嚙まされた女が二人、転がされている。着ている物からすると、屋敷の主の一族だろう。

屋敷を荒らしているのは、賊ではなく軍兵のようだった。こちらに気づくと、太刀や長刀を手に庭に下りてくる。二十人以上はいそうだ。

「何だ、てめえら。何か用か？」

頭目らしき、粗末な鎧兜を着けた男が言った。周囲の兵たちも剣吞《けんのん》な気を放ちながら、得物を向けてくる。

「私は源義仲様が郎党、巴。貴殿らは、何処の家中か？」

「へえ。あんたか、義仲様の便女《びんじょ》ってのは。ずいぶんとうまく取り入っているらしいじゃねえか。よっぽど、あっちの具合がいいんだろうな」

男が下卑た顔つきで言い、手下たちも声を上げて笑う。便女とは身の回りの世話をする女のことだが、男たちが侮蔑の意味を籠めているのは明らかだった。

「問いに答えよ。何処の手勢か。ここで、何をしている」

「この屋敷は、俺たちの宿所になった。主が妻子も家来も置き去りにしたまま、平家にくっついて西国に行っちまったもんでな。だから、屋敷に残った連中を追っ払ってるところだ」

「いま一つの問いの答えは？」

「俺たちは、新宮十郎行家様の配下だ。あんたがお仕えする義仲様の、大事な叔父上だぜ。文句なら、行家様に言うんだな」

身なりや言葉遣いからして、まともな武士ではあるまい。勝ち馬に乗ろうと加わってきた、野盗同然の連中だろう。行家の配下には、この手の連中が多くいる。

「誰の配下であろうと、かどわかしは禁じられている。今すぐ、あの女子の縄を解け」

「馬鹿言え。あれは、平家に与する公家の妻子だぜ。つまり、逆賊の一族ってわけだ。俺たち官軍が、懲らしめてやらなきゃな」

長刀を持ち上げ、男の顔に切っ先を向けた。

「聞こえなかったか。女子の縄を解けと言ったのだ」

「何だ、やろうってのか？」

男は笑みを浮かべたままだ。人数はあちらが勝っている。多少は、腕に覚えもあるのだろう。

斬れば、面倒なことになる。大きく踏み込み、長刀を振るった。

柄で男の太刀を弾き飛ばし、脇腹を打つ。一間近く吹き飛ばされた男が、口から泡を吹いて気を失った。たぶん、死にはしないだろう。

手下たちが、唖然としながら巴と男を見比べている。

「その男を連れて、去《い》ね。抗えば、謀叛人として斬り捨てる」

言うや、たちまち全員が逃げ出した。

母娘の縛《いまし》めを解き、猿轡を外す。

涙ながらに礼を言う母に対し、娘の態度は冷ややかだった。歳の頃は、十五、六だろう。蔑むような目を、巴に向けている。

「あんたらが来てから、うちも京も、無茶苦茶や。父上はいなくなるし、外も歩かれしません。早う、去んでおくれやす」

「おのれ、誰のおかげで助かったと……！」

「よせ」

気色ばむ配下を制し、一礼して屋敷を後にする。

千早に跨って進み出したところで、背中に視線を感じた。粘りつくような、厭な気配。

振り返るが、誰もいない。

「いかがなさいました？」

訊ねた配下に、「いや、何でもない」と頭を振った。

人ではないのかもしれないと、巴は思った。

これまで、数えきれないほどの命を奪ってきた。自分に恨みを持つ怨霊など、いくらでもいるのだろう。

九月に入っても、京の治安は回復するどころか、悪化の一途をたどった。

狼藉の多くは、平家軍からの脱走兵や京へ流入した野盗、そして新宮行家の兵が起こしたものである。義仲は再三にわたって行家に苦情を申し入れているが、一向に改まる気配は無かった。実際、上洛以来、義仲と行家の間が疎遠になっているという噂が、兵たちの間に広まっていた。義仲の屋敷に行家が姿を見せることは、ほとんど無くなっている。

その一方で、行家はしばしば法皇に召し出され、法住寺殿を訪っていた。法皇の無聊《ぶりょう》を慰めるため、双六《すごろく》の相手などをしているのだという。

「法皇様が行家殿の兵を使い、乱暴狼藉を働かせているということも考えられます」

評定の席で覚明が口にすると、諸将の幾人かが、信じられないという顔つきをした。

「あの御方はかねてから、謀を好む傾向がございます。己の思い通りに動かぬ相手の評判を落とし、意中の者を引き立てる。その程度のことは、やりかねぬ御方です」

評定の末席に連なる巴は、訊ねられない限り口を開かなかった。難解な政の話は、自分には皆目わからない。

「しかし覚明殿、我らが平家と戦わねば、三種の神器は戻らぬ。法皇様も、それはわかっておいでだろう」

「それはその通りです、樋口様。しかし、法皇様は我らが単独で平家を討ち、さらに力を増すことを恐れておられます。殿が、次なる平相国清盛となることを警戒しているのでしょう」

「では、法皇様はどうやって平家を討つおつもりなのだ?」

「これは推測ですが、法皇様は、鎌倉殿にも上洛を求めるのではないでしょうか。先日、院の使者が坂東へ向かったとの報せもございます」

「冗談じゃねえぞ！」

声を荒らげたのは、楯親忠だった。

「俺たちがどんな思いで平家と戦って、頼朝に先駆けて上洛したと思ってんだ。今さら、鎌倉の連中と轡を並べて戦えるか！」

「お怒りはごもっとも。ですが法皇様にとっては、平家を滅ぼした後は、殿と鎌倉殿が競い合い、互いを牽制するという状態が望ましいのです。木曾、鎌倉、そして平泉を加えた三竦みの形勢ということになれば、武士の中から頭抜けた者は現れない」

一同は腕を組み、俯いて考え込む。勇猛な武人は多いが、政や謀を得意とする者は、今は覚明くらいのものだ。

「要するに、だ」

重い沈黙を、義仲が破った。

「平家を討って、神器を取り戻せばいいんだろ。だったら、西国へ出陣するしかあるまい」

「しかし、今の寄せ集めの我が軍で、九州まで攻め進むのは難しいかと」

今井兼平が言った。

京を捨てた平家は、福原からさらに西へ落ち、八月末に九州へ上陸したとの報せが届いている。その後の動向はいまだ不明だが、いずれにしても、京からはるか遠くにいることは間違いない。

「もちろん、俺もいきなり九州まで攻め込んで、平家を滅ぼせるとは思っていない。まずは播磨《はりま》、備前あたりを攻め、平家の領地を奪う。それで、兵糧米の問題もいくらかましになるだろう」

「行家は、いかがなさいます？」

訊ねたのは、行家の兄に当たる志田義広だった。行家とは違い温厚篤実《おんこうとくじつ》で、義仲や主立った者たちの信頼は篤い。

「置いていこう。いても邪魔になるだけだ」

義仲の答えに、楯親忠が「間違いねえ」と笑った。

評定が終わり、見廻りに出ようとする巴を、義仲が「俺も行く」と追いかけてきた。

「たまには気晴らしに、外へ出ないとな」

このところ、義仲は屋敷に籠もりがちだった。

兵糧の問題、京の警固、公家や法皇とのやり取りと、気が塞ぐことも多いのだろう。酒の量も増えているようだ。

「まさかお前と、京の往来で轡を並べて歩くとはな」

「確かに、殿と出会った頃には、考えもしませんでした」

あれからもう、四年が過ぎていた。目まぐるしい日々ではあったが、木曾で過ごした歳月は、巴の中でかけがえのないものになっている。

「知度を討って、心は晴れたか？」

「正直なところ、よくわかりません」

いつか再び平家と戦い、力丸たちの仇を取る。そう決意してはいたが、現実のものになるとは考えていなかったのだと、今にして思う。

「あの知度という武者にも、妻や子がいたでしょう。彼らにとって、私は仇ということになります。黙って討たれてやろうとは思いませんが」

「そうだな。殺されたから、殺す。殺したから、殺される。いつまで経っても終わりが無い」

人が人である限り、戦の無い世が訪れることは、永久に無いのかもしれない。それでも、礪波山で目の当たりにしたような光景は、二度と見たくはなかった。

義仲と巴が馬を並べているせいか、往来の兵たちは大人しくしているようだ。ただ、道端に座り込む貧しい民や、行き倒れた者の骸は否が応でも視界に入る。

西ノ洞院大路を南へ下り、左へ折れた。そのまま東へ進んで五条橋を渡り、六波羅に入る。

そこは、一面の焼け野原だった。二百とも三百とも言われた平家の屋敷群は悉《ことごと》く焼け落ち、かつての繁栄ぶりは見る影も無い。

黒々とした焼け跡には、貧しい民が焼け残った材木で建てた粗末な小屋が建ち並んでいた。道端には骨と皮だけに痩せ、腹だけが異様に膨らんだ童の骸がいくつも転がっている。そしてその先に見える法住寺殿の壮麗な姿が、今の都の有り様を雄弁に物語っていた。

「政というのは難しいな」

物乞いたちに目を向けながら、義仲が呟くように言う。

「貧しい民を救うどころか、余計に苦しめている。配下の軍の統率も取れず、法皇様や公家たちと上手く付き合うこともできん。中原の義父上が生きておられたらきっと、こっぴどく叱られるだろうな」

いつになく沈んだ声音にどう答えるべきか迷っていると、不意に肌がざわついた。

数日前に感じた、あの厭な気配。弾かれたように、あたりを見回す。

前方の小屋から出てきた四人の男。襤褸《ぼろ》をまとっているが、腰には太刀を佩き、一人は長刀を手にしている。明らかに、殺気を放っていた。

いや、前方だけではない。同じような男たちが、四方からこちらを遠巻きにしている。ざっと見ただけで、二十人はいそうだった。

「殿」

「わかっている」

巴と義仲を入れて、こちらは四騎、徒が十人。義仲は、鎧さえ着けていない。

「反転し、一丸となって後方の囲みを破ります。追ってきた敵は私が五条橋で食い止めるので、殿はそのまま屋敷へお戻りください」

「わかった」

馬首を返し、先頭に立って駆け出した。飛んできた数本の矢を長刀で払いながら、西へ向かって駆ける。

立ちはだかった敵を馬蹄にかけ、長刀で斬り払う。

いきなり、千早が脚を折り、巴は地面に投げ出された。

痛みを堪えて体を起こす。道に、縄が張り渡されている。周到に準備された襲撃ということだ。

長刀を振り上げ、襲いかかってきた一人の腕を飛ばした。続いて向かってきた敵を、馬から下りた義仲が太刀で斬り伏せる。

「巴、大事無いか？」

「私に構わず、お逃げください！」

「そうもいかんようだ」

どこから湧き出したのか、敵は三十人以上に増えていた。味方はすでに、十人以下にまで討ち減らされている。

一人一人の腕はさほどでもないが、数が多いのが厄介だ。囲まれないよう駆け回りながら、一人ずつ斬り倒していく。敵は、連携がまるで取れていない。恐らく、銭で雇われた者たちだろう。

巴は義仲と背中合わせになり、向かってくる敵を倒すことに専念した。

「まったく、都というのは恐ろしいところだ」

「軽口を叩いている場合ですか」

どれほど斬ったのか、敵は半数ほどになっていた。だが、味方も残り六人。巴も義仲も息が切れ、いくつか浅手を負っている。

敵はこちらを遠巻きにしていた。息を整え、一斉にかかってくるつもりだろう。

「こんなところで死んだら、皆に怒られるだろうな」

「そうです。殿は、死ぬことを許されてはいません」

「それはまた、難儀なことだ」

義仲が小さく笑った直後、馬蹄の響きが聞こえた。

数騎の騎馬を先頭に、二十人ほどの一団が駆けてくる。ここまでか。覚悟を決めかけた刹那、先頭を駆ける武者が叫んだ。

「義仲四天王筆頭、楯六郎親忠見参！」

蜘蛛《くも》の子を散らすように、敵が退いていく。義仲は大きく息を吐き、太刀を納めた。

「殿、ご無事か?」

「お前はいつから、四天王の筆頭になったんだ?」

義仲が訊ね、親忠が笑う。

「まあ、よいではござらぬか。ともあれ、二人ともご無事のようで何より」

「すまん、親忠。助けられた」

たまたま近くを見廻っていた親忠は、騒ぎを聞きつけて駆けてきたという。

「味方の何人かは、まだ息がある。手当てしてやってくれ」

「はっ」

「大方、銭で雇われた溢れ者だろう」

敵の骸を見下ろし、義仲が言った。

「生き残りを締め上げても、誰の差し金かはわからんだろうな」

「殿は、あちこちに恨みを買っておりますゆえ」

「順当に考えれば、平家の仕業か。だが、怪しいのはそればかりではあるまい」

法皇、あるいは法皇に唆《そそのか》された新宮行家。鎌倉の頼朝ということも、あり得なくはない。

「すまんな、巴。お前の郎党を、多く死なせてしまった」

「いえ。戦での死は皆、覚悟の上です」

長刀に付いた血を拭い、郎党の亡骸に手を合わせる。

この都は、まぎれもない戦場なのだ。そして、誰が敵で誰が味方かも判然とはしない。これまで最も難しい戦かもしれないと、巴は思った。

葵は本当に、上洛を望んでいたのだろうか。そんな疑問が頭に浮かび、すぐに打ち消した。

今さら引き返すことなどできない。義仲が決めたことならば、自分は従うまでだ。

四

「明日、京を出陣し、西国へ向かう」

法住寺殿から戻った義仲がそう宣言したのは、六波羅で刺客に襲われた三日後、九月十九日のことだった。法皇は手ずから義仲へ短刀を下賜し、平家追討を命じたという。

「先鋒は矢田義清、海野幸広の両名。第二陣に今井兼平、楯親忠。三陣は俺の本軍。後陣は義広叔父上と根井行親。京の留守居は、樋口兼光と覚明に任せる」

疲れている。一同に告げる義仲の顔を見て、兼平は思った。

上洛してまだ二月と経っていないが、ままならない軍勢の統率や兵糧の問題、さらには法皇や公家、新宮行家との駆け引きが、義仲を疲弊させているように見える。今回も、新宮行家を追討軍に加えるようにという法皇の命を、義仲は言を左右にして何とか拒絶したらしい。

上洛した後は、帝位に即いた北陸宮から官職を賜り、その威光をもって武士たちを統制するつもりだった。そして集まった軍勢を用いて畿内近国を制圧し、京周辺を新たな地盤とする。

一部の公家からは〝木曾の山猿〟などと揶揄《やゆ》されるが、義仲は院の近臣も務めた帯刀先生義賢の子であり、兄は八条院蔵人だった仲家である。北陸宮が即位していれば、その人脈を活かすこともできたはずだ。

だがその目論みは、上洛して間もなく、尊成親王の即位によって頓挫《とんざ》した。籤で北陸宮の即位が大凶とされたのも、法皇の差し金だろう。

やむなく、義仲は畿内近国の豪族たちの所領を安堵して地盤を固めようと試みているが、それも思うようには捗っていない。

真の敵は平家ではなく法皇だと、兼平は思い定めていた。だが、武力で屈伏させれば平家の二の舞となる。今は、法皇の命に従う他なかった。

「まずは摂津から播磨へ一気に進み、その後、備前、備中《びっちゅう》まで攻め取るつもりだ」

遠く太宰府《だざいふ》まで落ち延びた平家だったが、落ち着く間もなく豊後《ぶんご》の豪族に背かれ、九州からも追われようとしていた。平家軍の一部は四国の屋島《やしま》に残り、新たな拠点を築きつつあるとの情報も入っている。

「備前への道案内は、妹尾兼康が務めよ。目付には、倉光成澄を付ける」

「ははっ、ありがたき幸せ」

指名された妹尾兼康が、太り肉を揺らして頭を下げた。礪波山の合戦で倉光成澄に生け捕りにされ、その後義仲に恭順を誓った元平家方の豪族である。

兼平は一目見た時から、この男は信用に値しないと感じ、義仲にもそう進言している。だが義仲は、兼康が備中に影響力を持つことを考慮し、恭順を受け入れていた。

「この妹尾兼康、大恩ある木曾殿の御為、粉骨砕身の覚悟で働く所存にござる」

かすかな危惧を、兼平は覚えた。

これまで義仲は、大きな戦の前には必ず主立った者たちで先に話し合い、葵に策を立てさせた上で、万全の態勢をもって事に臨んでいた。

平家が勢力を取り戻す前に備前、備中あたりまで勢力下に収めておこうという考えは、兼平にも理解できる。しかし今回は、いくらか性急すぎるように思えた。

だが結局、兼平は異を唱えなかった。逼迫する京の食糧事情を解決するためにも、緩み切った統率を取り戻すためにも、出陣は避けられないのだ。

翌二十日、義仲自ら率いる木曾軍は京を出陣した。

一時は七万にも及んだ木曾軍だが、わずか二月足らずで四万ほどに目減りしていた。今回出陣するのは、そのうちの二万である。数こそ少ないものの、信濃、越後の兵を中心としているため、士気は高く規律も保たれている。

「ひどいな」

焼け跡と化した福原に差しかかった時、落合兼行が嘆息を漏らした。

かつて、挙兵前の義仲が上洛して福原まで足を延ばした際、兼行も従っていた。その頃は、無数の屋敷が建ち並び、大小様々な船が行き交う、京に勝るとも劣らない町だったという。

「兄上。俺は時々、木曾で暮らしていたあの頃に戻りたいと思ってしまいます」

周囲に人がいないことを確かめ、兼行が言った。

「父上や兄上たちがいて、巴殿もいる。殿は義高殿を溺愛し、軽口を叩いては父上や兼光兄者に叱られ、山吹殿はそれを呆れながら笑顔で眺めている。戦など無縁で、少し退屈だけど、平穏な毎日。このところ、それが無性に懐かしいのです」

兼行の声は、波の音に掻き消されそうなほど弱々しい。

葵が討死にしてから、兼行は生来の闊達《かったつ》さを失っている。

傍から見ても、兼行が葵に想いを寄せているのははっきりとわかった。葵を守れなかったことで、自分自身を責めているのだろう。

「気持ちはわかる。俺も、ふと木曾の景色が思い浮かぶことがあるからな」

「兄上も、ですか」

意外そうに、兼行が顔を上げた。

「だが、もう後戻りはできないぞ。あの頃の日々を取り戻すのではなく、この乱世を平定して、平穏な世を築くしかない。それが、葵殿に報いる道でもある」

「そうですね。兄上の言われる通りだ」

答えた兼行の浮かべる笑みは、どこか悲しげに見えた。


十月、戦らしい戦も無いまま、木曾軍は播磨、備前国境の舟坂峠《ふなさかとうげ》まで進んだ。

しかし、ここで思いがけない報せが届く。先行していた妹尾兼康が裏切り、目付役である倉光成澄の弟成氏《なりうじ》が討たれたのだ。さらに兼康は、周辺の平家方を集めて備中国府を制圧、備前の笹《ささ》の迫《せまり》に砦を構えているという。物見によると集まった敵は二千余りに過ぎないが、ここに平家軍本隊が合流すれば、かなり厄介なことになる。

だから言ったのだ。思ったが、床几に腰を下ろす義仲の沈痛な面持ちに、責める気は失せた。

無益な流血を好まない。それは義仲の美徳だ。だがそれは、裏を返せば弱点ともなる。今回はそれがもろに出た格好だった。

「それがしが参ります。数日のうちには妹尾兼康が首級、持ち帰ってご覧に入れましょう」

努めて明るく、兼平は言った。

「そうか、頼む」

救いを求めるような面持ちの義仲に微笑を返し、本陣を出た。

兼平は六千の軍を借り受け、備前笹の迫へ急行した。

戦そのものは、さほど難しいものではないだろう。敵は寄せ集めで、砦も急ごしらえだ。地形的にも、さしたる要害ではない。

十月十二日、兼平麾下《きか》の越後の精鋭が攻めかかると、柵は次々と破られ、やがて要害の内部で火の手が上がった。

「一気に攻め落とすぞ。続け！」

兼平は馬を下り、太刀を抜いて自ら斬り込んだ。

狭い要害の中で、敵味方が入り乱れている。敵は寡兵ながらも善戦しているが、平盛俊やその麾下とは比ぶべくもない。たちまち斬り立てられ、逃げ散っていく。

ほどなくして、妹尾兼康を討ち取ったという声が響いた。

兼康はいったん逃げようとしたものの、同じく肥満して馬にも乗れない息子を助けるために引き返し、父子揃って討ち取られたのだという。

「裏切りは許せぬが、息子を見捨てず戻ったのは見事である」

本陣に戻った兼平が報告すると、義仲はそう言って、妹尾父子の首級に手を合わせた。

それから数日、義仲は播磨、備前の国境近くにとどまった。京の覚明から届いた情報の真偽を確かめるためだ。

覚明によれば、法皇は鎌倉に使者を送り、頼朝の官位を旧に復するという宣旨を下したらしい。だが、宣旨の内容はそれだけではなかった。東海道、東山道、北陸道の年貢納入を、頼朝に請け負わせるという。

頼朝を謀叛人の立場から解き放った上、東国を支配することを認めたようなものだった。しかもそこには、義仲の本拠である信濃や、越後をはじめとする北陸諸国も含まれている。

「おのれ……」

さすがの義仲も、この仕打ちには怒りを露わにした。義仲を見限り、今後は頼朝を引き立てる。義仲の領分である信濃や北陸も頼朝に与える。そう、法皇は日ノ本全土に宣言したも同然なのだ。

宣旨の件を覚明に耳打ちしたのは、松殿基房《まつどのもとふさ》という公卿だった。藤原摂関家の一族で、かつては関白《かんぱく》、太政大臣《だいじょうだいじん》にも任じられた人物だ。その後、清盛によって解官され失脚していたが、平家が都落ちしてからも法皇に疎まれ、復権はかなっていない。そうしたことから、義仲への接近を目論んでいるのだろう。

基房の思惑は措いても、宣旨の内容は事実と見て間違いなさそうだった。

このまま平家討伐を進めるか、それとも京へ戻り、頼朝上洛に備えるべきか。諸将の意見は分かれ、義仲も決断を下せない。

在地の豪族に背かれた平家軍の主力は、再び瀬戸内を東上し、帝と三種の神器を奉じて讃岐の屋島に入っていた。

木曾軍の先陣、矢田義清、海野幸広はすでに備中の水島《みずしま》付近に進出し、周辺の船を掻き集めていた。西岡《にしおか》から海を挟んで南東にある備前児島《こじま》は、平家軍が瀬戸内に設けた拠点の一つだ。この地を奪っておけば、北から屋島を牽制することができる。

まずは全力で備前児島を落とし、その戦果を携えて京へ戻るべきだと、兼平は考えていた。失われた軍の統制を取り戻すのに必要なのは、誰が見てもわかる勝利だ。そしてそれは、法皇に対する圧力にもなる。

しかし、十月の末になっても、義仲は決断を下せずにいた。坂東の年貢を京へ納めるという口実で、頼朝が上洛の軍を発したという報せも入っている。

西の平家と東の頼朝、そして京の法皇。四面楚歌に陥りつつある中で一つでも判断を誤れば、ようやく制した京を失うばかりか、木曾軍そのものの崩壊にも繋がりかねない。

本陣が俄かに騒然としはじめたのは、閏十月一日のことだ。何事かと陣屋を出ると何故か、あたりが薄暗い。つい先刻まで、空は晴れ渡っていたはずだ。

兵たちが空を指している。見上げると、中天で輝いているはずの日輪が、大きく欠けていた。

やがて、日輪はさらに小さくなり、あたりは夜のように暗くなった。

何が起きているのか、兼平には理解できない。陣にいる誰もが同じだろう。不吉だ。天変地異が起こるぞ。狼狽した兵たちが、口々に喚いている。

「落ち着け。軽々に動くな！」

兼平は叫ぶが、兵たちは鎮まらない。恐怖に駆られ、脱走する者も出ているようだ。

しばらくすると、日輪の欠けた部分が戻ってきた。あたりが次第に明るさを取り戻していく。

「見ろ、何ということもあるまい。持ち場に戻れ！」

ようやく動揺は収まり、日輪も完全に形を取り戻していた。何が起こったのかはわからないままだが、兼平はひとまず胸を撫で下ろす。

だがその日の夕刻、さらに悪い報せがもたらされた。

平家の船団が備中水島を襲い、迎え撃った味方が大敗、矢田義清と海野幸広の両将が討死にしたという。

「義清殿が、討たれただと？」

報せを受けた義仲は、思わずといった様子で床几から立ち上がった。

義清は、以仁王の挙兵で源頼政、仲家らと共に戦い、その後も木曾の陣営で重きを成してきた人物だ。義仲の挙兵の直接のきっかけになったのも、義清が木曾へ落ち延びてきたことが大きい。義仲にとって義清は、家来筋というよりも乱の初期から共に戦ってきた同志という思いがあるのだろう。

翌日、敗走してきた矢田、海野の残存軍が戻り、戦の詳細が明らかになった。

閏十月一日早朝、水島の沖合に平家の船団が現れる。木曾軍は船五百艘、兵力は七千。対する平家軍は、兵力は不明だが、一千艘近い大船団だった。総大将は清盛の五男、重衡。南都を焼き、墨俣川で行家の軍を鎧袖一触《がいしゅういっしょく》で蹴散らした勇将だ。

平家軍の軍使が訪れ、開戦の口上を述べた。木曾軍は直ちに乗船して海へ漕ぎ出し、作法通りに矢合わせがはじまる。

平家の船団は船と船の間に板を渡して繋ぎ合わせ、揺れに耐えられるようにしてあった。これにより、平家軍は安定した姿勢で矢を放ち、味方の兵を射倒していく。元々船に不慣れな味方は満足に弓を引くこともできず、次々と討ち取られていった。

そこへさらに、日輪が欠けるという事態が起こる。木曾軍の将兵の動揺に比べ、平家軍はあらかじめ知っていたかのように、何事も無く戦を続けたという。

船戦では勝ち目が無いと浜に引き返した木曾軍だったが、平家軍は、船に多くの軍馬を乗せていた。上陸し、騎乗した平家の武者たちは、徒立ちのままの木曾軍を蹂躙する。乱戦の中、矢田義清、海野幸広が討死にすると、勝敗は完全に決した。敗走の途上でも、多くの名のある武者が討ち取られている。

日輪の件が無くとも、敗北は免れなかっただろう。それほど、船戦における両軍の差は大きいということだ。

悪い報せは、なおも続いた。覚明によれば、新宮行家が法皇と結託し、義仲の排除を目論んでいるという。

「京へ戻る」

長い沈黙の後、義仲が絞り出すような声音で言う。

それしかあるまいと、兼平も思った。幸い、重衡の軍はこちらを深追いせず、四国へ引き上げている。

本陣を包む気は、重苦しい。平素は豪放で強気な態度を崩さない楯親忠でさえ、項垂れたまま口を噤んでいる。

あの日輪はやはり、何かの予兆だったのではないか。ふと頭に浮かんだ考えを、すぐに追い払った。

一度は消えかかった日輪も、すぐに輝きを取り戻したのだ。たとえどんな苦境に陥ったとしても、諦めさえしなければ、必ず光は射す。今は、そう信じるしかない。

五

閏十月十五日、京の行家の屋敷に、義仲帰京の報せが届いた。

水島の敗戦が響いているのか、率いる兵はわずか七千だという。残りは、平家軍に備えるため備前や播磨へ残してきたか、あるいは逃亡したかだろう。

素直に平家と戦っていればよいものを。行家は心の中で舌打ちした。義仲と平家が互いに潰し合い、共倒れになってくれれば、行家は戦うことなく都の実権を掌中に収められたのだ。

「父上、いかがなさいます？」

嫡男の光家が、不安げに訊ねる。上洛後の除目で蔵人《くろうど》、左衛門権少尉《さえもんごんのしょうじょう》に任じられてはいるが、いまだにそれらしい威厳は備わっていない。認めたくはないが、義仲の半分ほども胆力があれば。

内心で嘆息しながら、思案を巡らせる。

今のところ、義仲とは表立って敵対しているわけではない。形としてはあくまで、同じ源氏一門であり、平家を敵とする法皇を共に支える立場にあるのだ。義仲としても、いきなり行家を捕らえたり殺したりはできないだろう。

できることなら、戦は避けたい。いや、何としても避けなければならない。

義仲と直属の将兵の強さを、行家は身に沁みて知っている。法皇が義仲追討の院宣を発したところで、寄せ集めの軍勢で勝てるような相手ではない。水島での敗北も、不慣れな船戦だったことと、総大将は義仲ではなかったことが原因だと、行家は見ている。

「まずは、様子見だな。義仲と法皇様がどう動くか、それを見定めねばならん」

義仲が出陣している間、法皇は頻繁に行家を召し出し、双六の相手をさせた。無論、ただ単に双六をしていたわけではない。義仲の勢力をいかにして削ぐか。それを話し合っていたのだ。

法皇は、義仲をひどく嫌っていた。その原因は間違いなく、皇位の選定に口を挟んだことだ。そして行家は、そうなることをわかっていながら、あえて義仲を引き止めなかった。

読み通り、義仲と法皇の間には深い溝が生じ、公家たちも義仲を軽んじるようになっている。行家も、配下の雑兵を暴れさせることで、義仲がいつまでも軍勢の狼藉を止められないでいることを印象づけた。

そなたを恃みに思っている。双六の最中、法皇は何度も行家の目を見て言った。時には、行家の手を取ることさえしたのだ。そこに嘘偽りなどあるはずがない。

治天の君たる法皇が、自分を頼っている。まさに、天に舞い上がるような心地だった。平治の乱で兄の義朝に従って逆賊とされ、熊野で十数年雌伏を余儀なくされたこの身が、法皇に頼られるほどの存在となったのだ。長年の労苦がようやく報われたことに、行家は歓喜した。

だが、義仲が西国へ出陣すると、法皇は頼朝へ接近しはじめた。頼朝の官位を旧に復し、東国の支配権まで与えたのだ。さらには、鎌倉軍の上洛まで求めているという。

あの頼朝が、自分を赦すはずがない。鎌倉軍が上洛すれば、行家の立場は微妙なものになる。

法皇が庇ってくれればいいが、どれほどあてになるかはわからなかった。

遠からず、義仲と頼朝はぶつかる。いや、その前に、勢いに乗った平家軍が都へ攻め寄せてくるだろう。情勢は混沌としている。立ち回り方一つで、この身は破滅する。ここは慎重に動くべきだった。

四日後、義仲の使者が行家の屋敷を訪れた。西ノ洞院の義仲の屋敷へ来いという。在京する源氏の主立った将を集め、評定を開くとのことだった。

光家は罠を疑っていたが、行家は出向くことにした。義仲は叔父を殺すことも、そのために策を弄するようなこともしないだろう。

集まったのは、美濃源氏の土岐光長、甲斐源氏の安田義定《やすだよしさだ》、摂津源氏の多田行綱ら、源氏の錚々たる顔ぶれだった。いずれも、礪波山での勝利の後に、義仲に付いた者たちである。

「法皇様を奉じ、東国へ出陣する」

義仲が評定の冒頭に発した言葉に、行家は耳を疑った。

「頼朝は年貢の納入を口実に、都へ軍勢を向かわせた。その軍はすでに、尾張にまで来ているという。法皇様に擦り寄る佞臣《ねいしん》の讒言《ざんげん》を真に受け、この義仲を討とうとしていることは明白。よって、法皇様と共に出陣し、これを迎え撃つ」

窮地に追い込まれ、気でも狂ったか。思ったが、すぐに考え直した。

確かに頼朝は、弟の義経を京へ向かわせている。だがその兵力はわずかなものだ。頼朝としては、まずは義仲に圧力をかけ、何かあればさらなる大軍を派遣するつもりなのだろう。

だが、義仲が法皇を奉じて出陣すれば、頼朝は再び逆賊に転落する。法皇を擁している限り、義仲は常に官軍なのだ。場合によっては、法皇を連れて北陸に移り、態勢を立て直すことも可能になる。そうなった時、行家の居場所はどこにも無くなる。

何としても、阻まねばならない。頼朝が勝つのも困るが、義仲に法皇を奪われることだけは避けなければ。

行家は口角泡を飛ばし、反対の論陣を張った。これに、美濃源氏の土岐光長が同調し、議論は紛糾する。

光長は、以仁王の挙兵に際してはその追討に加わり、平家が富士川で敗れると反平家の兵を挙げ、敗れて領地を追われていた。そして平家が礪波山で敗れるや、義仲に与して上洛し、領地と失った官位を取り戻した抜け目の無い男だ。

結局、評定は結論が出ないまま散会となった。結果として、在京の源氏は一枚岩にはほど遠いという事実が露わになった格好だ。行家は自邸に戻るや、法住寺殿に使いを送り、事と次第を報告した。

その後も、薄氷を踏むような日々が続いた。

義仲と法皇の間では、幾度となく使者が往来していた。義仲が頼朝追討の院宣を求めれば、法皇はこれを拒んだ上で、再び西国へ出陣するよう命じる。法皇が義仲以外の源氏に院御所の警固を命じると、義仲は自身も警固に加えるよう厳重に抗議し、法皇も渋々受け入れる。

義仲は、摂関家の有力者である松殿基房と連携する構えを見せていた。ならばと、法皇は土岐光長や摂津源氏の多田行綱を籠絡し、自陣営に取り込む。

そうしたやり取りの中で、義仲は法皇に対し、頼朝に下された宣旨は「生涯の遺恨である」とまで述べたという。二人の駆け引きはまさに、干戈を交えない戦に他ならなかった。

義仲と法皇が合戦に及ぶという噂が広まり、都の緊張は日に日に高まっていた。加えて、平家軍が備前、播磨まで進出したという報せも入っている。

そして十一月、ついに義経の軍が美濃へ達した。平家軍、鎌倉軍が都に近づく中、義仲にも法皇にも付かず、京から離れていく武士が相次いでいる。ついには、一万近い軍を擁する甲斐源氏の安田義定まで京を去っていった。

六万とも七万とも言われた木曾軍の姿は、今や見る影も無かった。


義仲が行家の屋敷を訪れたのは、十一月七日の夜のことだった。

「久方ぶりに、叔父上と盃を交わそうと思ってな」

そう言って、手にした瓢《ひさご》を見せて笑う。その笑顔に、かつてほどの力強さは無い。護衛の兵も無く、従うのは巴だけだ。

「よかろう。酒肴を持て」

従者が膳を運び入れると、二人きりで向き合った。

膳に並ぶのは干した魚や鮑《あわび》、鹿や猪の肉、蜜を使った菓子など、贅を尽くした料理の数々だ。庶民はおろか、木曾軍の将ですらめったに口にできないはずだが、義仲は喜んでいるようには見えない。

「今の都で、よくこれだけの食い物が揃えられますな」

「あるところにはある、ということよ。何事も、表があれば裏もある。特に、この都ではな」

「そういうものですか」

「何なら、白拍子でも呼ぶか。静といってな、法皇様もお気に入りで、近頃都で評判の……」

義仲は「いや、結構」と首を振る。

我が甥ながら、この男の顔を見ると、得体の知れない感情に襲われる。黒々とした、腐臭さえも放ちそうな、不快な感情。

志雄山で敗れ、追い詰められたところを救われてからはなおさらだった。行家が勝てなかった敵をいとも容易く蹴散らし、さも当然のような顔をしている。あの時の屈辱を思い起こすだけで、腹の奥深くを掻き回されたような吐き気を覚える。

義仲といい頼朝といい、何故あんな若造どもが、自分よりもはるかな高みに立っているのか。そこにいるべきは、甥たちではなく、自分であるべきではないのか。

込み上げる様々な思いを押し流すように、酒を呷る。

「それで、いったいわしに何の用だ。何か、言いたいことがあって来たのであろう？」

静かに盃を置き、義仲が訊ねた。

「叔父上は、何を求めて平家を倒そうとなされたのです。叔父上の望む世とは、如何なるものですか？」

「つまらぬことを訊くものよ」

鼻で笑うと同時に、あの雌伏の日々が脳裏に蘇ってきた。

平治の乱で命からがら逃れた行家は、熊野別当《べっとう》の妻となっていた姉を頼り、新宮の地へ落ち延びた。そこで息を潜めながら生きた十数年。厄介者扱いされながら、いつ捕らえられ、平家に差し出されるかと怯える日々。

以仁王の令旨を届ける使者に抜擢された時の喜びは、今も昨日のことのように覚えていた。これですべてが変わる。そう信じて、疑わなかった。

「平家にあらざれば、人にあらず。そう嘯《うそぶ》いたのは、平時忠であったな。その話を耳にした時、わしは人ではないのだと思うた」

義仲が頷き、わずかに身を乗り出す。

「ならば、わしは人となるために、平家の世を覆してやろうと思うたのよ。源氏にあらざる者は、人にあらず。そんな世を創ってやろうとな」

義仲の目に、落胆の色が浮かんだ。

「そうですか。よう、わかりました」

何かを諦めたように、小さく嘆息を漏らす。それが、ひどく癇に障った。

「何だ。何がおかしい。男子として、武士としてこの世に生を享けた。一族の栄耀栄華を求めるのは、当然のことではないか。わしは平家の者どもに、死んだ方がましだと思えるほどの屈辱を味わわされたのだ。取って代わりたいと望んで、何が悪い！」

「悪いとは申しません。しかし、叔父上の求める世と、俺の求める世は違う。俺は、源氏の世など望んではいない。源氏も平氏も、百姓も貴族も無い。すべての者が、人として等しく生きられる。そんな世を、俺は望んでおります」

束の間義仲を見つめ、行家は声を放って笑った。

「真面目くさって何を言うかと思えば、とんだ夢物語よ。あまりに愚か過ぎて、怒るのも阿呆らしいわ。教えてやろう。そのような世は未来永劫、訪れはせぬ」

「ここで議論するつもりはござらぬ」

「では、何をしにまいった」

訊ねると、義仲は両の拳を床に付け、頭を下げた。

「明日にでも都を離れ、出家なされませ」

「何だと？」

「このままでは、法皇様との戦は避けられぬ。だが俺は、叔父上を討ちたくはないのだ。これ以上、一族同士で殺し合うのはやめにしよう」

「お前が敗けて、わしに討たれるかもしれんとは、思うておらんのだな？」

「残念だが、法皇様にも叔父上にも、俺を討つことはできん」

確信に満ちた答えに、腹の底が熱くなった。

「そなた、己が何を申しておるか、わかっておるのであろうな。武人に対し出家せよなどとは、死ねと言うも同じぞ」

「出家が嫌なら、どこか遠国に領地を差し上げよう。また叔父上を匿ってくれるよう、熊野に頼んでもいい。銭が欲しいと言うなら、いくらでも用立てる」

その声音は穏やかで、口ぶりは敗者を憐れむようでも、童を諭すようでもある。

「後生だ、叔父上。つまらぬ野心は捨てて、心穏やかに暮らしてくれ。俺のためだけではない。叔父上のためでもあるのだ。頼む」

懇願する義仲の目は、憐憫《れんびん》の色を帯びている。

それを見た瞬間、行家の中で何かが音を立てて弾けた。

「……その目で、わしを見るな」

義仲は答えない。

「その目をやめよと言うておるのだ！」

立ち上がり、膳を蹴り倒した。見上げる義仲の目から、憐憫の色は消えない。

「どいつもこいつも、わしを馬鹿にしおって。わしが戦に敗け続けるのが、それほど面白いか。わしはそれほど愚かで、憐れな男か。お前も頼朝も、多少の才と運に恵まれただけではないか！」

「叔父上は危険も顧みず、以仁王様の令旨を全国の源氏に届けられた。その働き無くして、平家の世が覆ることは無かったのだ。それだけでも、叔父上の名は歴史に残る。それだけで十分ではないか。これ以上多くを望めば、命を落とす。俺は首だけになった叔父上など、見とうない」

「慰めなど要らぬわ！」

噴き上がる感情が抑えられない。口惜しさに、視界が滲む。

「お前に何がわかる！　御曹司として何不自由無く育てられ、何の屈託も無く生きてこられたお前に、わしの苦しみが……何者にもなれぬまま足掻き続けるしかない我が身の不甲斐なさが、わかってたまるか！」

膝を折り、両手を床に突いた。止めることのできない涙が、床を濡らしていく。

「わしはただ、兄者のようになりたかっただけじゃ。義朝兄者のような、強く、皆に尊敬される立派な武人に……」

それがなぜ、こんなことになったのか。戦に負け続け、誰からも蔑まれ、甥からは憐れみを受ける。自分がなりたかったのは、そんな無様な男ではない。

静かに行家の肩を叩き、義仲が立ち上がる。

このまま終わってなるものか。行家は顔を上げ、去っていく義仲の背中を睨み続けた。

六

十一月八日の朝、新宮行家の姿が消えた。

一族郎党や麾下の兵もすべて引き連れて、京を離れたらしい。行家が寄越してきた使いが言うには、京に迫る平家を迎え撃つため出陣するとのことだった。

「屋敷はすでに、もぬけの殻との由にございます」

鼓判官知康から報告を受け、雅仁は苦笑した。

「逃げおったか。噂通り、逃げ足だけは一流のようじゃな」

まあいい。行家直属の兵など、せいぜい千か二千。将としての評判も、言うまでもない。いてもいなくても、どちらでもいいという程度の男だ。

「しかし行家という男、わしは嫌いではなかったがのう」

顎鬚《あごひげ》を撫でながら言うと、丹後局がくすくすと笑った。

「少しばかり、法皇様に似ておりましたゆえ」

「ほう、どこがじゃ？」

「ご自身の欲に、正直なところが」

「ふむ」

確かにそうかもしれない。そして自分が義仲と反りが合わないのも、あの男の欲が薄そうなところが気に入らないのだろう。

「それにしても、どうにかなりませぬか。身分卑しきむさ苦しい男どもが御所にひしめいているのは、どうにも慣れませぬ」

丹後局がそう言うのも無理はなかった。美しい庭は武者や僧兵たちに踏み荒らされ、御所内のきらびやかな建物には、雑兵や無頼の徒が寝起きしている。

この数日で、雅仁は美濃源氏の土岐光長、摂津源氏の多田行綱をはじめ、延暦寺、園城寺の僧兵、さらには北面《ほくめん》の武士から京周辺の浮浪の民まで、集められるだけの軍勢を集めていた。

その数は、一万を優に超えている。加えて、法住寺殿は広大で、高い塀と頑丈な門に守られていた。義仲の軍は七千というから、万が一攻め寄せてきたとしても、追い払うのは難しくない。

無論、この御所で戦をするつもりなどなかった。義仲も、治天の君に戦を仕掛けるほど愚かではあるまい。こちらの軍勢が整い次第、義仲を朝敵に指定する。そして一気に義仲の屋敷を攻め立て、首を刎ねる。それが、雅仁の考えだった。

法皇自らが逆賊義仲を討ったとなれば、頼朝も今後、大きな顔はできなくなる。都に迫る平家軍を追い払うために上洛せよと命じれば、唯々諾々と従うだろう。

義仲を討つ。雅仁がそう決意したのは、義仲と猫間中納言のやり取りを耳にした時だった。

たまたま貴族に生まれた者よりも、米を作る百姓の方がよほど偉い。義仲は猫間に、そう嘯いたという。その話を聞いて、雅仁は戦慄した。

あの男は危険だ。この国に長く根付いてきた身分、そしてそれに基づく秩序を、根底から覆しかねない。

王家を、ひいては日ノ本を守るため、何としても義仲を討たねばならなかった。


集まった兵が一万五千を超えた十一月十六日、雅仁は義仲へ使いを立てた。

西国であろうと東国であろうと、直ちに出陣せよ。ただし、院宣は与えない。これ以上、京へとどまるならば、謀叛と見做す。

事実上の、京からの退去勧告である。とどまるならば、攻める口実が得られる。立ち去るならば、その背後を襲わせる算段だ。

二日待たされた挙句の義仲の返答は、「鎌倉の軍が上洛するのであれば、戦わざるを得ない。鎌倉軍が引き返すのであれば、平家討伐のため西国へ出陣する」というものだった。交渉を引き延ばし、時を稼ぐつもりだろう。

「よかろう。源左馬頭義仲は、治天の君に対し弓引く逆賊である。明朝、全軍をもって出陣し、西ノ洞院の義仲邸を攻めよ」

明日中には、義仲の首級が運ばれてくるだろう。御所に穢れを持ち込むのは気が引けるが、義仲の死に顔がどんなものか、見るのは楽しみだった。

十九日早朝、主立った者たちが院御所南殿の庭に集まった。武者たちばかりでなく、公家や皇族、延暦寺から馳せ参じた天台座主《てんだいざす》、明雲《みょううん》の姿もある。

総大将は、鼓判官知康。戦に出たことなど無いが、土岐光長や多田行綱もいる。案ずることは無いだろう。

「方々、今こそ、十善の帝王に対し弓を引きし、木曾の者どもを討ち平らげん！」

知康が大音声を放った。赤地の錦の直垂に鎧も着けず、兜だけをかぶっている。四天王を模したつもりか、片手には鉾《ほこ》を持ち、もう片方の手に持った金剛鈴《こんごうれい》を打ち振る。その異様な出で立ちに、方々から失笑が漏れた。

「いざ、出陣！」

知康が叫ぶと同時に、庭へ鎧武者が駆け込んできた。

「申し上げます。木曾勢数千、七条《しちじょう》河原《がわら》に集結中。鴨川を越え、こちらへ攻め寄せてまいるものと思われます！」

「何じゃと！」

思わず、雅仁は腰を浮かせた。

「血迷うたか、義仲！」

「法皇様のおわす御所を攻めるなど、何と畏れ多いことを！」

取り乱した公家たちが、右往左往する。源氏の武者たちは防戦のため、慌ただしく動き出す。

落ち着け。向こうから攻めてきたなら、むしろ好都合だ。こちらは一万五千。敵は全軍でも七千。いかに勇猛な木曾軍とはいえ、敗けるはずがない。

御簾を撥ね上げ、雅仁は縁に立った。

「者ども、静まれい。逆賊義仲め、わざわざ首を捧げに出向いて来おったわ。討ち取って、名を挙げよ。義仲が首を獲れば、恩賞は望みのままぞ！」

浮足立っていた公家たちが、ようやく落ち着きを取り戻した。武者たちが得物を掲げ、雄叫びを上げる。

全身の血が熱くなるのを、雅仁は感じた。戦を前に血が昂ぶるのは、何も武士だけではない。

見ておれ、義仲。天子に弓引いた者の末路が如何なるものか、とくと味わわせてやる。


ひどく寒い、北風の強い朝だった。

巴は、河原にひしめく源氏の白旗を見上げている。

横田河原、礪波山の吉例に倣って七つに分かれた軍が、七条河原で合流を果たしていた。ここから鴨川を押し渡れば、法住寺殿は目と鼻の先である。

数は七千。これが今、京にいる木曾軍の総勢だった。

予定通り合流したものの、木曾軍はもうかれこれ四半刻、動いてはいない。将兵は息を潜め、義仲の下知を待っている。

その義仲は、兵たちからいくらか離れた場所にいた。周囲には、巴ら主立った者たち数名のみが集まっている。

「此度ばかりは、首を縦に振るわけにはまいりませぬ」

低い声で言ったのは、覚明だ。

出陣そのものに反対する者はいなかった。兵を集め続ける法皇に対し、軍勢を見せつけて威圧する。誰もが、そう思っていたのだ。

だが、木曾の全軍が七条河原に集結すると、義仲は院御所の総攻めを命じた。

「院御所に攻め入るなど、正気のお沙汰とは思えませぬ。自ら逆賊の汚名を被るおつもりか？」

詰め寄る覚明に、義仲が冷ややかに答える。

「勝てば、逆賊ではなくなる」

「御所には法皇様のみならず、今上帝もおられるのですぞ。方々にもしものことがあれば……」

「無論、法皇様と帝の御身は細心の注意をもって保護し奉る。だが万が一にもそのようなことがあった時は、今度こそ北陸宮に帝となっていただく」

「そのような暴虐、長い日ノ本の歴史にも例がござらぬぞ」

「神器が無くとも帝を立てられると示したは、他ならぬ法皇様であろう」

「法皇様がなさるのと、武士である殿がなさるのとでは、わけが違う」

「生まれ持った身分や血筋で、すべてが決められる。そんな世を変えるため、俺は起ったのだ」

「殿のお志はこの覚明、理解しているつもりです。されど、これればかりは承服できませぬ」

二人の視線がぶつかった。巴には、どちらが正しいのか判断がつかない。いや、判断しようとさえ思わなかった。兼光や兼平、根井行親や楯親忠も、黙したままだ。

義仲が踵を返し、鬼葦毛に跨った。

「これ以上の話し合いは無用。俺のやり方が気に食わなければ、いつでも我が下から離れよ」

その冷たい声音に、巴は思わず顔を上げた。

いつの頃からか、義仲が何を思い、何をしようとしているのかわからなくなっていた。上洛してからは、兼光や兼平と語り合うこともほとんど無くなっている。諸将は暗い顔で、互いを見合わせている。

都という土地が、この人を変えてしまったのか。それとも、背に負ったあまりにも重い荷に、ついに耐えきれなくなったのだろうか。

巴は、胸が苦しくなるのを感じた。だとすれば、すべてを義仲一人に負わせてきた自分たち郎党にも、責めの一端はある。

「これより、全軍をもって法住寺殿を攻める。佞臣、鼓判官知康らを討ち、法皇様ならびに帝をお救い奉るのだ！」

将たちが騎乗した。巴も、千早に跨る。

「平家を追い落とした我らを山猿と蔑み、用が済めば弊履《へいり》のごとく投げ捨てようとした公家ども。勝ち戦に乗って甘い汁を吸い、都を荒らし、旗色が悪くなれば恥ずかしげも無く法皇の下へ馳せ参じた、裏切り者の武士たち。ことごとく首を刎ね、鴨の河原に晒してくれん！」

口の端を歪めて笑う義仲に、ぞくりと背筋が震える。

その目に、これまでの義仲には無かった色がありありと浮かんでいた。憎悪。あるいは狂気。夫と子を奪われ、禿童を斬って回っていた頃の自分と同じ目を、義仲はしている。

唇を噛み、手綱を強く握り締めた。きっと、今だけだ。この戦に勝てば、すぐに以前の義仲に戻ってくれる。

「続け！」

軍勢が動き出す。遅れじと馬腹を蹴ろうとした刹那、千早の鞍に覚明がしがみついてきた。

「巴殿、頼む。殿を止めてくだされ！」

救いを求めるように、覚明が叫ぶ。

「私はあの御方を、逆賊にしたくはないのだ。巴殿の言葉ならば、殿も耳を傾けてくださるに違いない！」

巴は、静かに首を振った。

「申し訳ございません、覚明様。それはいたしかねます」

「何故です。このままでは、殿は……」

「我らは生きるも死ぬも、すべてを殿に預けております。殿の進まれる道が、我らの進む道。その先に、たとえ何が待ち受けていようと」

巴の顔を束の間見つめ、覚明は鞍から手を放した。

木曾へ来い。四年前、義仲のその言葉に頷いた時から、すべては決まっていたのかもしれない。

力無く佇む覚明を置いて、巴は馬を進めた。

七

面白《おもしれ》ぇことになってきやがった。

彼方から聞こえる鬨の声を聞きながら、伊勢義盛《いせよしもり》は隻眼を細めてにやりと笑った。

武者と僧兵、異形異類の者たちがひしめく法住寺殿。その中心である、南殿の一角だった。右目には黒い眼帯、毛皮を羽織り、粗末な胴当てを着けただけの義盛も、さして目立つことはない。

義盛たちは、西門の守りを受け持っていた。

「どうする。そろそろお暇するか？」

隣の僧兵が、声を潜めて訊ねた。

常陸坊海尊《ひたちぼうかいそん》。義盛と同じ、源九郎義経の郎党である。こちらは総髪に長刀、鎧の上に袈裟をまとった、いかにも荒法師といった出で立ちだ。

「いや、もう少し様子を見る。木曾勢の力量を測るのにも好都合だ。戦が始まりゃ、逃げ出す機はいくらでもあるさ」

二人が義経の本隊を離れて京へ潜入したのは、半月ほど前のことだった。無論、京の情勢を探り、義経に報告するためだ。

京へ入ってしばらくすると、法皇が手当たり次第に兵を集めはじめ、義盛たちも加わった。京で何が起きているか見定めるには、火中に飛び込むのが最善と考えたのだ。

聞けば、法皇の木曾殿に対する怒りは相当なものだという。在京の源氏の武者たちも、多くが木曾殿を見限って法皇方に付いた。

木曾殿は都を捨て、北陸へ逃れるつもりだ。いや、法皇に屈し、再び平家討伐に出陣するらしい。様々な噂が飛び交う中、ついに今朝、木曾殿が軍を動かした。一万五千を超える法皇方に対し、木曾軍は七千だという。

「もしかすると、殿の出番は無いかもな」

戯言めかして言うと、常陸坊は眉を顰めた。

「馬鹿を言うな。それでは困る」

「ならばいっそ、俺たちの手で木曾殿の首を獲るか？　殿の手を煩わせずにすむぜ」

「余計なことをするなと叱られるのが、関の山だ」

「違《ちげ》えねえ」

不思議な主君だった。元服間際まで寺にいたせいか、武士らしい厳めしさには無縁で、声を荒らげることもほとんど無い。目鼻立ちは美男そのものだが、茫洋とした顔つきからは、何を考えているのか皆目わからない。それでいて、腕は立ち、戦を見る目にも非凡なものがある。

義盛が義経に仕えたのは、三年余り前のことだ。伊勢で盗賊をしていた義盛は平家の軍に追われ、手下を連れて坂東へ逃げ延びていた。そこで、数人の郎党を連れた義経と出会ったのだ。久しぶりの獲物だと襲いかかった義盛の手下は、瞬く間に斬り伏せられ、残った義盛は降参した。

義経が源氏の御曹司で、兵を挙げた兄の下へ馳せ参じる途中だと知った義盛は、涙ながらに平家への恨みを語り、郎党に加わることを許された。義盛という名も、その時に与えられたものだ。

平家を討つ。義経の頭にあるのは、ただそれだけだろう。木曾殿は、その前に立ちはだかる障壁の一つに過ぎない。半ば飼い殺しのように鎌倉にとどめ置かれていた義経が、ようやく一軍を任されたのだ。こんなところで躓くわけにはいかない。

とはいえ、義経に預けられたのはわずか二千。出兵の名目もあくまで、東国の年貢を京へ届けるというものだ。木曾殿と法皇との戦に介入することは許されていない。この戦の帰趨を見定め、できれば木曾軍の力量も見極める。それが自分の役目だと、義盛は考えていた。

かすかに、地が揺れていた。馬蹄の響きが大きくなる。やがて、甲高い鏑矢の音が響いた。

「来るぜ」

義盛は立ち上がった。

味方が、塀の向こうの木曾軍に向けて礫を放ちはじめる。京周辺から掻き集めた溢れ者や浮浪の民たちだ。

「それ、もっと投げよ。木曾の山猿どもに、天誅を加えてやるのじゃ！」

薄化粧に鉄漿《かね》、まるで似合わない大鎧を着けた男が、扇を手に喚き立てる。西門の守りを指揮する、源仲兼《なかかね》という公家だ。

礫をものともせず、木曾軍が矢を放った。

空を覆うような無数の矢が、塀を越えて降り注ぐ。方々で悲鳴が上がり、溢れ者たちが倒れる。義盛は太刀を抜き、飛来する矢を斬り払う。海尊も、一矢も浴びてはいない。だが、味方は所詮、烏合の衆だ。早くも浮足立ち、逃げ出す者が出はじめている。

やがて、北の方角に黒煙が上がった。

「おいおい、火を付ける気かよ」

木曾殿という男は、法皇の権威など屁とも思っていないらしい。

火は強い風に乗って北殿を焼き、大きく燃え広がっている。屋根を舐める禍々しい炎が、ここからも見えた。

「なかなか痛快じゃねえか。気に入ったぜ」

「笑っている場合か。門が破られるぞ」

腹の底に響く音が、断続的に続いていた。丸太でも打ちつけているのだろう。音が響くたび、門扉が震える。

火を放たれたことで、味方は混乱の極みにあった。最早、兵力の差は無いも同然だ。むしろ、数が多いことが混乱を助長している。

喊声が大きくなった。敵は別の門から、御所内に侵入してきたらしい。土岐光長が討たれた。総大将の鼓判官知康が逃亡した。真偽不明の様々な情報が乱れ飛ぶ。

「法皇様は退去あそばされた。帝もう、ここにはおられぬ！」

誰かが叫ぶのが聞こえた。

「さすがは法皇様よ、逃げ足の速いことだ」

嘲笑し、海尊の肩を摑んだ。

「そろそろ潮時だ。ずらかるとしよう」

海尊が頷いた刹那、大きな音を立てて門扉が倒れた。木曾軍の雑兵たちが御所内に雪崩込んでくる。

その先頭を切って進む白馬に乗った武者に、義盛は左目を見開いた。

手には長刀。緋色の鎧直垂に、萌黄縅の鎧。額に金色の鉢金が付いた鉢巻。風に靡く長い黒髪は、男の物ではあるまい。

似ている。大きく、心の臓が脈打った。

いや、そんなはずがない。あの女子は、とうに死んだはずだ。

脳裏に、四年前のあの日の記憶がまざまざと蘇ってくる。飛び交う矢。次々と斬り殺されていく村人たち。たった一人の息子の死に顔。そして、長刀を手に駆け去っていく、妻の後ろ姿。

向かっていった騎馬武者を一刀で斬り落とし、女武者が叫ぶ。

「我こそは木曾殿が郎党、巴なり。すでに、帝と法皇様は我らのもとにある。最早、戦う理由は無い。無益な戦はやめ、得物を捨てて降参せよ！」

間違いない。声も名も、すべてが、記憶の中のそれと同じだ。違うのは、左の頬に痛々しい傷跡が残っていることくらいだった。

生きていたのか。だが何故、木曾の郎党などに。混乱し、足元がふらついた。

初めて会った時の、まだあどけなさの残る顔。胸に力丸を抱いてあやす、満ち足りた顔。三郎の知る妻の顔が、戦場で長刀を振るう女武者と、一つに重なった。

「巴……」

俺はここにいる。そのことを、伝えなければ。

ふらふらと歩き出した時、強く袖を引かれた。

「義盛、何をぼんやりしている！」

海尊が耳元で喚き、義盛は我に返った。

味方はほとんどが逃げ散り、周囲にいるのは木曾の兵ばかりだ。これ以上とどまれば、確実に殺される。

「まいるぞ、義盛！」

「あ、ああ……」

向かってきた敵の雑兵を斬り伏せ、海尊に続いて駆け出す。

振り返ると、巴の姿は遠くなっていた。鬼気迫る様子で、立ちはだかる武者たちを斬り伏せている。

死んだはずの妻が、生きていた。しかも、倒すべき敵の郎党として、目の前に現れた。

頼む。何かの間違いであってくれ。

普段はまるで顧みることのない神仏に祈りながら、伊勢三郎義盛は駆け続けた。

八

都から届けられた報せに、頼朝は覚えず笑みを浮かべた。

去る十一月十九日、義仲は法住寺殿を攻め落とし、法皇を五条の内裏へ幽閉していた。

翌二十日、合戦で討ち取られた者たちの首が、五条河原に晒された。その中には、土岐光長、光経《みつつね》父子ら武士のものばかりか、天台座主の明雲大僧正や園城寺の長吏、円恵法親王《えんえほっしんのう》の首まであったという。二十九日、義仲は法皇に与した公家と武士四十九名を解官している。

法住寺殿は焼け落ち、かの蓮華王院も灰燼に帰した。都で育った頼朝にとっては、信じ難いほどの暴挙である。

「それにしても、思い切った真似をしたものよ。まさか、院御所を焼き払うとはな」

「八方塞がりの状況を、武力で強引に押し開いたといったところでしょうな」

答えたのは、頼朝の招きに応じて京から下ってきた、公家の大江広元《おおえのひろもと》だった。今後の鎌倉に必要なのは、戦しか能の無い武人ではなく、実務に長けた能吏《のうり》だ。

「ともあれ、これで義仲は逆賊に身を落とした。たとえ法皇に強要して院宣を乱発しようと、誰も従いはすまい」

これまで頼朝は、形の上では法皇と帝を擁する義仲に対抗する名分を持たなかった。だがこれで、義仲の暴虐から法皇と帝を救うという大義名分が成り立つ。

あとは、鎌倉から大軍を上洛させ、先発した義経と合流させた上で、義仲を倒すのみだ。御家人《ごけにん》たちの信望を集める上総介広常は先日、謀叛の濡れ衣を着せて討ち果たした。今の鎌倉に、頼朝に逆らい得る者はいない。

「急ぎ軍を集め、京へ向かわせよう。五万も出せば、よもや敗けることはあるまい」

「ならばよろしいのですが……」

「何じゃ。何か、不安があるのか？」

「木曾殿が、松殿基房との連携を強めている点が、いささか」

「ふむ」

義仲は戦後、基房の息子師家《もろいえ》を摂政兼内大臣に据え、朝廷の体裁を整えていた。師家はまだ十二歳の童にすぎず、義仲と基房の傀儡《かいらい》であることは明白だ。

義仲が近く、基房の娘を妻に迎えるという話もあるらしい。基房と結ぶことで、朝廷と公家衆を押さえるつもりだろう。

「基房卿は、長く清盛入道と渡り合ってきた老獪《ろうかい》な人物。平家との伝手《つて》は、今も途絶えてはおりますまい」

「まさか、義仲が平家と手打ちいたすと？」

「その線も、あり得なくはないということです」

確かに、それが実現すれば、厄介極まりない。木曾軍は多くの脱落者を出したものの、信濃、越後の軍はいまだ残っている。ある意味で、無駄な肉が削ぎ落とされたようなものだ。

その木曾軍が、後顧の憂い無くこちらへ向かってくる。しかも、その背後には強力な水軍を擁する平家軍が控えているのだ。想像して、頼朝は怖気をふるった。

「いま一度、刺客を放ってみるか」

九月、頼朝は義仲の暗殺を狙い、京に人を送っていた。銭で雇った溢れ者に義仲を襲わせたものの、あと一歩のところで討ち漏らしている。

「次は溢れ者ではなく、腕の立つ坂東武者を送り込めば……」

「無駄でしょうな。あれで、木曾殿は暗殺への備えを強めたはず。二度と隙は作りますまい」

「やはり、戦でけりをつけるしかないか」

「御意」

広元の答えはにべもない。

「もっとも、木曾殿が平家と和睦するには、帝が二人おわすという問題を解決せねばなりません。交渉は、容易には進まぬかと」

「ならばなおさら、急がねばなるまいな」

奥州の動きも気にかかる。万が一に備え、頼朝自身は鎌倉を動くことができない。西上軍の総大将は、弟の範頼に任せる他ないだろう。

居室へ戻る途上、縁で双六に興じる大姫の姿を見かけた。

相手をしているのは、清水冠者義高だ。頼朝に気づき、威儀を正して一礼する。

「大姫、また義高に遊んでもらっておったのか」

「父上。義高さま、ちっとも手加減してくれないの」

怒った顔を作りながらも、遊んでもらえるのが嬉しくて仕方ないといった様子だ。大姫は七歳、義高は十一歳である。

「申し訳ございません。しかし、手加減いたすのも姫に対して礼を失するかと」

穏やかな口ぶりで、義高が言う。

眉目秀麗な上に文武に秀で、人となりも優れている。妻の政子や御所の侍女たちのみならず、御家人の中にも義高を買っている者は少なくない。

「よいのだ、義高。大姫の相手をしてくれて助かる」

「いえ。私の方こそ、姫に無聊を慰めていただいております」

穏やかな笑みを湛え、義高が答えた。

遠からず義仲との戦が始まるという噂は、鎌倉中で囁かれている。当然、義高の耳にも入っているだろう。だが、それをおくびにも出さず、怯える気配も無い。やはり、末恐ろしい若者だった。

「つまらぬ風説が流れておるようだが、わしはそなたを粗略に扱うつもりは無い。これからも、姫を頼むぞ」

「はい、心得ております」

義高が頭を下げ、頼朝は歩き出した。

大姫のことを思うと、胸が痛む。だがこれも、武家の棟梁の娘として生まれた宿命なのだ。受け入れさせるしかない。

誰か、大姫の新たな許嫁《いいなずけ》を探しておくか。いや、いっそ帝に入内《じゅだい》させるという手もある。

大姫が男子を産めば、その子が次の帝だ。実現すれば、頼朝は武家の棟梁のみならず、帝の外戚の地位までも手に入れられる。

「ふむ、悪くはない」

独りごち、頼朝は頰を緩めた。

それにはまず、義仲を討つことだ。そしてその勢いで平家打倒を果たし、返す刀で奥州藤原氏も滅ぼす。帝の祖父となり、武家と公家、両方の頂点に、この自分が立つ。

見ていろ、千鶴丸。

とうに黄泉路へ旅立った息子に、頼朝は呼びかける。

お前を救うことはできなかったが、父は代わりに、この世のすべてを手に入れてみせる。お前の仇である平家を跡形も無く滅ぼし、源氏の世を創り上げるのだ。

第九章　落日

一

覚明が去った。

寝所はもぬけの殻で、義仲宛ての書状が一通残されていただけだという。

落合兼行が運んできた報せを聞き、書状を受け取った義仲は、「そうか」とだけ答えた。

覚明が自分を見限ったのは、法住寺殿攻めを強行した時だろう。自分のやり方が気に食わないなら去れと言ったのは、義仲自身だ。いつかこうなるかもしれないとは思っていた。

書状にはこれまでの礼と、今後は誰の配下にも付かず、世を捨ててひっそりと暮らすということが、覚明らしい整った文字で綴られている。

読み終えた書状を、懐にしまう。

「まだ、遠くまでは行っておりますまい。追いかけて、連れ戻しますか？」

遠慮がちに訊ねる兼行に、義仲は頭を振った。

「いや、いい。好きにさせてやれ」

怒りも、悲しみも湧いてはこない。信頼する配下が去っていっても、心にまるで波が立たない。

それが、自分でも不思議だった。

気力が折れかかっている。疲れきった心が、波を立てることさえ拒んでいる。それでも、投げ出すことはできない。自分にはまだ、数千の将兵の命が懸かっているのだ。

「松殿基房様がお見えになりました」

従者の声に、義仲は「お通しせよ」と応じた。

法住寺殿の合戦後、基房は三日に一度は顔を見せる。法皇や公家衆とのやり取りはすべて、基房に任せているという形だった。

「やあ、婿殿」

現れた基房は、上機嫌だった。

「今日は格別冷えるのう。じきに雪が降ってくるぞ」

「それがしも、都の寒さがこれほどとは思いませんでした」

「ほう。木曾よりも、都の方が寒いか」

「足元から冷えた気が立ち上っておるような。木曾では感じることの無い寒さにございます」

「なるほどのう」

基房は当年三十九。かつて関白、太政大臣となり位人臣を極めた人物だが、物腰は柔らかく、他の公家たちと比べれば偉ぶったところが無い。

「さて、奥州への院宣の件だが」

温めた酒を美味そうに啜り、基房が言った。

「ようやく通ったぞ。数日中、遅くとも十二月十五日には、正式に下されることとなろう」

藤原秀衡に、頼朝追討の院宣を下す。義仲の発案で、基房が根回しに動いていた。実際に秀衡が兵を出すかどうかはわからないが、鎌倉への圧力にはなる。

「ご尽力、ありがたく存じまする。これで頼朝も、大軍を上洛させることはできますまい」

「後は、平家との和議の件じゃが……」

基房が表情を曇らせた。

鎌倉に対抗するため、平家と手を結ぶ。それも、義仲の発案だ。

以仁王の令旨に応じ、平家を討つために兵を挙げ、多くの郎党を失いながら戦ってきた。それが今さら和議などという葛藤は、無論ある。だが形勢を逆転させるには、この策しかなかった。葵が生きていれば、きっと賛同してくれるだろう。

しかし、交渉は上手く運んでいない。和議を打診した直後の十一月二十九日、京を離れた新行家の軍が、播磨国室山《はりまのくにむろやま》の平家軍の陣を襲ったのだ。

平家軍の将は平知盛、重衡兄弟。行家が勝てる相手ではない。予想通り、行家は散々に敗北し、逃亡したという。

行家が義仲と袂を分かったことを、平家はまだ知らない。平家からすれば、義仲が偽りの和議を持ちかけて油断させ、不意打ちを仕掛けたように見えるだろう。行家が意図せず、和議を阻止したという形だった。

案の定、平家は態度を硬化させ、和議の話は進んでいない。十二月二日、義仲は平家に起請文を送ったものの、いまだ返答は無かった。

「申し訳ございませぬ。手を尽くしてはおるのですが」

「まあ、致し方あるまい。交渉事は、粘り強く続けることこそ肝要じゃ。鎌倉の先鋒を打ち破れば、平家の態度も変わってこよう」

それはそうと、と基房が話柄を転じる。

「我が娘の様子はいかがかな。ちと情の強い女子じゃが」

基房の娘が嫁いできたのは、十日ほど前のことだ。伊子《いし》という名で、まだ十七歳だった。

「武家の屋敷にはまだ慣れぬようですが、泣き言も言わず、よくやっております」

「それはよい。孫の顔を見るのが楽しみよ」

そう言って笑うが、もしも義仲が敗れれば、娘も婿も捨てて、何食わぬ顔で鎌倉に媚びを売る。それが、公家というものだ。

ひどく寒い。それは、降りはじめた雪のせいだけではないだろう。

基房を見送ると、義仲は寝所へ向かった。

畳に横たわり夜着をかぶっているのは、山吹だ。上洛してからもやはり体調が優れず、起きては臥せることを繰り返している。

「お客人は？」

顔だけをこちらへ向け、山吹が訊ねた。その頬はやつれ、髪にも白い物が混じっている。

「やっと帰った。公家の相手は疲れるな。今日は冷える。何か、温かいものを運ばせよう」

「お気遣いなく。殿はお忙しゅうございましょう。伊子様にも、ほとんど会っておられぬとか」

「やはり、気になるか？」

「気にならぬと申せば、嘘になりまする。殿が京女にうつつを抜かしているとなれば、腹も立ちましょう」

山吹が弱々しく笑う。

「ですが、若い女子がこのようなところへ嫁いできたのです。少しでも話をして、安心させてあげてください」

「そうだな」

伊子の不安など、頭に微塵も無かった。基房から送られてきた人質くらいにしか、考えていなかったのかもしれない。

「山吹。お前はやはり、出来た妻だ」

「何です、いきなり」

「いや、たまにはちゃんと言っておこうと思ってな」

山吹が微笑む。その笑みは、やはり弱々しい。


「汝を征東大将軍に任じる。以後、〝朝日将軍〟と号するがよい」

御簾の向こうに座す法皇の言葉を近臣が伝え、衣冠束帯《いかんそくたい》姿の義仲は平伏した。

「ははっ、ありがたき仕合せ」

「今後も王家のため、しかと働くことを期待しておるぞ」

言うや、法皇は立ち上がり、奥へと下がっていった。

寿永三年正月、六条の公家屋敷を接収して新たに定められた、院御所である。

年が明けてまだ数日だが、新年を祝う雰囲気は微塵も無い。基房を除き、列席する公家衆の表情は硬く、義仲へ向ける視線は怯えと媚び、そして憎悪が入り混じっている。

そうした目を向けられても、義仲の胸中にはいかなる感情も湧かない。それは、将軍の名を冠した職を得ても同じだった。

将軍に任じられたところで、兵が増えるわけではない。それでもこの任官を推し進めたのは、基房だ。敵は鎌倉に居るのだから、征東大将軍になるべきだという、形を重んじる公家らしい考えからだった。

将軍任官を祝う宴を開こうという基房の誘いを丁重に断り、牛車に乗った。

六条西ノ洞院の屋敷まで、歩いてもすぐだ。だが、院御所に出仕するからには、牛車を用いなければならない。意味の無いしきたりだと思いながらも、不作法者と蔑まれないためには従うしかなかった。

洛中の軍がだいぶ減ったとはいえ、都はまだ荒れていた。見廻りの軍が少なくなったのをいいことに、再び盗賊も多く出ているらしい。

痩せ細った体で物乞いをする童。筵にくるまり、寒さに震える貧しい民。往来を行けば、行き倒れた骸を目にしない日は無い。それでも基房やその取り巻きの公家たちは、我が世の春を謳歌するかのごとく、酒宴に興じているという。

こうした世を改めるために兵を挙げた自分が、貴族の作ったしきたりに搦め捕られている。もう、自嘲する気さえ起こらない。

不意に、女の悲鳴が聞こえた。

引き窓を開けると、若い娘が逃げてくる。その後ろから、溢れ者風の男たちが数人、娘を追っているのが見えた。

「止めろ」

牛車は踏み台を使って後ろから乗り、前へ降りるのが決まりだったが、構わず後ろから飛び降りた。牛を曳く牛飼童が唖然としている。

娘が助けを求め、こちらへ駆けてきた。顔のあちこちが腫れ、口の端から血が流れている。

「あの連中にやられたのか」

荒い息を吐きながら、娘が頷く。

男たちが追いついてきた。数は五人。こちらを公家と見誤っているのか、恐れる気配は無い。粗末な刀を手に、女を寄越せと喚き立てる。

問答するのも面倒だった。義仲は従者から太刀を受け取る。

「手を出すな。俺一人でいい」

護衛の兵たちに言い、太刀の鞘を払う。

「所詮は青公家だ。やっちまえ！」

男の一人が叫んだ。

次の刹那、前に出た義仲の太刀が、男の一人の腕を飛ばす。返す刀で、もう一人の胸を斬り上げた。返り血が装束を汚す。さらに一人を斬り伏せると、残った二人が逃げ去っていく。

斬る必要など無かった。護衛に命じて追い散らせば、それですんだのだ。愚かなことをしたと、義仲は思った。

道端に筵を敷いて座り込む物乞いたちが、虚ろな目でこちらを見ている。

俺たちが飢えているのは、お前のせいだ。そう言われているような気がして、義仲は目を逸らした。

礼を言う娘を送り届けるよう命じ、ささくれ立った気分のまま屋敷へ戻った。

着替えをすませると、落合兼行が飛び込んできた。

「新宮行家殿、河内長野《かわちながの》にて挙兵。朝敵源義仲を討つと称し、軍勢を集めているとの由！」

腹の底が熱くなった。込み上げる怒りを散らすように、大きく息を吐く。

「また叔父上か。数は？」

「すでに、三千に達しつつあるとか」

戦は駄目でも、弁は立つ。口先で豪族を丸め込むなど、わけもないということだろう。

「まったく、どこまでも祟ってくれる」

「いかがなさいます？」

頼朝の弟、範頼が率いる軍がすでに鎌倉を発ったという報せも届いている。数は不明だが、いずれは義経の先遣隊と合流し、京へ向かってくるだろう。

西から迫る平家の押さえに兵を割いているため、京に残る木曾軍はわずか六千だった。丹波や摂津では平家軍との小競り合いが頻発し、西に向けた兵を動かすことはできない。

今、自分が京を離れるわけにはいかない。だが行家を放置しておけば、どれだけの兵が集まるかわからなかった。まずは、足元に付いた火を消すのが先決だろう。

「兼光を呼んでくれ」

駆けつけた兼光に訊ねた。

「千五百の軍で、叔父上に勝てるか？」

「摂津、河内でもいくらか兵は集まりましょう。信濃の兵を付けていただけるのであれば、蹴散らす程度には勝てまする」

「殺せ」

低く言った義仲に、兼光が目を見開く。

「……よろしいのですか」

「これ以上、掻き回されるわけにはいかん。それに、叔父上の首を差し出せば、平家も納得する」

兼光が視線を落とした。しばしの沈黙の後、口を開く。

「先刻、つまらぬ者たちを斬ったそうですな」

「それがどうした」

「皆、案じております。西国から戻られてからは、ほとんど眠っておられぬとか。目つきも険しく、言葉も以前よりずっと鋭くなっております」

「何が言いたい？」

「我ら郎党は、どこまでも殿に付き従う所存。行家殿を討てと仰せであれば、必ずや討ち取ってご覧に入れまする。しかし、殿がご自分を見失われるようでは、戸惑う者もおりましょう」

「俺が、己を見失っていると？」

兼光が頷き、諭すような口ぶりで言った。

「京を、捨てられませ」

「何だと？」

「東に頼朝、西に平家、そして南には行家殿。我らの軍は、わずか六千。信濃や越後から従ってきた者たちの中からも、離れた者は少なくない。この情勢では最早、勝てる道理がござらぬ」

義仲は苛立ちを覚えた。その情勢を覆すために、行家を討ち、平家と組むのだ。それが、何故わからないのか。

「法皇様と帝を奉じていったん北国へ退き、態勢を整え直すべきです。我らが去れば、がら空きになった京を巡って頼朝と平家がぶつかる。その間に力を蓄え、再度、上洛軍を起こせばよい」

「駄目だ。京は、捨てぬ」

「何ゆえです。退くこともまた、兵法の一つにござるぞ」

「京を捨てれば、義高を取り戻すことはできん。戦って勝ち、もっと上の官位を手に入れ、頼朝を屈伏させる。他に、義高を取り戻す方法は無い」

「まことに、それだけですか？」

「どういうことだ」

「ようやく手にした都を、将軍の位を、失うのが惜しいのでは？」

思わず身を乗り出し、兼光の胸倉を摑んだ。だが、兼光は怯まない。

「義高を奪われ、葵を死なせ、ようやく上洛を果たせば、山猿よ、不作法者よと嘲笑され、公家にも民にも疎まれる。このまま京を捨てれば、俺は都を荒らすだけ荒らし、敵が迫れば逃げ出す卑怯者だ。武士が名を惜しんで、何が悪い？」

「手にした物に、囚われてはなりませぬ。退くことと、敗ける事とは違いまする。たとえ一時は敗残の身を晒そうと、最後に勝てばよいのです」

視線がぶつかる。やがて、義仲は手を離し、立ち上がった。

「京を捨てるわけにはいかん。お前は明日、河内へ出陣しろ。草の根を分けても行家を探し出し、首を獲れ」

ひどく重い沈黙を経て、兼光が床に手を突いた。

「承知いたしました。必ずや」

一礼し、立ち上がって踵を返す。

何か、大事な物が掌《てのひら》からこぼれ落ちていくような気がした。

「殿の器は、頼朝にも、あの清盛入道にも劣ってはおられぬ。それがしは、そう信じております」

背中を向けたまま、兼光が言う。

義仲は答えず、立ち去る兼光の背中から目を逸らした。

二

村が襲われたあの日、三郎はすべてを失った。

家々を包む炎。村人たちを追い立てる平家の武者。血溜まりの中で息絶えた、見知った者たちの骸。今でも、昨日のことのように思い出せる。

三郎も、背中と右目を深く斬られ、他にも無数の傷を負った。山へ逃げ込んで必死に駆け、ようやく追手の気配が消えた頃、視界が朦朧《もうろう》とし、足を踏み外して崖から転げ落ちた。

目覚めると、見知らぬ家にいた。そこで暮らすのは、老いた杣工だった。崖の下を通りかかり、そこで三郎を見つけたのだという。

杣工が言うには、三郎が拾われてから、三日が過ぎていた。その間に、平家は大規模な山狩りを行ったらしい。

礼を言い、巴と約束した炭焼き小屋へと向かった。

だがそこに、巴の姿は無かった。

山狩りで見つかり、斬られたのか。それとも、もっと遠くへ逃げたのか。それから何日も山中を彷徨ったが、巴を見つけることはできなかった。

殺されたのだ。そう思うしかなかった。いや、平家に殺されたと決めつけ、仇を討つと思い定めることでしか、己を保てなかったのだ。

それから、諸国を流れ歩いて腕を磨き、仲間を集めて平家の領地や年貢を運ぶ荷駄を襲った。

そして今、三郎は義経の郎党として、巴の主君を討つための軍勢に身を置いている。

どこだ。どこで、道が分かれた。どれほど自問しても、答えは出ない。

法住寺殿から抜け出し義経のもとへ戻ると、三郎は巴について訊ねて回った。だが、鎌倉軍の中に巴の名を知る者は少ない。わかったのは、義仲の便女だとか、とてつもなく腕が立つ身の丈六尺の大女だとかいった、噂話の類ばかりだった。

恐らく巴も、三郎は死んだと思い込んでいる。そして同じように仇討ちを望み、木曾軍に身を投じたのだろう。鎌倉と木曾が戦うことになったのは、不幸な巡り合わせとしか言いようが無い。

開戦の時は、目の前に迫っている。

美濃国墨俣《みののくにすのまた》で範頼率いる鎌倉軍主力と合流した義経は、搦め手軍として伊勢へ進んでいた。

義仲から離反した武士や畿内近国の豪族が続々と馳せ参じ、範頼の大手軍は三万五千、義経の搦め手軍は二万五千にまで膨れ上がっている。

どう考えても、木曾軍に勝ち目など無い。だが、妻を助けたいので戦をやめてくれなどとは、口が裂けても言えない。

鎌倉で半ば飼い殺しにされてきた義経が、ようやく世に出る機会なのだ。ここで手柄を挙げなければ、義経は平家との戦から外されるかもしれない。平家を討つためだけに生きてきたという義経の思いは、三郎にも痛いほどよくわかる。

結局、巴のことを誰にも言えないまま、今にいたっていた。

義経の郎党として、義仲は倒さねばならない。だが夫として、巴は何としても救い出す。そして夫婦で力を合わせて平家を討ち、力丸の仇を取る。

その後は、どこか山奥の小さな村で穏やかに暮らせばいい。

戦のことなど忘れ、また子を生《な》し、その成長を見守りながら共に年老いていくのだ。

義経と範頼が使者をやり取りした結果、開戦は五日後、一月二十日午の刻と決まった。

「木曾勢はおよそ六千。その中から、千五百を河内の新宮行家討伐に出しており、いまだ戻ってはおらぬ。敵は宇治川を楯に守りを固めるものと思われるが、ここに割けるのは、せいぜい千五百ほどであろう」

評定の席で言ったのは、梶原景時だった。頼朝から、木曾討伐の軍奉行に任じられている。

列席するのは義経、景時の他、畠山重忠、佐々木高綱《ささきたかつな》、木曾軍から離反した甲斐源氏の安田義定ら。三郎や常陸坊海尊、武蔵坊弁慶《むさしぼうべんけい》ら義経の郎党たちも、末席に連なっている。

陣屋の床に広げた絵図を指しながら、景時が続けた。

「範頼殿率いる大手軍は、瀬田《せた》から大津を経て、京へ向かう手筈である。我らは宇治の守りを破った後、大手軍と頃合いを合わせ、堂々と京へ進軍すべきでござろう」

「梶原殿は、ずいぶんとお優しいことだなあ」

黙って聞いていた義経が、感心したように言った。

「優しいとは、いかなる意味にござろうか」

「梶原殿の言は、都一番乗りの手柄を、わざわざ範頼兄者と分け合おうと言っているように聞こえるが」

一同の目が、義経に注がれる。

「さにあらず。それがしは、大手と搦め手の連携こそが肝要と申しておるのです」

「この戦で最も厄介なのは、法皇様の御身が敵の手中にあることだろう。義仲が法皇様と帝を連れて北国へ落ち延びれば、我らは何を大義に戦を続けるのだ。それどころか、今度は我らが北の義仲と西の平家に挟み撃ちにされるぞ」

「ならば九郎殿は、どうすべきだと？」

訊ねられ、義経は扇で絵図を指す。

「我らは十九日の夜のうちに宇治川南岸まで進み、日の出と共に攻めかかる。宇治の守りを突破した後は一気に洛中、六条の院御所へ進み、法皇様をお救い申し上げる」

「待たれよ。大手軍との取り決めでは、開戦は午の刻となっております。九郎殿も、それに同意なされたではないか」

「いかにも」

悪びれることなく、義経が頷く。

「そう伝えておけば、大手軍の動きはそれに合わせたものとなろう。範頼兄者がゆるゆると軍を進めてくれれば、それだけ敵も油断するではないか」

「馬鹿な。兄君をたばかるおつもりか！」

ついに声を荒らげた景時を、義経は不思議そうに見つめる。

「それで戦に勝てるのだ。何が悪い？」

「貴殿は、信義という言葉を知らぬのか！」

「まあ、そう怒るな。範頼兄者はお優しい方だ。話せばわかってくれよう。それに、六条の御所には恐らく義仲もいる。これを討ち取れば、手柄はすべて我らのものだ」

その言葉に、景時を除く諸将の目の色が変わった。景時の息子の景季《かげすえ》でさえ、身を乗り出している。

三郎にはまるで理解できないが、坂東武者にとって、手柄や領地は信義よりも重いものらしい。

「それがしは、九郎殿のご意見に同意いたす」

坂東武者の鑑とも称される畠山重忠の言葉で、評定は決した。

「では、先陣は佐々木四郎《しろう》高綱と、梶原源太《げんた》景季のいずれかとしよう。先に宇治川の対岸にたどり着いた方が、先陣だ」

この二人は、頼朝から拝領した馬を巡るいざこざで、平素から不仲だった。対抗心から二人共奮戦するだろうと、義経は踏んでいるのだ。景季を指名することで、景時も義経の抜け駆けを報告しにくくなる。

「それと、木曾勢の一部が河内長野の行家叔父上を攻め立てているらしい。これが京へ戻ると厄介だ。河内長野から京へ至る道のどこかへ一千ばかり、伏兵を置いておくとしよう」

平素は茫洋としていて武人らしからぬ義経だが、見るべきところはしっかりと見ている。

我が主君ながら、恐ろしい男だった。義仲も相当の戦上手だと聞くが、義経を見ていると何故か、敗けるという気がしない。これが天性の将器というものなのだろう。義経の名はいずれ、英雄として語り継がれるようになると、三郎は確信していた。

十中八九、義仲は敗れ、討ち取られる。

戦場はひどく混乱するだろう。その中でたった一人の女人を見つけ出し、味方に引き入れる。容易な事ではないが、必ず成し遂げなければならない。

巴がいかなる思いで義仲に仕えているのか。忠義か、それとも別の想いを抱いているのか。

それを問い質すのは、すべてが終わってからだ。

三

一月十九日、義仲の屋敷に物見の兵が駆け込んできた。

近江国野路《のじ》あたりにとどまっていた鎌倉軍が、ついに進軍を開始したという。

「今日中には瀬田に達するな。となると、開戦は明日か」

総大将は蒲冠者範頼。その数は、実に三万五千に及ぶ。

だがそれだけではあるまいと、義仲は見ていた。必ず、宇治方面へ回り込む別働隊がいる。そちらへ放った物見は、いまだ戻っていない。それだけ、厳重に警戒しているという証だ。

六条西ノ洞院の屋敷では、連日の軍議だった。集まった諸将が、床に広げた絵図を睨んでいる。

「三万五千……」

志田義広が、呻くように言った。他の将たちの表情も、さすがに険しい。

それは、予想をはるかに上回る兵力だった。坂東は不作で飢饉が起こり、大軍は出せないという情報が頻繁に届いていたのだ。思えばそれも、敵の策のうちだったのだろう。

すでに諸将の持ち場は決まり、軍も配置してあった。

瀬田に兼平と近江源氏の二千五百。宇治に根井行親、楯親忠、志田義広ら千五百。義仲と巴は洛中に残り、院御所を警固する。

瀬田川、宇治川に架かる橋は、橋板を外させた。馬での渡河を阻むため、川底に乱杭を打ち込み、縄も張り巡らせてある。岸には楯と逆茂木《さかもぎ》を並べ、矢も大量に用意した。

だが、鎌倉軍が予想以上の大軍となると、防ぎきるのは難しい。

「かくなる上は、法皇様と帝を奉じ、北国へ移る他ありますまい」

重い口ぶりで、根井行親が言った。

「それしか無かろう」

志田義広が賛意を示す。

「大手の範頼軍が三万五千となると、搦め手の軍も千や二千ではあるまい。五千、あるいは一万を超えるやもしれん。万に一つも、勝ち目はござらぬ」

「何だよ、情けねえな」

殊更に明るい口調で言うのは、楯親忠だった。

「数で負けてるのはいつものことじゃねえか。けどよ、横田河原でも礪波山でも、俺たちは勝ち抜いてきた。今度だって……」

「どうやって、勝つと申すのだ？」

行親が訊ねる。

「そりゃあれだ、父上。守りを捨てて、全軍一丸となって瀬田の敵陣に斬り込むんだよ。範頼の首さえ獲れば……」

「範頼を討ったとて、敵は総崩れにはならぬ。瀬田にいるのが頼朝であれば、話は別だがな」

範頼も義経も、あくまで頼朝の名代に過ぎない。弟たちを討ったところで、鎌倉軍は各々の将が戦を続けるだろう。

頼朝が自ら陣頭に立たずとも、戦ができる。それは、鎌倉軍の人材の厚さが為せる業だった。

「兼光から、報せは無いか？」

義仲が訊ねると、落合兼行が「いえ」と頭を振った。

河内長野へ向かわせた兼光が、予想外の苦戦に陥っていた。三千を超えた行家軍に対し、味方は思いのほか兵が集まらず、二千にも届いていないという。

これ以上は後が無いとわかっているのか、行家もこれまでと比べ物にならない粘り強さを見せていた。戦っては退くことを繰り返し、兼光を釘付けにしている。

「行家はもういい。直ちに京へ戻るよう、兼光を早馬を出せ」

「ははっ」

すべては、自分の判断の誤りが招いたことだった。

行家の動向を見通せず、鎌倉軍の兵力も読み違えた。平家との和睦は暗礁《あんしょう》に乗り上げ、奥州はいまだ動く気配が無い。法皇に強要して出させた院宣に、そもそも効力などありはしなかったのだ。

「残された道は、二つに一つ」

座を包む沈黙を、今井兼平が破った。

「一つは行親殿が申された、法皇様と帝を奉じて北国へ退く道。いま一つは、このまま正々堂々と戦い、都を枕に華々しく滅ぶ道」

焦りも苛立ちも見えない穏やかな声音で、兼平は続ける。

「殿が選んだ道ならば、それがしは従うのみ。方々も同じかと存ずる」

一同が頷いた。事態はもう、そこまで来ている。

だが、北国へ逃れたところで、活路が開けるとは限らない。鎌倉軍の追撃は厳しいものになるだろう。逃げる途中で討たれれば、義仲と郎党たちの名は、法皇と帝を拉致した大逆賊として歴史に刻まれる。

ならば、華々しく戦って散るか。坂東武者たちが瞠目《どうもく》するほどの戦ぶりを最後に見せれば、見事な武人として語り継がれるはずだ。

そこまで考え、義仲はふっと笑いを漏らした。

どの道を選んでも、待つのは滅びでしかない。敗けた後に残る名が、いったい何になるというのか。敗者がいかなる名を残したところで、敗者であることに変わりはない。

いっそ、一人でも多くの坂東武者を道連れにして、笑いながら死んでやるか。身内同士で殺し合うのは、源氏の宿命だ。ならばその宿命に従って、派手に殺し合ってやろうではないか。

胸の奥底で蟠《わだかま》っていたどす黒い念が、全身に満ちていく心地がした。

義仲の振る舞いを嗤《わら》う公家衆。木曾という勝ち馬に乗り、落ち目と見るや離れていった武士たち。狼藉を働く無頼の徒と、恨みがましい目で義仲を見つめる飢えた民。御簾の向こうから、蔑みの目を向けてくる法皇。様々な顔が、浮かんでは消える。

俺が死ねば皆、幸福になるということか。

いいだろう。望み通り、悪逆の徒として死んでやる。都を修羅の巷に変えた悪鬼羅刹《あっきらせつ》として、清盛以上の悪名を、この国の歴史に刻みつけてやる。

くぐもった笑い声が聞こえた。それが自分のものだと気づき、顔を上げる。一同は息を呑み、鬼か物の怪でも見るような目で、こちらを見つめていた。

「道は、まだあります」

重苦しい気を斬り裂くように、巴が声を発した。

これまで、巴は軍議で自分から意見を口にしたことなどただの一度も無い。

末席の巴に顔を向け、無言で先を促す。意を決したように、巴が口を開いた。

「鎌倉殿と、和する道です」

思いがけない言葉に、一同がざわついた。

「おい、ふざけるなよ」

親忠が睨みつけるが、巴は構わず続ける。

「降伏し、鎌倉殿を棟梁として認め、臣従を誓うのです。そうすれば……」

「義高を返してもらえる。そう言いたいのだな？」

巴が頷き、真っ直ぐに義仲を見つめる。

「巴。俺たち親子を思うお前の気持ちはありがたく思う。だがな、それはできん。何となれば、俺たちは武士だからだ。女子のお前にはわからぬであろうが、武士には守らねばならぬ矜持や面目というものがある」

喋りながら、言葉が上滑りしていくのを感じた。矜持も面目も、建前に過ぎない。

「頼朝に降れば、俺も義高も、命は助かるかもしれん。だが、矜持や面目を捨てて生き長らえても、それは本当に生きていることにはならんのだ」

「わかりませぬ」

遮るように言った巴の声が、一段強まった。

「私は武家の生まれではないので、理解が及びません。武士の矜持とやらは、我が子の命と引き換えにするほど重いものなのですか。そんなもののために殿は、我が子を見殺しになさるのですか？」

「巴殿、言葉が過ぎるぞ！」

咎める行親を一瞥もせず、巴はさらに言葉を重ねる。

「殿は、人が人として生きられる世を創ると仰いました。ならばまず、殿が、人として生きてください。武士の棟梁でも、偉い将軍様でもなく、一人の人として……」

その言葉に、肺腑《はいふ》を抉られるような心地がした。

「皆で、木曾へ帰りましょう。平家にあらざれば人にあらず。そんな世は、もう終わりました。他ならぬ殿が、終わらせてくれたのです。それで十分ではありませんか」

巴の声音はやわらかい。だが同時に、力ずくで暗い淵から引きずり出すような強さも感じる。

諸将も口を噤み、顔を俯けた。それぞれに、思いを巡らせているのだろう。故郷に妻子を残してきた者も、多くいる。

「木曾か」

義仲は目を閉じ、大きく息を吐いた。

木曾の光景を思い起こす。滔々《とうとう》と流れる木曾川に、鮮やかな山々の緑。田畑からは田植え唄が聞こえ、街道を行き交う人々は、笑顔で挨拶を交わしている。

脳裏に浮かんだ何ということもない景色が、ひどく目映《まばゆ》いものに感じられた。ずっと側にあったはずのものが、今はどれほど手を伸ばしても届かない。

思えば、皆をずいぶんと遠くまで連れて来てしまった。その道のりで、多くの者が命を落とし、離れていった。生き残った者は、誰もが心身をすり減らし、荒み、疲れきっている。

やはりこの都は、自分たちが居るべき場所ではなかった。

帰りたい。だが、それを言葉に出すことはできない。

目を開き、巴を見つめる。

「すまんな、巴。それでも俺は、頼朝に降るわけにはいかんのだ」

「何ゆえ……」

「頼朝は我らを、決して赦さない。俺と義高は言うに及ばず、兼平や兼光ら主立った者たちも、巴まで、首を刎ねられるかもしれん。そんな道を、お前たちに歩ませることはできん」

微笑を浮かべ、一同を見回した。

「決定を伝える」

座に、緊張が走った。諸将の目が、義仲へ注がれる。

「兼光の帰京を待ち、北国へ落ちる。あれは俺の兄者だからな、置いて行くわけにはいかん」

兼平と兼行が、安堵したように笑みを浮かべた。

「法皇様と帝は、お連れいたしますか？」

訊ねた行親に、首を振った。

「必要無い。我らが帝を連れ去れば、頼朝はどうにかして、また新たな帝を立てるだろう。そうなれば、天下に二人の帝が並び立つことになる。帝の権威は地に堕ち、やがては日ノ本という国そのものの滅びにも繋がりかねん」

「なるほど。お考えはわかりました。しかしそうなると、また険しい道が続きましょうな」

「承知の上だ。だがこの先もずっと、あの法皇様の相手をするよりましだろう」

戯言めかして言うと、行親も「確かに」と頬を緩めた。

「決定は以上だ。明日から始まる戦は、苦しいものとなるだろう。だが、兼光が戻るまで、どうか持ちこたえてくれ」

一同に向けて頭を下げた。異議は、誰からも出ない。

俺は、人に恵まれている。そこだけは頼朝にも負けないと、義仲は思った。

諸将がそれぞれの持ち場へ戻っていくと、義仲は兼行一人を伴い、山吹の寝所へ足を運んだ。

「明日、京を離れることになった」

告げると、山吹は横たわったまま頷いた。

「輿を用意させた。お前は今宵のうちにここを出て、木曾へ帰ってくれ。供には兼行を付ける」

言うと、弾かれたように兼行がこちらを見た。

「お待ちください。俺も、明日の戦に……」

「主君の妻を無事に落ち延びさせる。それも、郎党の務めだ。兼光ならば、そう言うだろうな」

「ですが……」

「すまん、兼行。堪えてくれ。お前が山吹に付いていてくれることで、俺は安心して戦える。他の誰にも託せない役目だ」

唇を噛んだ兼行の目から、涙が零れる。

「泣くな、兼行。またすぐに会える。木曾へ戻ったら、また幼い頃のように、釣りでもしよう。もちろん兼光、兼平も一緒にな」

「約束していただけますか？」

「ああ。必ずだ」

童のように鼻を啜り、兼行は「承知いたしました」と答えた。

「必ずや、山吹様を木曾までお送りいたします」

頷き、山吹に向き直る。

「そういうわけだ。すまんが、急ぎ発ってくれ」

上体を起こした山吹が、こちらをじっと見つめた。

「義高は、どうなります？」

「すぐに取り戻すのは難しい。だが俺は、絶対に諦めん。この命ある限り、必ず義高を救い出す」

「では、私にも約束してください。必ず生きて、木曾へ戻られると」

苦笑しつつ、「わかった。約束する」と応じた。

「安堵いたしました。では、木曾にてお待ち申し上げます」

「俺が戻るまで、体を厭えよ。美味い平茸汁が恋しくてな。元気になって、また作ってくれ」

山吹と兼行を残し、寝所を出た。渡殿《わたどの》から見上げる空に、星が瞬いている。

都で見る夜空はこれで最後だろうと、義仲は思った。

四

初めて会った時は、厭な奴だと思った。

あれは確か、諏訪の金刺盛澄の居城、霞ヶ城だ。信濃中の若い武士たちが集まって、盛澄から弓馬を学んだ時のことだった。

流鏑馬《やぶさめ》が終わった後、あいつは城の女子たちに長刀の稽古をつけていた。それをからかうと、いきなり飛び蹴りを喰らったのだ。そこから取っ組み合いの喧嘩になり、後で父の行親からさんざん叱られた。

あの時、義仲は十二の童で、まだ駒王丸と名乗っていた。あの気に食わない童が源氏の御曹司で、いずれは信濃の武士たちを束ねる御方だと聞かされたのは、そのすぐ後のことだ。

あれ以来、何かと顔を合わせるようになり、喧嘩したり盃を交わしたりした。思えばもう、二十年近い付き合いだ。

「腐れ縁、てやつだな」

櫓の上から自陣を見下ろし、楯六郎親忠は苦笑した。空はまだ暗く、見張りを除き、兵たちも寝静まっている。

父の根井行親が言った通り、義仲は信濃どころか北国を制し、都に源氏の白旗を打ち立てた。親忠が義仲に従ったのは、血筋のためでも、父が決めたからでもない。

国がどうの、政がどうのといった話に、まるで興味は無い。平家を倒した後で義仲がどんな世を目指そうと、知ったことではなかった。

ただ、武人として名を上げたい。鄙の片隅で、一生を終えたくない。そんな、渇きにも似た願望があっただけだ。義仲が不甲斐ないところを見せれば遠慮なく裏切ってやろうと思っていたが、結局こんなところまで来てしまった。

乗りかかった船だ、最後まで付き合ってやるか。内心で呟いた刹那、櫓の梯子《はしご》が軋《きし》む音がした。

「親忠か。早いな」

行親だった。まだ夜明けには間があるが、すでに鎧を身に着けている。

「父上こそ、まだ寝ていてもいいぞ」

「五十路《いそじ》も過ぎると、朝が早くなるものだ」

戯言めかしてはいるが、かすかな緊張をまとっている。親忠と同じく、予感がするのだろう。

「さて、どれほど持ちこたえられるかな」

手摺りに手をつき、行親が言う。

宇治川の北岸に敷いた陣は、堅固なものだった。いくつもの櫓が掲げられ、川岸には柵や逆茂木が幾重にも巡らされている。それは陣というよりも、一つの砦の様相を呈していた。

志賀《しが》の山々の雪解け水を集め、宇治川の水嵩《みずかさ》は増している。川底の乱杭と合わせ、敵は川を渡るのにかなり手間取るはずだ。この間にどれほどの敵を射落とせるかが、勝負の鍵となるだろう。

とはいえ、寡兵であることに変わりはなかった。

この方面に配されたのは大将の行親、副将の志田義広以下、騎馬三百、徒千二百。敵の搦め手軍が万を超える人軍であれば、防ぎきることは不可能だろう。

やがて、東の空が白みはじめた。対岸の宇治平等院が、光に照らされる。

彼方の山々から、鳥の群れが飛び立っていくのが見えた。

「来たな」

行親が呟く。頷き、親忠は声を張り上げた。

「敵がおでましだ。兵どもを叩き起こせ！」

陣が慌ただしく動き出した。鉦が打ち鳴らされ、飛び起きた兵たちがそれぞれの配置につく。

源氏の白旗を掲げた敵が、対岸の河原に姿を見せた。

先行してきた騎馬だけで、三千はゆうに超えているだろう。さらに、後続が途切れることなく現れる。

「一万……いや、二万はいそうだな」

「やれやれ、骨が折れそうだ」

ひどく年寄りじみた口ぶりで言って、行親は敵陣を睨む。

「かなりの強行軍だったようだな。ここで一息入れるか、それともこのまま突っ込んでくるか」

先頭の白馬に乗った将が太刀を抜き、切っ先をこちらへ向けた。喊声が上がり、敵が猛然と川へ乗り入れる。

「休む気なんか、さらさら無いってか」

親忠はにやりと笑った。坂東武者らしい、血の気の多い敵だ。

「父上は下に降りて、全軍の采配を。俺はここで、存分に矢を浴びせてやる」

「無理はするなよ。殿は我らを、捨て石にされたわけではない」

「わかってるさ。適当に戦ったら、京へ退く。父上こそ、年甲斐も無くはしゃぐなよ」

「抜かせ」

笑みを見せ、行親が櫓を下りていく。

弓を手に取り、視線を転じた。

宇治川の水面。予想通り、敵は乱杭と縄に阻まれ、立ち往生している。太刀や長刀で綱を切ろうとしているが、嵩を増した水に手こずり、思うに任せない。

「さてと」

矢を番え、弦を引き絞った。

「一世一代の晴れ舞台だ。悪いが、引き立て役になってもらうぜ」

ほとんど動かない的に、狙いを定める。

「我こそは木曾四天王が筆頭、楯六郎親忠。我が強弓《ごうきゅう》、とくと味わってみよ！」

敵は開戦を告げる使者も寄越さず、矢合わせもしないまま、川へと突っ込んできた。

どうやら、戦のやり方というものがすっかり変わってしまったらしいと、根井行親は思った。

そしてその要因の一つは間違いなく、義仲の戦にある。

「それにしても、とんでもない主に仕えてしまったものよ」

ぼやくように言うと、轡を並べる志田義広が、「まったくだ」と応じた。

「義仲殿も頼朝も、我が甥だとは到底信じられぬ。棟梁たらんとする者は、我ら凡夫とは何かが違うのであろうな」

「志田殿とて、義朝殿の弟御でござろう。棟梁たらんと志したことはござらんのか？」

「わしはその器ではない。無論、行家もな。天に選ばれなかった。そうとしか言えん」

「となると、我が殿と頼朝と、天が真に選ぶのはどちらか、ということになりますな」

「それが、今日の戦でわかる」

そう言って、義広は宇治川へ目を向けた。

渡河に手間取る敵を、味方の矢が次々と射落としていく。

川面《かわも》はすでに、敵の血で赤く染まっていた。縄に馬脚を取られて溺れる者。馬を射殺され、馬ごと流されていく者。喉を射貫かれてもがく者。それでも敵は、次から次へと新手を繰り出し、川へ乗り入れてくる。

そこへさらに味方の矢が降り注ぎ、無数の断末魔の悲鳴が折り重なった。

「どうした、坂東武者ってのはその程度か？　川も渡れないままじゃ、戦にもならねえぞ！」

櫓の上から、親忠の哄笑が響いた。

「まったく、調子に乗りおって」

眉を顰めると、義広は「まあよいではないか」と笑う。

「最後の戦となるやもしれんのだ、好きにさせてやれ」

味方が射落とす数よりも、川へ乗り入れてくる敵の方がはるかに多かった。やがて、味方の矢が減りはじめた。用意した大量の矢が、尽きようとしている。

ついに川から上がり、こちらの岸へたどり着く者が現れた。

「宇多天皇《うだてんのう》より九代の後胤《こういん》、佐々木三郎秀義《さぶろうひでよし》が四男高綱、宇治川の先陣なり。我こそはと思わん者は、この高綱と組めや！」

佐々木高綱が叫び、さらに別の騎馬武者たちが、岸へと駆け上がる。

行く手を阻む逆茂木を払いのけ、柵や楯を押し倒していく。その間にも味方の矢が射掛けられるが、上がってきた敵をすべて倒すには、その数はあまりに少ない。

最後の柵が押し倒され、一騎が飛び出してきた。

その騎馬武者に向かって、味方からも一騎が駆けていく。

「よき敵とお見受けいたした。我こそは木曾殿が郎党、長瀬判官代重綱なり！」

「我は武蔵国住人、畠山庄司次郎《しょうじじろう》重忠」

行親は「ほう」と目を細めた。智勇兼備かつ清廉潔白の士として木曾軍にも名の知れた、鎌倉軍の将だ。まだ、二十歳そこそこだろう。思っていたよりもずっと若い。

二人の馬がぶつかった。

馬上で、長瀬と重忠が組み合う。投げ落とされたのは、木曽の家中でも剛力をもって知られる、長瀬の方だった。

重忠は馬を下り、長瀬の首を抱え込んだ。重忠の太刀が、長瀬の首に押しつけられる。血がしぶき、首が胴から離れた。長瀬の首を高々と掲げた重忠に、敵から歓声が上がる。

ほどなくして、歓声はさらに大きくなった。

敵が口々に叫ぶ。九郎殿が来た。鎌倉殿の御舎弟も、川を渡られたぞ。目を凝らすと、先刻の白馬の将がこちらの岸へ上がってくるところだった。

あれが、九郎義経か。小柄で、見たところまだ若い。畠山重忠の少し上くらいだろう。

行親はふっと頬を緩めた。時代はもう、若い者たちの手に移りつつある。

だが、ここを譲ってやるわけにはいかない。行く手に立ちはだかり、何度でも跳ね返してやる。それが、老いた者の務めというものだ。

「者ども、鎌倉殿が御舎弟、源九郎義経殿はあれにある。討ち取って手柄とせよ！」

手にした弓を掲げ、前に出た。義広もそれに続く。

敵はすでに、味方の陣に深く食い込んでいた。敵の先陣と味方の前衛がぶつかり、乱戦になっている。

敵の勢いに、味方は押されていた。いや、勢いだけではない。敵は、こちらの陣が綻びたところを的確に衝いてくる。味方は方々で突き崩され、義広の姿も見失った。

混乱の中、行親は向かってくる騎馬武者を射落としながら、義経の姿を探した。

義経さえ討てば、全軍総崩れとまではいかずとも、かなりの動揺を与えられる。敵が態勢を整え直すためにいったん退けば、兼光が京へ戻るまでの時も稼げるだろう。

見えた。小ぶりな弓を振り回し、駆けながら下知を飛ばしている。距離は、十間ほど。周囲に付き従う僧兵や毛皮を羽織った野武士のような男たちが、義経の郎党なのだろう。

「源九郎義経殿とお見受けする！」

呼ばわると、義経が馬を止めて振り返った。

「何者か！」

誰何したのは、郎党らしき大柄な僧兵だ。

「我こそは信濃の住人、根井小弥太行親。いざ、尋常に勝負！」

義経は口元に薄い笑みを浮かべ、馬腹を蹴って遠ざかる。

「馬鹿な、逃げるのか！」

行親は呆気に取られた。

一騎討ちを挑まれた大将が逃げ出すなど、信じ難いことだ。しかも義経は、坂東武者たちを束ねる大将だ。誰よりも面目にこだわらねばならない立場ではないのか。

逃がしてなるものか。馬を駆り、義経を追う。

距離が詰まる。行親は、弓に矢を番えた。義経の背に、狙いをつける。この間合いならば、外すことは無い。

狙いが定まった刹那、義経がいきなり体を捻った。上体だけをこちらに向け、弓を引き絞っている。

放たれた矢が、行親の馬を射貫いた。宙に投げ出され、背中から地面に叩きつけられる。

本来なら、矢を射ることのできる角度ではなかった。あの小さな弓だからこそ、できる芸当なのだろう。

「おのれ、馬を射るとは……」

矢は、馬の首に深々と突き立っている。明らかに、あの男は馬を狙っていた。

落馬の衝撃で、頭が朦朧とする。それでも、歯を食い縛って立ち上がった。

重い兜を捨て、落ちた弓と矢を拾う。嘲笑うように遠ざかっていく義経を見据えた。

まだだ。貴様だけは、殿のもとへは行かせない。矢を番え、再び狙いを定める。

不意に、視界が歪んだ。背中に矢が突き刺さっている。息が詰まり、番えた矢を取り落とした。

周囲を、弓を手にした数騎が駆け回っていた。さらに、右腕と脇腹に矢が突き立つ。

右手から、一騎が近づいてきた。毛皮を羽織った隻眼の男。手にした太刀が、振り下ろされる。

太刀筋は鋭い。かわせそうもなかった。

どうやらここまでのようだ。親忠、殿を頼んだぞ。

胸中で呼びかけた次の刹那、刃風が首筋を撫でた。


首筋から鮮血を噴き上げ、行親が倒れていく様を、親忠は櫓の上からはっきりと目にした。

腹の底から、憤怒が沸き上がる。

父の死は、元より覚悟の上だ。だが馬を失った相手を囲み、まるで犬追物《いぬおうもの》のように矢を射掛けるのが、名のある将に対するやり方なのか。

弓を捨て、滑るように梯子を下った。激情に衝き動かされるまま、馬に跨り、義経を探す。

味方は、すでに総崩れだった。志田義広の姿も見失っている。まとまりを保っているのは、親忠の郎党二十騎ほどだけだ。

敵はこちらに用は無いとばかりに、北へ向かっている。

「雑魚に構うな。我らが目指すは、京の都ぞ！」

敵将の叫ぶ声が聞こえた。

言ってくれるじゃねえか。雑魚かどうか、見せてやる。

馬を飛ばし、京へ向かって駆ける敵に追いすがる。数騎が馬首を巡らせてこちらへ向かってくるが、郎党が矢で射落とした。

それを見た敵の一隊が、反転して殿軍に立つ。騎馬が二十、徒が三十ほどか。

「押し通るぞ。続け！」

郎党を鼓舞し、馬腹を蹴った。飛んできた矢が兜に当たり、甲高い音を立てる。

味方の数騎が、矢を受けて倒れた。親忠の左の二の腕を、矢が貫く。太刀を口に咥《くわ》え、右手で矢柄をへし折って引き抜いた。血が噴き出すが、構わず突き進む。

「怯むな！　信濃武士の意地、とくと見せてやろうぜ！」

生き残った味方が「おお！」と声を揃える。

可愛いじゃねえか、俺の郎党どもは。にやりと笑い、太刀を握り直した。

五

宇治川の守りが破られ、根井行親は討死に、楯親忠、志田義広の生死は不明。

伝令がもたらしたその報せに、義仲はしばし瞑目した。

六条の屋敷の中は、閑散としていた。山吹も伊予も去り、下働きの者たちももういない。五百の兵たちは、半数が五条の御所の警固に就き、半数が屋敷の外に待機している。

広間にいるのは、義仲と巴の他に、手塚光盛、多胡家包ら数名の郎党のみ。家包は、上野国多胡に居る義仲の異母妹、宮菊の養父である。

宇治川に現れた敵は、源九郎義経率いる二万五千もの軍だったという。搦め手にそれほどの大軍を回してくるとは、さすがに読めなかった。

目を開く。誰もが無言のまま、義仲を見つめていた。

「義経はじきに、洛中へ雪崩れ込んでくるだろうな。それを防ぐ術がもう、俺たちには無い」

声を発する者はいない。重い沈黙を蹴り破るように、勢いよく立ち上がる。

「どちらへ？」

「御所だ、巴。法皇様に、別れの挨拶を申し上げる。その後は、宇治川から敗走してくる味方を迎え、瀬田の兼平と合流した上で、北国へ向かう。兵たちに出陣の仕度をさせよ。兼平には伝令を出し、戦況を伝えておけ」

下知を受けた郎党たちが散っていく。

残った巴が訊ねた。

「樋口様は、よろしいのですか？」

「いいわけないだろう！」

覚えず、義仲は声を荒らげた。

「兼光は、俺の兄だ。見捨てていくのは、この身を斬られるよりも辛い。だがその兄一人のために、皆を死なせるわけにはいかん」

床に視線を落とし、「すまん」と詫びた。

握り締めた義仲の拳に、巴が掌を重ねる。

「樋口様は、お強い御方です。きっと生き延びて、何食わぬ顔で戻ってまいりましょう」

「そうだな」

頷き、立ち上がる。

「巴。お前にまだ、礼を言っていなかった」

「礼？」

「昨日の軍議だ。俺は、人であることをやめようと思った。鎌倉勢を一人でも多く道連れにして、悪鬼として滅びてやろうとな。それを思いとどまらせてくれたのは、お前だ」

小さく頭を振り、巴も立ち上がった。

「礼には及びませぬ。私が人としていられるのは、殿のおかげですから」

「そうか。ならば、これで貸し借り無しだな」

郎党が、出陣の仕度が整ったと知らせてきた。

「では、参ろうか」

五条の法皇御所の門をくぐり、庭を横切った。

下足のまま、渡殿を足早に進む。

御所は息を潜めるように、静まり返っていた。義仲が法皇を北国へ連れ去るという噂のせいだろう。

「早足はならぬと、何度申せばわかるのじゃ」

廊下の先に立つのは、平知康をはじめとする、数人の公家たちだった。知康は法住寺殿の合戦では真っ先に逃げ出したが、いつの間にか御所に舞い戻り、何事も無かったかのように法皇の側近くに仕えている。

「法皇様にお目通り願いたい」

「ならぬ。さっさと都から立ち退け。そなたは、天下の乱れのもとぞ」

「そなたが来てからというもの、都は滅茶苦茶じゃ。この疫病神め！」

「そうじゃ。早《はよ》う、どこへなりと立ち去るがよいわ！」

口々に喚きながらも、知康らの目には怯えの色がありありと浮かんでいる。

義仲は、怒りよりも憐れみを覚えた。己の家柄や官位以外に、拠り所を持たないのだろう。居丈高な態度を取ることでしか、己を保つことができないのだ。

羽虫を追い払うように公家たちを掻き分け、母屋へ入った。

御簾の向こう。気配がある。腰を下ろし、両手を床に突いた。

「朝日将軍源義仲、法皇様にお別れの挨拶に参りました」

「別れ、とな？」

御簾越しに、法皇の声がした。

「わしを、連れては参らぬと申すか」

「御意。すでに、天下には二人の帝が並び立っております。この上、頼朝が新たな帝を立てるようなことになれば、王家の権威など無きも同然。これ以上天下が乱れるは、それがしの本意にはございませぬ」

「なるほど、殊勝な心掛けじゃ」

その声音には、かすかな安堵と、それを悟られまいとする虚勢とが入り混じっている。

「法皇様はこれからも、治天の君として政を執られるお立場であらせられます」

「よかろう。して、そなたは何を望む？」

「生きることに苦しむ民に思いを馳せ、家柄や身分に関わりなく、人として生まれた者が皆、人として生きることができる。法皇様には、そんな世を築いていただきたい。それが義仲の、最後のお願いにございます」

「つまらぬ戯言じゃ。国の根本は秩序であり、それは家柄と身分によって保たれる。そなたの望むような世など、千年経っても訪れはせぬぞ」

「叔父行家も、同じことを申しておりました。されど、これが嘘偽り無き、それがしの望み。御心の片隅にでもお置きいただければ、これに勝る喜びはございませぬ」

「もうよい。そなたとは、二度と会うこともあるまい。早々に立ち去るがよい」

一礼し、母屋を後にした。

御所の外が騒がしい。宇治川で敗れた味方が、戻ってきたのだろう。

「殿」

門を出ると、巴が駆けてきた。

「敵の先手が、洛中へ攻め入ってまいりました。今は、東寺のあたりかと」

「速いな」

義経という男は、相当の戦上手らしい。

「急ぎ、瀬田へ向かいましょう」

「いや」

このまま背中を見せれば、追いつかれた時にたちまち総崩れとなる。だが、敵が宇治川の守りを破ってそのまま駆けてきたのなら、隊伍は整ってはいないはずだ。

「敵は、真っ直ぐこの法皇御所へ向かってくるだろう。まずは、敵の先手を突き崩す。義経が隊伍を整え直す隙を衝いて、瀬田へ向かうぞ」

鬼葦毛に跨り、将兵を見回す。

宇治川の味方を収容し、味方は七百ほどになっている。ここまで残った者たちだ。士気は高い。

お前とも長い付き合いになったな。あと少しだけ、頼む。声に出さず語りかけ、鬼葦毛の首を撫でた。

「六条河原に陣を布き、敵先手を迎え撃つ。生きて故郷の土を踏みたければ、死に物狂いで戦え！」

将兵の上げる喊声を聞きながら、義仲は戦場へ馬を進めた。

六

樋口次郎兼光は焦燥に駆られていた。

河内長野から京までは、およそ十二里。自分一人であれば、馬を飛ばして半日とかからない。だが、麾下の二千の軍勢を放り出すわけにはいかない。その多くが、信濃で生まれ育った者たちだ。望郷の思いは、皆同じだった。

行家ごときに、これほど手こずらされるとは。行家の首さえ獲れば。その考えに執着し、泥沼にはまり込んでしまった。

行家の籠もる河内長野城を落としたのは、昨夜のことだ。だが、行家は落城寸前に逃亡していた。行家の捜索を続けるか、それともいったん京へ戻るか思案していたところへ、義仲の遣いが駆け込んできたのだ。

行家は捨て置き、京へ戻れ。そう、使者は言った。鎌倉の軍が、京の目前にまで迫っている。そして義仲は、京を捨てることを決断した。兼光が戻り次第、北国へ落ちるという。

ようやく、京の呪縛を断ち切ってくれたか。使者の口上を聞き、兼光は安堵を覚えた。

だが同時に、兼光を見捨てることができない義仲の弱さが歯痒くもある。もっとも、股肱《ここう》の臣を容易く見捨てるような大将であったならば、義仲がここまで来ることはできなかっただろう。

ともかく、急ぐしかない。戦いづめだった兵たちを夜明けまで休ませ、払暁《ふつぎょう》に出立した。

わずか十二里とはいえ、途中にはいくつも川が流れ、起伏も多い。周辺は行家に与した豪族たちの領地で、どこに残敵が潜んでいるかもわからない。

急ぎながら、しかし慎重に。そうして進むうち、日がかなり高くなってきた。味方は逃亡や脱落が相次ぎ、千五百ほどに目減りしている。

道のりの半ばは過ぎた。正面には、淀川《よどがわ》が見える。あれを渡って北東へ進めば、都はすぐだ。

「あと一息だ。急ぐぞ！」

疲れきった兵たちを励ました刹那、肌がかすかに粟立った。

直後、喊声と足音が聞こえた。右手前方の雑木林。そこから、軍勢が湧き出してくる。数は、五百ほどか。京へ続く街道を塞ぐように動いている。

掲げるのは源氏の白旗だが、味方であるはずがない。兼光は弓を取り、矢を番える。

「我こそは源九郎義経が郎党、佐藤三郎継信！」

「同じく、佐藤四郎忠信！」

先頭を駆ける二騎が、それぞれ名乗りを上げる。

「九郎義経か」

ここに鎌倉軍がいるということは、京はすでに敵の手に落ちたのか。いや、兵力が劣勢であっても、義仲がそれほど簡単に敗れるはずがない。

ならば、兼光と麾下の軍が京へ戻ることを予期して、兵を伏せておいたのか。だとすると、義経という男、相当な軍略家だ。

だが、立ち止まっている暇など無い。一刻も早く、義仲に顔を見せてやらなければ。

「このまま突き進め。一人でも多く、殿のもとへ参じるのだ！」

正面の敵へ向かって突き進む。

不意に、右手の雑木林からも軍勢が湧き出した。横腹を衝かれ、味方に動揺が広がる。

「すまん、駒王。間に合わんかもしれん」

群がる雑兵を払いのけながら、小さく呟く。覚えず「駒王」と呼んだことに、苦笑した。

せめて、俺を置いて先に逃げてくれ。後から、必ず追いつく。

頼むぞ、四郎。兼光は、どこかで戦っているはずの兼平に呼びかけた。

駒王を頼むぞ。あいつは、俺たちの大事な弟だ。どうか、死なせないでやってくれ。

七

ふと顔を上げ、あたりを見回した。

「いかがなされた、兼平殿」

声を掛けてきたのは、村山義直だった。義直は郎党たちと共に兼平の下につき、瀬田の守りに当たっている。

「いえ、何でもありません」

微笑を浮かべ、首を振った。兄の声が聞こえたような気がした、とはさすがに言えない。

「しかし壮観ですな、三万五千ともなると」

目を細めて対岸を眺めながら、義直が言う。

戦は始まって、すでに一刻が過ぎていた。とはいえ、瀬田川を挟んで名乗り合い、遠巻きに矢を射掛け合うという、昔ながらの合戦模様である。

二度ほど、百騎ほどの敵が功を逸って強引に渡河しようとしてきたが、散々に矢を射掛けて追い返している。兼平は、蒲冠者範頼という将に対し、愚将ではないが非凡というほどでもないという評価を下していた。

「この歳になると、鎧を着けて立っているだけでもくたびれますなあ。しかも敵は、こちらの十倍以上の大軍じゃ」

まだ五十の坂には届かないはずだが、義直の横顔は礪波山の戦の後、ずいぶんと老け込んだように見える。

「情けない話じゃが、膝が震えておりまする。礪波山では七万の大軍を打ち破ったというのに」

「あの時は夜戦で、しかも山での戦いでしたからね。敵の全容を目にすることは無かった。しかし平地で向き合えば、三万五千でも十分に恐ろしい」

「ほう。平家の武者どもに鬼と呼ばれた兼平殿でも、恐ろしいと思われますか」

「当然です。私は鬼などではなく、どこにでもいるただの男ですから。できることなら、戦など放り出して逃げ出してしまいたい」

「そう言ってくれると、いくらか救われる思いじゃ。わしは北信濃の小豪族で、戦といえば、せいぜい二百や三百が遠くから矢を射掛け合って終いじゃった。何千、何万がぶつかり合う戦に加わるなど、想像したこともなかったわい」

「ここまで来たことを、悔やんでおられますか？」

「何の」

強く、義直は頭を振った。

「ただの田舎武士が、義仲様のおかげでずいぶんと遠くまで来ることができましたわい。義仲様に感謝こそすれ、悔やむなどとんでもない」

「殿のお力だけではありません。葵殿がいなければ、平家軍を打ち破って上洛することなどできなかったでしょう。よくぞ、葵殿を育ててくださいました」

「もったいのうござる。娘は、勝手に書物を読み漁るようになっただけでして」

「村山殿には、詫びねばなりません。私が声を掛けねば、葵殿はあのようなことには……」

葵を木曾軍にと義仲に進言したのは、兼平だった。本来なら戦など無縁だった娘を戦場に引っ張り出したという自責の念は、今も消えてはいない。

「おやめくだされ。あれが、己で選んだ道です」

いくらか強い口調で、義直が言った。

「自らの意志で戦場に立った者に、そのような言葉は無用。女子であっても、戦に出れば一人の武人にござる」

その目の奥には、隠しきれない怒りと悲しみが入り混じっている。口ではそう言っても、簡単に割り切れるものではないのだろう。

「そうですね。重ね重ねの非礼、お詫びいたします。葵殿は、我が軍に欠かせぬ立派な武人にござった」

「ありがたき、お言葉……。娘に会《お》うたら、しかと伝えておきまする」

声を詰まらせる義直の目が、潤んでいる。この戦で死ぬつもりなのだろうと、兼平は思った。

彼方から、喊声が聞こえてくる。見ると、敵が再び渡河を仕掛けてくるところだった。数は、二千ほどだろう。敵もようやく、本腰を入れてきたということだ。

矢をかいくぐった敵が、川底の乱杭や張り渡した縄に足を取られている。そこに矢と礫が降り注ぐが、敵は犠牲を厭わず、なおも押し寄せてくる。

敵が乱杭を引き抜き、縄を切りはじめた。岸にたどり着く敵が増えてきている。岸に設けた逆茂木を取り除き、その向こうの柵を引き倒そうと殺到してきた。

そろそろ、味方の矢が尽きる。礫だけでは、防ぎきれはしないだろう。

「よし、やれ」

合図と共に、火矢が放たれた。

油を塗った柵が、勢いよく燃え上がった。無数の悲鳴が上がり、炎に包まれた敵がのたうち回る。たちまち、視界が黒煙に閉ざされた。肉の焼ける臭いが漂い、周囲の兵が顔を顰める。

我ながら卑劣とも思える策だが、戦い方を選んでいる余裕など無い。たった二千五百で三万五千の敵を防ぎきることなど、そもそもが不可能な話だ。いずれはこの陣を放棄するにしても、一時でも長く敵を足止めするためには、あらゆる手段を尽くすしかない。

日は、すでに中天近くに差しかかっている。何とか日没まで持ちこたえれば、兼光も合流し、皆で揃って北国に向かうことができるはずだ。

後方から、馬蹄の響きが聞こえた。

「今井様！」

振り返ると、伝令役の武者だった。転げ落ちるように下馬し、肩で息をしながら口上を述べる。

「宇治川の守りが破られました。根井行親様、楯親忠様、並びに志田義広様は、生死不明との由！」

「馬鹿な、早すぎる」

思わず、兼平は声を荒らげた。寡兵とはいえ根井、楯、志田の三人が揃って、これほど早く敗れるとは思えない。

「宇治川に現れた敵は、源九郎義経率いるおよそ二万五千。払暁から、渡河を仕掛けてきたとの由にございます」

「二万五千……」

まさか、それほどの大軍を搦め手に回してくるとは。敵の本命が搦め手だったとすれば、瀬田により多くの兵を割いたのが裏目に出た。

歯噛みしながら、思案を巡らせる。

宇治川を破った敵は、法皇の奪還を目指して洛中へ攻め入ってくるだろう。義仲は、まず敵の先手を叩き、混乱に乗じて後退しようと考えるに違いない。

だがそれは、言葉で言うほど容易なことではない。義仲の手勢はわずか五百でしかないのだ。瀬田を捨てて京へ戻り、援軍に駆けつけるか。いや、それはできない。敵が瀬田川を越えれば、北国へ落ち延びることはほぼ不可能になる。

義仲は勝つ。勝った上で京を捨て、兼平と合流しようとするはずだ。そう信じて、今はこの陣地を死守するしかない。

「殿！」

郎党の一人が叫んだ。

いくらか薄くなった黒煙の先。今度は数千の敵が、一斉に渡河をはじめていた。恐らく、宇治川を突破したという報せが範頼にも届いたのだろう。

岸の火はあらかた燃え尽き、柵は方々が破られている。味方の矢も、ほとんど尽きていた。

ここまでか。太刀に伸ばした手を、村山義直が摑んだ。まだだ、と言うように首を振る。

「よき死に場所に、恵まれ申した」

静かに言うや、太刀を抜き放って大音声を放つ。

「信濃村山党、木曾殿の御恩に報いんがため、この瀬田の地にて果てん。者ども、続けぇ！」

百人ほどの村山党が、一丸となって駆け出す。

兼平は馬に跨り、下知を飛ばした。

「全軍、ありったけの矢を放ち、村山党を援護せよ。殿が来られるまで、何としてもこの陣を守り抜け！」

味方から、怒濤のような喊声が上がる。

早く来い、駒王。皆が、お前を待っているぞ。

八

戦の匂いが、近づいてくる。

彼方にかすかに見える土煙を、巴は馬上から睨んでいた。

鴨川沿いに南から向かってくる敵の先手は、騎馬を中心とした五百ほど。大将は、畠山重忠という鎌倉きっての勇将らしい。

六条河原に布陣する木曾軍は、およそ七百。まともにぶつかれば敗ける数ではないが、敵はあくまで先手に過ぎず、その後に二万を超える大軍がいることを考えれば、あまり時をかけることはできない。

巴は、先陣を買って出ていた。ここにいる味方の中では、巴の麾下の五十騎が、最も精鋭と言える。緒戦で畠山重忠を討ち取ることができれば、一撃で敵の先手を崩せるはずだ。

土煙が大きくなった。地が、かすかに揺れている。

源氏の白旗と、敵の姿が見えてきた。敵は止まることなく、そのまま突っ込んでくるようだ。

弓に矢を番え、放った。喉を射貫かれた先頭の武者が前のめりに落馬し、後ろの騎馬武者も巻き込まれて倒れる。

味方も、続けざまに矢を放つ。敵に楯の備えは無い。次々と騎馬武者が倒れていくが、それを乗り越え、後から後から敵が向かってくる。

平家の武者とは、気魄がまるで違う。宇治川からここまで駆け続けてきたにもかかわらず、疲労の色は見えない。むしろ、敵に出会えた喜びのようなものさえ漂わせている。

これが坂東武者か。かすかな恐怖を、巴は感じた。

顔がはっきりとわかるほど、敵が近づいてきた。弓を捨て、従者から長刀を受け取る。

高く掲げた長刀の切っ先を、前に向けた。

「千早、お願い」

小さく言って、馬腹を蹴る。麾下の五十騎が、後に続いた。

太刀を振り上げて向かってきた一騎の腕を、一刀で斬り飛ばした。さらに一騎、二騎と斬り落としていく。

「女ぁ、戦の場を穢すな！」

怒号と共に、大柄な騎馬武者が馬ごとぶつかってきた。

振り下ろされた太刀を、柄で受け止める。馬上で押し合う形になった。

武者が厳めしい髭面を息がかかるほどに寄せ、なおも喚く。

「女子は家に籠もって、大人しく歌でも詠んでおればよいのだ。それとも木曾殿は、女子に守ってもらわねばならん腰抜けか？」

「つまらんな」

「何？」

「その手の雑言《ぞうごん》は聞き飽きた」

左手を長刀から離し、拳を固めて振り上げた。

顎を打ち抜かれた武者が白目を剝き、馬上で仰け反る。その首筋に、長刀の刃を叩きつけた。

首を失った武者の体が鮮血を噴き上げ、馬から落ちる。それを見た味方が、どっと声を上げた。

好機と見たのか、義仲は手塚光盛、多胡家包らの新手を投入してきた。味方は勢いづき、敵はじりじりと後退していく。

「方々、何を手こずっておられる！」

涼やかな、だがよく通る声が響いた。

「九郎殿は我らを信じ、先手を託されたのだ。木曾殿を目の前にして、命を惜しむおつもりか！」

声の主は、太刀を手に白馬に跨る美丈夫だった。あれが畠山重忠だろうと、勘が告げる。

味方の一騎が、雄叫びを上げて重忠に挑みかかった。重忠もその一騎に向けて馬を駆けさせる。

馳せ違った刹那、太刀を握る味方の腕が飛ぶ。重忠はすかさず馬首を巡らせた。再び太刀を振る。据え物でも斬ったかのように、いとも容易く首が落ちた。

「この畠山重忠ある限り、敗北は許さぬ。坂東武者の意地を見せるは今、この時ぞ！」

その声に背を押されるように、敵が勢いを盛り返した。敵味方の全軍が、河原の全域で激しくぶつかり合っている。

巴は重忠に向け、千早を駆けさせた。殺気を感じ取ったか、重忠がこちらに馬首を向ける。

「畠山殿、覚悟！」

渾身の力を籠めた斬撃を、重忠は太刀で弾き返す。続けて放った一撃も、受け止められた。

「貴女が噂に聞く、巴御前か？」

「そうだ。貴殿に恨みは無いが、木曾殿のため、その首、頂戴いたす！」

押し合いながら、重忠は涼しげな笑みを浮かべる。

「木曾殿は、人に恵まれておるな。敵となったのが惜しい御仁だが、こちらもただで討たれてやるわけにはいかん」

重忠は太刀を引くや、鋭い突きを放ってきた。首を捻ってかろうじてかわすが、体勢が崩れた。さらに斬撃が来る。背中から落馬して、何とか避けた。

すぐに立ち上がり、長刀を構えた。重忠も馬を下り、低く構えを取っている。どこにも隙は見えない。

鎧の左袖の紐が斬られていた。引きちぎり、投げ捨てる。

一間ほどの間合いで、睨み合った。

ぶつかり合いは、なおも続いていた。南の方角には、新たな土煙も見える。敵の後続が、すぐそこまで迫っているのだろう。

早く決着をつけなければ。その焦りを見抜かれたか、重忠が踏み込んできた。

反射的に突き出した長刀が、撥ね上げられた。重忠が懐へ飛び込んでくる。

脳裏に、義仲と出会った日のことが浮かんだ。あの時、捨て身で間合いを詰めてきた義仲に対処しきれず、巴は敗れた。

得物にこだわるな。己に言い聞かせ、長刀を手放した。脇差を抜きながら、前に踏み出す。

重忠の放った突きが、右の頰を斬り裂いた。構わず、体ごとぶつかる。右手に握る脇差を、重忠の喉元目がけて突き出した。

重忠の頰から頷に赤い線が走り、血が飛んだ。だが、浅い。脇差も捨て、太刀を抜いた。

あと一太刀で、仕留められる。後退る重忠を追って前に出ようとした刹那、横合いから騎馬武者が一騎、飛び込んできた。

「畠山殿、待ってくれ！」

巴と重忠の間に割って入り、男が叫ぶ。

武者と呼ぶには、男の出で立ちはあまりにも武士らしくない。総髪を後ろで束ね、兜もかぶらず、袖無しの毛皮を羽織っていた。

「伊勢義盛殿か。これは、いったい何の真似だ」

言ったのは、重忠だった。その声音には、怒気が籠もっている。

「武人同士の一騎討ちを邪魔立てするからには、それ相応の理由が無ければ許さぬ」

「理由なら、ある」

こちらに背を向けていた男が振り返り、馬を下りた。

右目を黒い眼帯で覆い、顔の下半分は無精髭に覆われている。だがその顔を見た瞬間、巴は胸の奥底がざわめくような心地がした。

「久しぶりだな、巴」

男が、歯を見せて笑う。その刹那、目の前の男と、記憶の中の亡き夫が重なった。

太刀を構えたまま、巴は震える声で言った。

「三郎……」


義仲は必死に太刀を振り、群がる敵を払いのけていた。

一時は、こちらが優勢に戦を進めていた。義仲は一気にけりをつけるべく手塚、多胡の隊を投入したものの、敵は畠山重忠の奮戦で勢いを盛り返している。そして敵の後続が到着し、激しい乱戦となった。敵味方が入り乱れ、巴の姿も見失っている。

「殿！」

手塚光盛が馬を寄せ、荒い息を吐きながら言った。

「これ以上踏み止まれば、押し包まれて全滅するのは必定。ここは殿お一人でも、瀬田へ向かわれよ！」

「馬鹿を言うな。皆を見捨てて逃げるくらいなら、最初からそうしている」

答えると、光盛は返り血に染まった顔で笑う。

「まったく、困ったお人だ」

河原には、途切れることなく敵の新手が押し寄せていた。

光盛の言う通り、このままでは確実に全滅する。

退くべきか。だが、ここで背を向けたところで、逃げきるのは難しい。背中を射られて死ぬよりも、前を向いて死ぬ方が、いくらかましだろう。

「どうやら、ここまでのようだ」

呟いた刹那、光盛が叫んだ。

「殿、あれを！」

右手を流れる鴨川の対岸。二百ほどの軍勢が、こちらへ向かって駆けてくるのが見えた。小勢だが、横腹を衝かれれば味方はひとたまりもない。

義仲が自ら手勢をまとめて阻止するしかない。下知を出そうとした時、先頭を切って川へ乗り入れた武者の顔が目に入った。

「やはり、生きていたか」

全身に矢を突き立てた武者の姿に、義仲はにやりと笑った。

「この程度の相手に苦戦するとは情けねえぞ、駒王。この楯親忠様が助太刀してやるから、お前は休んでろ！」

　生死不明と聞いていたが、敗残兵をまとめ、義経の軍を追ってきたのだろう。

　川を渡りきった親忠らが、敵の横腹に突っ込んでいく。少ないながらも援軍が現れたことで、押されていた味方も息を吹き返した。

「駒王か。懐かしい響きだな」

　だが、感傷に浸る間も、休んでいる暇もない。血の滴る太刀を高く掲げ、声を張り上げる。

「全軍、力を振り絞れ。目の前の敵を切り崩し、皆で故郷へ帰るぞ！」


　三郎は、巴の反応に戸惑っていた。

　四年も前に死んだと思っていた夫がいきなり、しかも戦の最中に敵方として目の前に現れたのだ。混乱し、理解が追いついていないのだろう。

　だが巴の表情は、夫が生きていた喜びよりも、困惑の方が大きいように見える。太刀を握ったまま、構えを解こうともしない。

「どうした、巴。俺だ。三郎だ。わかるだろう？」

　無言のまま、巴が頷く。

「村を襲われたあの日、俺はどうにか生き延びてお前を探したが、見つけることはできなかった。それから九郎義経様に拾われて、郎党に加えていただいたんだ」

　手を差し伸べ、童をあやすような声音で言う。だが、巴は金縛りにでも遭ったかのように、顔を強張らせたままだ。

左手から、喊声が聞こえた。敵の新手が、鴨川を渡って突っ込んできたらしい。続けて、正面の敵も前に出てきた。

「伊勢殿。詳しい事情は知らんが、私は戦に戻る。後は、好きにいたせ」

重忠が馬に跨り、駆けていく。

巴は我に返ったように、周囲を見回した。戦況を確かめようとしているのだろう。

「戦など、もうどうでもいいだろう。木曾殿は終わりだ。それでも平家を倒したいと言うなら、俺と一緒に来い。九郎様の下で、共に力丸の仇を討とう。な？」

「……仇は、もう取った」

ようやく構えを解き、巴が言った。

「何？」

「村を襲った平知度は、私がこの手で討ち果たした。でも、仇を討てた喜びなど無い。ただ、虚しいだけだった」

力丸を死に追いやった若武者の顔は、今も三郎の両目に焼き付いている。あいつはもう、死んだのか。巴が言うのならば、事実なのだろう。

「そうか。だったら、もうお前が戦う理由は無いだろう。戦などやめて、どこか静かな土地で、二人で暮らそう。いや、お前が望むのなら、どんなところでだっていい！」

喧噪が大きくなった。味方は押し返されているのか、木曾軍がすぐそこまで迫っている。

「駄目だ……一緒には行けない」

剣戟《けんげき》と喊声に掻き消されそうな声で、巴が言った。

「何故だ。俺たちは夫婦だろう？　せっかく、こうやって生きて会えたのに……」

まさかと、三郎は思った。木曾殿の便女。耳にした噂が、脳裏を過ぎる。

「お前、まさか義仲と……」

「違う、三郎。そうじゃない！」

必死に否定する巴の顔が、三郎の疑念を確信に変えた。周囲の喧噪も、耳には入らない。

自分が義経に拾われたように、巴もまた、どこかで義仲と出会い、その郎党に加えられたのだろう。

だがいくら巴の腕が立つとはいえ、主従という繋がりだけであるはずがない。でなければ、女の身で戦場に伴い、遠い都まで同行させるなど、あり得ないことだ。

「俺が死んだと思って、身分の高い相手に乗り換えたのか」

口を衝いて出た言葉に、巴の顔が強張った。

声を失ったかのように、開いた口からは何も聞こえない。太刀をだらりと提げたまま、数歩後退る。

「待ってくれ、俺は……」

巴は唇を引き結び、首を振る。

三郎と巴をかろうじて繋いでいた見えない何かが、完全に切れた気がした。取り返しのつかないことを口にしたのだと理解しても、扉はもう、閉ざされている。

不意に、喧噪が戻ってきた。

「やむを得ん、ここはいったん退け！」

重忠の声。信じ難いことに、あれだけ優勢だった味方が敗走をはじめていた。

混乱の中、誰かが巴の名を叫んでいる。主人に呼ばれた従順な飼い猫のように、巴は顔を上げ、左右を見回した。

その視線の先に、一人の騎馬武者が見えた。赤地の錦の直垂に、唐綾縅の鎧、鍬形を打った兜。

あれが、義仲か。

「三郎」

こちらへ向き直り、巴が言った。

「三郎が生きていて、嬉しい。でも、一緒には行けない」

「俺はあの日から、地獄のような日々を生きてきた。それでも、お前を忘れたことは一度も無い。頼むから、俺と……」

「地獄を見てきたのは、三郎だけじゃない」

何かを切り捨てるような目で、巴が言う。太刀を納め、長刀を拾って馬に跨った。それから、義仲のいる方へと駆けていく。

その場に立ち尽くしたまま、遠ざかる妻の背を見つめる。その先には、笑みを浮かべて迎える義仲の姿があった。

何故だ。どこで、道を違えた。自問しても、答えは出ない。

わかるのは、胸の奥底に滾る感情が、義仲への憎悪だということだけだ。

九

義仲は、馬上から天を仰いでいた。

日は、西にかなり傾いている。正確にはわからないが、申の刻近くだろう。

降り始めた雪は、しばらく止みそうもない。比叡から吹き下ろす風は冷たく、無数の針に肌を刺されているようだった。

将も兵も馬も、寒さと疲労で憔悴し、軍勢の歩みは遅々としている。味方の数はすでに、二百を割っていた。

六条河原で敵をいったん押し返し、その隙に戦場から離脱することには何とか成功した。そこから京を抜けて山科《やましな》、追分《おいわけ》を過ぎて近江に入るまでに、二度、敵が行く手を遮ってきた。

恐らく、義経がこちらの敗走路を読んで先回りさせた軍だろう。敵はそれぞれ三百ほどで、それほど時をかけずに打ち払えたものの、味方も相当な犠牲を出していた。生き残った者たちも、ほとんどが傷だらけで、太刀や長刀を杖にするか、誰かに肩を借りてようやく歩いている者も少なくない。

「お前ら、元気出せよ！　瀬田まであと一息だぞ！」

先刻から将兵を励まし続けているのは、楯親忠だった。とはいえ親忠も全身に傷を受け、兜も失っている。馬に乗っているのもやっとのはずだが、それでも声を出すことをやめようとはしない。

横目で、轡を並べる巴を窺った。

あれから、巴はほとんど口を開かず、何か思い詰めるような表情で俯いたまま、黙々と馬を進めていた。戦場で巴と話していた隻眼の男が何者なのかも、語ろうとはしない。

気にならないと言えば嘘になるが、無理に聞き出すつもりも無かった。巴が語るべきだと思ったなら、語ればいいことだ。

それよりも今、気がかりなのは兼平だった。

兼平からの伝令は、すでに途絶えている。戦の混乱で届かなかったのか、それとも伝令を出すこともできなくなったのか。いずれにしろ、厳しい状況に置かれていることは間違いない。

「そう暗い顔するなって」

親忠が馬を寄せ、義仲の背中を叩いた。

「あの兼平のことだ、案ずることなんかねえよ。とっくに範頼を追い払って、今頃は雪見酒としゃれ込んでるかもな」

「そうだな。ならばなおさら、急がねばならん」

頷き、微笑を浮かべた。焦ったところで、どうにもならない。兼平はまだ、生きている。そう信じて進むしかなかった。

もしも敗れ、滅びることになったとしても、同じ場所で死ぬことを誓う。あの月明かりの夜に、兼平はそう言った。あの兼平が、自分に嘘偽りを述べるはずがない。

背後から殺気を感じたのは、逢坂の関を越えたあたりのことだった。

振り返る。後方から、数百の軍勢が迫っていた。

これまでの敵とは、放つ気が違う。畠山重忠か、あるいは九郎義経だろう。

「駒王」

親忠がいきなり手を伸ばし、義仲の兜の緒を解いた。

「おい、何を……」

止める間も無く、親忠は義仲の兜を奪い取る。

「前からかぶってみたかったんだよ、この兜。ちょっと借りるぜ」

何をしようとしているのかは、訊ねるまでもなかった。

「お前はまだ動ける奴らを連れて、先に行け。俺は、ちょっと用事を済ませてくる。心配するな、すぐに追いつく。九郎義経の首を土産にな」

そう言って笑い、馬首を巡らせる。引き止めようとした義仲の腕を、手塚光盛が摑んだ。義仲を見つめ、首を振る。

「覚悟ができた奴は、俺に続け。信濃武士の意地、坂東武者どもに見せつけてやろうぜ！」

親忠の周囲に、数十人の兵が集まる。いずれも、深手を負った者たちだ。その中に、多胡家包の姿もあった。

「殿。木曾へ戻ったら、宮菊にお伝えくだされ。そなたのおかげで、わしの生涯は華やいだものとなった。礼を申す、と」

「わかった。約束しよう」

親忠がこちらを振り返った。さっさと行け。そう言っている。唇を嚙み、義仲は駆け出した。

後方から、馬蹄の響きが迫ってくる。矢が風を切る音と、いくつかの悲鳴も聞こえた。

「俺が、かの朝日将軍義仲だ。鎌倉の狗ども、この義仲様を討ち取れるもんなら……！」

親忠の上げた大音声は、すぐに喊声に掻き消された。

身を切るような冷たい風と雪が、頬を打つ。目に入った雪が解けたのか、視界が滲む。

前方を、数十騎が塞いでいた。あらかじめ、義仲の進む方へ回り込ませていたのだろう。義経という将は、どこまでも執拗な質らしい。

「我が名は武蔵坊弁慶。源九郎義経が一の郎党なり！」

僧形の大柄な男が叫んだ。

「止まるな。このまま突き破れ！」

馬を駆けさせたまま、太刀を抜き放つ。

敵の矢が放たれた。そのうちの一本が、義仲の鎧に突き立つ。

構わず、勢いのままに斬り込んだ。向かってきた敵の腕を、太刀で斬り飛ばした。巴の長刀が閃き、敵の首が舞う。

弁慶と名乗った男が、馬を寄せてきた。振り下ろされた長刀を、太刀で受け止める。

信じ難いほどの膂力に、太刀が押し込まれた。横合いから、味方が斬りかかる。弁慶は素早く長刀を引き、その味方を柄で叩き落とした。

弁慶が再びこちらを向いた刹那、光盛が馬ごとぶつかった。弁慶に組みつき、二人はもつれ合うように馬から落ちる。

「殿、進まれよ！　振り返らず、前へ……！」

光盛の声が途切れた。弁慶の手にした脇差が、光盛の喉に深々と突き立っている。

歯を食い縛り、馬腹を蹴った。太刀を振るい、ひたすら前を目指して駆ける。

敵の壁を突き抜けた。巴も、しっかりと隣に付いている。振り返らず、ひたすら馬を飛ばす。従うのは、十騎にも満たない。

やがて、道の両側の木々が途切れ、視界が開けてきた。雲が厚く垂れこめた薄暗い空の下に、琵琶湖が広がっている。

このまま琵琶湖に沿って真っ直ぐ北上すれば、湖西街道を通り北国へ抜けられる。だが、義仲は迷わず東へ馬首を向けた。

瀬田の戦がどうなっているのかはわからない。だが、兼平はまだ、生きて戦っている。戦いながら、自分を待っている。

それだけは、確信することができた。

十

積み重なった疲労と体中に負った傷の痛みに、巴の意識は朦朧としていた。

吹きすさぶ雪混じりの風で、視界は白くぼんやりとしていた。これが夢なのか現なのか、しばしばわからなくなる。このまま眠ってしまいたい。その誘惑に、歯を食い縛って耐える。

進む先に、無数の亡者が立っていた。

ある者は手足を失い、ある者は首がちぎれかかっている。亡者たちは無言のまま、巴をじっと待ち構えていた。

ああ、あれは自分が斬ってきた武者たちだと、巴は理解する。心まで疲れきっているせいか、恐怖さえも感じない。

亡者たちの中に、小柄な童が見えた。

目を見開く。あれは、力丸だ。胸に突き立った矢と、流れて固まった血の跡が痛々しい。

馬を下り、駆け寄って抱きしめたい衝動に駆られた。それでも力丸は、「来るな」と言うように唇を引き結び、首を振る。

そうか。まだ、そっちに行っては駄目なのか。

でも、もう疲れた。ほんの少しだけ、休みたい。

不意に、誰かに腕を摑まれた。

「おい、巴！」

義仲の声。慌てて、あたりを見回した。力丸や亡者たちの姿など、どこにもない。

「さすがだな、巴。敗け戦の最中に馬の上で眠りこけるとは、大した度胸だ」

軽口を叩き、義仲が笑う。現に引き戻された巴は、見慣れたその顔に安堵を覚えた。

「まだ、敗け戦と決まったわけではないでしょう。殿が生きている限り、敗けてはいません」

「なるほど。それもそうだ」

笑いを収め、義仲が真っ直ぐこちらを向いた。

「よく、ここまで生き残ってくれた。お前がいてくれるだけで、俺は心強い」

たったそれだけの言葉で、冷え切った体の奥底にじんわりと熱が灯る心地がした。

この人はいつもこうだ。他の男なら胸に秘めておく言葉を、何のてらいも無く口にできる。それで、自分は幾度も救われてきた。

「殿。私が六条河原で話していた隻眼の武者は、四年前に死んだと思っていた、私の夫です」

一息に言っていた。話しておかなければならない。なぜか、そんな思いに駆られている。

「どういう経緯かわかりませんが、生き延びた夫は、伊勢三郎義盛と名乗り、源九郎義経の郎党となっております。あの時、鎌倉軍に寝返るよう誘われましたが、拒みました。今は、そしてこれから先も、私はあなたのもとでしか生きられない。そう思ったからです」

思いの丈を吐き出すと、どこかで感じていた罪の意識が消えていくような気がした。

「そうか。さぞ、苦しかったろうな」

義仲の手が、巴の肩に置かれた。

なぜか、視界が滲んだ。俯き、首を振る。

風の音の中に、何か別の物が混じったような気がした。

顔を上げ、耳を澄ます。馬の嘶き。さほど遠くはない。義仲が片手を上げ、一行は馬を止めた。

巴は長刀を構え、前方に目を凝らす。雪のせいで、視界はひどく悪い。

人馬の影。それも、十や二十ではない。少なくとも、百は超えているだろう。

そのうちの一騎が、前に進み出る。

「そこに見ゆるは、何処の手の者か！」

その声に、巴と義仲は顔を見合わせた。互いに笑みを浮かべ、どちらからともなく馬を駆けさせる。

「兼平！」

「今井様！」

はっきりと、兼平の顔が見えた。兜も失い、鎧には何本もの矢が突き立っているが、深手を負っているようには見えない。

義仲と兼平が、互いの肩を叩き合う。その様は、巴の目にも本当の兄弟のように映った。いや、兄弟よりももっと強い何かで、二人は結ばれている。それがほんの少し、羨ましかった。

「生きていると、信じていたぞ」

「殿こそ、よくぞご無事で」

常のごとく昂ぶる様子も見せず、兼平が微笑を浮かべた。その目が、ほんの少しだけ潤んでいる。

「申し訳ござらぬ。瀬田の守りは破られ、村山義直殿も討たれ申した。手勢三百をまとめ、何とか戦場から落ちてきたところです」

「そうか。こちらも、行親と光盛が討たれた。親忠と家包、志田の叔父上も恐らくな。兼光は、どこにいるのかもわからん」

「兄のことです。きっと、すぐに追いついてまいりましょう。我らは急ぎ、北国へ……」

「北国で再挙を目指すのは、やめだ」

兼平の言葉を遮り、義仲が言う。

「ここを切り抜けたら、そのまま皆で、木曾へ帰ろう。兼行と山吹が待っているはずだ。遠からず、兼光も戻ってくるだろう」

「それから、どうするのです？」

「さあ、どうするかな。頼朝が木曾へも攻めてくるようなら、奥州へでも逃げるか。秀衡殿に頼んで上手く交渉すれば、義高を取り戻す算段もつく」

「奥州が、我らを受け入れてくれるでしょうか」

「拒まれたなら、下人にでも化けて鎌倉へ忍び入り、義高を救い出そう。その後は、いっそ海を越えて、唐土に渡るのもいいな。彼の地は、日ノ本などよりずっと広いと聞く。俺たちが暮らせる場所くらいはあるだろう」

巴が聞いても夢物語としか思えないが、義仲は真剣に考え、本気で口にしているのだろう。

いや、この人はたった数百人で兵を挙げ、あの平家を都から追い落としたのだ。こんな途方もない話でも、もしかすると実現させてしまうかもしれない。

海を越えて異国に渡るなど、想像もつかない。それでも、義仲や兼平たちがいてくれれば、恐ろしいとは思わなかった。どこを見ても敵だらけのこの国で怯えながら暮らすより、ずっと人らしく生きていけそうな気さえする。

「殿はいつも、我らには思いも及ばぬ突飛なことを考えつかれる」

呆れたように、兼平は笑った。

「わかりました。どこへなりと、お供いたしましょう。ただし、すべてはここを切り抜けてからの話です」

義仲が頷き、前を見据えた。雪はだいぶ弱まり、視界はいくらか開けている。

瀬田の方角から、軍勢が向かってくるのが見えた。

「あの軍は？」

訊ねた義仲に、兼平が答える。

「恐らく、甲斐源氏の一条忠頼《いちじょうただより》殿かと」

「このまま逃げたところで、すぐに追いつかれる。一当てして出鼻を挫いてから、退くとするか」

「御意」

兼平が頷くや、義仲は鬼葦毛を駆けさせた。太刀を抜き、先頭に立って斬り込んでいく。巴と兼平も、その後に続いた。

状況は、変わらず絶望的だ。瀬田を突破した範頼の軍は、三万五千。義経の軍も、全力で義仲を追っているだろう。

それでも、生きてやる。戦って、勝って、生き抜いてやる。

手綱を強く握る。思いを受け止めたように、疲れきっているはずの千早が脚を速めた。


三百が一丸となって、敵の中を縦横に駆けた。

巴は義仲の隣にぴったりと付き、行く手を遮る敵をひたすら斬り落としていく。義仲が右へ行けば右に、左へ行けば左に進む。

やがて、前に敵がいなくなった。敵陣を突き抜けたのだ。反転し、再び突っ込む。一条忠頼らしき武者が、供廻りに囲まれて遠ざかっていくのが見えた。その顔は、恐怖に引き攣っている。

また、敵中を抜けた。だが、新手の数百騎がこちらへ向かってくる。

「土肥次郎実平、木曾殿が御首、頂戴いたす！」

義仲はいなすように回り込み、横腹を衝く。突き破り、さらに駆けた。また目の前に、別の敵が現れる。

ぶつかる。突き破る。またぶつかる。そのたびに、味方が討たれていく。千早の頬を、矢が掠めた。巴の鎧に、一本、また一本、流れ矢が突き立つ。鎧を貫いてはいない。まだ、戦える。長刀を振る。血が飛ぶ。腕が、首が舞う。

兼平の馬が倒れた。地面に投げ出された兼平はすぐさま立ち上がり、敵の騎馬武者に摑みかかる。引きずり落とし、馬を奪う。

「朝日将軍源義仲、これにあり！　命が惜しくば、道を空けよ！」

義仲が咆哮した。巴も兼平も、他の兵たちも、意味を成さない叫び声を上げる。

敵の顔に、怯えが生じていた。なおも駆ける。敵は、仕掛けてはこない。

突き抜けた。琵琶湖と、薄っすらと雪の積もった白い大地。見えるのはそれだけだ。敵の姿は無い。

そのまま、真っ直ぐに駆ける。戦の気配が、遠ざかる。義仲はようやく、馬の脚を緩めた。

五騎。残ったのは、それだけだ。いや、一人は馬に跨ったまま、死んでいる。その体がぐらりと傾ぎ、馬から落ちた。もう一人は、全身に矢を受けている。

「これまでにござる。おさらば」

言い残し、その武者は馬上で自ら首を掻き切った。

巴と義仲、兼平だけが残った。

誰もが無言のまま、ゆっくりと馬を進める。

雪はやみ、琵琶湖を渡る風もいくらか穏やかになっていた。自分が生きていることが、信じられない。いや、すべての感情が、どこか遠いものになっている。

「巴」

前を向いたまま、ぽつりと義仲が言った。

先刻の咆哮とはまるで別人の、穏やかな声。なぜか、嫌な予感がする。

「……聞きとうありませぬ」

「聞いてくれ。頼む」

義仲は、巴の行く手を塞ぐように鬼葦毛を止めた。

頼むと言いながら、有無を言わせない。強引な人だと、巴は思った。

「お前は一人で、先に行ってくれ。お前一人ならば、きっとたどり着けるはずだ」

「嫌です。皆で木曾へ帰ると言ったのは、嘘ですか？」

「嘘ではない。俺も兼平も後で行く。だから、木曾で待っていてくれ。だが、もしも……」

「もしもなど、無い！」

思わず叫んだ。義仲の袖を、強く摑む。

「殿も兼平殿も、死んだりしない。私が必ず守る。だから、一人で行けなどと言うな！　三人で、揃って木曾へ帰るんだ！」

主従の言葉遣いなど、どうでもいい。ここで別れるくらいなら、手打ちにされた方がましだ。

「頼む、義仲殿。あの時のように、一緒に木曾へ……」

童のように泣きじゃくる巴の肩に、義仲が腕を回す。そのまま、抱き寄せられた。

「大丈夫だ、巴。俺は死なん。もちろん、兼平もな」

耳元で、義仲が囁く。汗と血の臭いが、鼻を衝いた。自分のものか、義仲のものかはわからない。こんな時に、ひどい臭いだ。それでも、乱れた心が次第に落ち着いていくのを感じる。

「お前を先に行かせるのは、万一のためだ。もしも……もしも俺たちが戻らなかったら、その時は、お前に木曾の皆を守ってほしい。頼朝は、木曾に兵を差し向けてくるかもしれんからな」

唇を強く嚙み、嗚咽を堪える。

木曾谷の村々が焼かれる光景が、脳裏に浮かんだ。太刀や長刀を手にした鎌倉の武者たちが、民を追い立てている。矢で射貫かれた童を抱きしめる母親が、自分の姿と重なった。

「これは、お前にしか頼めないことだ。男たちの都合で子を奪われる母を、これ以上増やさないでくれ」

大きく息を吸い、吐き出した。顔を上げ、義仲の腕の中からそっと離れる。これ以上、取り乱した姿を見せたくはなかった。

「……わかりました。では殿も、約束してください」

義仲の目を見つめ、続けた。

「何があろうと、兼平殿と二人で木曾へ戻ること。必ず、義高様を救け出すこと。安息の地を見つけ、皆で老いて死ぬこと。戦場で鬼神のように死ぬのではなく、残りの生を人として生き、人らしい最期を迎えましょう」

「やることが多いな」

苦笑し、義仲は頷いた。

「わかった。約束する」

答えを聞くと、手綱を引き、馬首を北へ向けた。

「また会おう、巴殿」

「はい」

兼平に頷き、義仲に向かって言った。

「木曾にて、お待ちいたします」

「ああ、すぐに行く。それほど待たせはしない」

「信じています」

義仲の顔を目に焼きつけ、馬腹を蹴った。

振り返るな。己に言い聞かせ、千早を駆けさせる。

景色が流れていく。どれほど駆けたのか、左手前方の松林から、三十騎ほどが飛び出してきた。

「おい、女子だぞ！」

こちらに気づいた敵が、声を上げる。

「我こそは武蔵の住人、御田《おんだ》八郎師重《はちろうもろしげ》。あれなる女武者を見事、生け捕りにしてみせん！」

進み出た一騎が、大声で喚いた。太刀を手に、巴に向かって駆けてくる。一騎討ちを見物するつもりか、他の敵は動かない。

間合いが詰まった。巴の斬撃を太刀で受け流し、さらに馬を寄せてくる。御田が太刀を捨て、組みついてきた。巴も長刀を手放し、御田の襟首を摑んだ。

「よく見れば、なかなかの見目ではないか。我が後添えにしてやっても……」

言い終わる前に、御田の口から鮮血が溢れた。喉元を、巴が素早く抜いた脇差が抉っている。そのまま脇差を動かした。御田が白目を剝き、絶命する。その首を自分の鞍に押しつけ、力任せにねじ切った。

無言のまま、胴から離れた首を高く掲げ、見物している敵の中に投げ捨てる。

血を拭った脇差を鞘に戻し、何事も無かったかのように千早を駆けさせる。敵は息を吞み、呆然と巴を見つめている。誰も、追ってはこない。

馬上で鎧の紐を解き、脱ぎ捨てた。千早の脚が、いくらか速さを増す。

松林の中に、力丸の姿が見えた。どこか寂しげな顔で、こちらをじっと眺めている。

ごめんね。やっぱりまだ、そっちには行けない。でも、いつかまた会えるから、もう少しだけ待ってて。

十一

戦場から遠ざかる巴の姿を見届け、義仲は安堵の吐息を漏らした。

巴のことだ。生き延びると決めれば、何があろうと生きて木曾へたどり着いてくれるだろう。案ずる必要など無い。

「殿、我らも急ぎましょう」

兼平に頷きを返し、鬼葦毛の首を撫でた。すまんな。疲れているだろうが、今はお前の脚だけが頼りだ。鬼葦毛は「気にするな」というように小さく首を振る。

「兼平」

「はっ」

「日頃は何とも思わぬ鎧が、今日はひどく重く感じる」

「何を弱気な。殿らしくもない」

兼平は、端整な顔に微笑を浮かべる。思えば物心ついた頃から、兼平はこの穏やかな笑みを湛え、義仲を見守り続けてきた。それで救われたことも、数えきれないほどある。

「京へ上って半年、いや、信濃で兵を挙げて四年余りか。実に目まぐるしい日々だった。思えば、ほんの一夜の夢のようにも思える」

「殿……」

人が生まれながらにして、人らしく生きられる世。その夢は、夢のまま終わる。法皇が言ったように、そんな世は千年経っても訪れはしないのかもしれない。

だが、力の限りは尽くした。多くの血を流しはしたが、平家だけが人として生きられる世は、終わらせることができたのだ。今はそれだけで、よしとしよう。

「苦しい道のりだったが、ここまで歩んでこられたのは、お前や兼光、兼行、巴や葵がいたからだ。礼を言う」

「まだ、過去を振り返る時ではありますまい。まずは、生きて木曾へ帰る。今はそれだけを考えましょう」

「そうだな」

木曾か。すべてが懐かしい。

四方を囲む山々の緑。吹き抜ける風の匂い。谷間を流れる川のせせらぎ。目を閉じれば、今も鮮やかに蘇る。

帰りたい。痛切に思った刹那、馬蹄の響きが聞こえた。

振り返る。瀬田の方角から、数十騎がこちらへ向かって駆けてくるのが見えた。

源氏の白旗。だが、味方のはずはない。その後方には、さらに数百、数千が続いているのだろう。

ここまでか。義仲は天を仰いだ。

これだけ多くの命を奪っておきながら、己だけ生き延びようなどとは、虫が良すぎたのだ。

これ以上の醜態を晒すよりも、ここで兼平と刺し違え、すべてを終わりにしよう。思い定め、太刀の柄に伸ばした手を、兼平が摑んだ。

「死に時を間違えるな、駒王」

そう言って義仲を見据える兼平の顔は、家臣のそれではなく、共に育ってきた兄弟のものだった。

「お前はこのまま、木曾へ向かって駆けろ。あの敵は、俺が食い止める」

「ならんぞ、四郎。死ぬ時は一所でと、誓ったではないか！」

「お前にはまだ、為さねばならぬことがあるだろう。巴との、いや、巴だけではない。お前は多くの者たちと、いくつもの約束を交わした。そのすべてを、反故にするつもりか？」

義仲の鎧を摑み、息がかかるほどの距離で詰め寄る。

しばし視線がぶつかった後、義仲は小さく頷いた。

「お前こそ、俺との誓い、忘れるな」

「案ずるな。この今井四郎兼平、あの程度の相手に討たれはせぬ」

兼平が胸の前に掲げた拳に、義仲は自分の拳をぶつけた。

「また会おう」

乳母子に笑みを向け、義仲は馬腹を蹴る。

後方から、兼平が名乗りを上げる声が聞こえた。

喊声。馬蹄の響き。振り返ることなく、義仲は馬を進めた。乗り手の思いが伝わったのだろう。鬼葦毛はそれまでの疲れた様子が嘘のように、風を切って駆ける。

気づけば、日輪が沈もうとしていた。琵琶湖の湖面が、血のように紅く染まっている。

どれほど進んだのか、前方に敵の姿が見えた。二十騎ほどか。構わず、鬼葦毛を駆けさせる。

「名のある将に違いなし。討ち取って手柄とせよ！」

将らしき騎馬武者が叫び、雑兵たちが矢を番える。

できるものならやってみよ。義仲は太刀を抜き放つ。

俺にはまだ、為すべきことがある。果たさねばならない約束がある。

待っていろ、巴。肚《はら》の底から、義仲は大音声を放つ。

「我こそは朝日将軍、源義仲である！」

三郎は、どことも知れない松林の中を彷徨っていた。

六条河原の戦いの後、院御所で法皇の身柄を確保した義経は、義仲の捜索と追討を命じていた。

三郎は弁慶や海尊らと共に近江へ向かい、木曾軍の追撃に加わったものの、敵の抵抗は激しく、乱戦の中で弁慶たちともはぐれている。

数度に及ぶ木曾軍残党との戦いで、馬を失い、全身に浅手を負っていた。それでも足を止めることなく、巴と義仲を探し続ける。

他のことなど、もうどうでもいい。義仲を討ち取り、巴を取り戻す。その思いだけが、三郎を衝き動かしていた。

義仲を討った者が、この戦の一番手柄だ。恩賞は望みのまま。領地や官位も与えられるだろう。そうなれば、巴もきっと戻ってくる。また、かつてのような夫婦に戻れる。

林が途切れた先に、琵琶湖が広がっていた。まだ生きていれば、義仲は近くにいるはずだ。林を抜け、周囲を見回す。

遠くの浜辺に、二人の騎馬武者が見えた。この距離では、顔まではわからない。

その後方から、数十騎の軍勢が進んでくる。

浜辺の二騎は、何事か話し合いながら籠手《こて》をぶつけ合い、二手に分かれた。一騎は前へ。もう一騎はその場にとどまり、軍勢の方に馬首を向ける。

「我こそは朝日将軍源義仲が乳母子、今井四郎兼平である。鎌倉の武者ども、いざ討ち取って、手柄とせよ！」

とどまった一騎が名乗りを上げ、弓に矢を番えた。あの数十騎を一人で迎え撃つつもりらしい。だとすると、もう一騎が義仲だ。

三郎は駆け出した。義仲を乗せた葦毛の馬が、三郎のいる松林の前を横切っていく。三郎は林を抜け、それを追って走る。

　遠ざかる義仲の前方に、二十騎ほどが現れた。恐らく鎌倉軍だろう。それでも義仲は、馬の脚を緩めようとはしない。

　こんなところで死ぬなよ。駆けながら、三郎は心の中で呼びかける。

　義仲。お前を殺すのは、この俺だ。


「我こそは朝日将軍、源義仲である！」

　名乗りを上げ、義仲は先頭を駆ける武者の腕を飛ばした。馬の脚を止めず、将らしき武者に向かって駆ける。

「おのれ！」

　将の斬撃を弾き、切っ先で喉を抉った。胴に足をかけ、馬から蹴り落とす。

　怖気づいた敵が、逃げ散っていった。追いかけることはせず、太刀を振って血を払う。

　振り返った。彼方で、兼平が数十騎を相手に矢を放っている。そして矢が尽きたのか、太刀を抜く。

　唇を嚙みしめ、馬腹を蹴った。北へ。生きて、約束を果たすために。

　不意に、視界ががくんと下がった。

　鬼葦毛が、前脚を折っている。薄く氷が張った深田に、脚を踏み入れたのだ。手綱を引くが、後ろ脚まで泥に嵌まり、鬼葦毛は動けない。

　転がるようにして馬から下り、立ち上がった。

「しっかりしろ！」

鬼葦毛の首を抱え、轡を摑んだが、それでも引き上げることはできそうもない。馬体が、徐々に沈み込んでいく。

悲しげに、鬼葦毛が嘶いた。その顔を、労うようにそっと撫でてやる。幾度も共に死線を乗り越えてきた友。その姿が見えなくなるまで、義仲はその場を動かなかった。

鎧が、太刀が重い。それでも、立ち上がる。生きなければ。俺はまだ、死ぬことを許されていない。

背後に、気配を感じた。

「ここまで来て泥田に嵌まるとはな。間の抜けたことだ」

太刀を手にした男が一人、歩いてくる。

男は袖無しの毛皮を羽織り、右目は眼帯で覆っていた。

「ようやく見つけたぜ、義仲」

「お前か、伊勢三郎」

「ほう。俺を知っているのか。褥で、巴から聞いたか？」

下卑た笑みを浮かべ、三郎が歩みを止めた。その総身からは、異様なほどの殺意が漂っている。

「俺を殺しに来たのか。それとも、巴を追って来たのか？」

「決まってるだろう。お前を討ち取って、巴を取り戻す」

「言っておくが、俺は巴に手をつけたことは無い。俺を討ったところで、巴は戻らんぞ」

「うるせえよ。巴はどこだ？」

「先に逃がした。もう、追いつくことはできんだろうな」

「そうかい。じゃあ、てめえを殺した後で、草の根分けても探し出してやる」

三郎が、低く構えを取る。

憐れな男だと、義仲は思った。憎しみに心を食われている。その様は奇しくも、禿童を斬っていた頃の巴を思わせた。

話しても、言葉は通じないだろう。義仲も太刀を構えた。

間合いは一間余。踏み込めば、太刀は届く。だが、義仲も三郎も満身創痍だった。互いに、長く斬り合うことはできない。

自分の太刀に目をやった。刃毀《はこぼ》れがひどい。あと数度、硬い物を叩けば折れそうだ。

睨み合ったまま、潮合いを測った。頬を伝った汗が、顎の先から滴り落ちる。

張り詰めた気が、弾けた。

どちらともなく、前に出る。上からの斬撃。太刀を横に薙いで弾き、そのまま踏み込む。肘で、顎を撥ね上げた。さらに脳天目がけて振り下ろした太刀を、三郎は半身を捻ってかわした。切っ先が、三郎の左の肩口を浅く斬り裂く。

斬られながらも横に回り込んだ三郎が、斜め下から突きを放ってきた。仰け反りながらかわす。目の前を白刃が駆け抜けた。左の頬から額にかけて、鋭い痛みが走る。かわした勢いのまま後ろへ跳び、斬撃を放った。

上から打ち下ろした太刀の鍔元を、三郎が左の籠手で受ける。甲高い音と共に太刀が折れ、三郎の口元に笑みが浮かぶ。

三郎が右手突きを放った。切っ先が、義仲の左肩を捉える。

刃が、肩の肉を斬り裂いた。勝ちを確信したのだろう。三郎に隙が生じている。身を屈めるようにして、懐へ入った。折れた太刀を手放し、伸びきった右腕を取って投げを打つ。

頭から、地面に叩きつけた。呻き声を漏らした三郎の手から、太刀が離れる。しばらくは、立ち上がることもできないだろう。

手で、顔の血を拭った。左肩の傷は、骨にまでは達していないものの、灼けるような痛みが腕全体に拡がっている。

「てめえ、太刀が折れるのを見越してやがったな」

荒い息を吐きながら、三郎が言った。

「戦だからな。勝つためなら、相手の耳にだって齧りつくさ」

「生き汚ねえ野郎だ」

息を整え、三郎の太刀を拾う。

「汚いついでに、もらっていくぞ。俺はまだ、戦わねばならんのでな」

「……殺せ」

「断る。お前は巴の夫で、力丸の父だからな」

三郎が口を閉ざした。大きく見開いた左の目から頬へ、涙が伝っていく。力丸。掠れた、小さな声で呟く。

「まだ、鎌倉殿に抗うつもりか？」

三郎の問いに、義仲は首を振った。

「ここを切り抜けたら、戦はやめだ。武士も捨てる」

「あの鎌倉殿が、お前を見逃すと思うのか?」

「さあな。だが必ず、皆で穏やかに暮らせる場所を見つける。お前も、戦に倦《う》んだら来るといい」

「あんた、信じ難いほどの大馬鹿だな」

そう言いながらも、三郎の口元には愉快そうな笑みが浮かんでいる。

「もういい、行けよ」

ぼそりと、三郎が言った。

「人並みでいい。巴を、幸せにしてやってくれ」

頷き、三郎に背を向ける。

雲間から射し込む夕日に、義仲は一瞬、目を閉じた。

目を開くと、一間ほど先に数人の武者の姿が見えた。先ほど追い散らした敵が、まだ残っていたのか。

思った刹那、時が止まったような気がした。

なぜか、体から力が抜け、膝をつく。

胸元に、矢が突き立っている。理解した途端、何かが込み上げてきた。口から、血が溢れ出る。

立たなければ。立って、歩かなければ。果たさなければならない約束が、いくつもある。

顔を上げると、山の向こうに消えかかる日輪が目に映った。

朝日はやがて沈む。だが、夜が過ぎれば再び昇るものだ。だから、嘆くことはない。

山吹、義高、兼平、兼光、兼行、そして巴。それぞれの顔を思い浮かべる。

みんな、すぐに帰るぞ。あと少しだ、待っていてくれ。皆が揃ったら、義高を救け出す。それから皆で、田畑を耕し、魚や獣を獲って、人らしく生きながら老いていこう。

足に力を籠め、立ち上がった。そうだ。俺はまだ、立てる。だから、歩みを止めたりはしない。

顔を上げる。

何かが風を切る音が聞こえ、それから空が見えた。

十二

義仲が頭を仰け反らせ、そのまま背中から地面に倒れた。

眉間を、矢に射貫かれている。

その様が、三郎の目にはひどくゆっくりとしたものに映った。

おい、何だよ。何やってんだよ。叫ぼうとしたが、声にはならない。

歯を食い縛り、上体を起こす。這うようにして、義仲へ近づく。

いくつかの足音が聞こえた。義仲を射倒した者たちだ。死んでいることを確かめると、弓を手にした男が声を上げた。

「相模の住人、石田次郎為久《いしだじろうためひさ》、朝日将軍義仲殿を討ち取ったぞ！」

なぜか言いようのない怒りが、全身を駆けた。立ち上がり、固めた拳を石田と名乗った男に叩きつける。

「何だ、貴様は。何の真似だ！」

倒れた石田が、口から血を流しながら喚く。

「一騎討ちを終えたばかりの敵将を矢で射るなんてのは、てめえらが言う武士の作法ってやつに反してるんじゃねえのか？」

「黙れ。無様に投げ飛ばされた貴様が言えたことか！」

「俺は源九郎義経が郎党、伊勢三郎義盛だ。文句がある奴はかかってこい」

武者たちは義経の名に怯みを見せたものの、こちらが満身創痍と見て、殴りかかってきた。

組みついてきた一人の首筋に、肘を打ち下ろす。別の一人に顔を殴られた。踏み止まり、殴り返す。

なぜ、こんな馬鹿げたことをしているのか。頭の中の冷めた部分で思ったが、やめようとは思わない。

後ろから組みつかれ、押し倒された。殴られ、蹴られ、踏みつけられる。それでも、痛みはどこか遠かった。

なぜか、涙が溢れて止まらない。それはたぶん、痛みのせいなどではない。

「相模の住人、石田次郎為久、朝日将軍義仲殿を討ち取ったぞ！」

遠くに、その声が聞こえた。

見ると、手柄の奪い合いでもしているのか、数人の武者たちが殴り合っている。小さく、見慣れた義仲の鎧が見えた。地面に倒れたまま、動く気配が無い。

そうか。駒王はもう、いないのか。

朦朧とする意識の中で、兼平は思った。

周囲に残る敵は、十騎ほどだった。矢と太刀で、その倍ほどは倒しただろうか。兼平の戦いぶりに、敵は遠巻きに囲むことしかできなくなっている。

あと少しだったのにな。だが、仕方ない。

「最早、誰を庇う必要も無い」

そして、誰も殺す必要は無くなった。

構えた太刀を下ろし、声を放つ。

「坂東の武者どもよ、とくとご覧《ろう》じるがよい。これが日ノ本一の剛の者の、自害の手本ぞ！」

少し恰好をつけすぎたかな。向こうで親忠あたりが「日ノ本一は俺だ」などと怒るだろうか。

そんなことを考え、内心で苦笑する。

「いざ」

太刀の切っ先を口に咥え、馬から飛んだ。

すぐに行く。約束は果たすぞ、駒王。

十三

夜の闇は深く、いつ果てるとも知れなかった。

追手の気配は無い。鎧を脱ぎ捨てたせいか、落ち武者狩りに遭うこともなかった。

だが、夜気は冷たく、喉を潤すために木の葉の上に残った雪を口に含めば、身も心も凍えそうな心地がする。

義仲と別れた後、巴は琵琶湖に沿って北へ駆け、そのまま山中へ入った。この山を越えれば、恐らく越前に出られる。

千早はすでに、限界だった。大木の根元でしばらく身を寄せ合いながら休み、夜が明ける前には、再び轡を曳いて歩き出した。

戦のことは、考えないようにしていた。義仲たちの身を案じたところで、どうすることもできない。それよりもまず為さねばならないのは、自分が生き延びて、木曾へ帰ることだ。

義仲も兼平も兼光も、木曾で待っていれば、必ず戻ってくる。

その時には、涙など見せず、笑って出迎えよう。北国や都での戦など無かったかのように、少し遠くまで狩りに出ていた仲間を迎えるように、笑って「おかえりなさい」と言おう。

もちろん、この数年で為した行いが、消えるわけではない。木曾へ帰ったらまず、墓を立てよう。死んでいった者たちを、敵も味方も分け隔てずに、供養しよう。

そうだ、葵の墓には何の花を供えよう。好きな花くらい、聞いておけばよかった。いや、そもそも葵は、好きな花なんてあるのだろうか。

様々な想いが、浮かんでは消えていく。良からぬ考えが浮かび不安に襲われた時は、千早の首を抱いて顔を埋めた。それで、いくらかは気持ちが落ち着く。

足はふらつき、ともすればその場に膝をつきそうになる。

私は弱くなったのだろうか。暗い山中を進みながら、巴は思う。

確かに、村が平家に襲われて独りになった時は、疲れも不安も感じなかった。この身を満たしていたのは、平家と理不尽な世に対する憎しみだけだった。

巴は首を振った。それは、強さなどではない。身も心も憎しみに囚われ、疲れも不安も入り込む余地がなかっただけだ。

今は違う。今の自分は、誰かを想って不安に襲われたり、涙を流したりできる。きっと、それが本当の強さだ。そして自分がそうなれたのは、あの人がいたからだ。

私はまだあの人に、何も返せていない。だからせめて、約束は果たさなければ。

気力を奮い立たせ、足を動かす。

やがて、森が途切れ、視界が開けた。

東の方角に横たわる山々。その向こうの空が、かすかに明るくなっている。

昇りはじめた朝日が、夜の闇を追い払っていく。

まるであの人のようだと感じ、巴は久しぶりに笑った。

第十章　残照

一

また、大姫が泣き出した。

義高が振った賽子《サイコロ》は、三と五。これで、義高の残った駒はすべて上がりだ。

「義高さま、ちっとも手加減してくれない！」

大姫はそう言うが、双六は出た目がすべてで、手加減のしようがない。そして大姫の振る賽子はどういうわけか、気の毒なほど悪い目ばかりだ。

侍女たちのなだめる声にも耳を貸さず、大姫は「もうやだ、つまんない！」と喚く。

困った姫さまだと、義高は苦笑した。

義高は十二歳、大姫は七歳になる。そろそろ分別がついてもいい年頃だが、大姫はあえてわがままに振る舞って、義高に甘やかしてほしいのだ。

「わかりました。では、違う遊びをしましょう」

「何するの？　貝合わせ？」

「久しぶりに、馬はどうです？」

「行く！　行きたい！」

馬と聞いて、大姫がはしゃいだ声を出す。

「冠者殿。あまり遠くへは……」

口を挟んだのは、藤内光澄《とうないみつずみ》という三十絡みの武士だった。

鎌倉殿の側近、堀親家《ほりちかいえ》の郎党で、三月前から義高の側に侍るようになっている。護衛という名目ではあるが、鎌倉殿から付けられた目付役なのだと、義高は思っていた。

「由比ガ浜《ゆいがはま》あたりまでなら、お許しいただけないでしょうか」

義高が言うと、大姫も「光澄、お願いー」と袖を引く。

「仕方ありませんね」

大姫の懇願に負け、光澄が困り顔で苦笑する。

光澄は坂東武者らしい厳めしさがなく、物腰も柔らかい。そのせいか、武功にも恵まれていないようだった。我が事ながら、あまり目付役には向いていないようにも思える。

「ではまず、御台《みだい》様にお伺いを立てるといたしましょう」

「お手数おかけいたします」

「何の。お役目ですから」

光澄が笑い、立ち上がった。

義高は、鎌倉を出ることが許されていない。それどころか、この三月ほどは、大倉御所《おおくらごしょ》を出るだけでも御台所政子の許しが要るようになった。政子が病弱な大姫を殊の外案じているということもあるが、理由はそれだけではない。

今から三月前の一月二十日、父が死んだ。

鎌倉へ来て、もう一年になる。

従者は海野幸氏、望月重隆を筆頭とする、十名の若い郎党と下人たち。事実上の人質ではあっても、形としては鎌倉殿の長女である大姫の婿だ。身一つで鎌倉へ入るわけにはいかない。敵地へ乗り込むとあって、義高も郎党たちも、初めは緊張を隠しきれなかった。情勢次第では、いつ殺されるかわからない。万一の時にはどう鎌倉を脱出するかも、事前に話し合っていた。

だが、鎌倉での扱いは、想像していたほどひどいものではなかった。頼朝も政子も、少なくとも表面上は義高を婿として歓迎し、大倉御所の一角で起居することも許された。鎌倉の御家人たちも義高を丁重に扱い、侮るような真似はしない。

とはいえ、気を緩めることはなかった。鎌倉のありようをこの目で見聞し、頼朝という男を見定める。そうした役目を、義高は己に課していた。

対面の場に現れた頼朝は、あまり武士らしくは見えなかった。直衣《のうし》に立烏帽子という出で立ちもあってか、武家の棟梁というよりも、話に聞く都の貴族を思わせる。

「源次郎義仲が嫡男、清水冠者、太郎義高にございます」

「ようまいった。そなたは我が婿にして、木曾と鎌倉を繋ぐかすがいじゃ。ここを我が家と思い、ゆるりと過ごすがよい」

太刀を手に向き合えば、負ける気はしない。一人の武人としての強さなら、父の足元にも及ばないだろう。

それでも、義高は目の前の男に、言いようの無い恐怖を覚えた。

温和な笑みを湛えてはいるが、その目の奥からは、人間らしい温かみがまるで感じられない。この男は、人であることを捨てているのではないか。根拠は無いが、そんな気さえする。

形ばかりの挨拶を交わすと、政子と大姫に引き合わされた。

六歳になる大姫は、少し病弱だが、屈託の無い明るい姫だと聞いていた。だが、この日のために用意したという鮮やかな打掛をまとった大姫は、母の背中に隠れるようにしながら、そっとこちらを窺っている。

仕方あるまいと、義高は苦笑した。わずか七歳で将来の夫に引き合わされるのだ。緊張するなというのが無理な話だろう。

「姫、我らは又従兄妹《またいとこ》同士です。これから、何卒よしなに」

微笑みかけると、大姫は顔を赤く染め、母の袖の向こうに隠れてしまう。

「遊びたくなったら、いつでもお訪ねください。木登りでも竹馬でも独楽遊びでも……」

「まあ、義高殿。男子の遊びばかりではありませぬか」

「申し訳ありませぬ、御台様。木曾の田舎育ちゆえ、雅な遊びには疎うございまして」

「それを言うならこの私も、伊豆の田舎武士の娘。似たようなものです」

そう言って、政子は朗らかに笑う。悪い人ではなさそうだと、義高は思った。

「では姫、私に何か、愉しい遊びを教えてください。姫がお好きなことなら、何でも」

大姫は少しだけ顔を覗かせ、恥ずかしそうに小さく頷いた。

許嫁とはいえ、親同士の都合でどうとでもなるような、か細い縁だ。大姫と夫婦になることが、本当に木曾のためになるのか、義高自身にもまだわからない。

だが、だからこそ、この幼い姫に辛い思いをさせたくはなかった。袖の先が触れ合う程度のほんの短い縁だったとしても、粗略には扱うまい。

それから数日もすると、大姫のぎこちなさはすっかり消え、何かというと「遊んで」とせがまれるようになった。

「見事に手なずけられましたな」

耳打ちする望月重隆に、義高は笑って首を振った。

鎌倉へ入ったところで、日々の暮らしはさして変わらない。郎党たちと弓や剣の稽古をし、鎌倉で手に入れた様々な書物を読む。その合間に、相手をしているだけだ。妹ができたようで、悪い気はしない。


父が北国で平家の大軍を打ち破り、上洛を果たしたと聞いた時、義高は誇らしさで胸がいっぱいだった。

この勢いで平家を滅ぼせば、父と鎌倉殿の立場は逆転する。義高も、遠からず父のもとへ戻れるだろう。

その時には大姫も伴ってやろうと、義高は考えていた。父が北国と京、西国を治め、鎌倉殿が坂東を治めるようにすれば、あえて争う理由はない。大姫との婚姻も、解消する必要はなくなる。

しかし、それは義高の願望にすぎなかった。

木曾軍上洛の後、なぜか父からの書状は届かなくなった。恐らく、鎌倉殿が差し止めているのだろう。義高の耳に入るのは、木曾軍についての良からぬ噂ばかりだった。

上洛した木曾軍は乱暴狼藉を繰り返し、京の人々から恨まれているという。義仲は粗野な振舞いで公家たちに疎まれ、法皇の不興まで買って、追い払われるように西国へ出陣したらしい。

そうした噂のどれも、義高は信じなかった。父に先を越されたことを不快に思う鎌倉殿が、悪評を撒いていることも考えられる。平家さえ討って西国を支配下に収めれば、京の米不足も解消されるはずだ。

だがほどなくして届いたのは、水島合戦の敗報だった。この戦で幸氏の兄、海野幸広が討死にを遂げている。

「戦にございますれば、勝ち負けも生き死にも、時の運にございます」

父のように慕っていた歳の離れた兄を失っても、幸氏は涙も見せず、気丈に振る舞っていた。

一つ年上の幸氏とは、物心ついた頃から共に生きてきた。兄の死にどれほど心を痛めているかも、手に取るようにわかる。

「これで、海野の嫡流はお前一人だ。妻を娶り、跡継ぎを残すまでは死ねなくなったな」

幸広は子がなく、下の兄も蒲柳《ほりゅう》の質で、すでに出家していた。幸氏に何かあれば、信濃の名族海野氏は絶えることになる。

「いえ、もしも若殿に何かあれば、身代わりとなる。それが、私の役目ですから」

「そう気張るな。父上と鎌倉殿が手を携えれば、もしものことなど起こりはしないのだ」

「そう、願ってはおりますが」

しかしその願いも、儚いものとなった。京へ戻った父はあろうことか法皇と合戦に及び、院御所を焼いたという。

京で何が起きているのか、義高には皆目わからなかった。横暴な平家を倒し、治天の君たる法皇と手を携えて天下を治める。父はそのために、京へ上ったのではないのか。御家人たちの間では、木曾との戦が近いという噂も囁かれているらしい。

やがて、九郎義経が少数の軍を率いて西へ向かい、それを追うように蒲冠者範頼の大軍が鎌倉を出陣した。

「案ずることはありませぬ。鎌倉殿は、あなたのお父上と力を合わせて平家を討つのだと仰せでした」

何のための出陣か訊ねると、政子はそう答えた。

「木曾殿も鎌倉殿も、同じ源氏なのです。ましてや、あなたは大姫の婿。木曾と鎌倉が戦になるようなことは、あり得ませぬ」

政子の口ぶりは、義高にというより、己に言い聞かせているように思えた。

何を信じればいいのか、義高はわからなくなった。元服をすませたとはいえ、自分はまだ若輩だ。人の上に立つ者同士の駆け引きなど、想像も及ばない。政子の言うことが事実であることを、神仏に祈るしかなかった。

大倉御所が沸き返ったのは、一月二十七日のことだった。

京の義経、範頼、梶原景時らから相次いで早馬が届いたのだという。その内容は義高には知らされなかったが、その日の夕刻に訪ねてきた政子の顔を見れば、何が起きたのかは察しがついた。

「不幸にして、範頼殿、義経殿と木曾殿の軍勢とが、戦となりました」

京から北国へ落ち延びようとした父は、近江の粟津《あわづ》というところで眉間を射貫かれ、討死にしたという。兼平は後を追って自害、根井行親や楯親忠も、鎌倉軍に討たれていた。

河内へ出陣していた樋口兼光は、その翌日に京へたどり着いたところで義仲の死を知り、戦をやめて投降、斬首された。

政子の話の中に、母や巴は出てこなかった。訊ねたところで、知りはしないだろう。ある程度の覚悟を決めていたとはいえ、父や物心ついた頃から身近にいた人々の死に、義高は言葉を失った。人づてに聞かされただけでは、実感など湧かない。ただひたすら、嘘であってくれと願った。

「これからあなたは、きわめて難しい立場となるでしょう。ですが約束いたします。あなたの命は、この私が何としても守る」

政子の言葉はやはり、自分自身に言い聞かせているようにしか思えなかった。

二

大姫を鞍の前に乗せ、若宮大路《わかみやおおじ》を進んだ。

義高が知る一年の間だけでも、鎌倉の町は日に日に大きくなっている。今も新たな屋敷や寺社の普請場で、活気のある槌音が響いていた。

周囲では、藤内光澄ら数人の武者が、義高と大姫を囲むように馬を進めている。その表情は、険しく、硬い。義高が大姫を人質にして逃亡することを恐れているのだろう。

初めて訪れた時から、義高はこの鎌倉が好きではなかった。一方は海に面し、残る三方は山に囲まれている。戦になれば守り易いのだろうが、どこか息苦しく、牢に入れられているかのような心地がする。

父の死から三月が過ぎ、監視こそ厳しくなったものの、義高を討とうとする動きは見えない。

政子が鎌倉殿を制止してくれているのか、あるいは本当に自分を討つ意思が無いのか、それはわからない。

義高の日々には何も変わりがなく、本当に父が死んだのかどうかさえ疑いたくなるほどだった。

西国では今も、鎌倉軍と平家の戦が続いていた。二月には、平家がかつて都とした福原のあたりで大きな合戦があり、鎌倉軍が大勝利を収めている。聞けば、義経はわずかな手勢で急峻な崖を馬で駆け下り、平家の陣を奇襲したのだという。

このまま、平家は鎌倉に滅ぼされるのだろうか。平家に大打撃を与えた父は結局、頼朝という漁夫に利を与えただけなのか。だとすれば、父や郎党たちの死は、あまりに報われない。

「義高さま、海！」

大姫の声が、義高を現に引き戻した。気づくと、潮の香りが漂い、波の音が聞こえている。

ひとしきり浜を駆け回ると、手近な流木に大姫と並んで腰を下ろした。光澄たちはそれを遠巻きに見守っている。馬こそ下りたものの、警戒は緩めていない。

海を眺めながら、大きく息を吸い込んだ。木曾にいた頃は、まったく知らない匂いだ。

義高が知るのは、鎌倉の海と、越後国府から見た北の海だけだ。越後の海は、いつも波が高く荒々しい印象だったが、鎌倉の海はそれに比べてずいぶんと穏やかに見えた。息苦しさを感じる鎌倉だが、海を眺めていると、いくらか救われた気分になる。

「もしかすると私は、今の自分が好きではないのかもしれないな」

ふと、そんなことを漏らした。

「物心ついた頃から、〝武士らしくあらねば〟と己に言い聞かせ、そのように振る舞ってきた。

武芸を磨き、学問を修め、立派な武士になる。周囲は私にそう期待していたし、私もそれを裏切ってはならないと思っていた。けれど今になって、それが自分の本当の望みだったのか、よくわからなくなっているんだ」

大姫はぽかんと口を開け、義高を見上げている。

「ごめん、姫。難しい話をしてしまったね」

「義高さまは、本当の義高さまじゃないの？」

その問いに、思わず笑った。

「大姫といる時の私はきっと、本当の私だよ。二人で双六をしている時は、他のことなんてどうでもいいと思えるからね」

「手加減してくれないくせに」

そう言って頰を膨らますと、大姫は海に目を向けた。

「私も、御所にいる時の私は好きじゃない。〝お姫さま〟でいなきゃいけないから。でも、義高さまと遊んでいる時の私は好き」

屈託無く振る舞っているように見える大姫も、それなりに気遣いや苦労があるらしい。御所で侍女や郎党たちにかしずかれる暮らしに、窮屈さを覚えているのだろう。

「そうか、似た者同士か」

呟くと、大姫は嬉しそうに笑った。

「冠者殿、そろそろ」

光澄が近づいてきて、遠慮がちに言った。頷き、立ち上がる。

御所への帰り道、ふと視線を感じた。

若宮大路の道端。笠を目深にかぶった、貧しい身なりの僧侶。どこにでもいそうな托鉢僧《たくはつ》だが、なぜか気にかかった。

僧侶が、手で笠を押し上げる。その顔の左半分は、ひどい火傷の跡で覆われていた。

「なぜ……」

思わず漏れた呟きに大姫が振り向き、義高は「何でもない」と首を振った。

翌朝、政子から「話がある」と呼び出された。

参じると、政了の他に、一人の僧侶がいる。上等な袈裟をまとってはいるが、昨日見かけた僧侶に間違いない。

政子の前に腰を下ろした義高に、僧侶が軽く頭を下げる。

大夫房覚明。見間違えるはずがない。だが、覚明がなぜ鎌倉に。政子は、覚明が義仲の側近だったことを知らないのか。

「案ずることはありません。私は、すべてを承知しております」

声を潜め、政子が言う。

「覚明殿は、信救得業《しんぎゅうとくぎょう》と名乗りを戻し、今は箱根山《はこねやま》の神宮寺《じんぐうじ》に身を寄せておられます」

「お久しゅうございます、義高様」

覚明の目に、涙が浮かんだ。

昨年の師走《しわす》に義仲のもとを去った覚明は伝手を頼り、しばしばこの大倉御所で加持祈禱《かじきとう》を行うようになったという。

名を変えたこともあってか、幸い、義仲の下で働いていた前歴を知る者はいなかった。やがて、大姫が熱を出した時には覚明が祈禱を行うようになり、政子の信を得るようになった。

「しかし、何ゆえ」

「無論、あなた様をお救いするためにございます」

義仲のもとを離れた覚明だが、義高のことは気がかりだった。最後の奉公にと、義高の救出を己に課したのだという。

父の死を知った覚明は、一か八かの賭けに出た。政子にすべてを打ち明け、協力を依頼したのだ。政子は驚いたものの、義高を救うことには同意した。

「これまで何とか引き止めてきたものの、鎌倉殿はとうとう、あなたを討つことを決意なされました」

口惜しそうに、政子が言う。

「ゆえに覚明殿と共に、あなたが鎌倉を脱する手筈を整えておきました。今宵、御所を離れるように」

「今宵、ですか」

「時がありません。詳しい手筈はここに」

覚明から書状を受け取る。読み終え、懐にしまった。

人質として送られた以上は、殺される覚悟はできていた。だが、ただで殺されてやるつもりはさらさらない。

「承知いたしました。お二人には、御礼のしようもございません」

「よいのです、義高殿。大姫のためにも、どうか生き延びてください」

「はい、必ずや」

床に両手をつき、深く頭を下げた。


音を立て、賽子が盤上を転がった。

出た目の数だけ、義高は駒を進める。

勝負は大詰めだった。大姫は険しい顔つきで、賽子を振り筒に入れ、入念に振っている。

「えいっ」と気合を入れ、大姫が賽子を転がした。出たのは、五と六。歓声を上げ、大姫は自陣の駒を動かす。

「やった、勝った！」

「まいりました」

「手加減してない？」

「もちろん」

日は西に沈みかけ、庇の間は赤々とした光に包まれている。これが最後の勝負だろう。

「では、私に勝ったご褒美に、これを差し上げましょう」

義高は、懐から取り出した小さな刀を大姫に渡した。

鎌倉へ発つ時に、父から与えられた刀だ。義仲が養父の中原兼遠からもらったのだという。さんざん考えた末に、こんな物しか思いつかなかった。

「いいの？」

「はい。これを、姫の守り刀にしてくださいい」

「じゃあ、代わりにこれを」

大姫は、腰に差した扇を抜き、差し出す。開くと、山から昇る日輪が鮮やかに描かれていた。

「母上にもらったお気に入りだけど、義高さまにならあげる」

「ありがとう。大切にします」

微笑み、頭を下げる。

「今日の義高さま、どこか変」

一緒に、鎌倉から逃げよう。口まで出かけた言葉を、義高は飲み込んだ。大姫を連れていくのは、政子に対する裏切りだ。いや、それ以上に、大姫を危険な目には遭わせられない。

名残を断ち切るように、双六を片付けはじめた。

「そろそろ夕餉の刻限です。今日は、これでお開きにしましょう」

「じゃあ、明日は貝合わせをしましょう。母上が都から、とっても綺麗な貝を取り寄せてくれたの」

「わかりました。貝合わせは苦手ですが、明日を楽しみにしています」

明日の朝、義高がいなくなったと知った大姫は、きっと泣くだろう。自分を捨てて逃げたと、義高を恨むかもしれない。できることなら、ずっと一緒にいてやりたい。

それでも、行くしかなかった。

父を討った頼朝を、赦すことはできない。胸の奥に灯った憎悪の火はいずれ、大姫までも焼いてしまうだろう。

だからもう、一緒にはいられない。

三

その夜、義高は寝所を抜け、政子の侍女に化けて御所を出た。

供は、望月重隆ただ一人。寝所で義高のふりをして褥にいるのは、海野幸氏だ。

息を潜めて指定された小さな社へ赴くと、境内の木に二頭の馬が繋がれていた。鞍に結びつけられた麻袋には、当座の食糧や松明、火打石などが入っている。

「では若殿、これにて」

神妙な面持ちで、重隆が言った。

頷き、「頼む」と声をかけると、重隆は深く頭を下げ、馬に跨って駆け去っていく。

重隆が向かうのは北西、義高は東だった。

鎌倉から木曾へ行くには、北西へ進み、甲斐を経由するのが最も早い。自分が御所から逃げたと知れば、追手の目はまず、鎌倉の北西に向くだろう。重隆は、それを踏まえた上での囮だった。

義高は六浦道《むつらみち》を通って、鎌倉の東へ出た。そこから進路を北へ向け、武蔵を目指す。

日が昇ると、街道を外れて山中に入った。足を速めたい衝動を堪え、日が高いうちは身を隠し、暗くなるのを待った。

いくつかの昼と夜が過ぎた。覚明の手配りで、隠れて眠る場所には困らない。ある時は無人の社、ある時は大木の洞。だが、身を隠すことはできても、不安と恐怖は拭えない。いつ追手が現れ、いきなり斬り殺されるかもわからない。

これが戦なのだと、義高は思った。父も郎党たちも、こんな恐怖と戦っていたのだろう。

四日目の夜、木々が途切れ、視界に夜空が拡がった。星明かりの下、いくつもの小高い丘陵が複雑に入り組んでいる。その向こうに流れているのが、入間川《いるまがわ》だろう。

覚明の書状によれば、あの川を越えたところに小さな地蔵堂がある。明日の日中は、そこに潜むつもりだった。

この数日で、追手の姿は一度も見ていない。狙い通り、捜索は相模と甲斐の国境を中心に行われているのだろう。だが、まだ油断はできない。

浅瀬を渡ると、鬱蒼《うっそう》とした竹林が見えた。地蔵堂は、この中にあるらしい。

馬を曳きながら、竹林に分け入った。笹が頬を切る痛みに耐え、ゆっくりと泳ぐように進む。やっとの思いで藪を抜けると、いくらか開けた場所にぽつんと建つ堂が見えた。

人の気配は無い。馬を繋ぎ、中に入る。張り詰めた気が緩み、倒れるように床へ寝転んだ。

気づくと、夜が明けようとしていた。倒れ込んだまま、眠ってしまったらしい。

空腹を覚え、竹筒の水で糒を流し込む。

不意に、びくりと体が震えた。物音。がさがさという、藪を掻き分ける音だ。

獣か。いや、獣であってくれ。祈りながら、格子窓から外を窺う。

竹藪の奥に、人影が見えた。確認できるだけで二つ。いずれも雑兵らしく、長刀で藪を掻き分けている。

「おい、馬だ」

「当たりだな。ついてやがる」

心の臓が激しく脈打った。なぜ、自分がここにいることがわかったのか。

まさか、すべてが仕組まれていたのか。脳裏を過ぎった考えに、じわりと背中に汗が滲む。

娘婿を殺すとなると、さすがに外聞が悪い。ゆえに、殺す口実を作るために、わざと鎌倉から逃がす。頼朝なら、やりそうだと思える。

だとすると、覚明は頼朝に通じていたのか。いや、覚明から計画を聞いた政子が、大姫と義高を引き離すために頼朝に密告したということもあり得る。

疑い出せば、きりがない。考えるのは後だ。まずは、ここを切り抜けなければ。

「どうする。応援を呼ぶか？」

「たかが餓鬼一匹だ。二人でやれる」

どうやら、ここにいるのは二人だけらしい。

やるしかない。素早く太刀を佩き、脇差の鯉口を切った。入口の木戸の脇に屈み、息を潜める。

気配を窺う。戸が、がたりと音を立てた。

戸が、荒々しく開かれた。すかさず飛び出し、脇差を突き出す。

肉を貫く、厭な手応え。勢いのまま、地面に倒れ込む。馬乗りの形になった。脇差を捻り、切っ先を抜く。凄まじい勢いで、血が噴き出した。

「うわっ、うわぁ……！」

もう一人が長刀を捨て、背を向けた。素早く立ち上がり、後ろから飛びかかる。

逆手に握った脇差を、うなじに突き立てる。

血の臭いが鼻を衝き、義高は嘔吐した。初めて、人を殺した。だが、震えている暇は無い。口を拭い、馬を曳いて藪に分け入る。

竹林を抜け、馬に跨る。馬腹を蹴り、正面に見える山へ向かって駆けた。

どれほど走ったのか、やがて、馬が脚を止めた。焦って飛ばしすぎたせいで、息が上がっている。やむなく馬を捨て、徒歩で山へ分け入った。

道なき道をしばらく進んだところで、あたりを窺った。追手の気配は無い。肩で息をしながら、手近な木の幹にもたれかかる。

「あ……」

腰のあたりにあるはずの感触が無いことに気づき、思わず声が漏れた。

大姫の扇が、無くなっていた。地蔵堂を出る前に、腰に差したはずだ。ここまで逃げる間に、落としたらしい。

迷いは、ほんの一瞬だった。あの扇だけは、捨てていくわけにはいかない。

立ち上がり、来た道を戻る。身を低くして扇を探しながら、山を下った。

斜面を下った先に人影が見え、藪に身を潜めた。弓を手にした武者が一人。徒立ちで鎧は着けず、弓で藪を突いて回っている。

武者は、藤内光澄だった。その顔つきから、普段の温厚さは消えている。目付役とあって、必死なのだろう。光澄を裏切って逃げたことにかすかな後ろめたさを覚えたが、捕まってやるわけにはいかない。

しばらく藪に潜んでやり過ごすか。そう思って再び身を屈めようとした刹那、光澄が地面から何かを拾い上げた。

目を凝らす。間違いない。大姫の扇だ。光澄はそれをしばし眺めて、腰に差す。

思わず立ち上がっていた。藪から飛び出し、脇目も振らず斜面を駆け下る。こちらに気づいた光澄が弓を捨て、太刀の柄に手をかけた。

「よもや、ご自分から出てまいられるとは」

二間ほどの距離を置いて、向き合った。

「最早逃げられぬと悟られましたか。それとも、それがしが相手ならば勝てると？」

かすかに自虐めいた笑みを浮かべ、光澄は太刀の鯉口を切る。

「降るつもりは無い。そなたと斬り合うつもりも無い」

「ほう」

「頼む、光澄殿。それは、大姫からいただいた大切な扇なのだ。返してはくれぬか？」

「何を申されるかと思えば、女子に貰った品を返せとは」

光澄の声音が低くなった。笑みが消え、代わって怒りの形相が浮かぶ。

「これだから、童は嫌いなのだ。周りのことも考えず、己の都合だけで動く。そなたのために、どれほどの者が迷惑を蒙ったと思っておる？」

「ならば、黙って殺されればよかったのか？」

「そうだ。そなたは人質として鎌倉へ来た。ならば、それが当然であろう。童は童らしく、大人の言うことに従っておればよいのだ」

義高は失望を覚えた。結局、この男も同じだ。武士の、そして大人の理屈でしか物事を見ず、考えようともしない。

話し合っても無駄か。諦念と共に、太刀を抜いた。

「もういい。その扇は、力ずくで取り戻す」

「生意気な餓鬼だ」

光澄も太刀の鞘を払い、低く構える。

間を置かず、義高は飛び出した。一息で間を詰め、立て続けに斬撃を放つ。

かろうじて防いだ光澄が、反撃に出る。だが、その太刀筋に鋭さは無い。難なく受け止め、両腕に力を込めて押し返す。たたらを踏んだところへ、さらに踏み込む。

斜め下から太刀を振り上げる。光澄の左の二の腕から、血が飛んだ。顔を歪めた光澄が、呆気なく尻餅をつく。

殺すのか。浮かんだ迷いを振り払い、前に出た。見逃せば、禍根を残す。大姫のためにも、自分は死ぬわけにはいかない。ならば、殺すしかない。

光澄の脳天目がけ、斬撃を放つ。次の刹那、義高は降り下ろしかけた太刀を止めた。

光澄が、顔の前で扇を広げている。切っ先は、その寸前で止まっていた。

「卑怯な……」

言いかけたところで、声が詰まった。喉からせり上がった血を吐き出す。

腹に、光澄の太刀が深々と突き刺さっていた。

義高の太刀が手から離れ、音を立てて地面に落ちる。光澄は、ゆっくりと切っ先を引き抜いた。

傷口から血が溢れ、視界が霞む。激痛に耐えきれず、膝をついた。

「童に逃げられた上、敗れて討たれたとあっては、藤内家は終わりだ。悪く思うな」

光澄が立ち上がって言った。

地面に落ちた扇が、血で汚れている。

ああ、せっかく貰ったのに。手を伸ばそうとするが、体が言うことを聞かない。目に映るすべてが、次第に色を失くしていく。

ここで死ぬのか。自分を救おうとしてくれた人たちに、すまないことをしたな。せめて一目、木曾の景色を見てから死にたかった。

抵抗の意思は無いと見たのか、光澄が後ろへ回り込んだ。

「武士の情けだ。大姫様にお伝えしたいことがあれば、聞いてやる」

そういえば、一年も共に過ごしていたのに、大姫には言いそびれたことばかりだ。

本当は、もっと一緒にいたかった。並んで鎌倉の海を見るのが好きだった。いつか、父と母にも会わせたかった。木曾の景色を二人で眺めたかった。もっと大人になって、年を取って体が動かなくなるまで、ずっとずっと生きて、一緒にいたかった。

けれど、想いのすべてを口にすることは、できそうもない。

「私が死んだとは、姫には、言わないで……。私はただ、木曾へ帰ったと。それから、今まで、ありがとう、と……」

「承知」

光澄が太刀を振り上げるのが、影でわかった。

全身が震え、涙が溢れる。

怯えるな。私は、朝日将軍源義仲の息子だろう。己に言い聞かせ、歯を食い縛って恐怖に耐える。

ほとんど感覚の無い腕を持ち上げ、手を合わせた。

目を閉じ、祈る。

父上、すぐにまいります。

そしていつかまた、大姫と会えますように。

四

「藤内光澄、参上仕りました」

その声に、頼朝は「近《ちこ》う」と応じた。

藤内が一礼し、首桶を置いて腰を下ろす。

「見せよ」

「はっ」

取り出された首は、確かに義高のものだ。

隣の政子が息を呑む気配が伝わってくる。

「ふむ。間違いなかろう」

頷くと、藤内は首を桶に戻し、蓋を閉じた。

「冠者殿は、それがしを見つけると自ら進み出て、勝負を挑んでまいりました。それがしもこれを受け、正々堂々と立ち会った末に、討ち取ることができ申した」

それが事実かどうかは、怪しいものだ。だがこれで、この藤内という武者の首も繋がった。もしも取り逃がしていれば、死罪を申しつけ、家も断絶させるつもりだったのだ。

横目で、政子の様子を窺った。蒼褪めた顔を、袖で隠している。

政子が裏で何やら画策しているのは、御所の方々に放った間者から、すぐに伝わってきた。信求得業とかいう坊主と組んでのことらしい。

さらに探らせてみると、義高を鎌倉から逃がす算段だった。あちらから逃げ出してくれるのであれば、むしろありがたい。謀叛を企てて脱走したため、やむなく斬ったという形が出来上がる。

「藤九郎」

傍らに控える安達藤九郎盛長に声を掛けた。

「海野、望月の二人は、手厚く遇してやれ。いずれは、御家人の列に加えてやってもよい」

「はっ」

義高が御所を抜け出す前に、頼朝は海野幸氏、望月重隆という二人の義高の従者を抱き込んでいた。二人とも、信濃の名族の出身だ。義高の命と家の存続とを秤にかけさせれば、答えは自明だった。

ともあれ、これで厄介な芽を刈り取ることができた。頼朝に慈悲をかけて命を長らえさせた平家の愚を、犯すわけにはいかない。

「それと、冠者殿はこのような物をお持ちでした」

藤内が、懐から一本の扇を取り出した。開くと、山から昇る日輪が描かれている。端の方には、血のような赤黒い染みがついていた。

「何じゃ、それは」

答えたのは、政子だった。

「あれは、私が大姫に与えた物です。恐らく、大姫が冠者殿に差し上げたのでしょう」

「さようか」

大姫のことは、頼朝も胸を痛めていた。義高がいなくなったと知ってからは、床に就いたまま、ろくに食事も摂っていない。

とはいえ、義高を慕っていたのは単なる幼心にすぎないだろう。まだ八歳の童に、男女の情などあるはずがない。時が経って分別がつき、別の男に想いを寄せるようになれば、義高のことなど忘れる。

「光澄、ようやった。下がってよいぞ」

「ははっ」

満足気に答え、一礼して藤内が出ていく。

政子は藤内が置いていった扇を手に取り、じっと眺めている。

「これで、満足ですか？」

扇に視線を落としたまま、政子が言う。

「ああ、満足じゃ。これで、枕を高くして眠れる」

鎌倉を滅ぼすかもしれない禍根を、未然に断つことができたのだ。満足でないはずがない。

「大姫には気の毒だが、近いうちに、我らで良き相手を見つけようではないか。今は腹を立てているだろうが、いつかきっと、わかってくれよう」

笑いかけると、政子はなぜか、悲しげな顔を浮かべた。

「本当に、人であることをやめてしまわれたのですね」

その言葉の意味が、頼朝には理解できない。

どう答えるべきか迷っていると、縁から足音が聞こえてきた。

「大姫……」

「ここへ来させるなと申したであろう！」

慌てて追ってきた侍女を叱りつけ、大姫に歩み寄る。

「すまんな、大姫。今は、大人同士の大事な話をしておるのじゃ。後で遊んでやるゆえ……」

頼朝の宥める声も耳に届かないように、大姫は立ったまま、政子の持つ血で汚れた扇と首桶を見比べる。

「義高さまは、そこにおられるのですね？」

首桶を指し、大姫が言う。

頼朝は、政子と顔を見合わせた。首桶など見たこともあるまいと思っていたが、何が起こり、義高がどうなったかは察しているらしい。政子が、ゆっくりと頷く。

「父上」

大姫が、頼朝を見上げる。

その視線に、頼朝は気圧されそうになるのを感じた。

「私は生涯、あなたを赦さない」

終章　余光

このような山深い庵まで、ようこそおいでになりました。

さように固くならずとも、取って食おうなどと思うてはおりませぬ。どうかお気を楽にして、おくつろぎください。

さしたるおもてなしもできませんが、粗餐《そさん》を用意しておりますので、しばしお待ちくださいね。

ええ、いよいよ秋も深まってまいりました。このあたりの紅葉は、それは見事なものですが、私は雪の降り積もった真冬が好きなのですよ。四方を囲む山々も、道も田畑も家々の屋根も、すべてが白く染まって静寂に包まれた谷を、大きな川が日の光を照り返しながら滔々と流れていく。その光景の美しさは、華やかな都もかなわないと私は思っているのです。

ああ、この地の美しさは、あなた様も十分にご存じでしたね。そもそも、盲《めし》いた御方に景色の話など……。この歳になると、色々と粗忽《そこつ》になっていけませんね。

まあ……おやめください、法師様。どうか、お顔をお上げになって。

確かに、あなた様が殿の下を去った時、腹を立てなかったと言えば嘘になります。このような大事な時に、置手紙一つで居なくなるとは、と。

ですがそれも、遠い昔のこと。私も、あなた様がどれほど悔やんでこられたか、いかなる覚悟でここをお訪ねになられたか、理解しているつもりです。殿もきっと、笑って赦してくださるでしょう。いえ、最初から怒ってなどおられなかったのやもしれません。

あれからもう、四十年ですか。時が経つのは早いものです。私もすっかり足腰が弱って、水汲みにも難儀する始末。長刀？　とんでもない。もう何十年も、武具など触れてもおりません。

先年には、ずいぶんと大きな戦もあったそうですね。京で鎌倉打倒の兵を挙げた上皇様が敗れ、隠岐《おき》へ流されたとか。何ともおいたわしいことですが、これで名実共に、武士の世が訪れたことになるのでしょう。

しかし、武士の世を目指された頼朝殿も今は亡く、その血筋もすでに絶えたというのは、まさに因果応報でしょうね。ご自身の従兄弟や弟たちまで死に追いやって築いた栄華など、長続きはしないものです。

大姫様のことは、鄙の地にいながらも、心に留めておりました。伝え聞いたところでは、義高様亡き後もあの御方を慕い続け、入内の話まで拒まれたとか。一度、お会いしたいと思うておりましたが……。

いいえ、あなた様が謝ることではございません。私があの企てに加わったところで、義高様をお救いできたとは限りませんから。

ええ。山吹様がお亡くなりになったのも、義高様が討たれてすぐのことでした。私と落合兼行様で必死に看病したのですが、その甲斐も無く。その兼行様も、今から十年ほど前に黄泉路へ旅立たれました。

ここが土地の者に〝山吹山〟と呼ばれるのも、山吹様が暮らしておられたからです。今では私のような老婆一人が暮らす、寂れた庵となっておりますが。

すべては、天の定めだった。そう思い、供養して差し上げることしか、我らにできることはございません。案外、皆さまはあちらで楽しく過ごしているかもしれませんよ。

かく言う私は、この暮らしがわびしくはないのかって？

この山からは、木曾の地が一望できます。この地で皆様方と過ごした時はとても短かったけれど、今でも昨日のことのように、すべてを思い出すことができます。それに、あの東の山々から昇る朝日を眺めていると、あの御方に見守られているような気がするのですよ。

だから、寂しいなどとは思いません。時が巡ればきっと、また会うこともかないましょう。

さあ、できましたよ。殿がお好きだった、平茸の汁です。懐かしいでしょう？　お供の方もどうぞ。体が温まりますよ。

ところで先頃、麓の里に琵琶を弾く盲目の法師がやってまいりました。何でも、平家一門の興亡を、琵琶を弾きながら物語るそうで、近頃は都でも流行りはじめているとか。

里の者たちに誘われて聴きにいったところ、それはもう、驚いたのなんの。

あの礪波山での戦、篠原での斎藤実盛様、そして、殿のご最期。それらが、まるで見てきたかのように生き生きと語られているのですから。巴御前なる女武者が登場した時は、気恥ずかしいような懐かしいような、何とも言えない気分になったものです。

もちろん、「そこは事実とは違う」と言いたくなることもたびたびありましたが、それは些末なこと。かの物語の中では、私が見知った方々も、顔も知らぬ平家や貴族、そして鎌倉の武士たちも皆、それぞれの生を生き、それぞれの死を死んでいきます。

彼ら、彼女らがこの世に在った証として、この物語は、後々の世まで物語られ続ける。それでよいのだと、私は思いました。

そうそう、法師の語りの中で、いたく私の耳に残った一節がございます。


祇園精舎《ぎおんしょうじゃ》の鐘の声、諸行無常の響きあり。

沙羅双樹《さらそうじゅ》の華の色、盛者必衰《じょうしゃひっすい》のことわりをあらはす。

奢《おご》れる者は久しからず、唯春の夜の夢のごとし。

たけき者もつひには滅びぬ、偏《ひとえ》に風の前の塵に同じ。


殿はまさに、猛き御方でした。しかしそんな殿も、兵を挙げてわずか四年足らずで滅びてしまいます。長い長いこの国の歴史から見れば、確かに春の夜の夢、風の前の塵に同じでしょう。

ですが、私は思うのです。人は、ただ一夜の夢を糧に生きることができる。一陣の風の温かさに、救われることもある。たとえ武運拙《つたな》く滅びたとしても、こうして語り継がれることで、後の世の人々の心の中で幾度でも蘇り、生き続けることができるのではないか、と。

覚明様……いえ、今は生仏《しょうぶつ》法師様、でしたね。あなた様もそう思われたからこそ、この物語を遺そうとなされたのではありませんか？

ええ、もちろん私の知ることならば、出来得る限りお答えいたします。ただ、私の心の裡だけに秘めておきたい事柄もあること、どうかご了承ください。

では、私が知る、朝日将軍源義仲の物語を始めるといたしましょう。

主要参考文献

『平家物語（一）〜（四）』　梶原正昭・山下宏明校注　岩波文庫
『源平盛衰記』　夕陽亭馬齢　夕陽亭
『現代語訳　吾妻鏡』　五味文彦・本郷和人編　吉川弘文館
『梁塵秘抄』　植木朝子編訳　ちくま学芸文庫
『源平合戦事典』　福田豊彦・関幸彦編　吉川弘文館
『都鄙大乱「源平合戦の真実」』　高橋昌明　岩波書店
『治承〜文治の内乱と鎌倉幕府の成立』　野口実編　清文堂
『戦争の日本史6　源平の争乱』　上杉和彦　吉川弘文館
『敗者の日本史5　治承・寿永の内乱と平氏』　本木泰雄　吉川弘文館
『京都の中世史2　平氏政権と源平争乱』　本木泰雄・佐伯智広・横内裕人　吉川弘文館
『源平合戦の虚像を剝ぐ　治承・寿永内乱史研究』　河合康　講談社選書メチエ
『平家の群像　物語から史実へ』　高橋昌明　岩波新書
『後白河天皇』　美川圭　ミネルヴァ書房
『源頼政と木曽義仲　勝者になれなかった源氏』　永井晋　中公新書
『木曽義仲に出会う旅』　伊藤悦子　新典社
『図解　武器と甲冑「武士の装備」は戦闘によっていかに変化したか』　樋口隆晴・渡辺信吾　ワン・パブリッシング

本書は、読売新聞オンラインに二〇二一年十月十八日から二〇二二年十一月十六日まで掲載された「猛き朝日」を加筆、修正したものです。

天野純希

1979年生まれ、愛知県名古屋市出身。愛知大学文学部史学科卒業後、2007年に「桃山ビート・トライブ」で第20回小説すばる新人賞を受賞しデビュー。2013年『破天の剣』で第19回中山義秀文学賞を受賞。19年『雑賀のいくさ姫』で第８回日本歴史時代作家協会賞作品賞を受賞。そのほかの著書に『紅蓮浄土 石山合戦記』『乱都』『もろびとの空 三木城合戦記』など。

猛《たけ》き朝日《あさひ》

2023年２月25日 初版発行

著 者 天野《あまの》 純希《すみき》
発行者 安部 順一
発行所 中央公論新社
〒100-8152 東京都千代田区大手町1-7-1
電話 販売 03-5299-1730 編集 03-5299-1740
URL https://www.chuko.co.jp/

ＤＴＰ ハンズ・ミケ
印 刷 大日本印刷
製 本 小泉製本

Published by CHUOKORON-SHINSHA, INC.
Printed in Japan ISBN978-4-12-005629-1 C0093